河流在人间

张远文 著

百花文艺出版社
天津出版传媒集团

图书在版编目（CIP）数据

河流在人间 / 张远文著. -- 天津：百花文艺出版社, 2023.6(2023.9 重印)
ISBN 978-7-5306-8561-7

Ⅰ. ①河… Ⅱ. ①张… Ⅲ. ①散文集–中国–当代 Ⅳ. ①I267

中国国家版本馆 CIP 数据核字(2023)第 082051 号

河流在人间
HELIU ZAIRENJIAN
张远文 著

出 版 人: 薛印胜
策划统筹: 王 燕
责任编辑: 王 燕 徐 姗
装帧设计: 彭 泽
出版发行: 百花文艺出版社
地址: 天津市和平区西康路 35 号 **邮编:** 300051
电话传真: +86-22-23332651（发行部）
+86-22-23332656（总编室）
+86-22-23332478（邮购部）
网址: http://www.baihuawenyi.com
印刷: 山东临沂新华印刷物流集团有限责任公司
开本: 880 毫米×1230 毫米 1/32
字数: 200 千字
印张: 10.625
版次: 2023 年 6 月第 1 版
印次: 2023 年 9 月第 2 次印刷
定价: 58.00元

如有印装质量问题，请与山东临沂新华印刷物流集团有限责任公司联系调换
地址:山东省临沂市高新技术产业开发区新华路 1 号
电话:(0539)2925886 邮编:276017

自序 ｜ 站在原地

说实在的，我是个喜欢站在原地的人，常常在乌黢麻黑的夜里恍兮惚兮，既不向前，也不退后，散淡得很。

或许，是因为做村小老师时，就着煤油灯读过一些乱七八糟的书，在长满狗尾巴草的溪边识得一些字，后来的很多年，又见识过一些五行八作的人与事，所以开始提笔写些自不量力的文字，关乎一些回溯，一些看见，一些敬畏，一些深情，一些叩问，一些救赎，一些后来的光阴，一些朴素的美德。

所幸的是，河流在人间，万物有灵皆有情，这些文字获得了首届“青山碧水新湖南”文艺创作的长篇散文作品奖。湖南文艺出版社社长、《芙蓉》杂志社社长、主编陈新文先生在评审意见中写道：“这是一部质量颇高的生态主题系列散文结集，主要写大湘西，尤以沅陵地域为主的高山河流、草木村落。作者对这一切充满热烈深情与敬畏之心，并以蓬勃的诗意表达，呈现出身心与山水相融相洽的幽微精妙和深广旷达。作品展示了这样的风格:诗、史、画。语言的诗性,思考的史性,构图的画调。当下,这种纯粹诗性的作品殊为难得。传统的诗性和现代性在文章中得以无间交融，这使得作品借此可以拔地而起。史性,是作品的一定厚度、深度,是作品展示思想的有力平台,也是作者情怀之所寄。画调,既有东方的大写意,也有西式的重彩油画,抑或还有现代派的变形夸张。”

事实上,对于陈新文先生的评价,我自知自己的斤两,诚惶诚恐。我想起老家屋后山坡上的狗尾巴草,因为实在太俗气,太不起眼,众多的人对它嗤之以鼻。只是,每到夏秋时节,它总是没有理由地茂盛,青青翠翠的一大片,不卑不亢地挺立,萍剑似的叶刺着青蓝的天。有时刺得累了,便略显安顺地垂下来。然而,毛茸茸的花穗,却不肯俯首称臣,大抵是昂首挺胸,气宇轩昂地仰着,带着一身的泥土气,在坡地随风摇曳,一簇簇,把片片荒凉拥抱成春天的模样。狗尾巴草,不管人们喜欢或是不喜欢,它总是该绿时绿,该黄时黄，似乎决意要成为大地最原初、最质朴、最蓊郁的翻阅者,没有什么可以影响到它葳蕤的心情——这些生命,囿于原地,如此本色,如此坚韧,如此美好,值得人用心感受和铭记。由此想来,每个人,每个普通的平凡人,又何尝不是一株狗尾巴草呢,至少,我认为自己是的。

正因着这份情愫,闲暇的时候,我总会扯上几茎狗尾巴草带回家，插在一个兑上水的古旧瓷瓶里。瓷瓶因了这鲜活的狗尾巴草,顿时有了全新的生命,狗尾巴草因了这瓷瓶,竟也风姿绰约、雅趣盎然起来。

有朋友来家，往往进门第一句话总是说，这狗尾巴草，被你弄得有点意思。我说，不是被我弄得有意思，是狗尾巴草本身就有点意思。许多事情，原本没意思的，你觉得有意思了，它便真的会有意思。朋友说，一个连狗尾巴草都觉得有意思的人，应该写点好文字。我说，或许，生活与写作本身就应该像狗尾巴草一样，似花非花，似草非草，悠闲自在，倔强挺立，宁静怡然，不招蜂引蝶，不招摇过市，无论土地肥沃或贫瘠，都努力将根深深扎入。

沃伦在《世事沧桑话鸟鸣》中说：当我从泉边取水回来，走过满是石头的牧场，我站得那么静，头上的天空和水桶里的天空一样静……我终于肯定，我最怀念的，不是那些终将消逝的东西，而是鸟鸣时的那种宁静。这种静，隔着时光，隔着距离，有着一种生命存在意义的透彻。如果足够幸运的话，我想再给自己一点勇气，就这么一直远远地，静静地，站在原地，击壤而歌，坐看云卷云舒，卧听空谷鸟鸣，像狗尾巴草一样生活，写狗尾巴草一样的文字，于不可能处寻找可能的意义，或许，这是生活在别处的另一种适宜。

但愿如此。

张远文

2023 年 3 月于湖南沅陵无为堂

目录

第一辑　草木本心

“浮云白日，山川庄严温柔。”出淤泥而不染，濯清涟而不妖，我仿佛看到，这朵古老的镇山莲花，一颗千年的种子，从神灵落脚的地方，带着上古原初文明的密码，带着大地不朽的歌吟，在初春的雨水中发芽，在盛夏的阳光下绽放。路过它的人，不近，不远，不惊，不讶，每一瓣追云逐月的脚印都飘着隔浦的莲香，每一枚吹瘦山河的木叶都自带着巫风遍地的光芒。

云顶深处

云顶深处的齐眉界，是一直放在我心坎里的。

谷雨时节，水是眼波横，山是眉峰聚，眉眼盈盈的，到处是一抹青黛之色；夏至过后，树木开始静穆深沉，许多高过头顶的云朵携了鸟鸣，款款地往雾峰飘去，很快又约了薤露兴冲冲从云岭飘来；风起秋凉，天空又薄又脆。一坡坡的树叶，一岭岭的光阴，该红的红，该黄的黄，该绿的绿，在月光下轻簌簌地彼此呼应；霜露既降，雪落在雪上，落在树上，落在炊烟里，也落在许多隐秘的事物身上，所有的紫岱青峦，全是一副皑皑的模样。山色空蒙，琼枝摇摆，漫过山冈的，除了寒梅疏影的一袭暗香，还有可以璀璨整个来路与归途的满天星光。况有瑞草，齐眉偕老。一座可以与天齐眉的山，延请了日月星辰，邀约了风霜雪雨，一门心思将无数坚硬嶙峋的石头，一寸一寸柔软起来。与阳光可以推杯换盏的树林，死死地攥紧一把把的泥土，按着风的姿势生长，一层又一层地叠加夜以继日的苍翠。多少年过去，这座山，这片林，花朵不谢，蝉声不绝，每一个山河入梦的日子，差不多都可以举案齐眉，甚至是红袖添香。悄悄地，翻一次山，越一回岭，再渺小可怜的芸芸众生，其苍老的人生都可以一下子回到童年。

齐眉界，并不是一座孤单单的山，而是一群巍巍峨峨的峰。从纱帽顶到风车岭，池塘垭到老虎尖，从山园溪至油罗山，茶园包至捞溪冲，方圆内外，数十座山峰复望横陈，起伏绵延，莽莽林海，青翠欲滴。北纬28°的阳光总是那么和煦温暖，哺育生命恰到好处，赡养心灵刚刚合适。土地用不需任何修饰的语言，述说着草木应时应季茂盛生长的活力，简洁安静，质朴诚恳。人，或踆于山上，或陷在林中。透明黏稠的光舔舐着各样的树叶草尖，风翩然出恍如天籁的窸窸窣窣。松针细软，苔藓裹汁，满眼的绿波莹润，深深吸上一口气，入心入肺的皆是尘嚣之外少有的清鲜澄明，整个人连眉梢眼角都通透纯净起来。世已桑田，心未沧海，山有木兮木有枝，心悦君兮君不知。蹀躞在林中小径，从舒缓到陡峭，从崎岖再到舒缓，岩庭杂树，石濑鸣泉，不知不觉中，往日满肚子的不合时宜烟消云散了许多，脚步也轻得像鸣蝉的翅膀。

齐眉界我其实并不陌生。多年前，最小的妹妹嫁到齐眉界的云雾庵。云雾庵，并不是庵（也许曾经是的），只是林场职工一处简单的居所。砖木混搭的一小溜平房，踞于接近山顶的侧窝避风处，常年云笼雾罩，朦朦胧胧的，花草树木、疏林人家，在云雾中浮来浮去，若隐若现，分不清是云在山中，还是山在雾中。妹夫一家都是林场职工，垦荒营林了一辈子，敬山如神。妹妹分娩的那天正是春节，深夜的一场大雪，封了山，阻了路，天寒地冻，全家人急得直掉魂。风呼呼地带着啸声一会儿东，一会儿西。满山满岭的树木白净净的，平常擎天的躯干不再使劲张扬，大多低矮了雄沉的身姿，凝霜挂雪的枝叶不堪重负，纷纷面朝大地下垂俯首。碎琼乱玉一片，不时传来折树断枝的咯吱声；雾凇冰凌晶莹剔透，玉树琼枝，随风凛冽，婀娜成一片惶恐不安的战栗。或许是心有祈愿，树高一寸则风矮半截；或许是云山有灵，愿意怜惜轻声喊疼的人间，妹妹终于母女平安。后来，当全家搬离云雾庵时，妹夫忍不住恋恋不舍地磕了一个长头，感念当年夜菩萨的端庄保佑，让孩子一生的出处有了一个粉妆玉砌的源头，夜夜可以朗读隔山互念的内心。

父亲与母亲是到过齐眉界的，时常有意无意地会念叨那儿的山好、水好、树好、人好。世事如乱草，茎茎催人老。父母年事渐高，大病小痛不断，不知道明天与意外到底哪一个会先来。我寻思着该给老人准备好他们的“老屋”了，于是托朋友在齐眉界精挑细选了几棵杉木。父母左看看，右量量，心下欢喜，觉得一辈子的辛劳很值。如今，父母枕着他们所喜欢的树，双双离开了人世。多少年过去只要一看到齐眉界的树，说不清道不明的，内心的涟漪总是微微荡漾，似乎一眯眼就能看见父亲被日子压弯的脊梁，看见母亲燃起了炊烟，站在门前眺望。

从官庄鱼儿山去杜家坪，从新安溪去杜家坪，从杜家坪返回楠木铺与马底驿，都要经过齐眉界。看夕阳从一些高的树上慢慢滚落到一些矮的树上，然后是更矮的灌木，最后落到我的头顶，迅速地消失不见，只余成丝成缕成卷的绮霞，沾满了风尘仆仆的衣襟。自小生于武陵山与雪峰山腹地，门前是山，屋后是山，抬眼是山，低头还是山，自然对山有着许多无法描述的描述，难以追溯的追溯。一些事物在山脚发芽，另一些事物在山顶开花，在苍茫的大地上站立得太久，看云朵如何水灵灵地落脚，看涧水如何俏皮地抑扬顿挫，看炊烟里的方言怎样喂养一座屹立千年的山，看第一缕抵达的晨光如何抚慰森林的万千树冠，从一声鸟鸣到一树绿风，从半块泥土到几许星光，都需要足够的耐心站在原地，直到将村庄的原野站成灵魂的故乡。

大暑过后，我从天边的若尔盖回来，与林业局的家喜兄约定，再去齐眉界看看。不为别的，只为在久违的林子里小睡片刻，然后在向阳的坡地醒坐良久，将大地上的事情尽量看得细致而又清楚。入夜，我们歇息在齐眉界林场，似乎并没有顾城所说“万物都有欲言又止的悲伤”。家喜兄沉静寡言，随缘随喜，像极了他所熟悉的树，显出生命的冷暖自知。我们坐在深夜的星空下，并不多说话，场部大楼前挺拔的雪松和柳杉，阅兵似的，等待着黄昏与黎明的检阅。凉凉的晚风吹过来，蝉叫一声高，一声低，此起彼伏，似乎在不停地提醒与强调：每一株植物、每一种动物，甚至每一捧泥土，每一块石头，都是我们的亲人。

清晨，沿了场部小路行进，老井旁一排深黛整齐的珊瑚树，枝梢处透出嫩紫的尖叶，暗红色卵状椭圆的小果簇拢一起，想必是在等候着一只鸟的承诺。黑壳楠、杜英、木樨等撑出优美的树冠，石榴树上已经挂满红嘟嘟的小果。木槿、天人菊绽放出绚丽的花朵。一黄一黑的两只小狗在葡萄架下撒欢追逐，山里湾的小池塘一群鹅鸭在水中嬉戏，高处的银杏树枝繁叶茂，披了淡淡的霞光，十分典雅雍容。整个场部恍如世外桃源。登高俯瞰，无山不飞云，无云不绕山。云雾渐起，座座青山深黛中弥漫着乳白，乳白中又潜藏着深黛，浓淡深浅变化多端，鲜活灵动。山间云雾忽上忽下，涌来涌去，时而轻如丝绢，时而又怒冲霄汉，时而翻滚碰撞，时而又拥挤摩肩。山峰忽大忽小，忽隐忽现，青山隐隐，云海迢迢，相看两不厌的绰约多姿，孤云独去闲的玄妙莫测，使人坐忘沉醉，不知归路。淡远的苍穹，云端处有一线异色，下有红光动摇承之，一轮嫣红的朝阳猛然跃起，似被弯曲如弓的山脊线瞬间弹出，天空顿时霞光四射，须臾皆成五彩，十分壮观。

林荫道上，树里人家，胸有丘壑在，当约万里霞。两年前的一个春日，娟秀的李华春只身来到林场，在这个曾被称为“沅陵的西伯利亚”的地方，带领着一百多名林场职工经营着近三万亩的省级生态公益林，守护着国家森林公园这一方“宁静的绿洲”。一切从根本做起。沿山，顺水，随风，一代又一代的林场职工们，有的是上山下乡的知青，有的是土生土长的山民，他们丢下伐木丁丁的斧头、锯子，拿起植树造林的铁锹、锄头，守着农历，踩着节气，隐在山里，一棵一棵地种着各样的树，苦也好，累也罢，并无怨言。在厚实的土地上，白天看太阳上山下山，晚上看月亮一天天地残，又一天天地满，偶尔想想自己的一生，从树的开始到树的结束，一粒小小的种子把大地揽入怀中，每个日子都有了木质的纹理。每个人都在热烈而又迅猛地锻造自己，种树的同时，也种了自己的一生，风吹在脸上，雨落在地上，这是一件多么值得的事情。

李场长是位秀外慧中的女子，安静、沉稳、能干，衣着朴素大方，走路疾徐有致，眉眼间总会沁出笑意，散发出花草树木缕缕芬芳的气息。早餐过后，她戴着斗笠，款步领我们前往有着“小庐山”之称的密林深处一探究竟。

沿途移步换景。一线天石壁如削，花岩山锦簇斑斓，狮子岩蓄势狂奔，擂鼓尖孤峰独立，活心岩千钧可动，甘溪洞飞瀑流泉，小寨沟峰回路转，白水溪平地可起波澜。还有美女梳头、天鹅抱蛋，万千风物，每一次蓦然回首，都会邂逅别样的风情，妙不可言。钻入林莽，松杉森森，修篁飒飒。入定的青松，安详的水杉，热情的杜鹃，高远的凌霄，优雅的米兰，羽状的凤尾蕨，刚柔相济，自成气象。它们并肩而立，天天见面，打着手势，说着唇语，反复告白。一些树叶在冬天义无反顾地出走，春天又会准时披翠挂绿地回来。杉木挺拔的躯干和如伞的虬枝十分显眼，似乎要把积攒多年的风姿举过苍穹。湘西的杉木被称为“辰杉”，早在明永乐年间便闻名天下。这些杉木凭着挺直的腰板，坚韧的骨骼，入沅江、下洞庭，直抵长江，为天下寒士遮风挡雨，为宫殿楼宇做栋成梁。余下的枝蔓，也会用来装修神龛，建个水碾房，或为女子出嫁打个澡盆、做个梳妆台，或做个婴儿的摇篮，让寂静生长的力量泊在岁月的温床。群山绵绵，木铎有心。对于森林，人们往往有很多说法。经济学家说，森林是绿色的银行；人类学家说，森林是人类的摇篮；医学家说，森林是绿色的疗养院；艺术家说，森林是大自然的美容师。事实上，相对于万物生灵，森林是生命永远的家园。

天空依然湛蓝，深不可测。密匝匝的天然森林中，我看到红榉、香樟、枫树、青冈栎、马尾松、青钱柳、红豆杉、鹅掌楸等，各自伸展着深绿、墨绿、嫩绿、黄绿、浅绿的叶子，吮吸着每一缕弥足珍贵的阳光，用隐蔽的年轮记录着山川河流世事沧桑的模样。林下黄精、石莲、半夏、黄姜、麦冬、七叶一枝花等大量的野生药材，大大方方从古老的《诗经》中走出来，堂堂正正从李时珍的《本草纲目》中滋蔓出来，泛出柔弱的黄绿，新鲜而又跳跃。去与秦人采，来扶楚客衰，这是大自然予以人类的惊喜。它们居于山山水水，心平气和，不卑不亢，不浮不躁，不喜不怒，不抢不争，它们何尝不是我们人类繁衍生息的缔造者、哺育者、见证者与护卫者？我们又怎么有理由不去善待每一茎草、每一棵树、每一朵花、每一只鸟、每一滴水、每一朵云？让每一个拼尽全力活出来的生命各适其性，这才是人与自然的天经地义，理所当然。

只要心中住着一片森林，就能听见风吹雨润的声音，看见花鸟草虫的表情。爬上伍家塌的瞭望塔，我们环顾四野，云在青天，苍山如海，云顶之驿境界大开。重重叠叠山，弯弯曲曲路，起起伏伏云，高高低低树，茶山林海，瓦屋梯田，鸟语炊烟，朝观日出，夕赏晚霞，山翠林美，溪流纵横，寻一处云雾缭绕的山中幽境，赴一场涤荡身心的原始之约，我想，除了在绝尘的齐眉界，还能在哪儿呢？

许多的事物需要以终为始，种下一粒豆子，收获一片南山。绿风拂过，李场长望着辽远的苍茫，默默地陷入沉思。那山，那树，似乎正在选择成为自己的可能，以一种懂得的方式抵达。拨开齐眉云雾，直抵心灵之驿，以生态为基底，打造以“森林轻运动、慢养闲生活、森林户外教育”三大核心主题的康养森林公园，拓展“齐眉翠峰”高山云雾茶、“齐眉山珍”山野菜、“齐眉山泉”优质水三大特色品牌，擦亮“杉木大径材、国家储备林、珍贵树种园”三个基地名片，李场长说，造势妙在契机，这一直是她最为魂牵梦萦的构想。为了这方山水，着眼于未来，现在就有了意义。我忽然心生一份感动,为过去的来之不易,也为将来的明媚动人。

有风穿过林子,我深深地吸了一口气,站在树旁,整理好自己。此刻,整个夏天已悄悄接近尾声。

风过镇山

去镇山，并非偶然。

天地山川大野，五岳之外，另有“五大镇山”，即东镇沂山，西镇吴山，中镇天柱山，南镇会稽山，北镇医巫闾山。隋唐之后，历代君王加封祭祀，名随五岳，各具千秋。然而，在湘西北的沅陵七甲坪，却有一座海拔未逾千米的山，不高，不大，不遮天，也不蔽日，却被当地人直接命名为“镇山”，这多少显得有点傲世轻物，自以为是，甚至有些僭越，当然，更让人觉得蹊跷与迷惑。这样的一座山，去看看，显然是有必要的。

一座名不见经传，却又神秘幽远的山，真要去，倒并不是件容易的事儿。沅陵被誉为“湘西门户”，上扼川黔，下蔽湖湘，万山耸峙，千水奔流，山行天地之气，水蕴日月之光，为五溪山水交汇之所、荆南要冲雄峙之地，飘摇婉转，磅礴跌宕。七甲坪，又位于县东北，距县城百余公里，东与桃源相邻，北抵张家界，系怀化、常德、张家界三市接壤地带，人们茶余饭后随便几步，便可“一脚踏三市，犬吠四处闻”。镇山，是七甲坪境内最高峰，东接莲花，南邻汪家，西连洞溪，北处潭坪，九峰环簇，层峦叠翠，天风浩荡，霞光四起，如拱莲花。“世之奇伟瑰怪非常之观，常在于险远。”从县城出发，循山绕水，开车需要三四个小时，山路七弯八拐，崎岖颠簸得很，人若是没个钢筋铁骨的好身板，就会晃晕了头，摇散了架。

先胜兄是七甲坪镇本地人，身形魁梧，敦厚寡言。小聚小饮后，红了脖子眯着眼，话匣子一经打开，就像悠悠的云成了淅沥沥的水，洇了一屋子的天南地北。这其间，少不了，就有他念兹在兹的镇山。镇山，俨然成了他灵魂的一座高地。据说，镇山深峭幽独，一岭一阜、一丘一壑，近者鹄峙，远者罗列，竹树悬缀，别有一番旷致。山风微微拂过，绮霞映染峰际，一草一木、一花一叶，风移影动，婆娑斑驳，珊珊可爱。若是冥然兀坐，万籁有声，似有神契。更妙更玄的是，那里每一块赭黄其色的石头都蕴满禅机，每一丛偃仰参差的藤萝都生生不息，每一簇簌簌作响的树叶都有着黛绿天地的本事，每一个为生计东奔西走的人都有着沟通神灵的架势。总之是满坡满岭，万物有灵，巫风遍野，傩声冉冉，连蚯蚓、蚂蚁都不容小觑。

晨光曦微，穿镇而过的雨花溪蜿蜿蜒蜒，潺湲出细细的声音，若有若无的乳白色水雾披拂在岸树柔软的倒影中。四围的云山烟树，沙汀村舍，一峰一状，一树一态，湿漉漉、水灵灵的。溪坝的跳岩上，有早起的几个妇女在捣洗衣服，或蹲或立，或弯腰或戏水，几袭红粉花裙，迷蒙婀娜。身后一挂薄薄的瀑水，如月光下泻，仿佛她们捣洗的不是衣服，而是水墨丹青的流年。我小心翼翼地问她们，怎么不用洗衣机洗？她们莺啭着柔婉的腔调：溪边洗衣服，那才叫洗呢，水清景致好，空气又新鲜，还可以一起拉拉家常，有趣有味得很。我鸡啄米似的点头称是，又打听一些有关镇山的情况，她们笑吟吟的，不再多言多语，只是建议先去镇山脚下的几个村子转转，保不准会有收获。

趁阳光尚未浓稠起来，我们开车先后溜达了好几个村子。无论是金河村、三星村，还是提茶坪、远水坪，以及洞溪村、莲花村，村村皆有来历，户户多有掌故。青山绿水间，村子里新修了许多别墅式小洋房，显得有模有样，欣欣向荣。一些青瓦木屋吊脚楼倒并不十分显眼，依山就势隐在茂林修竹间，走马转角，司檐悬空，木栏扶手，或两手推车，或封合天井，庭前屋后栽花种草，条石铺砌的晒谷坪上，晒满金黄的稻谷、火红的辣椒，几只黄狗或黑狗，伸出长长的舌头，悠闲地踱来踱去，遇上生人，便龇牙咧嘴作势狂吠起来，待到主人一声叱喝，方摇摇尾巴噤声趴下，目似瞑，意暇甚，彻底变了副模样，温驯得很。屋主人多上了年纪，瘪着嘴，叼了长长的旱烟袋，吧嗒吧嗒地吸上几口，烟雾缭绕中，土生土长的语词便下油锅似的，嗞嗞嗞地响了一地。

据说，镇山脚下，大凡上了年纪的人，多多少少都会几手奇门遁甲的功夫。有的能竹筛打水、定蛇定鸡；有的能祛病安煞、借力千斤；有的能将隔了几座山别人家的酒，飞流到自己的杯中来；有的能将哺乳期没了奶水的妇女隔空催乳，奶汁长流；有的在房间里说声“转”，堂屋里的四方桌子便应声旋转起来；有的能使灶锅煮饭，尽管大火烧煮，米汤一天到晚也煮不沸；还有的能让石碾盘上的石磙跳出碾槽，在外面自由旋转，想快就快，想慢就慢。更厉害的还是被誉为千古之谜的“辰州三绝”——放蛊、赶尸、辰州符。一袋袋的烟，一杯杯的茶，我们听得眼珠子与下巴快要掉了下来。

七甲坪，作为国家级非物质文化遗产——辰州傩的发源地，确实名不虚传。

山风徐来，蝉鸣树上。入夜，我们在先胜兄伍家湾的家里用餐，先胜兄的父亲金承乾老先生已八十有余，清峻瘦削，腰板挺直，双目炯然，是辰州傩的传人，大半辈子致力巫傩文化的传承与保护，在当地颇有名望。先胜兄的家便是典型的巫傩人家，两层楼的青瓦木屋，歇山重顶，檐角飞翘，玲珑精巧，堂屋里神龛两旁悬着“箕裘绍远”与“甲第联蝉”的牌匾，屋内珍藏有各样的巫面傩具与各式法器，弥漫着神性与魔性相谐相融的远古气息。田有封洫，道有险夷，席间，老先生依旧豪气干云，连续一饮而尽几杯小酒后，脸色苍润，皱纹舒展，一边扬着手势，一边舌底翻莲，诸多的巫傩往事开始复活、鲜活起来，有点支离破碎，也有点酣畅淋漓。

顺了风的方向，溯着时间之水，四千六百多年前，在那个名叫涿鹿的地方，狂风大作，雷电交加，居于轩辕之丘的黄帝与姜水边的神农炎帝一同东征蚩尤，一场关乎土地、食物、信仰与文明的战争拉开序幕。蚩尤首创巫教“夫人作享，家为巫史”以抗衡，兵败后九黎部落南迁西徙。九黎之裔“三苗”部落犹如林中藤蔓，在潮冷潮冷的崇山峻岭中繁衍生息，攀爬壮大，他们笃信万物有灵，敬奉傩公傩母，吹着牛角法螺，持着雷枣令牌，摇着金刚铃铛，念咒画符，酬神娱人，将巫教一步步发展成为驱鬼逐疫、祈福禳灾、消难纳吉的巫傩文化。傩仪、傩祭、傩戏、傩画、傩具、傩坛、傩面、傩艺、傩俗，浸透进人们日升月落的生活，与天地对话，与神灵沟通。他们是大地的精灵，天地的舞者，带着一股神秘的力量，与自然、与命运一起流转。他们的血液里散发对善与美的渴盼，灵与肉的虔诚，绽放出原始古朴的傩魂神韵。他们祈望着：千两雨丝在前，万两雨丝在后，风到地头看风，雨到地尾看雨，家家要风有风，户户要雨有雨。他们穿越着：请神降仙、上天入地、呼风唤雨、招魂收魄、驱鬼打煞、收瘟治蛊、隔山止血、接骨推拿，无所不及，无所不能。他们坚韧着：上刀山、下火海、踩火犁、滚刺床，令人瞠目结舌的神功绝技，让人云里雾里，却尽显来自生命的深邃魅力。面对无尽的前路，无边的灾难，他们需要有一道道护身的符，福佑平安康顺，求得神祇的庇护，灵魂的慰藉。他们画着命运的纸符，净身、净面、净手、净心，摆好神案，点燃三支清香，案呈“三牲”，口诵祝咒“天圆地方，律令九章，吾今下笔，万鬼伏藏，急急如律令。”他们家家门上贴符，以保平安；户户起新房贴符，镇住邪神鬼怪；猪牛鸡舍贴符，确保禽畜兴旺；出行人身上带符，可保百事顺利；狩猎场地上画符念咒，可使猎物丰收。如此等等，凡有饮烟处，几乎无处不用符，无日不画符。符咒掐诀并用时，屏息端立，头微低，手下垂，然后迅疾高吟，一气诵完，兼以翻掐手诀，勾按屈伸，拧扭旋翻，步罡踏斗，存思运气，阴阳对流。耳闻目睹巫与傩的林林总总，说不清道不明的，每次眼睛都是昏亮亮地瞪着，后脊背发凉发寒，有时惊骇得身子如印在旮旯里的风车，纹丝不动，有时又如惊弓之鸟，在暗淡的灯光中，将影子抽掠得恍恍惚惚，一明一暗，大气都不敢喘上一声。事后糊里糊涂地想了又想，究其实，他们玄之又玄地乐此不疲，需要的并不是神神道道的前尘往事，而是一个当下可以席地而坐的故事。故事里有可以吮吸久远的白驹过隙，岚生雾起，鸣锣开道，涅槃重生，虽然诡谲玄幻，虚实难辨，却有着面向未来转身的雄强蛮悍，各样的名堂与板眼，无不出神入化、古艳动人。

林霁初开，镇山离我们并不遥远，我们一行迫不及待地振衣直上。峰壑松石间，盘山公路时隐时现，分岔处，一道镌刻着“巫傩圣山——镇山”的山门赫然眼前，傩公傩母浮雕面具大像，神形毕肖地拱卫两边。傩公颧骨高显，眼球凸鼓，方脸大耳，直挺挺地看着前方，貌似凶神恶煞、面目狰狞，让人心生恐惧，却又忍不住想慢慢靠近。傩母倒显得温良俊秀，恰似窈窕淑女，安安静静，意味深长。正午时分，精粹的阳光从云层罅隙缓缓漏下来，斑驳在各样的花草树叶上，微风掠过双肩，似有隐约的天籁在云端缥缈。纤绝的尘陌栈道，曲迂盘桓，负势竞上；沿途草木葳蕤，随风婆娑；马尾松、青冈、厚朴、紫檀、稠木等高大乔木繁荫森森；三三两两的巨石巉岩，险峻嵯峨，壁上多有虎耳、青苔、薜荔缠绕倾覆；淫羊藿、吊竹梅、紫茉莉、牛筋草的清幽野芳弥漫开来。浃一背汗水，盈一袖清风，站在白翎垭上远远眺望，只见狮子尖持笏朝拜，云头山耸翠簇拥，七弦岭优雅奏乐；白鹤山翩翩起舞，八斗冈屏息谛听，桑木垭盎然唱和；阳明山清浅布道，扶桑垭素心传经，稻萝尖觅香吟哦。四围山峦参差起伏，巍峨万状。继续攀爬约半个小时，只见一块飞来磐石，上大下小，呈倒梯形，如一尊大佛端坐莲花，梵音袅袅、云水昭昭。峭壁之上，行树皆偃侧，有的斜逸如翅，有的横卧如虬，更有侧体而横生者，拿云攫石，一副搔首问青天的雄浑模样。山风猎猎，枝叶翻飞，云舒云卷，回望山脚莲花村，如黛似碧。烟霏云敛中一汪兰滩，泠泠清清，映云似雪，茫茫渺渺，偎依如带。如此山巍水澈，我突然心头一热。这风潇然于山石草木间，莫不是从数千年前吹过来的巫风吗？云笼烟锁，傩韵铿锵，带着柔软的坚强，慈悲的美丽，大化于无形，有古拙无尽的韵致。

一抹流云，一声风吟。这风，吹过两千多年前屈子仰望苍穹的目光："沅有芷兮澧有兰""制芰荷以为衣兮，集芙蓉以为裳""朝发枉渚兮，夕宿辰阳""既含睇兮又宜笑，子慕予兮善窈窕"。他把那么多归去来兮的上下求索，那么多楚天万里清秋的所见所闻，写进了《九歌》，融进了《山鬼》，化身为《湘夫人》。沅湘楚地，蛮俗好巫，每淫词鼓舞，必歌俚辞。难怪，刘禹锡说："顾山川风物，皆骚人所赋。"朱熹说："昔楚南郢之邑，沅湘之间，其俗信鬼而好祀。其祀必使巫觋作乐，歌舞以娱神。"沈从文也说："屈原虽死了千年，《九歌》的本事还依然如故。"

楚地多奇谲，楚人多幻想。这风，生于斯、长于斯的文学大师沈从文先生领略过。沈先生自然知道辰州（沅陵）的巫风傩韵是以辰州符闻名。辰州符的灵迹，就是用刀把一只鸡颈脖轧断，又把它重新接上，噀一口符水，向地上抛去，这只鸡即刻跑开，撒一把米到地上，这只鸡还居然可以赶回来吃米。神巫头缠红巾，双眉向上竖。脸颊眉心擦了一点鸡血，红缎绣花衣服上加有朱绘龙虎黄纸符。巫祭时，神巫手执铜叉和镂银牛角，一上场便有节拍地跳着舞，用呜咽的调子念着娱神歌曲。那在鼓声嘭嘭下拍动铜叉上圈儿的声音，与牛角呜呜喇喇的声音，仿佛神巫的周围与本身，全是精灵所在。

这风，步履踉跄的著名史学家钱穆先生同样见识过：“余少时在乡间，曾见一画辰州符者，肩挑一担。来一农，病腿肿，求治。彼在檐下壁上画一形，持刀割划，鲜血从壁上淋漓直流。后乃知此血从肿腿者身上来，污血流尽，腿肿亦消，所病霍然而愈。腿上血如何可从壁上流出？此诚一奇，然实有其事，则必有其理。惟其理为人所不知，却不得谓之是邪术，此实神乎其技矣。”

背脊透着汗亮，我们时不时野野地长啸短吼一声，喊山喊魂似的，只是弯腰抬腿都得十分小心，树、草、藤、石掺杂一起，生怕有什么差池。在莲花石边坐望良久，继续横山越岭，一些石磴临崖凿就，险要处需攀缘而上，耳边山风呼啸而过，蝉声鸟鸣空谷回荡，各处依旧是藤萝翠蔓，葱郁有致。沿途有许多巫傩往事的遗存，如傩母的“莲花座墩”，杨五郎赴傩堂急跳的“脚板岩”；傩公傩母半山下棋的“棋盘岩”；还傩愿时用餐的“碗柜岩”；孟姜女下池洗澡的“藕塘”古柳；太上老君的“马舌岩”和“玉兔岩”，以及天然“自生碾”等等。此外，还有两处古战场遗址：汉伏波将军马援征蛮时的镇山之战遗址与元代蒙古人万里南征的千古战场。临风远眺，古战场遗址上，仿佛依然能听到当年的牛角号声阵阵，锣鼓声喧天，傩歌直冲云霄。镇山，因此也成了一座不能被征服的山。

从白翎垭，过颈项岭，到棋盘岩，看一眼“仙人指路”，“小卒过河”。上舌子岩，过天井湾，爬九拐坡，望马头岩，绕桃树湾，到旱碾窝，终于，我们到了镇山山顶。山顶有一块窝桶形的洼地，一大片小青蒿散漫肆意地生长开来。细碎粉白的花朵蘸着阳光，在风中摇曳，看似卑微，却充满灵性。小径两边的狗尾巴草也毫不示弱，毛茸茸、金灿灿的，像极了荒野中的一首小令，潜藏着整座山峦柔韧的风韵。

茂林修竹中，镇山莲花庵稳稳地坐落在洼地窝桶形中央。庵后有一巨石，上端相接，下空如斗，恰似一匹疾驰的骏马追风逐日，昂首嘶鸣，因名马头岩。古庵建于明熹宗朱由校天启元年(1621)，可惜的是，历经数百年风雨沧桑，早已残破不堪。灌木杂草丛中，高大的石牌门楼尚存，顶坊差不多坍塌殆尽，几茎蒿草悬空当风抖着，很是凄惶。额坊条石上，一左一右分别雕刻着鹿回头与牛颔首的浮雕，有着永生相伴与扭转前生的佛法寓意。立柱上刻有一联：曲径通幽缭绕一莲拱座；层峦耸翠峥嵘五岳朝天。摇山振岳，果然不同凡响。庵内房屋梁柱与壁瓦欹斜零落，瓦砾青草中，不知从何处请了个神龛。按例应是供着观音、文殊与普贤，但我细细看了看，除了观音，另外两位尊神大小不一，身披红绸，持杵怒目，看来应是“金刚怒目降服四魔；菩萨低眉慈悲六道”了。听说每年打清、皇二醮时，要还七天七夜大傩愿，成千上万人蜂拥上山，观镇山风景，上古庵朝圣，看辰州傩戏，赏傩舞傩技。莲花寨接亲、莲花溪放排、莲花船上水拉纤、村姑排中对山歌等，满怀纯良，人人心里都是种着一朵莲花，明月清泉，不存杂念，心是香的，身是香的，灵魂是香的，连走路带起的风，也都是香的。

从莲花庵踅磨出来，门楼映了余霞，仓皇威穆之感油然而生。先胜兄看了看天边的晚霞，捋了捋额头屈指可数的几根头发，指着庵前正在施工的一块空地，眼里骤然放出许多的亮光来：这里将建一个巫傩文化展览馆与一个巫傩演艺中心，莲花庵也将修旧如旧地复建起来。凭借得天独厚的自然风光和巫傩历史文化遗存，镇山将建成全省唯一的辰州傩文化主题森林公园，探秘千年辰傩，领略千般风情，聆听千古绝唱，触摸千古遗存，人人可以在这里跳傩舞、学傩技、雕面具、演傩戏、采野菜、尝野果，使巫傩文化的赓续传承经久不衰，乡村旅游红红火火，乡村振兴指日可待。

风吹山林兮，月照花影移；空山鸟语兮，人与白云栖。当朵云从头顶飘过，微风从耳边吹过，鸟儿也在树梢叽叽喳喳，我的心禁不住有些荡漾起来。看来，花不可以无蝶，山不可以无泉，石不可以无苔，镇山不可以无莲花。“浮云白日，山川庄严温柔。”出淤泥而不染，濯清涟而不妖，我仿佛看到，这朵古老的镇山莲花，一颗千年的种子，从神灵落脚的地方，带着上古原初文明的密码，带着大地不朽的歌吟，带着姓氏沸腾的渊源，在初春的雨水中发芽，在盛夏的阳光下绽放，路过它的人，不近，不远，不惊，不讶，每一个追云逐月的脚印都飘着隔浦的莲香，每一枚吹瘦山河的木叶都自带着巫风遍地的光芒。

风过镇山，俯仰之间，可视可抚，不存悬念。

一个村庄的纪念碑

一

从沅陵县城出发，经麻溪铺，循荔溪，过睡佛山，拐入小明溪，有龙吟与虎啸二山。两山绵延巍峨，呈窝桶状，环着一个村落，这就是明中村了。

明中村据说有三百多年的历史。一个村落，三百年前不古，三百年后就古了。三百年，那么长，那么深，那么远，足以让一条溪水流到命运的最下游，也足以让祖先睡在离我们不远的地方，一步之遥，却永远无法企及。

我并没有立即进入这个村庄，而是隔着小明溪，久久凝望，凝望一个村庄的三百年。三百年的秋风，足以吹倒万物；三百年的雨水，也足以浇灌一棵萝卜或白菜。时光村落里，三百年的距离，不只是名字与墓碑的距离，云朵与水滴的距离，炊烟与天空的距离，白天与黑夜的距离，更是豆芽与豆腐的距离，稻穗与米饭的距离。这样的距离，有时近有时远，有时深有时浅，一如环村而潺的溪水。

明中村没有我想象的大，也没有我想象的小。不大不小的一个村庄,倒适合安放不轻不重的心事,一些村庄的心事。

远远望去,明中村(戴氏院落)最为显眼的是方正庞大的窨子屋,白墙黑瓦,檐牙高啄,约有八九栋,依山而建,顺势而筑,鳞次栉比。村中更多的是两手推车式的土家吊脚木屋,青瓦小筑,参差其中。当然,也间杂有新的楼房,瓷砖贴墙,十分打眼,与整个村落的古旧无法一致。

进村,晒谷坪上停着几辆灰扑扑的小轿车。车是新的,灰尘也是新的。一位身穿棕色皮夹克的年轻人正提着满桶的水冲洗着车身。一个村庄的年轻人,在城市里打拼,挣了钱,买了车,总是喜欢将车停在村里的路边或是晒谷坪上,那是最荣耀的事情。他要让村里人看看,让祖先们看看,他是如何给家里争光,给家族添彩,如何的将村庄的日子过成城市里的生活。

村口窨子屋高大气派的隔火墙下,几位老人坐在油光锃亮的墨岩上晒太阳,扯闲谈。其中一位,散淡地半眯着眼,叼一杆长长的旱烟袋,"嗞"地吸一口,半天方从鼻孔飘出几缕烟雾。另一个,给轿椅中的孙子或是重孙耐心喂着稠稠的米糊。冬至的阳光,没想到出奇地好,毕毕剥剥,毫不吝啬地伴着尘埃降落下来,落在屋脊、树梢、门楣、墙脚,落在老人的发际、眉梢和胡须上,也落在既陈旧又新鲜的时光里。

同行的两位本地同事上前与老人打招呼,叽里呱啦说着热闹的瓦乡土语。我一点也听不懂,但凭着语气语态,还是多少能晓得一些他们拉家常的内容,不外乎是寒暄一下多大年纪,子女在什么地方,有几个孙子或孙女,做着什么营生之类。一位老人瘪嘴朝我打量了一番，然后挺热情地欠起身子，引我们走进一栋又一栋的窨子屋。

窨子屋，多坐西朝东，由两进或三进深的天井院落组成。阳光从天井口斜斜地倾泻下来，透过蛛网，越过尘埃，让整个庭院显得亮堂。让人感觉，不是阳光照耀着这些古老的房子，而是房子豢养着数百年的阳光。不止是阳光，豢养的，还有雨水。天井里的青石板，湿漉漉的，数百年的屋檐水滴出坚硬而柔软的凹痕，安安静静，盛满了整个院落烟熏火燎的往事。它们与房子太亲太近，似乎从未有过短暂的分离。

几进深的庭院里，打谷机、犁耙、水桶、木盆、搓衣板，还有大捆大捆的柴火，乱七八糟堆放了许多。最里边，照例是神龛，历代祖先之位，普同共养，是吾宗支。神龛供台，点着的不再是桐油灯与蜡烛，而是红色心形的莲花灯泡，很神圣很虔诚地亮着。灯泡上方，脱了漆的大匾额镌刻着庄重吉祥的字，大多已看不清，只有一块“光绪重修”的匾额，隐约辨得出痕迹，昭示出一大把年纪的荣耀与庄严。

午后的阳光，丝丝缕缕地穿过雕花门楼里的时空，将许多雕梁画栋的残片，停留在岁月深处。庭院左右的厢房两米多高，是主人日常起居的地方。窗棂多雕花，或龙凤呈祥、鱼戏莲叶，或八仙过海、梅鹿过隙，加上一些颇具匠心的砖雕、石雕，雕工精美，刀法明快，融人物、山水、花鸟、故事为一体，意趣动人，寓意深刻。一些黧黑的木雕上挂满白色的蛛网，一层一层的，参差错覆，网住的仿佛不是虫蚁蛾子，而是数百年的光阴。多数院落已残破不堪，天井堂屋散发出一种浓重的青苔霉味。住有人的几处，没有我想象的那么规整、干净、熨帖，也没有气派的八仙桌、太师椅，倒是那高大肃穆的门楼上“大哉乾元”“震宅宏基”等条石大字，让人感慨起烟云过往的富庶与威仪。只是，只是，再也没有什么人愿意停下来，慢慢地，细细地品味。

出得门来，遇见年过半百的村支部书记，正搭着木梯，小心翼翼地擦拭着那块铜质的“省级文物保护单位”的铭牌，黯然的眼神里满是忧戚。擦拭的仿佛也不是什么现代的铭牌，而是整个村庄的记忆。

村支部书记说，住在窨子屋里面的人，早在几年前，就开始怨声载道。如今，他们的子女在城里挣钱了，做梦都想把窨子屋推倒，重新翻修成带有罗马柱式的华庭高楼。他们舍不得他们的风水屋场，也不愿另觅新地安居。可是，一个“省级文物保护单位”的铭牌，把他们钉在了住又无法住，修又无法修的尴尬两难境地。这让他这个做村支部书记的，工作起来十分为难。

二

一个村庄，总有一个村庄的来历。据说，这个村子的住户，原本不姓戴，姓蔡。最初的一户戴姓人家庭乃是从相隔甚远的沅陵桐车坪那边搬过来，住在虎啸山的西侧。某一天，一名不知来历的乞丐行乞至此。这位戴姓汉子本着“来到堂前都是客”的善心，看他可怜，有酒有肉地留其住了一些时日。乞丐临去时，为感恩，道出屋场风水，建议戴姓汉子搬迁至东侧与龙吟山交汇的龙脉上。也是机缘凑巧，戴姓男子那年放排至常德讨生活，竟一路顺风顺水，发了一笔大财，回来后想方设法重金购得乞丐所指处的蔡姓屋场，起柱架码，围墙筑院。从此，戴姓人丁兴旺，而蔡姓则日渐衰落，以致后来整个村坊都成了戴家大院。

一个村庄的生长，是特别需要时间的。从单家独户到竹苞松茂，从陋室简屋到深宅大院。一代、两代、数十代人，就那么紫燕衔泥，精卫填海地筑巢而居，从一块石头、一丘水田、一根梁木、一口水井开始，不慌不忙，不急不躁，直到让自己长成祖父，老成祖宗，成为年代。

明中村的小巷，是我喜欢的。一条或数条鹅卵石与青石板垒砌的小巷，可以让人自然而然地穿行于浮生流年，如同光阴数百年如一日地在这巷道中踱出的方步，悄无声息。

高大方正的隔火墙里是窨子屋，窨子屋的正门与侧门蜿蜒出去的就是青石板铺就的小巷，循溪附山，四通八达，迷宫一样。行走在填满暗影的小巷，阳光洒在布满沧桑的屋脊，一些斑驳的阴影忽明忽暗地覆在我与同事的身上。小巷深处，有几只慵懒的狗眯眼趴着，它甚至懒得对我们吠上几声。一只母鸡带着一群鸡仔闲闲地觅食，叽叽喳喳的，探出一些细微的动静。

我用余光轻轻摩挲视线里的一砖一瓦一石，这些深宅古院经过年久日深的时光濡染与渗透，在浓缩的光影里，一寸寸散发出某种遁世的悠远。一栋栋老屋，在这样的深山腹地，就那么慵懒随和地一躺就是几百年。穿行其中，你可以与一堵高墙对话，与一棵古树相拥，与一朵春花独语。你与它们，它们与你，隔着年代相互凝望，找到或忘记，寡言或絮语，什么都可以有，什么也都可以没有。只要阳光暖暖地晒着，一切都会平静温馨。

天空之上依然是天空，道路前面依然是道路。那些曾经在小巷里踱出的步子，想来，应该是不疾不徐，步履轻巧得就像此时此刻我的脚步，回响在小巷沾满氤氲之气的落叶中，回响在四周青苔杂草丛生的墙壁上……这种悠长的宁静，可以把人身上的躁气一点点褪去。三百年的小巷，肯定，每年每月每天，都曾上演过一场场人生的悲剧喜剧，哭过，笑过，伤过，痛过。从巷头到巷尾，时光隐秘处，一些人把或喜或悲的情绪放生，一些人又将或荣或辱的生命轮回。

或许，放在彼时，沿着老旧的巷子，你会不经意地来到一家的屋檐下，一户的后院中，碰到巧笑倩兮浣纱的农妇，美目盼兮舂米的村姑，甚至疑心那些蛾眉杏眼、唇红齿白的倩影是从《诗经》中闪过，还是从《红楼梦》里走出。篱落参差，几架扁豆花正含苞吐蕊，一束散着花香的栀子，或者几茎开得灿烂的夹竹桃，像随时恭候你的到来。你尽可轻推柴门，进入小院。口渴了，随便掀开水缸，舀一瓢凉水，豪饮一气。园子里应时的蔬菜水果，伸手可摘，只要不是糟蹋，随便你摘多少，解解渴，爽爽口，没有一个人会与你见外。

当后世的我们行走其间，不断地路过从前，不断地洞见人生的坎坷悲欢。待久违的一场秋雨，洗净沉积在废墟上的尘埃，活着的往事，一粒粒，极静，极静，在某个午夜，便会波澜不惊地呈现于眼前。

三

“上帝创造了乡村,人类创造了城市。”这是英国诗人库柏的句子。果戈理也说过,建筑是世界的年鉴,当歌曲和传说都缄默的时候,只有它还在说话。说实话,我并不太喜欢过于繁华的城市,灯红酒绿掩埋了泾渭分明的四季,车水马龙里没有节制的欲望泛滥成灾。在城市,高楼大厦挤压着陌生的人群,人人似乎都成了地铁、公交车上来来去去、上上下下的流亡者,没有宁静,没有皈依。城市的土地,只长楼房,不长树。偶尔看到几棵树,也是乡下进城的树,缺胳膊少腿的勉强绿着,不是楚楚动人,而是楚楚可怜。乡下不同,古村落更不同,它可以曲曲折折地安放着几条幽深逼仄的小巷,有山可依,有水可循。鸟语空山,青砖黑瓦,唇齿相依。更可喜的是,随处可以有自然而然,大小不一的树。

沿明中村斗折蛇行的小巷踟蹰而上,近半山腰回望俯视,便可发现村中有三株巨大的古银杏树,呈三角形远距离分布,颇有点三足鼎立的意味。久居乡村的人一看就知道,这是邻近院落几个宗族的分界树、庇护树。自然,戴氏院落的那一株,最大,三四人方能合抱。靠近根部的树干已经朽蚀中空,足可供两三人斜身其中,遮风避雨。硕大的“树奶”嶙峋而垂,“奶头”系满了红布条,犹如经幡。树旁有许多香烛的遗痕,残留着一些青苔似重叠的傩愿。冬天的银杏树,光秃秃的,枝丫参差倾覆,遒劲有力地勾画着时蓝时白的天空,金灿的树叶落满屋檐、墙角、小径,年复一年装扮整个村庄的“黄金时代”。

朝送暮接,岁月匆匆。一棵树,活下去,多么简单,只需深掘土地,只需要那么一点点的阳光,一点点的水分。它不会因为错过春天而在冬天停止生长,也不会因为风吹云散而心存旁骛。一棵古老而又硕大无朋的树,应是一面村庄的旗帜,哪怕千疮百孔,只要旗帜不倒,村庄就会永在。

面对如此坚硬的树,我的视线突然柔软下来。环树逡巡良久,伫立良久,油然而生不知今夕何夕的痛感:一棵树,就那么静静的,站立了三百年,站成了季节,站成了气候,站成了岁月,站成了整个村庄的历史。它还准备站立多久,还能站立多久?许多的树,都已全然不顾自己的年龄,削足适履地进了城,它们已不属于村庄,其实,也无法属于城里。试想,一棵树,倘若没有了乌鸦、喜鹊、斑鸠筑巢搭窝,嬉戏啁啾,没有了"自在娇莺恰恰啼",那还能叫真正的树吗?

从某种意义来说,树是村子的庄稼。什么样的人,种什么样的树;有什么样的庄稼,就有什么的人。屋前院后,坡上坡下,枣树透出坚硬,槐树显现刚强,柳树洒满柔情,香椿弥漫清朗,桃树散发绰约,梨树绽放洁净……一个村庄的世风人情,只需眺望一下村子里的树,就可以了然于心。

四

有树必有井,这于乡村,似是一种必然,于明中村也不例外。

距戴家约两里路的夏家溪,同样的高墙老屋沿溪而筑,只是更加残败。村口，一株古柏浓荫匝地，树下供奉着“当方土地”，香火缭绕。穿树而行数十步，便有一口老井。井高过小溪约三尺许，方正的井圈用四块条石雕凿而成，石质的井沿边缘已磨蚀得残损不全，有的地方只好用水泥补缺。井的外围，又用石砌了两口方池，最里面的显然用于饮用，外面的用于捣洗衣物。井水清澈，页岩垒起的井壁，岩缝里的青苔和花草见缝就长，一些沾满琼风浩气的枯叶散落井底，弥散出湿淋淋的古旧气息。井旁鹅卵石铺就的小路，被往来担水的人朝踩暮踏，青薄光滑，十分熨帖地沉淀出一种沧桑的质感。

这里的住户更加稀少，偶尔有一两个上了年纪的妇人背了捆干柴经过，颤颤巍巍的。井旁有一块石头，专门可以妥放背篓歇脚。一位六十岁光景的妇人，将背篓放好，蹒跚到井边，用青筋凸现的双手掬起一捧水猛喝了几口。妇人歇了口气，也不多说话。但眼神却清亮。我想，这眼神，一定是这井水给的。清亮里漾着善良；这口音，也是这井水给的，叽里呱啦，柔软里带着清脆；连脾气和心性也是这井水给的，质朴、清俊、细腻、绵醇。

我谦恭地走上前，试着打问一下村里的情况。当然，得有同事做翻译才行。妇人说，现在的年轻人都外出了，在家的只有十几个老人。儿孙们虽然也常常寄钱回来，但镇上与城里离那么远，没地方用，也舍不得用。家里虽然也有电饭煲、洗衣机之类，但冬天总还是要烧柴火。柴火鼎罐饭才好吃，没办法，得打点干柴。洗衣也是，用棒捶洗，习惯了，干净。

看着老妇人在高大的隔火墙门洞口，背着柴火左转右斜了好几次，才将柴火背进屋去，隐在了木门背后。

许久，我的思绪都一直没法拽回来。

从村庄里进进出出的人，每个人的血脉里肯定都会循环着一淙清水，浇灌着深深浅浅的日子。无论走得多远、多久，还回不回来，他们的内心深处，一定都深藏着一口清流不断的井。不然，何以有“浮萍本无根，非水将何依”“滴水之恩，涌泉相报”之说？

阳光依旧有些热烈。我学着老妇的样儿，双手掬起井水，小心翼翼，慢吞吞的，喝了一捧又一捧，仿佛喝下的不是水，而是这个村庄的血脉。

我似乎一下子明白了自己这段时间，为什么会莫名其妙去许多村庄。早晨或中午，下雨或是出太阳，我总是一个人，默默地走在前往这些村庄的路上。善乡、野柘、明中、胡家溪、梅子山、合仁坪，一个个村庄失落的从前，不断地邂逅。一些村庄，离我很近，近得不能再近。一些村庄，又离我很远，远得不能再远。

村庄，有大，有小。村庄里的人，有多，有少。许多人，许多事，在村口进进出出。一些人，出去了，再也没有回来，有的是不愿意回来，有的是没有能力回来，还有的是根本无法回来。一些事，发生了，不止是在村口那棵古拙的银杏树下，更是在千里之外的某个城市，某个角落。

出去的人多了，村庄的一些事儿，在城里就生了根，发了芽，甚至长出了一片庄稼。庄稼既已长在了城里，乡下自然难免会“远近横着几个萧索的荒村”。

从村庄出去的人，不管他愿不愿意，日子久了，内心深处又往往会长出一个村庄。特别是逢年过节的时候，一张脸尚埋在手心举棋不定，一双脚却早已踏上“我要回家”的路程。出去或回来，在路上，每个人都自己把自己走成了一块纪念碑。

如今，我站在村庄之外，与村庄隔着那堵高墙，那棵古树，那口老井，还有不敢回头的方向。多少个日子，带着熟悉的陌生，隐约的恐惧，阒静的忧伤，我只想与村庄说一些断断续续的话。说风过院墙的话，院墙就围住了一地梨花的白、青菜的绿和谷子的黄；说苞谷黄豆的话，苞谷黄豆就一颗又一颗地滚落在箩筐里，一年的好日子似乎有了着落；说猪狗牛羊的话，猪狗牛羊就可以活蹦乱跳出一村子此起彼伏的声音，让人明白，即使在许多风物人事已经睡熟或沉睡的时候，总有一些东西还是会在大地上醒着。

天，渐渐暗下来。明中村，远远的，只剩下一个符号，无法删掉。我一步一步，一寸一寸，将脚步与视线挪开。越过小明溪跳岩的时候，不小心摔了一跤，血水淌了一地。闷在村外与人闲聊的同事迎上来问，怎么搞的嘛？我说，被活着的往事绊了一下。又问，么子时候摔的？我说，明天。

千年木王

好大的一棵树，若是堆积了太多的时光，散发出许多朝代的气息，总会撞疼人的眼。譬如陕西黄陵的轩辕柏，广西南山寺的不老松，陕南圣水寺的汉桂，湖北荆州的章台古梅，云南凤庆的锦绣茶王，八闽福州的千年古榕，山东浮来山的天下第一银杏树，自然还有左公柳、项里桐等。它们与岁月俱长，与山川同在，可以俏生生地洪荒纪事，也可以活鲜鲜地亘古千年。在想象到达之前，每一个渺小的时刻，都有扯着脖子瞻望的高低错落，每一次季节的签名，都有无法剃度的世间悲喜匆匆来去。

山在山边高着，天在天边空着。一岭岭的树，一阵阵的风，脱胎为云，换骨为雨，不寒不暑中来来往往，不春不秋中反反复复。许多秘而不宣的事物，摊在略显潦草的山川田野，有的矮矮地窝在草丛中，有的忍不住远走高飞。唯有一棵一棵的树，兀自静静地立着，苍枝屈虬，疏朗端庄，将云朵站成鸟的归去来兮，将雨滴站成不舍昼夜的大江东去，将暮色站成渺不可考的苍茫，将自己站成刹那即永恒的序章。当流云滑过天际，枝柯散落一地的阴凉，片片树叶沐浴雨滴似的阳光，一棵棵的树，一半在尘里飞扬，一半在土里安详，多少年过去，都是古茂新鲜的模样，不悲不喜，不声不响。

听说，“云上的乡村”杜家坪是有大树的，至少曾经是有的。这个湘西北雪峰山脉中北部的乡镇，山很高，可以望峰息心；谷也很深，足可窥谷忘返。乡域面积并不大，说是有坪，多半只是夹岸高山中一条条细细的小溪，山脚溪旁一溜溜狭长的田地，布腰带似的，扭来扭去，三两下就拧到了尽头。山上的树多半负势竞上，互相轩邈，加上云来雾去，水瀑在高山深壑间飞泻，恰似一幅范宽的溪山行旅图。

杜家坪的树大是出了名的。据说，在一处山顶，曾独独生长着一棵参天大树，横可蔽日，在昼犹昏，人们称之为“木王”，这个村庄也因树而得名为木王村。木王树高逾数百丈，冠盖如云，苍劲茁壮的树丫向四周纵横延伸，遮蔽了众多的村舍人家。其中往西的一枝最长，枝梢一直延伸到岩湾的小溪边，距主干约三四里地，称为长枝溪；向东的一枝，枝叶绿中带黄，伸展到两公里开外的一处田陌上，因名黄枝田；南边的一枝荫蔽到桃源西安镇薛家冲村的山垭，枝尖横插入地，形似宝塔，人们在枝尖入地处种下黍稷，收获小米八斗，取名八斗塔；北边的枝蓊郁探伸滴水成溪，即现在的捞溪（捞即伸手可触），枝中部有一树窟，一年四季滴水不断，久而久之，滴水成坪，连阡累陌八百余亩，穰穰满家，得名滴水坪。后来，风驰雨骤，山洪暴发，树王轰然倒塌，顺水沉到原荔枝溪乡的一处深潭，人们将沉没木王的潭唤作沉木潭；水退后，村人用木王的树干、树枝新修了好几栋房屋，称作新屋场，即现在的新屋场村。凄风苦雨，树倒根摧，人们将木王树根翻出的大坑平整为农田，得六亩四分，播种五谷，名之五斗圻。这让我想到向日逐走的夸父，道渴而死，弃其杖，化为邓林。一处生命悲壮的死亡，却因化作一片桃林，得到另一种形式的永生，慈柔而悲悯。

大荒大野中，这样的一棵树，吸天地灵气，揽日月精华，犹如山海经中的神树寻木与建木，长可千里，高逾百仞，直通天地，让人目瞪口呆，难以置信。这样的一棵树，它究竟雄姿逸态了多少个千年，暂歇了多少世事浮华，又静谧了多少古今苍茫，没有人能说得清道得明。这样的一棵树，究竟是怎样一棵不可思议的树，是神话还是传说，是夸张还是崇拜，是子虚乌有还是千真万确？没有人能具体清晰地描述出它，究竟是什么树种，叶是什么样子，果是什么味道。常常，说的人信誓旦旦，听的人不置可否。不过，毋庸置疑，我是确信着这棵树的。确信这棵树，一定见识过屈子的披发行吟泽畔，司马错的率军攻楚，马援的征战五溪南蛮；见识过黔中郡的烽烟、溪州会盟的艰险，以及无数的筚路蓝缕、雾霭炊烟。天地静穆，远山微茫，这样的一棵树，一定目睹过太多王朝的背影，亲历过太多生灵的涂炭。也许活得太久太累，终于有一天，它把自己的一生相许给河流山川，凌空打马而过，纵身跃进云烟缥缈的深渊。生与死，互为起点，又互为终点，一种站立往往需要用倒下来成全。土地一天天镌刻着日月轮回的印记。一棵看似完全销声匿迹的树，一枝一叶巍然深嵌在一个又一个村庄的名字里，任凭浓重的乡音呼来唤去，从早到晚，每呼一声，枝长一寸，每唤一阵，树高一截。树叶一茬又一茬黄了又绿，鸟儿一年又一年栖了又飞。给时光以生命，大凡冬天带走了的东西，春天总会原封不动地郑重交还。每一个日子都极为普通庄严，山野稼穑，风从云生，粲然醒来的梦里，莫不满怀绿耸耸的憧憬与玄幻迷离的奥秘。一棵树，悄然潜滋暗长在芸芸众生的心底，显得比遥远更遥远，比巨大更巨大，比永恒更永恒，它关乎的，不仅仅是一棵树的圆寂与一片林子的重生，更是一处旦复旦兮灵魂在上的记忆，生命最后一枚落叶得以返回的所有路径。

在木王村，我小心翼翼地走着，走得很慢很慢，步子迈得很轻很轻，生怕踩疼了什么，错过了什么。沟谷溪涧旁的树木，大大小小，斜的斜，弯的弯，有的伸展着枝枝杈杈，任意东西，有的缩了身子，删繁就简。无一例外的是，都使着劲喘着气拼命地比肩往上蹿，生怕落了后。枝干藤蔓纠缠一起，你中有我，我中有你，彼此连络摇缀，分不清是藤缠树，还是树缠藤。茂林深篁中溪水淙淙，云朵山树映于其中，白得清亮，蓝得深湛，翠得青苍。游鱼往来，仿佛不是在水底，而是在云中，在山上，在树梢。近处的田畴，稻香袭人，稍远处的丛树，飒飒作响。三五青瓦木屋，零星地缀在山脚或是山腰的背风处，竹树间隐约露了断断续续的屋檐脊线，偶有炊烟袅起，与山岚水雾玲珑一处，平常粗犷峥嵘惯了的大山，一时显得柔媚含蓄，斯文有度。间或有放牛牧羊的人，隔山扯起喉咙打“哦嗬”喊山，恰如大吼大叫的陇西秦腔，喊得整个山峦树木都有点俯仰旷达，形骸放浪。

落日疏林数点鸦，青山阙处是吾家。大山深处的木王村，杂花生树，山黛如眉，颇有点“小隐入丘樊”的味道。顺着七弯八拐的路，踅到刘家组一处向阳的坡地，猛然抬头，一棵硕大苍虬的银杏树撑没了大半边天。枝近轮生，斜上伸展，因为遒劲的分枝众多，主干倒并不显得十分挺拔，然而枝繁叶茂，巨冠参天，有着动人心魂的遮天蔽日。看来，这就是被誉为中南五省的“银杏王”了，果然，名不虚传。

这棵巨大的银杏，树高四十余米，胸径近五米，需十四五个人手牵手方能合抱过来，树冠所覆面积可达五百余平方米。据说，树龄长达一千八百多年，也有说一千三百多年的，中间隔了个“向天再借五百年”。其实，这并不打紧，只要活得足够长久，足够生机，随时给时光打个小小的折扣，也未尝不可。我细细地凝视着这棵树，饱经风霜的茎干粗壮，中间有雷劈火烧的凹陷，凹陷处向着树芯缓缓腐烂，深暗的树苔沁漉其中，幽出邃古的光泽，一小部分韧皮部已裸露翻转，印出斑驳细腻的山水木纹。往上约两三米，裸裂的部分又神奇地愈合，老树皮灰褐暗淡，纵裂粗糙，古风十足。根蔸庞大，近基部的粗大侧枝处，长着大小不一的“树奶”，左旋右转的，下垂呈钟乳状。它们没有像树干那样向上生长，反而向地面俯冲，向死而生，触碰到地面，从树干逆向生长出根系，重新开枝散叶，十分罕见。树基部萌生出一些不同年代的新的枝干，条多且直，斜掩参差，与主干连理愈合，树皮浅灰，平滑流畅。整棵树，当年老的枝干已经苍老，另一边却还是生机勃勃，日积月累下，无依无靠的银杏把自己活成了一座靠山、一个传奇。所有的枝干“老、壮、中、青、幼”簇簇相拥，共生共处，演绎着至少是“十世同堂”的奇观。更让人称奇的是，银杏最低的侧枝腋窝长了一棵棕树，几十年仍十分矮小，顶端中央有一小枝十分独特，每年初春生出新叶，状似扇，形若贝，薄似纸，轻如羽，轻盈飘逸，洁净雅致，发出红光，入夏以后转绿，但始终较其他树枝色浅嫩绿。其余则叶薄纵理，俨如鸭掌，略有刻缺，面绿背淡。这样的一棵千年古树，自然“灵性”有加。由于其树耐久，肌理白腻，术家也常常取刻符印，阴阳相感，召使有方。逢年过节，方圆数十里百姓都会呼朋引伴相邀至此，祈福祈愿，觅几颗银杏果，捡几片银杏叶回家，或置枕边或煮茶水，有病治病，无病消灾，常常似有应验，因而成了百姓心目中的“神树”。

银杏树生长缓慢，寿命极长，通常爷爷栽树，孙子品果，故而又叫“公孙树”。四月开花，十月成熟，果实内核颜色银白而形似杏子，所以又名白果树。白果果仁嫩时绿色，久则变黄，果核两头尖，三棱为雄，二棱为雌。银杏在地球上存在了两亿多年之久，果子曾是恐龙当年最喜爱的食物之一。上苍赋予了银杏性别。每当人间四月天的时候，雄球花顶端的小囊便准备好足够多的花粉，静静地等待着一场风的过境。风来，风去，漫天细微的花粉覆盖方圆近二十公里的范围，搜寻着雌树的踪迹。雌树生长出来的胚珠，两端各凝有一个黏稠的小水珠，能迅速将风中的花粉黏住带入胚珠内，雌雄两望的银杏，终于打败了时间与距离的阻隔，有了充足的机会繁衍生息。这种状况延续了近1.6亿年，直到第四纪冰川时期，寒冷笼罩全球，银杏在世界范围内大面积灭绝，其近亲几乎无一幸免。所幸的是，生长于中国南方长江流域群山之中的银杏，幸免于难，保存下来，成为“历史的遗产，植物活化石，植物界的大熊猫”，古植物学家斯维达更是直接宣称它“是人类难以想象的世界自然遗产，是大自然奥秘的里程碑”。

曾庆焕老师的家就在这棵银杏树下，一家人守护着这棵树，树也庇护着这家人，日子过得清清爽爽，有滋有味。家，原本是青瓦木房，板壁用桐油油过，木色锃亮，只是近些年能给瓦屋检漏的瓦匠少了，不得不将小青瓦换成了枣红色的合成树脂瓦，响门亮窗，干净整洁，透眼一看，这屋主的性情习惯便楚楚了然。曾老师精瘦、热情、健谈，只要一说起这棵银杏树的前世今生，便身板挺直，眼里放光，一边习惯性地捋了捋日渐稀疏的头发，一边比比画画地说：三国时期，曹魏平定北方异族，分匈奴之众为五部，以削其势，将其精锐骑兵纳入自己军团，充当先锋。南征蜀汉与东吴时，又欲征集大量游牧民南下，游牧民不愿远征南疆，于是化整为零，四处逃散，其中一支颠沛流离到杜家坪木王村，发现这里山高林密，渺无人烟，宜于躲避战乱，休养生息，便取名为“流家”，即流动的家。又按出发时的约定，在住地和距离住地五百米的地方各种下一雌一雄两棵银杏树，作为将来与故乡亲人联络的标志。许多年过去，树越长越大，“流家”的人口也渐渐增多，慢慢习惯了男耕女织的农耕生活，日出而作，日落而息，决定不再迁徙，将“流家”改名为“留家”。明洪武年间，陆续有本地刘姓人家在“留家”周边居住，为了与本地人和睦相处，又将“留家”改为“刘家”。木王村这支人脉究竟缘于匈奴、契丹族还是女真人，族谱上并无文字记载，一切源自于祖辈的口口相传。毕竟，历史太过博大浩瀚，处江湖之远的记载更是微乎其微，但显而易见的，这棵门前的古树，见证过自然的风雨沧桑，见证着人间的悲欢离合，见证了一个村庄的日新月异。曾老师说完这些，递过来一杯自己手工制作的银杏茶。我轻啜一口，清香而略带苦涩，仿佛喝的不是茶，而是千年的栉风沐雨，万年的沧海桑田。阳光穿过银杏树的枝枝杈杈，静谧的光影匝地，风过，影动，似在絮语某种心灵的图腾、土地的密码。我缓缓立起身，怀着深深的敬畏，想听听每片叶子都在说些什么，想看看树上的白鹭如何飞出顾盼生姿的晚岫斜阳。返身蓼烟漠漠的隐匿之所，我似乎看到了这棵树的刹那回眸，一年四季，有春的嫩绿，夏的苍翠，秋的金黄，冬的灰褐。日升月落中，处处散发出一种自由的旷达，一缕精神的烟云，一席风潇雨晦的眺望，一泓光风霁月的雅致。

杜家坪有“四大树王”，巧合的是，其中三株皆在木王村。除了千年银杏王之外，还有两大树王——枫树王与杉树王。枫树王在村口的一个小山头，山脚是疏疏落落的几户人家，烟村云树，两两相望。枫树树龄已有五百多年，树高三十余米，树冠直径近二十米，胸径逾四米，因树形特别，乳臀俱全，婀娜一处，静女其姝，恰似少女，人们称她为“枫姑娘”。在“枫姑娘”旁边，另有十多棵古枫，劲健挺拔，连片成林，蓊郁葱茏，俨然“君子好逑”的帅小伙，颇有种“月上枫树头，约彼黄昏后”的缠绵之感。杉树王离枫树王不远，树高三十五米，胸径达一百三十厘米，傲然屹立，坚耸挺拔，直插云天。香榧树王，在柳林村，树高约二十五米，老干参天，可供三四人合抱，叶作羽状，郁郁葱葱，熟果、青果、新花共生一枝，三代同堂，俗称三代果，有道是：参天羽叶舞霓裳，绿云深处有榧香。四壁峰山，清秀如画，一树擎天，可圈可点，大凡见识过的人，无不啧啧称奇。

“四大树王”寂静生长，也差点夭于斫斧。曾经，有人试图偷偷将木王砍了牟取暴利，斗胆将脸部用锅灰抹黑，头戴三角铁叉，倒披蓑衣，提起巨斧，对着木王大吼："我头顶三只角，倒披蓑衣壳，扯起三板斧，管你是哪个……"木王静静地，并不应声，稍瞬，只见山风呼啸而过，一时间天昏地暗，电闪雷鸣，流天大雨滂沱而至，吓得砍伐者丢斧弃锯，落荒而逃。村民闻讯后，跳脚斥骂偷伐者："你个砍脑壳的，你个遭天谴的，你就不怕遭报应啊！"大家纷纷前来护树，并发誓巡山护林，敬天畏地，与山川树木花鸟虫鱼和睦共存，韧以行事，以期遂愿。从此木王村以及整个杜家坪青山不老，方圆百里绿意盎然，生机勃勃，珍稀物种名目繁多，一个丰富多元、绰约有致的野生动植物生态王国就此长盛不衰。如今，漫步其中，古木奇树目不暇接，鸟语花香入耳沁心，只觉得大地是绿色的，风吟是绿风的，鸟鸣是绿色的，脚步是绿色的，就连笑靥都是绿色的。

千年木王，木王千年。一棵棵的树，有大有小，有生有死。一棵树倒下来的时候，确乎会昭示它生前隐藏的秘密。一棵树站立千年的时候，舒展的树叶会郑重其事地彰显生命清幽的气息。风，切切地絮着树叶簌簌作响，我知道，那是土地深处的回响，也是树与树之间的守望呢喃。一棵棵的树，千年之前，万年之后，他们并非一味地站在原地，而是用庞大的根系走着自己的路，从南到北，从东往西，将一座座秃岭荒山走成了满目苍翠，将一条条浅水细流走成了长河大川，这是另一种沉默而骄傲的飞翔，是一种生命与另一种生命的转换交接。顺着阳光指点的方向，我深一脚浅一脚地逡巡在这些草木之间，无数次地凝眸眺望。斜阳从树梢悄悄滑落，风雅鼓荡的枝梢上，依旧挂满从远古一直延续到现在的向往，绿色的光折叠着时间，蓄满灵性，不紧不慢，不慌不忙。我突然似乎明白，一棵能够称王的树，已然不再是树，而是一种精魂，无论倒下，或是活着。白云苍狗，岁月不居，它所经历过的那些巫山云雨，见识过的风花雪月，计量过的王朝背影，点点滴滴，既不会误判，也不会缺失。尽管，幸运的树都是相似的，不幸的树各有各的不幸。绚丽之下，沉静之上，各式的树，不同的人，其实也并没有什么两样。人用脚在看得见的地上走着，树用根在看不见的地下走着。走着走着，有时走在地上的就到了地下，走在地下的就到了地上。然而，无论地上或是地下，树为人友，人为树友，万物与人精气相通，自有其序列与轮回。这样想来，千年真正的木王，不是树，也非人，而是一颗天地之间万事万物自自然然的素心，既可春风化雨，物我合一，又可山风清冽，云光潋滟，直至喧嚣退后，静谧向前。

鸟鸣涧

父亲是雨水日“走”的，他选择了一个自己比较喜欢的日子，说是“天一生水，草木萌动，遇雨则吉”。惊蛰过后，窗台的小琴丝竹刚刚抽出几片新绿，细枝嫩叶间，一只青灰色小鸟，尖着喙，叽叽喳喳的，左跳右跳，细细的黑色贯眼纹一抹一闪，头顶至后颈，浮了些许稍纵即逝的光芒，一会儿蓝色，一会儿紫色，转瞬间蓝紫色，随着清风竹影与斑驳光点，不停地淡入淡出，幽然变幻。我有些莫名的诧异，隔窗摩一摩手，静静地凝了凝眸，目光温温抚过小鸟。小鸟并不怯生，蓬松着光鲜的羽毛，眼睛滴溜溜地瞅了瞅我，似乎彼此并不陌生。我疑心，这是父亲化身为鸟，又飞了回来。

老家的屋后，有一片竹林，青翠翠的，父亲很喜欢。与其说父亲喜欢这片竹林，还不如说喜欢竹林里的各种鸟，以及鸟有板有眼漫开的叫声。竹林边，有两棵大树一左一右，一棵是柿树，一棵是构树。父亲年轻时，曾欢欢地攀上柿树，给母亲摘火红的柿子。或许是柿树太老，枝太脆，不小心枝断人坠，折了两根肋骨。构树在乡下通常又叫皮树，阔叶宽大，可以捋来做猪草，楮实子鲜红如草莓，人虽然可以食，但味道并不好，倒是各样的鸟儿，啄得美滋滋的。竹林并不壮阔，多是青皮竹或麻竹。竹林里长年累月有一些青菜雀、山雀、丁丁雀、叽叽鸟、灰喜鹊等，偶尔也会有田边的白鹭、池鹭或苍鹭移驾光临。这些鸟，大都尖喙细腿，扑棱棱飞来飞去。叽叽、喳喳、啾啾、啁啁、嚯嚯、咕咕，长长短短，高高低低，抑扬错落，起伏不断，有的清脆悦耳，有的婉转悠扬，有的低沉舒缓，有的激昂绵长，总之百啭千声，余音绕梁，让人心生欢喜。父亲不知道"宁可食无肉，不可居无竹"的文人讲究，更不知道"瞻彼淇奥，绿竹猗猗"的扑朔迷离，他只知道，割茅打草、耕田犁地回来，在水缸里一瓢瓢舀起半饥半饱的日子。一阵喉咙响，扒拉完两大碗红薯饭，抽上一袋旱烟，抹一抹并没粘什么油星的嘴，听一阵竹林鸟儿野野的鸣叫，哀哀的双眼便似乎有了丝丝缕缕的光。如切如磋也好，如琢如磨也罢，苦巴巴烟熏火燎的时候，一家人围坐，灯火可亲，日子还得想方设法地过下去。

旭日东升，夕阳西颓，起落之间，事物总归都有自己的尺寸，不管合意，还是不合意。春回大地，行夏之时，该长草长草，该开花开花。成堆的夜色，成捆的日子，我与父亲总是背道而驰。现在想来，心头仍一紧一紧的，短了许多桀骜不驯的目光，多有愧意，甚至是有些负罪感。或许，当年由于饥饿与顽劣，掏鸟窝、捕鸟，用弹弓打鸟，成了我日常的拿手好戏，一则有趣得很，二则可以饱饱口福。老屋门前不远处的路边，另有两株大大的苦楝树，彼此张望，隔了二三十米，均可供三四人合抱。冬天，苦楝深黄的树叶与溜圆的果实落尽后，粗糙灰褐的虬枝瘦得清奇。从春分到谷雨，梅花始，楝花终。粉白淡紫的楝花渐次凋谢，碧绿得泛起油光的枝叶青果间，几窠乌鸦窝高高地悬在树梢，差不多簸箕般大小。乌鸦无疑应算是高妙的建筑师，它们用筷子粗细的干枯树枝东编西搭，内壁衬以细枝、草茎，有的还缀上细细的兽毛、羽片，显得讲究。许是属猴的缘故，小时的我精瘦，顽皮，擅攀爬。低处的麻雀巢不消说，高处的乌鸦窝也不在话下。麻雀蛋小，灰斑斑的；乌鸦蛋大，绿灰灰的。掏得十个八个，就可以扯了野胡葱，一起煎炒，喷香喷香的，舌头都咽得下。或是用湿泥糊了、裹了，放在火中烧蛋吃，生生熟熟的，打一餐牙祭，欢天喜地。可惜的是，每次掏了乌鸦蛋，总会引得乌鸦"哇哇哇"地叫上一整天，似在不停地向着晴朗的高空"天问"。俗话说，"乌鸦头上过,无灾必有祸"，"老鸦叫,祸事到"，村坊的人听到乌鸦叫，一天到晚都会矮着身子忤了脸，忧心忡忡，生怕招来什么飞来横祸。这时，父亲便知道多半是我惹的事儿，阴了脸，揪着我的耳朵到堂屋，不是一顿狗血淋头的骂，就是一顿落花流水的揍。至于捕麻雀，得用一根一尺多长的小木棍支在筛上，筛子下面撒些小米谷粒，木棍系上长长的细麻绳。待小鸟入筛觅食，轻轻迅疾一拉，便可大功告成。麻雀讨人嫌，总叽叽喳喳的，与人争食，故捕得愈多，村人愈夸奖，包括父亲。弹弓打鸟，倒不是我的强项，虽然靶子准，但力度不够。即便如此，父亲也还是不准我带着弹弓去往屋后的竹林，生怕我干出什么"伤天害鸟"的事儿。因为他知道，只要我去了，依旧会是鸡飞狗跳，然后幽然然的鸟声就会销匿许久。

多年后的一个春日，雨淋淋的，我从金沙遗址回来，与父亲说起金乌负日，太阳神鸟的事儿。"汤谷上有扶木，一日方至，一日方出，皆载于乌"（《山海经·大荒东经》），金乌即三足乌，又称踆乌、青鸟，黑色的三足乌鸦蹲居于红日中央，负阴抱阳，成为神话传说中驾驭日车的神鸟。这金乌曾在离沅陵县城不足十五公里的酉水边上歇息过，故名乌宿。后来，乌宿这地方因为二酉藏书，成了成语“学富五车，书通二酉”的出处，村子里出了许多学者、教授，人称“教授村”，发蒙启智，薪火传承。父亲似懂非懂地听完，眉毛挑了挑，先是目光散淡了一小会儿，然后又缓缓聚拢亮了起来，说：“想不到乌鸦还有这么金贵的身世，看来过去我们都错怪了它，养儿还是要读书，才晓得些名堂，不然真的等于养头猪了。”父亲或许想起了一些什么，颇有节奏地连续吸了几口烟，咳嗽一声，满脸瘦弱的皱纹竟渗出了一丝难以察觉的笑意。

也不知是哪一年，巨大的苦楝树一棵被雷劈，一棵被莫名其妙地砍掉。树倒乌鸦散的那天，父亲蹲在屋前的田埂上，叭搭叭搭抽着旱烟，眼角抖了几抖，颤呆呆的，一动不动，半天没说话。夕阳最后的光亮压过来，逆光蹲着的父亲，黑瘦的剪影浮在光中，像极了一只沦落尘世的金乌，背负着艰难劳绩的日子，也背负着我们与他卑微琐碎、谈不上贵重却又不得不携带的一生。

阳光斜斜地照在屋门槛上，少了鸟叫的日子，父亲做完工夫回来，眼睛有些枯涩，袖着双手绷了脸，有事没事屋前屋后地转，蹙眉抬眼，像是望着极远极远的远处，又像是盯着极近极近的近处。父亲读过书，高小毕业，在他那个年代算是村里有文化的人，打得一手好算盘。可惜的是，人强命不强。俭素一生，命途多舛，倒是骨硬。父亲是独子，父亲的父亲离世很早，孤苦伶仃中长大后，与母亲育下我们兄弟姊妹七人，多半的日子是饥一餐饱一餐，冬寒无衣,日尽无食。所住的老屋十分破旧,歪在公路旁边,尘泥渗漉,最怕屋漏。父亲为生计常常远赴山林,在朔风大野中偃仰奔波,掘葛采食以度命。不幸的事情,总是屋漏偏遭连夜雨,接二连三地发生。母亲与大哥、二哥、二姐,几乎没有多打什么招呼先后辞世,留下一屋子的愁云惨雾。此番至痛,非常人所能承受。父亲历经多年的世事沧桑,从此不牌、不棋、不烟、不酒、不声、不响,只偶尔寡心寡欲地窝在"窝桶"里,看看闲书,更多的是喜欢一个人静静地听鸟。或许,他听的并不是鸟,而是某种悬而未决的事物,一种前路未卜的命运。

父亲听鸟,却并不养鸟。在一个停云霭霭、时雨蒙蒙的日子,循着花蔓密叶所隐的鸟声,我来到比湘西北更西北的火场。火场是沅陵的一个土家族乡,人人爱鸟、养鸟,还斗鸟,有"鸟乡"之称。春二三月,人们往往会遍访山林,寻了一些"黄蜡嘴、牛筋腿、剪刀翅、扇子尾"的画眉、八哥等进行驯养,哪怕再忙,也要捉来水蜘蛛、蚂蚱、草上青等山野活食来喂,更有心眼或条件好的,会给鸟儿"灌蛋儿",即用筷子将鸡蛋轻捅一个小口,然后将人参、小米灌入蛋口,与蛋汁一起摇拌均匀,再用桐叶打湿将蛋口连同蛋身封住,放入火炕热灰中慢烘,最后剥壳捏碎,成为鸟儿的超级营养美食。斗鸟时,或两只鸟各处一笼,隔笼撕斗,俗称"打隔笼";或两鸟同处一笼腾挪拼争,叫"打滚笼";也有的,直接把竹鸡或锦鸡放出笼外,高亢雄阔,灵性搏击,称"空斗"。鸟儿们一改素日的温良,或掠翅,或扑腾,或盘旋,或俯冲,或鹞子翻身,或爪喙并用,"打箍头、打掼嘴、辫牵牛",各施绝技,逞强斗狠。一时人声起伏,鸟声鼎沸，热闹非凡。我将从鸟乡拍回的视频拿给父亲看，说："爹，我给你也弄只鸟来养养吧，你在屋可看，可听，可逗，蛮有趣的。"结果没料到，父亲想都没想，忧楚楚地直摇头："莫造孽，鸟天生是用来在外面飞的，哪能拿来关在笼子里养，而且还斗来斗去？人啊，凡事都要有个分寸，不能光顾着自己开心。"父亲的话，让我想到梁实秋先生当年看着那些提笼架鸟的人，感觉兴味的不是那人的悠闲，却是那鸟的苦闷。养在笼子里的鸟，大都蜷伏不动，羽翮不整，没有半点瞵视昂藏的神气，它的苦闷，大概是仅次于粘在胶纸上的苍蝇，它的快乐，大概是仅优于在标本室里住着罢。生性朴拙木讷的父亲，却与满腹经纶的先生感觉竟如此相似，颇有"英雄所见略同"的意味。

母亲走了后，父亲一直很孤单，用他的话说是"瞎子掉棍——没得个左右上下"。他时不时地垂了双手黯然长叹："不该死的又死了，该死的又还老是活着，没什么意思。"很长一段时间，父亲郁郁累累地不再看鸟、听鸟。主观上，也许是"恨别鸟惊心"，客观上，是鸟儿越来越少，很少能够看到、听到了。一个时期以来，人们似乎忘了天地之大，自然之恩，开始狂热地"靠山吃山，靠水吃水"，山上有的是参天巨木、飞禽走兽，水中有的是蒲苇虾蟹、戏水游鱼。一岭岭的树木倒下去，去了霓虹闪烁的远方，一溪溪的鱼虾上了岸，去了觥筹交错的餐桌。乱砍滥伐，山荒岭秃；乱捕滥猎，鸟稀鱼尽。烧山垦荒，水土流失，旱涝连年，山虽明而寸草难生，水虽秀而只鳞莫睹，就连屋后深浅空明的竹林，也疏疏落落，显得有些老气横秋。烧山垦荒后，所剩无几的林子枯寂寂的，鸟声自然也差不多没了,年年到来的,是一个又一个不得不寂静的春天。父亲每每喘气四望,眼眶深陷,蕴满一丝忧伤,干瘪的嘴唇总要嚅动好几次,喃喃自语:“莫造孽啊,再这么亡里亡魂搞下去,林子少了,鸟快没了,水枯浊了,鱼闹稀闹稀几个,是要遭报应的,凡事都不晓得划算个长久的后路,只看眼门前,这今后的日子怕是会越来越难过呢。”

无处不在的远山连绵起伏,青黛的颜色一层浅着一层,慢慢消散在天际。风吹着风,水流着水,成群的阳光开始翻山越岭,清喧喧的溪流正回乡偶书,一天之前的历史,一天之后的未来,将山的事情还给山,将水的事情交给水,一切都还来得及。

我移居在临江的一座古城,已经二十年。说是古城,其实是新的。老城随着一座国家大型水电站的修建,几乎全部沉入水底。移民的新城建在几个邻近的山头上,或天宁山,或梧桐山,或栖霞山,或鸳鸯山,房屋是新的,花草树木也是新的。搬到新城的人们,活泼泼地新鲜了一阵子后,又开始怀念水下的老城。于是,临水筑了一痕长堤,堤上植满了香樟、河柳、银杏、杜英、栾树、木槿、紫荆,以及黄金槐、红枫、樱桃、碧血桃、紫叶李等之类的,春来夏至,亦晴亦雨,桃红李白,葳葳蕤蕤的,一派“春在乱花深处鸟声中”的景象。待到春水消退,露出大大小小的滩涂,老城的遗痕隐约明灭可见,堤上的人们放眼长眺,指指点点,哪儿是上南门,哪儿是中南门,哪儿是通河桥,言毕,又无不戚然,一副“吹起闲愁,容易上眉峰”的感觉。

父亲年岁大了,时不时地会来小城住上一段时日。父亲喜欢老屋后的竹林，以及那些鸟声。我没有能耐给父亲再造一片竹林，只能在窗台盆栽了一簇旺盛的丝竹，算是了却父亲的念想。河边的树木，从刀把粗到碗口粗，再到盆粗，枝繁叶茂，蓊郁得十分恣肆。慢慢地，各样的鸟儿也开始“出自幽谷，迁于乔木，嘤其鸣矣，求其友声。”

绿油油的树，青亮亮的枝，将阳光繁茂得闪闪烁烁。一些鸟儿从深不可测的远处缓缓飞来。有的，是从《诗经》里飞来的，那里有关关而鸣的雎鸠，其鸣喈喈的黄雀，上下其音的燕子，泄泄其羽的雄雉，于彼高冈的凤凰，肃肃其羽的鸿雁，维鹊有巢的喜鹊，维鸠居之的布谷，声闻于野的白鹤。这些鸟一经飞出，便越过千山万水，折叠了时间，超越了空间，生生不息，直抵世事翻覆的深处，与大地上无数的事情默契沟通。一些鸟，是从庄周的冥想与哲思中飞来的。这些鸟飞抵尘世，一翅飞出时间的过去，一翅飞出存在的未来，带着上天的旨谕，虽繁华落尽，唯青山依旧，让人不滞于物，不困于心，乘天地之正而御六气之辩，直达“至人无已，神人无功，圣人无名”的臻境。还有一些鸟，是从文人墨客的指尖飞来的，有杜甫直上青天的一行白鹭，鸣翠柳的两个黄鹂，有欧阳修百啭千声自在啼的画眉，有李商隐为湿最高花的娇莺，有常建的山光悦鸟性，有李白的众鸟高飞尽，有王籍的鸟鸣山更幽，有辛弃疾的明月别枝惊鹊，更有张继的月落乌啼霜满天，晏殊的似曾相识燕归来。这些鸟，高飞远翔在翰墨飘香中，氤氲漫漶，悠着朵云，盈着婷树，既将翅膀留给蓝天，又将倩影款款落入人间。

“一县好山留客住，五溪秋水为君清。”清嘉庆二十四年

(1819),林则徐到达我所居住的这条沅江边时,一定看到几多妩媚的青山,娇艳欲滴的花、参差婆娑的树、酥软飒爽的风。岩石奇崛,云朵飘逸,触心的唏嘘感慨,便油然而生。那时的江水肯定澄澈无比,江岸茂林修竹,浓荫蔽日,各样俊俏的鸟儿轻盈玲珑,一会儿掠过水面,一会儿隐于丛林,从早到晚喜滋滋地鸣叫着,清脆的,嘹亮的,圆润的,一声长一声短,一声高一声低,有时独唱,有时合唱,伴以黛青的山色,油绿的梯田,瀑布流泉,云起雪飞,鸣噪纷纷,抑抑扬扬,一派十足的空山鸟语,笙歌鼎沸,悦耳赏心得很。

我陪着年迈的父亲蹒跚在同样的江边林荫小道与凤凰山、鸳鸯山森林公园,走走停停,水波涟涟,一漾一漾的,天空被无数的树冠模模糊糊地撑开, 约莫一袋烟工夫, 晨光开始清亮, 透过嫩绿,便是灰蓝、瓦蓝,间或有大小不一的云朵,蘸了浅浅的霞光,丰饶变幻,整个大地与天空,顿时空阔灵动起来。不断的,有鸟儿高踞枝头,临风顾盼,“咕咕、唧唧、啾啾、嘤嘤”,时而急促,时而缓慢,时而高昂,时而低沉,好听极了。父亲的眼睛亮了亮,说:咕哚咕哚的,应是啄木鸟的声音;咕咕咕的,应是斑鸠的叫声;你不乖你不乖的,应是竹鸡公的声音;嘎嘎嘎的,多是岩鸡的叫声。不过,这些进了城的鸟,还是叫得多多少少有些急躁、焦虑,没有野地林子里的鸟叫得快活、自在。我没有闻声识鸟的本事,听不出进了城的鸟与深山老林的鸟,叫声有什么区别,倒是老父亲简单直接,一语中的,他听出了鸟的快乐,鸟的忧伤,鸟的自由,鸟的心境。其实,我想,听不听得出是什么鸟叫,也无什么大碍,因为鸟原本没有名字,或许它根本就不需要什么名字,只是人为了区分与称呼,一厢情愿所赋予的，于鸟本身则毫无意义。鸟叫，大抵也不是叫给人听的，而是叫给鸟听、树听、风听、雨听、山听、水听的，或喜或悲，或吸引配偶，或危险预警，鸟语自有鸟语的密码、鸟语的系统、鸟语的意义、鸟语的芬芳，人们试图与鸟共处，走近鸟、亲近鸟，那是因为人们在经过了太多的自以为是后，终于懂得了自己只是万物有灵的一分子，是万物有情的其中之一，终于渐渐学会了谦卑与自省，觉得人类即便拥有再多，自身大抵也不过如此，都是尘埃中的尘埃，比花鸟草虫高明不了多少。

暮云春树，一念山河。曾经，坐竹人声绝，横琴鸟语稀；如今，山气日夕佳，飞鸟相与还。小区里的木樨、香樟、紫薇长势很好，我在窗台，除了小琴丝竹，又植了黄精、瑞香、中华蚊母、红豆杉，还有三角梅、铁线莲、矮牵牛、紫罗兰等。一年年过去，沐着疏雨淡烟，人们开始封山育林，退耕还林、禁捕退捕，屋旁临近的凤凰山国家森林公园、五强溪湿地公园，生态不断修复，山青、水碧、花香、岸绿正成为新的现实与意义。陋室苔痕，清涟黛漪，家家户户早起的炊烟，牵了生机勃勃的鸟声，隔着一簇簇阑珊的竹，一盏盏镂空的灯，一缕缕兰花的香，又可以从从容容地“鸟语答幽禅”了。

父亲走的那天，是凌晨三点，我没在他的身边。他走时，我不知道屋后的竹林里是否有了鸟鸣，或者，鸟鸣了，父亲是否最后已经听到。待我回到父亲身旁，用桃树枝给父亲净了身，给他穿戴上簇新的大袍寿衣。我把自己的党徽别在具有五十年党龄的父亲胸襟，十分虔诚庄重地整了又整，生怕歪了或是斜了，又将录了很多鸟语的芯片插进看戏机，且特意充足了电，放在父亲的枕旁。那里有西洞庭芦苇荡中的雁叫，湘江北去昭山上的鹤鸣，绥宁蓼水河边的鹧鸪声声，澧县鸟儿洲上鸳鸯的琴瑟和鸣。父亲安安静静地躺着，很安详，仿佛生命并没有结束，只不过是一辈子走得有些累了，他需要走出时间，好好地枕着鸟声睡上一会儿。

邂逅在最初与最后的时光，或许源于对某种归来的承诺，近来，窗台总有鸟叽叽喔喔的，有时是一只，有时是两只，有时甚至是三只、四只。幽雨轻落，东走西顾，空荡荡的心仿佛被鸟声浸泡了似的。我知道，那是父亲，还有母亲，带着大哥、二哥，还有二姐一起飞了回来。我看着它们东瞅瞅，西瞧瞧，忽上忽下，忽远忽近，有时细着嗓子窃窃私语，有时又大着步子引颈长鸣，我坐在父亲惯常坐的木椅上，呼吸着既遥远又切近的鸟声，轻轻吟哦起王维的《鸟鸣涧》：人闲桂花落，夜静春山空；月出惊山鸟，时鸣春涧中。

太阳缓缓落山，天仍旧亮着，我紧了紧手脸，薄薄地吸上一口气，不知不觉，湿了眼帘。鸟影恍惚缥缈，鸟声却愈加悠扬清晰，有点缠绵悱恻，又有点动人心弦。我呆呆地坐着，一时不愿，也无法起身。

一片树叶的光荣与梦想

一

正值三伏天，燠热，有点势不可挡。素来喜欢被阳光朗诵的木樨、香樟、刺槐树叶，也开始耷拉着卷边，甚至撮成一缝墨绿的小嘴，心慌意乱的，沿着细碎的叶脉喘息。正午时分，篱笆上，宽大的南瓜丝瓜叶完全蔫了，生命中一些蓬勃的气息，不断地被消耗，被蒸腾，似乎奄奄一息。其实，也不用过多担心，只需晚间潮湿的云朵轻轻一吻，未晞的露水贴了叶面，俏皮地打几个滚，所有的叶子，又会在晨曦舒展身姿，骄傲地撑住一片不同凡响的时光。

湘西北的阳光，大多饱满，丰沛，刚毅，热情。这样的天，火热，倒挺适合去辰龙关看看。

很长一段时间，辰龙关并没有什么名气。有名的，倒是山海关。一个隐在武陵雪峰之间，上扼滇黔，下控荆湘，虽素有"西南锁钥"之称，却寂处一隅，无声，无名；一个扼险倚雄，沧海相连，为"京师屏障，辽左咽喉"，两京锁钥无双地，万里长城第一关，名声如雷贯耳。

辰龙关与山海关，一个在南，一个在北，相隔千年万里，原本风马牛不相及，但因为一个人，一件事，却有了某种割舍不断的关联。这个人，便是“功者功之，罪者罪之”降清又反清的平西王吴三桂；这件事，便是康熙年间的辰龙关大战。

明崇祯十七年（1644），李自成大军攻陷北京，镇守山海关的明朝大将吴三桂“冲冠一怒为红颜”，拱手让出“天下第一关”，十万清朝铁骑由此横扫天下，建立大清王朝。“矢忠新朝”三十年后，清康熙十二年（1673），清廷削藩，吴三桂“世镇云南”的梦想破裂，于是铤而走险，杀巡抚朱国治，起兵云南，反清复明，称帝衡州。兵败长沙后，残部退据云贵，沿湖南沅陵布防，凭辰龙关天险固守三年。时任湖广总督、绥远将军的蔡毓荣在《平南纪略》中说道：“贼所恃为险要、死守拒命，惟辰龙关。关之隘也，仅能容身，而山势四围，峭壁千仞，关之上丛簧密箐，矢石飞中，不敢仰视……康熙十九年二月，予誓师武陵……三月甲午，师次宁香铺，一路由辰州坪，一路由巫溪，一路由郭家溪。予率官兵直冲正关，左右合攻，首尾夹击。我兵攀萝缘壁，冒死奋登，拔彼栅城，树我旗帜。甲辰，至辰州。”一代名相陈廷敬也极尽铺陈：“其恃枫木，其恃辰龙。震之拔之，自西自东。陟岭逾徼，于山于川。远招迩归，囚豪解颜。”

辰龙关西为乱石关，山少林木，高峰复岭，万木森罗。又西，为马鞍关，峻岩万仞，下临深渊。由于吴兵“四野淫掠，委骨成邱”，当地民众苦不堪言，主动献计，引清军抄小路，出间道袭破之。里应外合，近乎诡异的历史轮回就此上演，清军一举攻克辰龙关，歼吴兵于清捷河，占沅陵，入贵州，势如破竹，一路平定大西南。后来朝廷立碑纪功，康熙钦封“天下辰龙第一关”。“北有山海关，南有辰龙关”，辰龙关由此声威渐赫，比肩山海关。如今世人知道山海关的多，晓得辰龙关的少。其实，知与不知，雄关险隘的沉默坚毅，一直就在那儿，每一峰崖壁，见证着硝烟烽火，每一砌石磴，诠注着变迁沧桑，每一片树叶，摇曳着春来秋往。

辰龙关，我是有点熟悉的。因工作关系，我拍摄过有关辰龙关的电视专题片。那时，与同事扛着摄像机，循关四觅，推拉摇移。初入关，但见断崖绝壁高耸，薜荔藤萝丛生，山巅松树矮身簇拥，似在躲避漫天的箭矢。山脚偶有几丛篁竹，翠得小心翼翼，涧风拂过，婆娑出阵阵慌乱，仿佛仍在惊悚当年的血流弥野，死相枕藉。一条细窄的简易公路，像被山石夹得生疼，扭来扭去，一会儿挣扎着旋出，一会儿又纠缠着绕回。风起，车过，尘沙漫眼，呛嘴塞鼻，恍惚中就有了某种难以言说的窒息。到了隘口，两侧悬崖蔽日，幽幽一线天光，仰得人脖子酸痛酸痛的。

清嘉庆二十四年(1819)，林则徐赴云南主考，途经辰龙关，看到的是“曲磴远垂线，连冈深掩扉。路穿石罅出，云绕马蹄飞。栖鸟不敢下，岂徒行客稀”。志书上记载的也是“关外万峰插天，峭壁数里，谷经盘曲，仅容一骑”，一幅“谁念峭崡千古险，丸泥可封函谷关”的雄峻险景。两百年云烟散尽，因为修路，隘口被炸开了许多，不再是仅容一骑，倒是驷马可追，不复当年“丸泥可封”景象。那块郑重威穆的“辰龙关”碑刻，也早已杳如黄鹤，没了踪影。辰龙关之战四十年后，“明艳娴雅，淹贯群书”的女诗人蔡琬，来到辰龙关，徘徊在她父亲蔡毓荣当年征战的关口，低眉信手间，不禁感慨横生：“一径登危独惘然，重关寂寂锁寒烟。遗民老剩头间雪，战地秋闲郭外田。闻道万人随匹马，曾经六月坠飞鸢。残碑洒尽诸军泪，苔蚀尘封四十年。”如今，那些曾经的炮垒关楼，箭垛墙垣，檑木滚石，都已随了秋风，烟消在岁月的深处；那些金戈铁马的刀光剑影，赤手屠鲸的赫赫战功，都匿于苔露，云散于青天之外。

环顾左右，巉岩如削，矗似剑戟，田畴稀疏，荆藜交错，几茎蒹葭，苍然欲坠，更少有行人。偶有所遇，也大多匆来匆往，踽踽独行，纵无凄神寒骨之感，倒也十足悄怆幽邃，不宜久留。

从辰龙关迤行两里许，便是界亭驿了。

界亭驿，为明清时沅水流域极为繁华的湘黔古驿站，上控云贵，下制长衡，其驿路上溯先秦，下至民国，历时两千余年。1265年，元世祖开通京都至昆明驿道，于官庄集镇东北设界亭驿，无数的驿丞、驿卒，腰束革带，悬铃持枪，迎来送往，传递文书，日夜驱驰。驿站规模最大时，设马 108 匹、健夫 50 人，扛夫 179 人，驿设刑监，还关押过往流放的犯人。因人流密集、规模过大，驿站还设有当时少见的驿丞衙门。到晚清时，会馆云集、店铺林立，繁荣景象堪比关后十里的官庄大镇。官庄，系明永乐二年（1404）朝廷第十二路旗牌官屯置田庄而得名，几经变迁，北去南来，由一线陋街而至泱泱大镇。1819 年，林则徐赴云南，从京师出发，一路坐轿、骑马、乘舟、步行，星夜兼程，农历六月十九日，到达界亭驿，在马鞍塘路遇缅甸贡象，当晚止宿马底驿。1940 年，沈从文途经官庄，极目四望，只见“溪流潆回，水清且浅，在大石细沙间漱流。群峰竞秀，积翠凝蓝，在细雨中或阳光下看来，颜色真无可形容”。

光阴的渊薮里，有喧嚣也有宁静，有磐石也有齑粉，有道路也有脚步，有出发也有归来，有集结也有离散，有苍凉也有温暖。多年后，界亭驿早已落寞沉寂，多少个王朝在这条驿路上崛起，倒下，又崛起。华寿桥边，安溪桥上，那些踏星追月的驿卒、马弁以及无数的迁客离人，均随着马蹄、铃声与硝烟，成为遥远的记忆。秋风碧，流苏湿，唯余溪边古道一簇簇紫薇浅寂绽放，以及几丛芭蕉轻舒微卷，似在抚摸时光深处的沉疴，意欲探究出一些远古幽微的动静。

其实，让界亭驿更出名的，是茶。唐权德舆云："邑中出茶处多，先以碣滩产者为最，后界亭盛行，极先摘者名曰毛尖，今且以之充土贡矣。"界亭毛尖，后又称官庄毛尖，唐时盛行，明清即为贡品，名噪朝野。为写一本茶书，我曾在一个春天到附近黄金坪村的"毛贡嘴"寻访古茶树，那里曾是乾隆时期的贡茶"御园"，山碧水清，云雾缭绕。一片略显荒芜的红薯地里，大如鼎罐的古茶树蔸，正抽出片片嫩芽，或鹅黄，或浅绿，散出阵阵悠远的芬芳。

"缓辔烟霞里，溪声入耳凉。四围山色翠，一路茶叶香。"辰龙关大战期间，蔡吴两军对峙，为防疫瘴，清军将士每天必三饮"界亭茶"，清瘴励战。及后，晚清名臣左宗棠率军征南蛮，途经官庄，适逢怡溪山洪暴发，左军滞留官庄三天。其间因慕名界亭茶、官庄毛尖亲赴茶坊，品后称奇不已，因号令"南征途中，三军饮茶非界亭、官庄毛尖莫属"。号令下，官庄茶行茶坊茶农中之存茶，销售一空。左南征三年，深入黔滇不毛之地，因饮界亭茶，竟得三军瘴疠不染。林则徐途径辰州，知府设宴，特赠官庄毛尖以示尊诚。林品之，大为称奇："郡内有天下第一关，孰知亦有天下第一茶！"并因此赠联："一县好山留客住，五溪秋水为君清。"

人生如茶，茶如人生。让时间为一杯茶而停留。或凉或暖的时光，辰龙关附近的老百姓喜欢鼓捣茶，拿起，放下，撮起嘴，咂吧咂吧，慢喝茶，喝茶慢。再忙再累，都要揉捏出自己的“茶时间”，觅出浮生或浓或淡的滋味。官庄与界亭驿的老百姓，喜欢“闹茶”。每逢农闲，主人会摆出炒花生、薯片、爆米花、炒米、糖馓、腌制的姜蒜萝卜等，当然，少不了还有时令水果、糖饼之类。汲泉、烹水、投茶，或陶壶或鼎罐，置于庭院堂屋中，招呼一声，左邻右舍决不客气，络绎而来，初时三五人，继而增至数十人。大家喝茶聊天，摆龙门阵，行茶令。令至而歌起，有的击渔鼓，铿铿锵锵，有的一仰脖子，“盘瓠撒种留茶乡，二月开园采茶忙。姐姐采茶伤了手，定是心里想着郎”，“太平歌”甩腔甩调，婉转悠扬，趣味盎然。

二

辰龙关再次出名，是近两年的事情。不是因为沧桑古战场，而是因为茶，一片树叶的故事。

午后的阳光，依然十分骄傲。远方处处晴峦，或柔和，或刚硬，层层叠叠，雄深苍莽，壮气夺人。近处，一湾大水，旋山绕岭而出，岸石箕居，几许小舟横泊于冈，吊脚小楼临水而缀。杂树掩映，鸡鸣于颠，颇有点村居野渡，拨弄风月，点墨成景的意味。

从县城出发，经凉水井、马底驿、楠木铺，复抵官庄，不需再绕行 319 国道，全程高速，约四十分钟。绵绵翠山一路撞入眼帘。置身如此绿韵盎然之境，足以让疲于羁旅之人惊喜连连，手舞足蹈大半天。

再度抵达辰龙关时，我也是狠狠地惊讶了一下，睁眼弥望，半天才回过神来。

先前荒寂寥落的隘口，耸立起高大的关楼，“一夫当关，万夫莫开”，并非浪得虚名。关楼翼然若飞，城墙箭垛，呈锯齿形一字排开，直抵石山。关楼两旁，锦嶂屏立，云微风潇，窈窕嵯峨。悬崖上，凿壁为字，朱砂丹书，“天下辰龙第一关”几个大字，端庄遒劲，高古有力，显出皇家敕封的浩荡威仪。一条近百米长的玻璃栈道，如蟠龙卧波。清溪绿水，茶园稻陌，对着险岭高峰，家家竹篁茶垄掩映翠微处，辰龙关百里九乡十万亩茶旅融合产业园呈现一幅“雄关漫道真如铁，而今漫步从头越”的崭新景象。

关前关后，循山顺涧，十里茶廊，葱翠喜人，一畦畦、一垄垄，整齐郁茂，如梦如浪。茶树正浅绿、深绿、墨绿着，太阳一照，泛出各种深浅不一的翠光，既映照过去，又明亮未来。我完全能够想象，清明谷雨前后，新抽的嫩芽，鹅黄、澄绿，其叶蓁蓁，其芯芬芬。清泉白石，绿鲜苍苔，云林竹灶，静享清欢，别有一番“坐酌泠泠水，看煎瑟瑟尘”的幽境。

想不到，威武刚猛的天堑雄关，只三两年工夫，便化身为中国最美的茶园。“挽着春光来采茶哎，一路歌来一路跳。踩着碎月来采茶哎，一篓清香一篓俏……”虽然早已过了采茶的季节，但处处依然响着采茶姑娘的清歌妙韵，翩跹着姑娘们婀娜动人的身姿，以及弥久不散的千年茶香。纤手筛取片片嫩叶，屈身烘得紧细雀舌，轻衫薄袖中，艳唇云鬟迎晓日，红颊褶衣送晚霞，一番情趣，诸多欣喜。

张晓峰是界亭驿村的村支部书记，当过兵，个不高，额阔眼亮，有股子坚毅劲。眼见我东瞅瞅，西望望，便掰着指头，如数家珍："可别小看这片片茶叶，近年来，随着辰龙关碣滩茶庄园的兴建、打造，依靠种茶、制茶、卖茶、茶旅融合，可把我们勤扒苦做的老百姓给乐坏了。这里的茶，统称碣滩茶，现在成了国家地理标志保护产品，还在上海世博与米兰百年世博上拿了世界金奖，名声响当当的，它已成了咱们脱贫致富的'金叶子''摇钱树'。"

曾经满山旌旗涌动，杀伐呐喊的古驿关口，早已风烟俱净。茶出南方，沅陵遍生，一饮碣滩含雨润，数片云芽天下春，垄垄茶园竞相吐芽，座座亭桥俯首垂帘，无疑给了我惊喜。正是紫薇花开时节，沿岭曲行，绵延几公里的紫薇花径，如一支天然彩笔，铺陈着座座茶山的葱翠明媚，惊艳得让人忘记了呼吸。青山化碧玉，叶芽变鸣禽，茶与人，茶与诗，茶与画，浑融一处，自有风味。一湾淙淙的小溪，安安静静地流淌，溪上架起了带有苗族、土家族、白族特色的三座风雨桥，活色生香，古朴迷人。站在文心阁上，眺望整座茶园，辽阔、苍翠、沁心。茶，一片树叶的光荣与梦想，也许真的到了新的拐点，远远的，只待茶歌炊烟一起，整座茶园，整个村庄都来了气势，来了精神。

三

日头，渐渐偏西。酷热消减了许多。我头戴草帽，斜背着包，环顾左右，嘴里念叨："夏风尽拂辰龙事，不雨也可润吾心。"张晓峰愣了愣神，忽然跑出一句话来："张老师，我觉得你，有点像我们这儿送春的人！"

"哦，是吗？这么说，我有点湘西春官的范儿啰。"我诧异了一下，禁不住笑出声来。想来，这春官，也应是辰龙关的特产了。

小时，倒曾见过送春的人。正月前后，立春刚过，便会有人持了一张巴掌大的木刻油印红纸，上面笨拙拙地印着春耕牧牛图与二十四节气的日历。春官大抵容貌端肃，衣着整洁，斜挎布褡裢，双目炯然，多少有些派头。若看见东家堂屋宽，便直接跨进去，面朝神龛，双目紧闭，嘴唇木鱼般歙动一阵，然后将红纸"啪"一声贴于门上，再有板有眼，半哼半唱的，说上一些朗声朗气，吉庆有余的话。这时，东家多恭恭敬敬地酬谢上一升或半升米，以及几个糯米粑粑，得了"四季平安，五谷丰登，六畜兴旺"的吉言吉语，亦是心花怒放。听父亲说，这送春的人，只有姓向才正宗。原因是当年辰龙关之战，是向姓人献计，清军才得以破关。后来，朝廷选顶授官，向姓人误以为"顶子"越大官必大，便择其最大的一顶。哪知，最大的"顶子"是春官，职责是督促农事，待遇世代因袭。这既是殊荣，又是尴尬。后来，但凡邻里之间因为鸡毛蒜皮的事扯皮吵架，若是向姓人主持公道，一方不服，便会蹦出一句："你神嘎卵哒，不就是条春官吗？"一句话顶上壁，让人一下矮了半截，长吁短叹，壮气全无。饥馑难耐的年代，因为"送春"可谋得些钱粮糍粑，划得来，不少非向姓人也"鱼目混珠"，就变了味，有些讨人嫌。现在而今眼目下，衣食无忧，惊蛰谷雨，春分夏至，"送春"的人没了，或者准确一点来说，是没人“送春”了。听不到“春风吹动春杨柳、春水池边卧春牛、牧童骑牛读春秋”的温言软语，倒少了许多烟熏火燎本来的意趣。其实，这“送春”，除了送吉祥，送风调，送雨顺，又何尝不是送春天，送生机，送信念，送向往，送希望，送炊烟，送可以生长的未来呢？

顺茶园逆界亭溪而上，约三里许，便到了金溪农场，架上的葡萄，一串串，一簇簇，如玛瑙，如翡翠，梨树正在挂果，黄桃青茸可爱。穿过一道竹篱，橘柚枇杷掩映中，一栋青瓦覆顶的小木屋，安然出现在眼前。屋左的玉米地，长而宽的叶子，墨绿着，斜撑住几朵白云。屋前坪场的几个簸箕，晾晒着火红的辣椒与长长的豆角。场院铝合金围栏，反射着西斜的阳光，长长的摇篙上，一些衣物随意混搭，似有包谷穗与稻香的味道。一位八旬老人，斜靠在柴垛旁的木椅上，半眯着双眼，似在打望屋前的茶绿果香，又似在回忆那些刻骨铭心的过往。

张晓峰说，这位老人是村里的贫困户张仁俭。老人患有多年的糖尿病，一条腿股骨头坏死，生活几乎无法自理。老伴残障，既聋又哑，有一个近五十岁的儿子，因为家庭困窘，至今还打着光棍，好在现在的生活有了较大的改观。我走过去，与老人攀谈起来。老人略略有些耳背，牙齿脱落，说话不太管风，思维倒清晰，挺健谈。说到家长里短、柴米油盐，混浊的眼里，放出少有的亮光来。看来，老人的生活也浸了茶香与果香，与过往许多不堪的日子正渐行渐远。

最后的晚霞，缓缓地燃烧在天际，一缕一缕的，带着温度与希望，斑斓绚烂。远山近水，笼在金色的光中，起起伏伏，交错变幻出壮阔蓬勃的韵律，整个大地，随着涧响鸟鸣，豁然开朗了起来。

一箩茶叶一箩歌，一片茶叶金一坨。小小的茶叶，大大的路径，唇齿留香的生活，幸福美好的人生，正在一杯茶的持久嫩香中，馥郁酽醇。灵芽吐绿，雀舌点点，形若碧云，茸似烟霞。五溪秋水，因澄澈而宽厚；茶韵天香，由浩瀚而无垠。

阴云忽扫尽，朝日吐清光。辰龙关，这块曾经攻城略地的古战场，硝烟弥漫，民不聊生，留下太多的故事与传说，太多的傲慢与偏见。如今，人在草木间，辰龙关的一片叶子，蓄积足够多、足够好的温度，故乡，他乡，土地，手掌，生机，希望，在路的尽头，安放岁月，抚慰心灵，摆渡向往。

村头的草树渐已摇落，遥望山川，依旧郁郁苍苍。无数的人，无数的事，无数的远方，都与我们息息相关。盈盈一波青碧，或酽、或淡、或浓、或清，一啜一饮，一酬一和，在明知并不完美的过往中，感受一种希冀，哪怕，只有一片树叶的温润，一杯佳茗的光阴，也会心心相印，苍了容颜，香了人生。

薄暮，大野田畴，已完全遁了身形。我立起身，拨开暮色，缓步徐行，并不着急。因为，我知道，每走一步，都是朝向黎明。

第二辑　山河昭昭

千百年来，一条条河流，流过了春秋争鸣，先秦两汉，大唐风云，宋雨啁啾；流过了罗马大帝，玛雅符咒，雅典城邦，阿兹特克神迹。一条条河流，衍生一段段历史，润泽一个个族群。每一滴水都是有来历的，每一朵浪花都是有思想的。亲近它的涟漪，亲近它的光芒，亲近它的波涛，亲近它的歌响，一条河流的流向，必然是所有生命的方向。

深处的借母溪

一

借母溪不是我的村庄，我却常常回到那里去。这在他人看来，有点不可思议。

借母溪是一条溪，又不是一条溪。我见过许多村庄，明明没有溪的，也会叫什么什么溪。或许，以前是有的，只是后来，因为这样那样的原因，没有了。自然，越是没有，越是渴望，越是怀念。有溪，就会流出一个村庄。故此，大凡有村庄的地方，总是有一条溪的。即便没有，沟渠至少总该有的。一辈子生活在村庄里的人，如果没在一条溪里摸过鱼捉过虾，光着屁股扎过猛子，齐刷刷在清水潭边比过谁尿得远，那就算是白活了，一点味都没有。要是连取水的沟渠也没有，这个村庄肯定会遭人耻笑，就连猪狗牛羊也会鄙视。这样的村庄迟早会荒芜掉，死掉。

借母溪是不会死掉的。十多年的时间，每年我都要撒开脚丫子，用一双脚板去丈量这条溪的长短大小。我从沅水出发，逆西水而上，再进入明溪。明溪有大明溪、小明溪之分，取道小明溪，沿途会湿漉漉地打探到斑竹溪、乐怡溪、乃溪、打洞溪等无数条小溪。

山高水细。最后，在几块石头的罅隙，一叠水杨柳的树叶覆盖中，我用起了血泡的大脚指终于搓开小明溪细亮如丝的三个源头：细沙溪、借母溪、金竹溪。

当我瘫软着坐在水边，掐指一算，不禁吓了一跳，顺藤摸瓜一样，已是探索了上百里水路。从我脚趾间流过的水，还有血泡里的血，都会经由这条若隐若现，时大时小的水，一路向东、向北，汇入八百里洞庭，浩荡的长江。一条源远流长、壮硕伟大的水，原来就是这样诞生的。而我此时此刻，蜷坐在诞生它的子宫深处，莫名惊诧，莫名兴奋。

我喜欢这些水，胜过喜欢我自己。清清的，浅浅的，淌过一层层落叶，摩挲着五颜六色的石头，轻舔着溪畔的沙土，细细的，亮亮的，很温情，很纯粹。有时，淌着淌着，忽然就不见了，隔了几棵枯朽的老树或是几块嶙峋的瘦石，忽然又"汩"的一声出现，弯弯曲曲的，随心所欲，很野性，很调皮。溜溜滑滑的乱石中，一直"蹲着长"的水草菖蒲，绿得让人精神恍惚。几只玉墨似的水蜻蜓，细脚亮翅的蘸出一朵两朵水花，又翩翩附在细长的蒲叶上，摇摇欲坠，却又有惊无险。此时，一只螃蟹必然晃晃悠悠的，从不大的石穴中横出来，挪几步，停住，鼓起一对豆豉眼，看着水上的蜻蜓，还有草叶上绿色的天空，开始琢磨自己清澈见底的生活。水映着天与树，涵虚得很。几尾趴岩鱼或土金鱼，倒是逍遥自在得很，没有目的，也没有方向，来来往往，一会儿在枝头，一会儿在云上，有时也会"哧"一声跃出水面，试图顺着一线阳光，嗅到水外的沁香。每每这时，鱼是悠闲的，水是欢快的，不然，它何以一个鹞子翻身从岩壁哗哗啦啦奔腾而下,飞瀑成银针泻地,灿烂如花,然后又悄悄地躲在一边,静水流深?

我知道这些水,早已不是水,是高山大岭、花草树木积蕴已久的乳汁,而村庄是它的孩子。有了乳汁,孩子才会长大,鸟叫才会清脆,虫鸣才会悦耳。很多次,我趴坐这样的水边,吸吮着它的乳汁,聆听着它的声音,枯寂已久的灵魂开始自然而然地苏醒。我不懂祖传的天高云淡,也弄不清风中的院门,哪扇会开,哪扇会闭。但是,我知道,只要顺着这条溪,再黑的夜,许多人都会找到回家的路。

二

有时,借母溪又是个容易让人糊涂的地方。

一个地方总有一个地方的来历,有的简单,有的复杂。太简单,容易让人忘记;太复杂,又容易让人糊涂。

当我汗流浃背坐在一座叫作"狃花桥"的桥头时,我开始发狠地想一些男人与女人的事情。不知道为什么，平常还算清白灵泛的一个人,一坐上桥头,就开始发蒙,开始酸楚,开始哈里哈气。我知道,这座桥,是与这个村庄的男人、女人相关联的一座桥。

狃花桥,在离细沙溪、借母溪和金竹溪三溪汇流不远的地方,很有些年头,青石板桥面既清滑透亮,又坑坑洼洼,时不时覆了些碎叶苔藓,牛屎羊粪,像是弥漫着一段无法结束的很久很远的悲凉。

“有路不走借母溪的山，有女不嫁借母溪的汉。”山高、林密、路远、贫瘠的村庄，娶媳妇儿是件天大的事儿。既是天大的事儿，要完成，自然比登天还难。然而，再难的事儿，也总难不倒人。一个家庭，一个男人，传宗接代续香火，是件神圣大事儿，往往会倾尽大半辈子积蓄，去娶一个媳妇。万一娶不起，就去偷、去抢、去租、去借一个女人，哪怕这个女人是瞎子，瘸子，或是疯婆子。

借母溪的男人，因为水清竹茂，当然不会去偷、去抢。当见多识广的“狃子客”与山外的“狃花女”谈妥了条件，双方签好契约后，男方选定黄道吉日，就把女方带进山。到了狃花桥，“狃子客”会把“狃花女”的双眼用事先备好的黑布蒙住，用他的拐棍引着“狃花女”直到“狃花垭”才把黑布取下。站在“狃花垭”上，放眼四望，三水合流，分不清东西南北，从此，“狃花女”即便想跑，也跑不出山，只得死心塌地跟着她的男人过日子，直到生出一子或一女为止。“狃花女”离开的时候，“狃子客”不会让她沿同一条路回去，而是经娘娘冈，迂回到她原来的村庄。“借母生儿”，一个村子的炊烟隔三岔五的多起来，浓起来，一个村庄的姓氏年复一年的日渐茂盛起来。

向人间“借”得难了，累了，乏味了，于是又有人突发奇想，说是一狐仙因爱上借母溪一土家汉子，便常常从借母溪最高峰锅锅垴的庵堂里飞下来，然后把自己的狐皮藏在溪中隐蔽处，日日替他做家务。秘密被汉子发现后，遂取其狐皮藏之。如此，狐仙永远不能变回原形，结果就和他做了一世的夫妻，生了一大堆的儿女。当男子行将就木的时候，狐仙终于问及狐皮的事，男子只得怜惜着说出了藏处，结果，在凄凄惨惨地安葬好汉子后，她便飞天而去。

也有人说，若干年前，一官人携母去长沙府赴任，行至借母溪，轿夫力竭，无法前行。官人束手无策，只得将母亲寄养于此。蛮荒之地，破天荒有了一个自己的名字："寄母溪"。官人一去杳无音讯，独居深山的老母思儿心切，时常以泪洗面。对面山上一位无父无母的土家汉子看在眼里，怜在心中，便拜老母亲为干娘，借母行孝。

后来，也有因这里古树名木种类繁多，人称"佼木溪"的。

借母溪的由来，让我糊涂了好久，心痛了好久。特别是从"狃花桥"起身走到"狃花垭"的时候。短短的，不足百十米的山路，一条溪水一会儿东流，一会儿西流，一会北流，晕了我差不多半辈子的时光。我不知道，当年的"狃花女"一步一挪地走过青石板，流着的是怎样屈辱而沉重的泪，壮如蛮牛的男人又是怎样在她们的身上春耕秋种，不顾一切？而当她们离去时，一道娘娘冈，一湾擎天蔽日的树，一溪东倒西歪的石，又能否完全阻断所有的牵挂？

十多年前，那个春天的夜晚，我投宿在金竹溪的一家农户，与主人大碗大碗地喝起米酒，幽幽的，似乎没有兴奋，只有伤感。我彻底醉了，醉了一天一夜，连带两只狗，一群鸭，还有满天空绯红的烟霞。

三

在别人的村庄，从哪个地方睡去，还得从哪个地方醒来。

当我从宿醉中再次醒来的时候，牛脖子上的铃铛摇得满村子都响。晕晕乎乎环视着所在，床板上面是稻草，稻草上面是篾垫子，篾垫子上面是我，我上面是壁缝里好不容易挤进来的一丝光。我眯缝着眼睛，看见光里无数新鲜的尘埃，在汹涌，在跳跃，它们早已忘记了拥挤的疼痛。而我的痛，依旧像一枚尖锐的钢钉，深深地钉进一生的肉里，无痕无迹的，想说，也说不出什么名堂。

我忽然记起，我来这儿，是有使命的。半个月的时间，我得拍出一部叫《深处的借母溪》的风光宣传片，向世人掀开这位深山秘境处子的盖头。一些有关疼痛的响声，我得毫不留情地捉回来，捏死在手心。

村里给我派了一名向导，一个助手。向导负责带路，砍路；助手负责携带红薯干粮，掮三脚架。我们每天早出晚归，在借母溪腹地，寻找人迹罕至的风景，玲珑剔透的角度，费尽心思地推拉摇移，淡入淡出。

数十里的绵延群峰，将所有的尘世阻挡在外。安静地走走停停，高山大岭里，我们就像一只只瓢虫，时而露出脊背，时而翻出肚皮，任何一棵树或是一丛草，都可以挡住迎面而来的阳光。渴了，喝几口山泉；饿了，吃几块红薯。无路之路，磨破了簇新的回力球鞋；荆棘刺蓬，挂破了聆听风声的耳朵。我们手脚并用狗一样爬上锅锅垴顶峰，再人模人样地站起来，所有的青草灌木，熟悉的，不熟悉的，似乎在一刹那，焕发出生命盎然的姿态，摇曳起满山满岭的云霞，裹挟住我们猝不及防、惊慌失措的目光。也许，它们等得太久，太久，以至于扔掉了人们看望它们的路，以及不断荒凉的时光。一年一年地活着，叶荣叶枯，一层又一层，它们试图将自己埋在一生的落叶里，可一阵风来，又收走了一切。我们来与不来，它们都不敢死去，无法死去。如此看来，死和活都需要一个前提，一番境界。

天风浩荡。我们三个人，目光接着目光，平常难以见到的万荣万象，尽收眼底。雨后初晴，云雾浮过山垭，伸手可触。远远望去，各类石峰神奇幽险，峰际烟光变幻莫测，让我们几双瞪得溜圆的眼睛饕餮了一回。

我喜欢那些从没见过世面的草与树。每一棵树，都有自己的故事；每一丛草，都有自己的心情。筋疲力尽的时候，我四仰八叉地躺在落叶草丛中，让薄薄的、斑斓的阳光漫不经心地覆盖住周身。时间，就这样慢下来；身子，就这样软下去。

与一个地方的草木、时光混熟了，水土、阳光和空气，便会成为你的心跳，你的呼吸，你就可以走进一棵树，一株草，一滴水，一缕炊烟。想回来时，就可以大大方方地回来，可以扯着脖子仰着头看些散乱的星光，可以蹲下身毫不费劲地听些人畜走动的声音，还可以自由自在地做一点剩下的事情，从头到尾将自己的人生时不时地抚摸一遍，再静静地，让风风过，让雨雨过，让雪雪过，沿着一条通向村庄的小路通向自己，也算是不错的一生呢。

四

一连十余天，每次，太阳还没完全下山的时候，两个土家汉子就开始不停地催促，要我返回往“家”走。

我知道，那是他们的"家"，而我的家远在百里之外，或迟或早都是回不去的。他们更知道，我过于迷恋那些他们司空见惯的花草树木，溪石游鱼。如果不催，回家的路，肯定是黑的。

他们才不愿意黑天黑地打着火把回家呢。那样，他们就看不到往天空深处飘去的炊烟，听不到牛进栏鸡进笼窸窸窣窣的响声，更主要的是，看不到媳妇儿抱着一堆柴火，临进灶房时，一脚搁在门槛枋上，一脚斜在门外，总要扭头看看那条男人回家的路。符姓男人说，她最喜欢堂客（媳妇儿）这招。家在半山腰，只需一仰头，就能看到自家的院门，自家的婆娘。哪怕收割时挑着满满一箩筐堆尖的湿谷子，或是掮着一根沉重如石的利川楠木，他都会将那条上坡路走得风快。那是一条回家的路，通向女人的路。李姓男人说，他最喜欢堂客往灶眼里添柴火，灶火红红的，堂客的头发斜斜地披下来，遮了半边脸，另外半边被灶火映得绯红发亮，好看诱人得很。好几次，他都没忍住，一把将堂客抱起来，扔到床上，甚至干脆就在灶眼旁，火烧火燎地干了一通昏天黑地的事儿。当然，这些事儿，都是酒后听说的。酒，真是个怪东西，可以藏住粮食的密码，却无法捂严男人的秘密。

借母溪的人户并不多，山峁沟畔，三三两两地点缀着。房屋一律是木质结构，多为两手推车式，吊脚楼的一方多为三层，盖着青瓦或是杉树皮，板壁用桐油漆得发亮，各户门前总有几树开得似锦的桃花或是梨花。薄暮时分，人面桃花相映，加之炊烟袅袅，鸡犬相嬉，鸟语阵阵，怕是许多唐人宋人的画儿都赶不上。这般的烟火气息，这样的空灵虚寂，很容易让人灵魂出窍，酥骨软筋。

每次回到寄居的住家，主人很是热情，早早放下手中的犁耙，又是杀鸡又是沏茶，从山上采来野胡葱、野香菌、野芹菜等，用青瓷大花碗盛满清醇的自家烧的米酒，就着火坑围了一大圈，热热闹闹地蹲吃。喝得多了，高了，自然就会比狠气。谁家的公狗厉害，哪家的母猪下崽多，谁的婆娘屁股圆，哪个的堂客奶子大。每每这个时候，免不了招来自家女人粗门大嗓的一声吆喝，甚至拍掉手中的酒碗，其余的人便“嗷嗷“的前俯后仰着浪笑，笑得整个村子都颠簸起来。有一次，我说，实在不能再喝了，再喝就走不到溪边洗澡了。主人眯缝着通红的醉眼，“咣”的一声将酒碗掷下，扯着喉咙说，自己洗什么澡啰？等会儿叫我堂客帮你洗！山里的男人爽性到这个地步，着实让我大大地吃了一惊，吓了一跳。

那一夜，我在别人的村庄，开始疯狂地想念自己的女人，想念回家的那条路。

五

其实，我是个很在意自己村庄的人，也有自己的村庄。从自己的村庄挪住到小县城，四十余公里的路程，我用了四十余年的时光。也不是不可以走得快一点，远一点，但终究没有。我害怕自己走得太快，一口气上不来，害怕自己走得太远，找不到回家的路。

我喜欢那些满村子乱跑的往事，从张家的院门进，再从李家的院门出，咋咋唬唬，带着一地牛粪与青草的味道。我也喜欢那些深浅不一的炊烟，像是约好了似的，只待晚归的一声牛哞响起，它们就会争先恐后地蹿出来，把沉寂的天空袅染得活灵活现。

一个人，回到村庄，回到田野，回到草丛的时候，其实是非常安静，非常富足的。坐在土墙根或是田塍边，可以漫无边际地想一头牛的事情，一只狗的事情，一把稻穗的事情，一片云的事情。穿堂而过的一阵风后，每次都会有几朵我们不认识的云，停留在村子最古老的樟树或是枫树叶子上，忽卷忽舒，忽白忽翠，弄不清啥意思。不管我们喜不喜欢，顺不顺眼，它有时懒懒散散地走，有时又匆匆忙忙地跑，不过咽口唾沫的工夫，在风中跑得一朵都找不见。狗蒙了，低头躺在屋檐下慵慵地想事情；鸡蒙了，扯起翅膀飞上挂满扁豆花的篱笆。一村子锅碗瓢盆的事情隐在院墙之后，似乎与时间俏皮地玩捉迷藏，也好让光阴轻轻松松地追上，鲜活滋润有趣得很。

可惜的是，多年后，我自己的村庄，回不去了。没有了炊烟，没有了牛羊，没有了鸡鸣，也没有了狗吠。代之而起的，是高高大大的楼房，花里胡哨的灯光，满街乱窜的汽车，还有乡音近乎荡然无存的吆三喝四。

我不知道，是自己长大成了村庄的陌生人，还是村庄长大早已不屑认识我。

好在，多年前，忽然就有了某个机缘，与借母溪相识相知，把自己的脚印与掌纹嵌在了它的深处。

去借母溪的次数多了，路遇的人都说，我身上有借母溪的味道。我不知道这味道是种什么味道。

但是，我知道，黑溶口那棵披藓戴苔古怪遒劲的水杨柳，是认得我的。巨大的根把一坡的乱石、土地掘得生疼,所有的枝杈一律十分用劲地向上,再向上。我知道它的想法,它是想长到天上去,带一束云朵与星光回家。它想给谁呢?它身边有一根巨大的鱼藤,多少年了,一直不离不弃的寻杆绕枝,拥着它、缠着它、抱着它、箍着它。每次回来,我都要看看它们,相依相偎得近了,还是远了;它们的缠绵,是更加悱恻了,还是生分了。看看我印在它皲裂的树干深处的掌纹,是不是大起来,亮起来了,它的苔衣是不是多起来,厚起来了。我摸一摸它们,它们也摸一摸我。我心里柔软了一下,又柔软了一下,树上的鸟儿便开始说话。

杉木洞那条叫黑雪的狗是认得我的。不赶山的时候,它喜欢趴在土墙根打个小盹儿,头点一下又点一下,似乎在承认自己作为狗的命运。可一旦有什么风吹草动,它又会一个激灵起身,竖起尖尖的耳朵,只需一秒半秒,就能知道是什么异响,什么猎物。接着,倏地一下,黑雪闪电般消失得无影无踪,不足半个时辰,总会叼回一只兔子或是一尾松鼠,很是神气。

田坎边正在吃草的那头老牛是认得我的,它的心事,我知道。牛的心事,就是整个村庄的心事。它年年走过的那条路,是村庄的去处,也是我的去处。我回来了,它静静地看着我,我静静的看着它,它慢条斯理的咀嚼着,像是有滋有味的回味它一生的时光。

借母溪的炊烟是认得我的。谁家的炊烟多了,少了,浓了,淡了,高了,矮了,我都知道是来了贵客,还是外出的亲人回家,炒的是青椒腊肉,还是,炖的是猪脚与干豆角。我湮没在它的怀中,多少年过去,依然沉沦其间,无法起身。

一群落叶正在秋天赶路，每条路都有一个明确的去处。

今年，我不再是一个人回到借母溪，而是一群兄弟姐妹。他们充满惊奇的嘻嘻哈哈，抛下一路叮当作响的碎音。他们不知道，在这样的地方，在这样的深处，需要一个人，用他所有的四肢百骸，静静地，去浸润，去溶解，去用心弄懂草木的事情，石头的事情，流水的事情，炊烟的事情。

在别人的村庄，是不可以乱跑的。

可惜的是，借母溪正在修一些莫名其妙的游道。栈道上堆满了沙砾、水泥、大理石、瓷砖，沿沟到处是车辆碾过的辙痕。我曾经认识的那些石头，多半不见了踪影。一些水，也开始陌生起来。

一个村子，乱跑的人多了，回家的路也许说没就没了，一如我自己的村庄。

如果，某一天，连借母溪都无法再去，我，还能去哪儿呢？

白河之上

生活在水边，我略略知悉一些水的长相、心情、色彩与腔调。夹岸高山中，长得霸蛮而又油腔滑调的，是丑溪、油溪；成天心花怒放的，是奔溪、怡溪与舒溪，俏皮的是耍溪、穿衣溪，好客的是大宴溪、小宴溪，有板有眼举止文雅的是泗濠溪、侏儸溪，烟火气十足的是鳜鱼溪、小米溪，闷声不响哲学兮兮的是深溪、阴沉溪，有着缤纷色彩与身段的是蓝溪、绿溪、朱红溪与白河。一条条的水兜兜转转，有长有短，有大有小，有高有低，有的湍急咆哮，有的沉默舒缓，有的深邃悠渺，有的轻浅烂漫，虽然各有各的来路，但差不多都有着相同或相近的去处，那就是，自然而然的，携了各自的性子与向往，奔流入海。

这其间，白河是我情有独钟的，它既磅礴大气，又温婉有致，有许多即兴而至的脸谱，在崇山峻岭间高歌千年后，隔着无数的朝代，咿咿呀呀抖袖叩首，颦笑回眸，时而壮怀激烈，时而曼妙妩媚，时而粗犷野性，时而潺湲娴静。多少年过去，新鲜的水依旧活泼泼的，清澈见底，看得见河底恣意铺陈的五色石子，水中游鱼自在来去，每个姿势与表情都历历可见，山树倒映，朵云拂鳍，确凿是皆若空游无所依。

白河，其实是小名，至多算是曾用名，它现在的书名叫酉水。“酉”，在甲骨文与金文的书写里，形状像极了酒坛子，其本义也确实是指酒坛或酒壶。大凡与“酉”相关的字，大都与酒有关，酉加水而成酒，故“酉水酒之源”。酉水人家常常是“无酒不飞歌、无酒不起乐、无酒不摆舞、无酒不成席、无酒不成礼”，三五碗酉水米酒或苞谷烧下肚，吹浪里放排的牛皮，充激流横渡的狠气，搅地翻天直至酩酊大醉。鸡啼三更，天刚麻麻亮，该上山的还得上山，该下河的还得下河，各人摁了太阳穴七上八下地揉了个遍，提着裤子，打着撇脚，摇摇晃晃的，唾沫星子飞出许远，醍醐灌顶自顾自地骂自己：硬是条蠢宝，哈里哈气作死地逮（方言：吃或喝之意），都“苕”得没名堂了。倒是堂客们，在灶台一边手脚麻利地给自己的男人打上两个荷包蛋，一边咬着腮帮子恨恨地大着嗓门：斩千刀、砍脑壳的，硬是狗改不了吃屎！男人自知理亏，大醉之后大醒，悻悻地，也不还嘴，喉咙咕噜咕噜响了几下，瞬间碗底朝天，然后默默地抄起上山下河的家什，袭了一身朝霞，融在山光水色中。后来，这条河边，还真诞生了湘西名酒“酒鬼酒”，轻轻抿一口，前浓、中清、后酱，先馥郁斯文，后浓烈偾张，欸乃一声，一副日夜江声下洞庭的派头与模样。

我因与酒无缘，所以习惯称酉水为白河，这样，河流会少了许多酒气，多了些许风雅。白河，有时白，有时蓝，有时白中带蓝，蓝中泛白。白河之白，多由于滩多流急，常常是白浪排空，汹涌澎湃。岸边无数的翠山峰峦、土家山寨挂于瀑浪之上，簇拥纷纷。清晨或薄暮，河面总会升起层层水雾，漫覆在一路迤逦八百里的风情韵致中，初时如棉似雪，捂了水浪滩石，蒙白一片，忽又霭霭升腾，向着四周袅娜弥散，继而薄如蝉纱，影影绰绰，及至暖阳跃出山巅，山岚水雾沿了山脊与朵云纠结一处，湫然跌宕，绵延不绝。流急欢累处，必有滩涂，汀渚之后多有深潭，潭水清澈深碧，蓝天白云倒映其中，山在水中，水在云中，云水洇染，青黛相间，恍如梦幻。

白河有南北两源。北源为主干流，源自湖北宣恩的酉源山，即称白河，蜿蜒于湖北宣恩、来凤，湖南龙山和重庆秀山、酉阳边境；南源为贵州松桃的山羊溪，名秀山河。两水在重庆秀山石堤镇汇合后，至隆头纳洗车河，下江口纳花垣河，过保靖县城后左会泗溪河、猛洞河、施溶溪，右会白溪和古丈河，尔后经凤滩，过乌宿，在沅陵县城溪子口注入沅江。

我所居住的地方，是白河的终点。白河，或许是一路奔腾得太长、太久，有些乏了、累了，又或许是与沅江有着太稠、太浓的相思，一经相见，便显得缠绵悱恻，安谧恬静，似有诉不完的衷情。此时的白河，微澜轻漾，轻纱曼舞，云蒸霞蔚，静若处子，几只乌篷小船缱绻停泊，虽非野渡无人，却也临流自横。白河行千二百里合流入沅，合流处，每逢春夏涨水，两江黄浊，独其中一线蔚蓝，斜拖江面，宛若翠带，这就是极负盛名的“酉水拖蓝”，加之虎溪山麓云树蔚然深秀，太常平畴烟云盘郁奇谲，如诗如画，很是壮观好看。

每次亲近白河，我都需要逆流而上，临乌宿，过凤滩，至王村，抵迁陵，翻碗米坡，歇里耶，走石堤，达后溪，然后是酉酬、大溪，沿途山奇、水秀、林密、石怪，千峰竞秀，万壑争流，四季轮回，风雨变幻。我惊诧于这条河流的生生不息，河岸人家的从容坚韧，山川风物的气定神闲。一座又一座青幽幽的高岭大峰，将河流挤压得弯弯曲曲，细窄处扭来扭去，生疼生疼。倔强的河流却不管不顾，哪怕抽了筋，散了架，也抖落满身的疲软与慵乏，喘息着一路向前，一路旖旎，一路蜿蜒，或许，它早就知道，唯有往前，再往前，下一刻，再下一刻的下一刻，才是浪花的方向与出路，才是水滴存在的价值与意义。河岸人家，多为土家族或是苗族，临河的吊脚楼飞檐翘角，看似歪歪斜斜，摇摇欲坠，实则沐风栉雨，坚不可摧。一些村寨，青瓦木屋挂于或嵌于山腰，依山就势，丛树掩映，别具一格。这些巴人或是濮人的后裔逐水而居，打着溜子，敲着渔鼓，跳着茅古斯，唱着辰河高腔，吼着船工号子，风里来雨里去，将命运的掌纹逐一印在这方古老雄奇的山水之中。千百年来，他们或在烈日下赤裸着古铜色的上身，将坚美硕大的楠木、杉木、松木穿峡出谷，入沅江，下洞庭，直接长江而济吴越，或凭着完全靠人力划桨撑篙拉纤的木船，将本地的丹砂、白蜡、桐油、棉麻、茶叶、兽皮、山货、药材等经白河源源不断地运出，再将下游口岸的瓷器、洋油、盐巴、丝绸、布匹等日杂百货运回来。滩险水急处，我仿佛听到当年酱黑着脸的船工、排工们险象环生飚滩时悲壮激越的号子声：哎嗬……柳树湾，高头岔，十个船工九个怕；三门滩，转六湾，人落虎口船落滩，过了铁城墙，才见爹和娘，哎哟嗬嘿……一步步地走啊直不起的腰，哎哟嗬嘿，闯不完的滩啊跨不尽的沟，哎哟嗬嘿……四十八滩到长安，四十八滩到武汉，四十八滩到云南，滩滩有纤夫，岸岸有寡妇。常年在水里讨生活的人，脑袋多半是拴在裤腰带上的，命悬一线是常有的事，不然何以会有翁子洞寡妇链的千年凄绝？好在，这一切，都随着时代的变迁，已成远去的绝响，但一条河流带给人们的血性与勇毅、纯善与热情，早已化作血脉深处的基因，成为打开山门的一把锃亮的钥匙，把远方无数的远交给远方，将未来可期的日子托付给未来，带给自己清脆透亮，也带给他人抱朴守拙的惊喜。

在金乌歇息的乌宿，二酉藏书的薪火光被遐荒了两千多年，点亮了无数个泱泱典藏的星空；落鹤坪里，成群的白鹤开始重新在澄澈碧绿的水边晾翅；四方坪山环水绕，清凌凌的河水泊满悠远迷离的桨声，显得妩媚与多情；风滩、高滩、碗米坡，不再滩滩都是鬼门关，随着梯级电站的修建，高峡出平湖，水映青山，山衬碧波，河埠炊烟隐约在前山后水，山山相连，水水相通，既别有洞天，又独具水色；溪州古战场、红字碑、溪州铜柱，封存着历史的刀光剑影，倾诉着岁月的风雨沧桑；悬挂在瀑布上的王村，曾为西汉酉阳县治所，素有“楚蜀通津”“酉阳雄镇”的美誉，石阶竹篱旁的白河人家，仅凭斜风细雨中的一蓑一笠一扁舟，就可以在桨声渔歌里划出一个又一个王朝的背影；威风凛凛的八面山下，雄踞酉水北岸的秦城里耶，勾栏酒肆古色古香，无数个章节的家国春秋，在一枚枚竹简里没有预知地醒来。烟笼寒水月笼沙，河畔灯火千万家，西汉古城魏家寨、首八峒沙湾、“天开文运”摩崖石刻、“四方城”平川要坝、边城茶峒与洪安等白河流域遗存的诸多文明印记，诠注着千百年来人与自然、江湖与庙堂、中心与边缘的相互依存、碰撞与融合，让人常常遁入历史的烟云之中，久久无法释怀。

清晨，湿润的阳光滴落在树叶草尖上，几只白鸟山光入翅，绕了岸边芦苇、菖蒲，时飞时停，水边码头隐隐有歌子响起："船过险滩敞开怀，凉风伴我唱起来，唱得鹅毛沉下去，唱得石头浮起来……"歌子里有三千云山八百骇浪，仿佛是一种遥远的追忆，也似乎是一种无法蜕变的祭祀，只不过临水以歌的方式深啸长吟。春日的岸柳软下来，草花漫不经心地开，鱼儿若无其事地游，惊蛰谷雨，芒种秋分，一岭岭的红枫紫槭，皆在各自的疆域缤纷灿烂。山背上的梯田如螺纹，从山脚到山顶，慢三快四地旋，愈旋愈高，愈旋愈细，直至将整座山峦旋得花枝招展，楚楚动人。河岸边的山寨村舍隔浦相望，山岚、水雾、炊烟相互袅腾时，像是一对对睽违已久的恋人，羞涩着半遮半掩，却又木叶声声，浓情不化，藤缠树来树缠藤。正午的阳光刚刚好，暖煦煦的，赶边边场的苗家男男女女三五成群穿戴整齐，银饰环佩叮当有如天籁之音，阿哥阿妹或坐树荫谈天说地，或立草坪对歌传情，高亢激越处唱得山弯弯，婉转悱恻时柔得水绵绵，每个人都仿佛是前世熟识的故人，只要青山依旧，河流还在。摆手堂前，红灯万点人千叠，大锣大鼓应声而响，时而风雷激荡，时而肃穆端庄，时而舒缓深重，土家族汉子与姑娘携手联袂呼应节奏，踢踏摆手翩翩进退，裙裾摇曳，削肩频耸，一片缠绵摆手歌，大有舞动千山万河之势，动人心魄。薄暮时分，跳香的人们同样一片欢腾，神乎其神的土老司头戴五佛帽，身着天师袍，手持绺旗、司刀、牛角，上通神灵，下接地脉，驱邪逐疫，酬神谢灵，口中念念有词边诵边跳，旋场时渐快渐急，襟摆飞扬，人们燃放炮仗，擂鼓如雷，众声呐喊，祈求来年风调雨顺、五谷丰登、国泰民安，美好的愿心直抵念兹在兹的上苍与灵魂。夜色渐深，四四方方的火塘里，火不急不慢地烧着，火塘上方挂满烟熏的腊肉、香肠、干豆腐，一家老小围坐一起，煮老茶，嗑瓜子，剥花生，摆摆龙门，扯扯家常，每一个早出晚归的日子，都闪着光，透着亮，红红火火，若有所待。

光阴荏苒，时序变迁。云是飘着的水，水是流动的云。云的悲欢，水晓得；水的离合，鱼知道。一滴水长大了，成河成溪，一朵云长大了，为穹为窿。山，巍巍峨峨地矗着；树，深深浅浅地绿着。穹顶之下，活着之上，一山一石一诗画，一村一寨一腔调。数千年过去，白河始终静静地流淌着属于自己的歌谣。这歌谣，抚山为弦，击水为律，并没有刻意追求什么，它只是闻所闻而来，见所见而去，色彩浓郁，层次丰富，初时细切，而后磅礴，继而恢弘成巨大的交响，在白河之上波澜壮阔，奔腾激荡，满蕴着天地精魂与希望，响遏行云，抑扬顿挫着余音绕梁，经久不息。

河流在人间

一

我移居在一条名叫沅江的大水边，很多年。

清晨，薄光牵了一线远山的轮廓，忽隐忽现，苍润华滋。山岚水雾，乳般氤氲开来，嫩嫩地鲜，莹莹地淡。滞留河边，我看见树和人的影子，依稀倒映在水面，仿佛来自另一个模糊朦胧的世界。不远处，有渔人在烟浦苍茫中摇橹收网，丝网上网住的鱼并不多，零星的几条“马镰灯”，细窄多刺，卖不了什么好价钱。收地笼的，正在船舱倾倒为数不多的虾，银灰的河虾，活蹦乱跳，撒着欢，并不为未知的将来发愁。燕子滩上的青草，春夏时一个劲儿地疯长，到了冬日，枯寂地绒黄了一大片河滩。几头见过世面的牛，对往来船只的“突突”声并不陌生，自顾自“哞”声四起，闲闲地反刍、嚼食。

从舒溪口、丑溪口顺流而下，清浪、高坪逆流而上的各色船只，往来穿梭。它们需要把沿岸农人的菜油、茶枯、柴火、木炭、橘柚、菜蔬、鱼虾等运送到溪子口、中南门各个泊定的码头。那里早有提秤挎筐的菜贩子、鱼贩子、油贩子卷裤撸袖候着，只待船筏靠岸，便蜂拥而上，争抢着货源。一阵手忙脚乱，一阵讨价还价，一阵吆三喝四，不过三五十分钟，嘈杂的码头复归宁静。九十点光景，恰到好处的阳光穿透云层，水雾爬过岸际，出了货的山人渔夫，肩扛手提各自所需的油盐酱醋、针头线脑、糖果烟酒、香纸炮仗等，呼朋引伴，扶老携幼的，脸上带了冬日深浅不一瑟瑟的笑，彼此打着温温的招呼。每个人，从哪里来，又回到哪里去。早晨，打着哈欠从码头开始苏醒；生活，热气腾腾的开始从码头继续。

山那边还是山，水前面还是水。一条河流，就这样，养育了一辈又一辈人，又从某种角度禁锢了一代又一代人。许多时候，人不知道水的深浅，船却是知道的。

居住在水边的人们，滩涂原本是多少有些良田沃土的，随便撒把种子，都能结出想要的果实。随便撒上一网，都能捞出足够的油盐柴米钱。就地取材，就势而筑的吊脚小楼挂在山坡上，看似歪歪斜斜，却又牢靠得很，一篙子，鸡可上树，鸭可下河，三两只看家护院的狗，蹲在廊上，俯瞰一河的浪花。廊上长竹篙晾满花花绿绿的衣物，招摇出几分独有的韵致。穿了蜡染碎花长裙的俊俏姑娘端了木脸盆，下到河边码头，在条石上漫不经心用棒槌捶洗衣物，不时捋捋头发，把河面当作一面镜子，照一照，看看自己每天素颜的变化。有船只排筏经过，年轻的水手多看直了眼，甚至忘了掌艄，情不自禁扯起喉咙，大腔大调"天上起了鲤鱼斑，画眉一翅飞下滩。情妹甩手丢哥去，阴天晒谷心不干(甘)"。荤歌俚语，惊得岸边几只白鹭、画眉、阳雀扑棱棱乱飞。姑娘不理不睬，偶尔也会嗔怒几句。大多时，速速清了衣物，疾疾上了码头，款款隐了身形，只留一波念想，濡湿了满河的憧憬。

滩水相连的沅江，一直狂放不羁，肆虐汹涌得很。从云贵高原飞流直下，穿过黔东南与湘西北腹地，一路咆哮、任性、癫狂，掠过阵阵野性的楚风，不仅繁衍出无数座城市、村庄、码头，更蕴含水岸人家诸多的喜悦、忧戚和哀叹。

有水必有岸，岸上必是闲闲的散缀着大大小小的村庄。村庄大都隐在一丛丛的桃红李白中，或是一簇簇的茂林修竹后。站在吊脚楼上挑帘远望，河面宽而平，黄昏时平潭静寂无声，唯见行行白鹭掠水飞去，消失在波光烟际里，美丽而忧郁。

水边的人生，总是与码头分不开。沅水各处重要的码头，大致有铜仁、镇远、龙溪、托口、洪江、黔阳、溆浦、辰溪、沅陵、陬市、常德，以及酉水上的里耶、隆头镇、芙蓉镇和浦市，清水江上的麻江下司和天柱三门塘，巫水的会同高椅等。这些码头，船来人往，熙攘繁华，即便是到了民国初年，诸如托口，仍有纵横交错的九街十八巷，商埠码头十八座。洪江古商城，更是集聚了商行、钱庄、青楼、烟馆、酒店、作坊、厘金局、寺院、报社、客栈、戏台、学堂等五行八作，大有“钱塘自古繁华”的势头。

来往码头的，不只是商贾巨富、才子佳人，更多是纤夫水手、浣衣女子。江中，舒缓处会响起适合抒情的橹歌，湍急处则吆喝起搅人心魂的号子。江边吊脚楼里，自然少不了宽脸大奶妇人的嬉笑。整个沅水上下，除了“沙场秋点兵”的排筏，更多各色各样的船只。有从长江越湖而来被唤作“大鳅鱼头”的盐船，有不怕风浪专运粮食的“乌江子”，有富丽堂皇气象不凡，可称巨无霸的“洪江油船”，当然还有各类大小渔船、筏子……

长年在水中讨生活的人，多是赌命。虽然，对这样一条河流有多少滩、多少潭、多少碾房、多少典故，无不清清楚楚。什么时间，什么水位，走什么水道，大都心中有数。水手们互相谈论争吵的事，也常不离这条河流所有的羁羁绊绊。即便如此，天有不测风云，人有旦夕祸福，沉船、散排、送命的事仍时有发生。以致，翁子洞上寡妇村、寡妇链的悲情哀事，凄神寒骨了数百年。

“常德桃源一大站，川石介石清浪滩。北溶辰州泸溪县，浦市江口到铜湾……”从沅陵下常德，有三垴九洞十八滩，滩滩都是鬼门关。其中，浪木洞、横石、九矶、清浪、滁滩最险，壤滩最长，翁子洞、三绞滩的纤最是难拽。

由于滩多流急，橹船起坡时，靠潭边往往要打住、放纤。船工和守在岸边的纤工，扒纤是必不可少的。头纤和尾纤的扳手很关键，头纤摆手，二三纤就赶紧弓腰蹬箭步。尾纤需灵泛，一眼瞪着艄纤，一眼瞄着水势，脚靠脚，步随步，纤夹深深勒入、嵌进肩胛，齐心攒劲，丝毫马虎懈怠不得。遇上浪急，若来不及甩掉身上纤带，常常会连人带纤抛入江中，瞬间呜呼哀哉，送了性命。

闯滩摇橹时，要喊号子才起劲儿。酉水以上滩急，船头重，故永顺、桑植、古丈人喊的号子短。沅陵以下，滩长，潭深，水陡，喊的号子便悠长，帮腔大。风高浪急时，船工、排工们光着膀子满头汗水，发出高亢短促的飙滩号子声，众人死劲附和，急如雨点，响如洪钟。涛声、人声、船声、排声汇集一处，低音沉闷，高音锐亮，特别撼人心魄。

船筏起运时，多须静待江水涨至适当水位，称“走汉水”和“吐槽水”。江水浸入小汊为“走汊水”，航道标石淹没为“吐槽水”。若遇大水，沿途河道礁石尽淹，俗称“茫波水”。茫波水时，滔滔急流，一泻千里，从沅陵下行至陬市或常德，不一日，即可到达；如遇“吐槽水”，水势较大，触礁的可能性小，则三五天可期；遇上小水，抑或“小汊水”，极麻烦。沿途明礁暗石，急流险滩，防不胜防，避无所避，没有十天半月根本下不了洞庭。

生活在水边，势必需要时时翻阅、检视这条神秘莫测的水。水，潜藏了时间之外的意义，要认识，要熟谙，并不是一件简单的事情。试想，一只微不足道的蚕，既然都可以吐出一条通往世界的丝绸之路，一条水又何尝不可以蜿蜒出一座城市、一个村庄、一群人、一棵树、一朵花、一丛草复杂的命运？山阻石拦，过得去的，过不去的，日子一久，往往都会成了时间的遇难者，光阴深处的灰烬。

许多年过去，我在水边，一直习惯站在清晨与黄昏的十字路口，凝望一条条大大小小纵横参差的河流，更多时，与其说是凝望如川之逝的日子，倒不如说是凝望一个西风瘦马的自己。水走了，毕竟岸还在，时光走了，我还能在吗？这样想时，岸边的一树树桃花李花，在冬寒消弭之后，呼啦啦就开了。

二

沅水，自古是一条通往大西南的国际“黄金水道”。众多的桐油、棉麻、茶叶、食盐等货物从重庆沿着酉水、沅水经湖南，再经滇黔进入缅甸、印度。酉水船歌里“四十八站上云南，四十八站到长安”，即是写照。

精明的四川商贾，往往选择避开长江三峡的天险，在川东坐船顺酉水而下，到达沅水拐了一个大弯的沅陵窑头（楚秦黔中郡故址），再走沅水将物资转运到贵州，然后以走山路著称的黔滇小马组成马帮，用水陆联运的方式前往缅甸、印度。

沅陵，作为沅水中游最为重要的千年古郡，上扼川黔，下蔽湖湘，大山大水大码头，一次封王两次封侯。站在山北水南的驿码头看过去，房屋接瓦连椽，较高处露出雉堞，沿山围绕，丛树点缀其间，风光入眼处，一派雅然，一派静气。由北岸向南望，则香炉山、咪子山、李子园、朝瓦溪，随势绵延，山间竹园、庙宇、白塔、民居，各个位置都似安妥得刚刚好。山后较远处群峰罗列，如屏如障，烟云变幻，颜色积翠叠蓝，让人莫不怦然心动。

小时，我第一次来到这座古色古香，颇为神异的水边之城，是坐了一辆煤车。车到凉水井，不开了，于是我打着赤脚走到望圣坡、驿码头，灰头土脸花五分钱买了竹片片船票渡河，过了轮渡却并不下船，猫藏在船舷角落，来来回回坐了三头，方觉过瘾。从跳板上蹦蹦跳跳到了中南门，在一个小摊上买了双塑料拖鞋，扑哧扑哧趿着，很奢侈地逛了回上南门、通河桥、天主堂、胜利公园，又花两分钱在电影院旁的小人书摊上看《鸡毛信》《地道战》等连环画，回到家后，自然可以唾沫横飞地与小伙伴吹上大半年牛皮。

后来，去芷江读书，每次都要经过这座出产神话与传奇的小城，歇在驿码头一个凌乱不堪的车站小旅馆，听那些挑夫水手摆龙门阵，扯飞天卵谈。在东城湾，看沈从文笔下成排的“长方形大木筏，数十个精壮汉子，各据筏上一角，举桡激水，乘流而下。水深流速，弄船女子，腰腿劲健，胆大心平，危立船头，视若无事。”在一江渔火，两碗烧酒中，慢慢知道了一些有关沅水、沅陵的前尘往事——夸父曾在这里追日，伏胜曾在二酉藏书，盘瓠善卷曾在这里休憩，伏波将军马援曾在此马革裹尸……当然还有那些上刀梯、踩火犁、滚刺床、咬烧红的铁犁头等高深莫测的巫风傩韵，以及发蒙节、跳香节、歇牛节、龙舟节、斗鸟节、吃新节、赶年节、桐茶节、毛人节等四时八节，还有狩猎开山、钳碗、茅古斯、摆手舞、还傩愿、辰州符、放蛊、赶尸等古朴原初的诡谲民俗，可谓斑驳陆离，莫测高深。

如今，我居住在这条水边，更多时候，洇着黄昏夕照，沿滨江小道来回蹀躞。俯仰之间，坐下来点燃一支烟，凝望着这条虽非我生命起点，却将是我生命终点的河流。我不止一次地想，一个人拥有一条真正的河流，委实是一件值得骄傲的事情。面对从你全部的世界流淌过来的水，清醒者流得清澈，昏聩者流得芜杂，智慧者流得深沉，浅薄者流得平庸，慈爱者流得温和，阴险者流得晦暗，勇敢者流得激越，怯懦者流得惶恐，喜乐者流得欢腾，悲怆者流得哀愁。

河流，一直以自己特立独行的方式行走，哪怕偶尔站成一围围彩练当空的瀑布，逗留成一个个斗折蛇行的故事。

千百年来，一条条河流，流过了春秋争鸣，先秦两汉，大唐风云，宋雨啁啾；流过了罗马大帝，玛雅符咒，雅典城邦，阿兹特克神迹。一条条河流，衍生一段段历史，润泽一个个族群。每一滴水都是有来历的，每一朵浪花都是有思想的。亲近它的涟漪，亲近它的光芒,亲近它的波涛,亲近它的歌响,一条河流的流向,必然是所有生命的方向。

我知道,拥有一条像样的河流,是幸运的。虽然,拥有它,并不能彻底改变它、影响它。人的能力终究不如一尾鱼,鱼可以在它的深处呢喃呼吸,而人,却只能在岸边凝望,默然无语。也许,某一天,人累了,河流却不会累;人躺下来,河流将依然流淌。柔软的坚强,疼痛的勇敢,人该如何与它深情对话,又如何才能知晓一条河流的心事?进驻一条河流的内心,委实很难,很难。或许唯有化身为岸,纵身为鱼,或是甘当源头尘埃中的一只蚯蚓,倾其一生地婉转萦回,借梦虚拟某种向往与安慰,才会收获牧歌之外的一涧觞咏,半寨秋声。

如此想来,一个试图与河流对话的人,其实本身也应该是一条河流。最初的源头是明确的,最终的去处也是明确的,不明确的,是河流的速度、广度与深度。一个喜欢探究河流秘密的人,终有一天,会从自己内心的深处找到答案。这答案,一旦揭晓,怕是会让他,从此在康河的柔波里甘愿做一棵水草,朝看流水,暮睹云霞,该绿时绿,该黄时黄,云有多淡,风便有多轻。

三

我出生的那条河流,隔着沅水,尚有一段不长也不短的距离。

它细瘦浅薄得很,连个像样的名字都没有。隐匿在山野田畴间,一蓬肆意青绿的芭茅草就可以遮蔽大半个身段,一头春天使劲耕耙的牛，咕噜咕噜猛喝一气，就可以水落石出一些杂乱无章的模样。它的源头，应该有两处，一个是瞿家山的王儿垭，一个是牛栏坪的青山冈。王儿垭只是一处黄皮岩坡地，萎琐荒芜，只在春天来临时，会胡乱长出一些胡葱、青蒿、鸭脚板（一种野菜）、丝茅等。青山冈倒有些巍峨，全是些页岩乱石，挺适合烧石灰。山上有一个庵堂，隔三岔五，一些上了年纪的信众会去上上香，祈祈福。青山冈并不是一块福地，当年烧石灰，炭窑垮塌压死人，闷窑闷死人的事儿，经常发生，加上一些走了猖路非正常死亡的年轻人都会送到冈上掩埋掉，阴气浊重得很。当地人说到一个人被另一个人怂恿而倒霉悖时，常会说“你听他日弄，那是送你上青山冈，有三年糯谷草背”。

奇怪的是，这两处看似毫无声色葳蕤的山，会孱弱地流出一道细碎的水。水中乱石覆了许多的菖蒲绿苔。溪两边的坡地，挂了些蚯蚓似的天水田。人们在水中筑了小坝，支起筒车，竟然可以吱吱呀呀的，浇灌一部分。水到了高处，田地便青绿黄橙地换了个活法。由靠天吃饭到旱涝保收，很了不起。父亲当年抡着门耙搭便沟时说：“这里的水，没有一滴是多余的！”对此，我深信不疑。在那个除了饥饿还是饥饿的年代，只有看到水，才会见到翠得生动的秧苗，才会萌生吃上一顿饱饭的希望。

清浅的水，从印子冲快流到董家垴的时候，一块赭褐的浆子岩有如米拉山脚泥洋河的“中流砥柱”石一样，一下子挡住去路。安静的水受到突如其来的阻碍，并不示弱，很快湍急、兴奋、欢腾起来。村子里的人，受了水的影响，也欢腾起来。于是，凿石、砌坝、筑堤，起了一座碾房。守碾房的是卓公公，酒糟鼻子，稀白的胡子，缺牙驼背，叼根油光水亮的旱烟袋，满肚子青面獠牙僵尸鬼故事，吓人得很。尽管如此，我依旧很喜欢这个碾房。碾房四围，用黄荆树织了篱笆，篱笆上再用黄土搅拌了砂子、石灰，谓之“三和泥”，糊了厚厚一层，篱顶覆了杉树皮或丝茅草，遮风避雨。碾米时，将谷子倒入碾槽，用竹质的岔扫帚扫匀。一切准备停当，卓公公双目炯然，背着手，有板有眼地踱着步子，驼了的背似乎也直了不少。随着“嚯”一声老吼，卓公公将档水的厚木板抽掉，欢腾的水“哗”一下喷薄而出，冲击着碾房外巨大的扇鼓。扇鼓一转，巨大的碾盘，开始咯吱咯呀地转起来。石碾，碾着稻谷、麦子，碾着此起彼伏的鸡鸣狗吠，也碾着无数既干涸又水灵灵的日子，使得整个村庄的炊烟，不由自主毕毕剥剥炸裂出某种单调而动人的声音。

两个源头的水，仿若失散多年的兄弟，于岩板桥汇成一处，不紧不慢流过一片坟场，再转一个弯，就到了我家的门口。门口有座单拱石桥，叫花翎桥。据说，石桥合拢的时候，老合不上，让全村人伤透了脑筋。恰好有位头戴官翎的人骑着高头大马路过，他的女人顺手抽出发髻上的银簪丢入龙口，石桥一下子丝丝入扣了。桥下有一个不深也不浅的潭，热天热地的时候，几头水牛总是占据了潭中最好的位置悠闲地泡澡。我们也不例外，总是与水牛争着这一潭好水，免不了人眼瞪牛眼的对峙。更多时，是相互就和，人牛一处，或是扯着牛尾巴，或是骑在牛背上，一起光着脚丫与屁股，度过燥热难挨的时光。

潭中小憩的水，在完成彼此的嬉戏打闹后，十分任性地转了一个差不多九十度的弯，在一个叫龙拱潭的地方，汇入从奔溪、小榨蜿蜒而来的水。后来，它们合起来，才有了一个漂亮的名字，叫怡溪。

多年后，当我站在旅顺港的白玉山塔边，眺望远处的渤海湾，与一个朋友说，我也出生在一条水边。朋友问，那是怎样的一条水呢，有渤海大吗？我说，有，也没有。朋友迷惑不解，又问，我怎样才能抵达你所说的那条水呢？我说，你得越过黄河，跨过长江，从城陵矶渡过八百里洞庭，然后逆千里沅江而上，在沅水中游的沅陵陈家滩驮子口，转溯怡溪，再沿途经过无数的村庄田野，抵达一条元大都至昆明缅甸的京昆大道驿站——马底驿，就可以到达我出生的水边了。朋友说，这样的一条水，很长很细，有渊源有背景，应是大海的前身了。我说，大约，简直，一定是的。

每次回到老家，站在这条时变时化，时涨时消的水边，我都会忍不住想，养育了我祖辈与父辈的这条水，与千年万里之外的水到底有什么区别，为什么它会在这儿，而不在那儿，倘若真到了那儿，又该是什么模样？也许，水是没有区别的，有区别的是为坻为屿的岸，蒙络摇缀的树，落英缤纷的花，错锦铺彩的田野，四处散落的村庄，以及从来无须指挥的蛙鼓蝉鸣。

长久以来，不管你信还是不信，其实，每一滴水都在相思另一滴水，每一朵花都在幻想另一朵花，每个人都可以通过身边这条细浅的水去继承一处浩渺宽博的天涯。

任何一条名不见经传的水，都是可以从一处秘境里出发，那么细，那么高，那么远，一点一点地跌宕起伏，一点一点地旁敲侧击，一点一点地回环往复，一点一点地柳暗花明，流着流着，就流出了村庄，流出了城市，流出了岁月，流出了方向，流出了意义。而它自己，又不断地放开架势，放低身段，直至匍匐大地，低到尘埃。任何一条伟岸壮硕的河流，无不是这样，步步为营地完成了一场既温婉又激越的争战，自然而然，浩瀚成一片遥不可及的江湖。

四

起风了，水边的树弯成了风的形状。槐花飘荡起来，一串串嫩白的香，从村头溢到村尾。青枝绿叶间，柳絮开始随风轻盈地飘浮，若雪似雾，携了某种天机，一半摩挲水面的涟漪，一半黏附在叶尖草丛，既童话，又神秘。“未若柳絮因风起”，大概的情形，多少有些万物生的味道与无可比拟的诗意。“月点灯，风扫地，千根柱头落地，万只盐船下河。”风居住的街道，傍在水边，或是斜在坡头。草垛上灰扑扑的阳光，尚没有完全落地，淅沥的雨想飘就飘，想洒就洒落下来。街道很快没了人影。人们赶着将一天的劳碌与疲惫在灶火边烤成散乱的炊烟，流向天空一片深蓝的海。待到猪狗牛羊进了栏，整个村庄便静静地趴在水边，湿湿的，一动不动。

很多次，我偷偷从屋里跑出来，俯卧在石拱桥上，水蛭般任凭陌生的风灌满褴褛的裤脚与羸弱的后背。我想看看那些风中的水，瑟瑟的，如何旋涡，又如何涟漪。它们一个连着一个，极富耐心地汇集、联结，仿佛永远不知疲倦，也永远不会消失。这些水，从哪儿来，又将到哪儿去，风中是个怎样的情形，雨中又是什么模样，成群的鱼虾游来游去，似乎快活无比，它们的家，在哪个洞穴，哪个岩壳，它们面向跳跃的阳光不时吐出几个鱼泡，又在诉说着什么……我很好奇与水有关的一切，总想知道大地上河流的一些秘密。

我在这条水边长大，这条水，便开始定居在我的身体。后来，我走过很多的路，看过很多的水，我才知道，家乡的这条水，其实连溪都算不上，至多只能说是一条沟，那么浅，那么小，实在是微不足道。然而，它在我的身体里一直不急不躁、不温不火地流着，流着，流得我人前人后的，差点都没有了耐心。

只是，理所当然的，它仍然是一条河流。它的每一滴水，并不比那些大江大河的任何一滴渺小，它甚至是它们的祖先与前辈。显然，这里的每一滴水，同样布满了前尘往事的雕梁画栋、子曰诗云。至今，我皱纹里一些七弯八拐的东西，毫无疑问都有着它的形状，它的颜色，它的声音，它的气味。每次，无法醒来的梦里，隔着年代，隔着村庄，隔着风，隔着雨，我都会依旧日复一日地，凝望着这条河流，很多年。

鱼在深处，岸在远方。赫拉克利特说"太阳每天都是新的"，又说"人不能两次踏进同一条河流"。哲人似在努力让河流告诉人们：一切皆流，无物常住。那些源于荒原野岭的河流，无论宽窄粗细，大都野性勃发。朦胧的月色下，千沟万壑，逶迤奔腾。无处不在的咆哮之声，让人不得不冥想它的表情，揣度它的昂扬，敬畏它的激越，即便偶尔温存下来，夜色掉进水里，打捞不起半点星光，清清冷冷的水声却依然是有的。一条水所流蕴的一切，你以为它是古老的，其实每一刻又都常新。你以为它横冲直撞，凡事喜欢走终南捷径，其实它更愿意曲里拐弯，绕来绕去，顽劣而又任性。

这条清澈、温柔、敦厚的水，有时也会很狂野。我曾亲眼见识过它是如何瞬间激动，不可一世地摧毁过卓公公的碾房，还有水边好几户人家的屋扇、牛栏、猪圈。至于水边的稻田、庄稼，无一幸免。就连我家门口那座颇有点赵州桥范儿的石拱桥也毁于一旦。人们开始痛恨这条水，诅咒这条水，开始想方设法筑堤拦坝，试图控制、拘役这条水。我在乡下读书的很长一段时间，时不时被学校组织参与到这场声势浩大的劳绩中，遍地红旗，遍地呐喊，你挑着担，我打着夯，他砌着堤，时不时帮腔帮调地高呼“为有牺牲多壮志，敢教日月换新天”，想成为这条河流的新主人。遗憾的是，隔不了三两年，这条貌似温驯的水，又会神经质般地情绪失控，轻轻松松毁了堤坝，淹了良田，将人们规定给它的路径抛得七零八落，一干二净。气急败坏的人们，除了顿足捶胸，就是叹息。

这条时而温和，时而躁动的水，让人捉摸不定。我管不了那么多，只是常常想，这条水沿途经过的地方，会有些什么稀奇古怪的事情发生。一条河流的深处与远方，究竟谁是谁的河流，谁是谁的堤岸，谁是谁的谜底，谁又是谁的思念？我一直推测着、想象着。后来，我随着水性极好，放排谋生的大哥从这条水出发，在一片惊涛骇浪中，打着吆喝，过龙拱潭、牧马溪、杨堡、洪武坝、野溪坪、麻潭、两河口、常德湖、白金坪、驮子口，进入沅江。

第一次见到这条发源于我家门口的沅江，心里很是震惊了一下。真没想到，我家门口的这条小溪，只不过流了短短百十里，会发育生长得那么壮硕、浩博、凶悍。后来，在地理书上看到，这条湖南的第二大河流，分南北两源，南源以龙头江为主源，源自贵州都匀的云雾山，北源重安江，源于贵州麻江县平月间的大山。

我并不太喜欢地理学意义上所定义的源头，干巴巴的，没什么趣味。更多时，我一直相信并喜欢——这条沅江就发源于我家门口的那条小溪。这，并非固执，抑或偏见。究其实，每一座山、每一道泉、每一滴水、每一棵树、每一丛草，甚至每一朵云、每一片雪，都是一条河流的源头。既然源头无处不在，何必又非要定义某一个唯一呢。世间的事，意义总是大于事实。

一些悲伤可以逆流成河，一些故事可以不言不语。

我知道，这条江，很多人来过。峨冠博带的屈子来过，朝发枉渚，夕宿辰阳，仰天长啸一曲九歌，歌词很短，忧伤很长。颠沛流离的王阳明来过，虎溪山头的格物致知，良心是一记温柔的枕头。位高权重的董其昌来过，眼前佛国里大唐讲寺的暮鼓晨钟，梵音遥远了月光遍地的水途。风尘仆仆的林则徐来过，掬波探首："一县好山留客住，五溪秋水为君清。"当然，还有沈从文这个"芸庐"里的乡下人，于水边，心中似乎毫无什么渣滓，透明烛照，对夕阳，对拉船人同船，皆那么爱着，十分温暖地爱着。来了，磅礴；去了，汹涌。来去之间，就是源远流长的万里千年。世间许多事，总在不经意的时候拥有，又在不舍得的时候失去。风，吹皱一池春水，诸多的问题存而不论。花落了，果实的含义毕竟还在。

一条河流庄严忠实的命运，或前或后，都在各自无法理解与想象的际遇里流淌。不可知的未来与回不去的过往，清风徐徐来，忽有斯人可想，便是幸运。很长一段时间，穿梭于各式各样的脸谱之间，疲于应付永远也不会完结的俗事尘务，我看不见河流，河流也看不见我。我不曾真正地懂得河流,河流也不懂我。我只能在一场历史的巫术里,开一树桃红李白,将尘封千年的偈语“千江有水千江月,万里无云万里天”抛入江中。一弹流水一弹月,半入江风半入云,不会太早,也不会太迟。

五

默默地,我蹲在河边,仿佛另一条河流。

水,时雨时云,时霜时雪,时雾时气。随物赋形,诡异变化,捉摸不定。一旦有了河岸河床,它就有了深处,有了意义,有了远方。

水,细而小的,为溪,如深溪、丑溪、兰溪。多而婉的,为水,如酉水、渭水、灞水。水,大而汹为河,宽而博为江,瀚无垠为海,博无际为洋。其实,无论大小名实,现在也七混八淆,分不清长短宽窄、子丑寅卯来。草甸子的小泥塘,可以称海子,草帽都能盖住的地方也叫坝子。许多小水小地,都取了个大姓大名。沧浪之水,清兮可以濯我缨,浊兮可以濯我足。水的清浊多寡,大半皆在自身的喜好祈望之中。

一个人,要想多知道一些河流的秘密,所能做的,只能是尽可能地接近河流。明袁宏道言及游仙源者,当以绿萝为门户,以花源为轩庭,以穿石为堂奥,以水心岩乃其后户也。当我船过清浪滩、瓮子洞,泅过明月洄,翻过撑龛岩、海螺山,从界首穿越水心寨,顺桃源、常德而入洞庭、长江,我开始试图抵达无数条河流。

在九曲黄河第一弯,我看到,一条河流的大度和韧性是超乎想象的。它可以雷霆万钧，不可一世，又可以风姿绰约，款款迤逦。这个巴颜喀拉山分娩的孩子，一经出世便一路向东。从蹒跚学步到呼啸疾驰，“黄河天上来，红日地中落”。不甘心，不屈服，与群峰争战，与土地相融，向左，向右，向南，向北，不停地寻找出路——这是一条无与伦比的河流至高无上的伟岸与魅力。

驻足在海拔五千余米的米拉山口，尼洋河一路向东，拉萨河一路向西，狂野的河流在肃穆的雪山圣域撒欢，日复一日，年复一年，唤醒沉睡的土地、朝圣的灵魂。一个宏大的经略，深邃在穹顶之下，雪莲之上。云上的村庄，玛吉阿米的情歌里藏着待嫁的新娘，当然，还有陪嫁的云朵，干净的阳光。一座山，默默地竖起水的丰碑，一条水，缱绻地恣意抒情。雄悍的雅鲁藏布，既意气轩昂，又步步青莲，这，何尝不是河流深处涌动的私语？

我从成都的双流机场起飞，缓缓降落在高处的贡嘎机场。不为别的，只为眺望群山雪峰间那些奔涌不息的河流。三川并流的怒江、金沙江、澜沧江由北向南，在奇险峻峭的横断山脉间，将一滴又一滴渺小的水演绎成势不可挡的传奇。三江之源的仪轨，弦子舞般调节的气息，在冈底斯山、昆仑山、唐古拉山、祁连山的护卫下，一路跑马射箭。向东射出两箭，那是黄河、长江，向南射出一箭，那是澜沧江、湄公河，箭锋直指印度洋。风马旗边，经幡高挂，河岸无数扎念琴的乐音，伴随率真豪放的堆谐舞步，似在为一条又一条河流的奔跑祝福祈愿。

一条条河流，从名不见经传的源头里起身，淌着、款着、跑着，就氤氲出了青苔草甸、村庄田野、码头城市，以及文化文明的神圣庄严。只要远方还在,所有的河流都会这么义无反顾地奔腾下去,从来不会想,流出的水滴何时能够完好无损地回来。

事实上,不管你承不承认,敬不敬畏,千百年来,大河孕育生命与文明。人类赖河而生,逐水而居,不管它多长、多宽、多深,一条河流往往决定并改变生命的存在与生活方式。尼罗河孕育了古埃及文明,幼发拉底河孕育了古巴比伦文明,印度河与恒河孕育了古印度文明,长江与黄河孕育了华夏文明。河流从来都不是用来被征服的,它有着自己与生俱来的光荣与使命,只要河流还有最后的一滴水,它所创造的生命与辉煌就会永远存在,庄严伟大的活力就会一直延续在河与岸的远方。

没有河流停留的地方,是没有生机与灵性的。没有河流眷顾的村庄与城市,是没有未来的。我一直不自量力地试图理解、安抚一些河流,期冀能从某个远方获取神圣、平静、喜乐和力量。

莱茵河的瓦尔德峰冰川在消瘦,恒河的根戈德里冰川在远离,坎普尔的新陈代谢,让阿拉哈巴德数以千万计的信众,成为绝望的朝觐者。吉祥草点燃生与死的循环,圣迹发生的地方沦为疾病与死亡挥霍的战场。大河人家,驳轮家庭,尚来不及救赎,悲剧早已不可避免地发生。纵使全能的湿婆神施展浑身解数,神圣的恒河再也不可能纯净。密西西比河,这条惊艳的值得歌颂与纪念的河流,同样充满对立与悖论。忧郁的蓝调处处潦倒,宽缓的福音却迟迟没有降临。孟菲斯,这座流淌河流之声的音乐圣城,1968 年的那个春天,洛林旅馆的一声枪响,结束了马丁·路德·金的"我有一个梦想"。艾塔斯卡湖曾经努力装载的那个河流的梦想,在新奥尔良的灾难中黯然失色。

我不知道，这些伟大的河流是否对人类充满恐惧与仇恨。毫无例外的，它们在滋生文明与生命的同时，却也正在枯萎、疼痛、老去。尼贝龙根的指环上沾满血腥的搏杀与哀号。浪漫莱茵并不浪漫，蓝色多瑙也并非蓝色。科布伦茨，这个出生于水边的小镇到底有什么错，值得威廉一世大帝一次次亲征？一会儿属于阿尔萨斯，一会儿属于黑森林，这个小镇的居民，到底什么时候是法国人，什么时候又是德国人，很伤脑筋。

其实，一条河流，它只属于一朵花、一丛草、一棵树、一只蚂蚁、一尾鱼，当然，你也可以认为，它属于你、属于我，属于大家。但事实上，它绝不会属于任何人。河流，最终它只属于它自己。这又如同理查德·瓦格纳的音乐，它原本只是高昂激荡，可当纳粹行举手礼也要响起“众神的黄昏”时，指环上的水晶之夜就那样暗无天日地降临了。然而，音乐是有罪的吗？一如河流是有罪的吗？

敬畏和戏弄之间，人类自以为是的骄傲，往往和愚蠢的悲哀，是一码事。

通往未来的河流，是需要崇敬、理解和抚慰的。唯有大河不息，才会有大美生命的创造力和文化文明的形成与繁盛。河流并不完全需要人类，它有的是飞禽走兽、花草鸟虫。而人类一旦失去了河流，还会有什么可以值得称道的归宿与命运？

你的河流，我的河流，大家的河流，究竟要流多少泪才能停止哭泣，要回多少次头才能看到天空，又究竟要受多少伤才能无视痛楚，要走多少路才会回到最初？每个人的内心，其实都有一条梦里永隔千年万里的河流。不悲伤，不仰望，只流淌。宇宙之精华，万物之灵长，你不清澈，我不清澈，这尘事又如何清澈？历史的意义，未来的尊崇，又如何能够延年益寿，完成一次又一次坚韧不拔的救赎？

六

更多时，河流是无声的，舒缓的。

随着沅水流域五强溪、凌津滩、高滩、凤滩大坝的横空崛起，滩多流急的水，一下改变了它桀骜不驯的节奏，清浪滩成为故事，寡妇链变成传说。沿河大部分水岸人家不得不搬迁到离河更远的山头或坡地。人们，改变了一条河流的速度，河流也必然会改变人们的生活方式。失去了良田沃土的人们，开始改变世代相传的生活方式，或重新开辟家园繁衍生息，或进城务工成为新的城市农民。

没有了速度的河流，是慵懒的，富态的，也是容易生病的。一条经常生病的河流是会衰老的。朱红溪码头边，那棵水中的老枫树，每次经过，我都要多看两眼。那棵枫树，曾是朱红溪的标志，冠盖如轮，擎天蔽日，很是翠武，被村人誉为“神树”。逢年过节，或是大屋小事，人们早晚都要跪在树下，烧香膜拜，驱邪降福，祈福求运。如今，这棵水中老树，形销骨立，像一位老僧，站着圆寂。往来的人们莫不悲戚，行注目礼以示安抚与虔敬。

自有人类活动以来，人们一直试图改造、利用、驾驭河流。人们筑坝发电、灌溉、通航、储水、调洪，以利苍生。这是好事，可是又不尽然。人类的活动,在某种程度上,又在威胁着一条条河流的生命。过度的垦伐、围湖造田,过度的工业生活废水排放,让一条条河流臭气熏天,一条条河流枯竭断流,人们更因为一条条河流的水量分配权属而大动干戈,征伐不断。

尼罗河,这条从摩西与法老脚下流过的河流,以神勇无比的力量在非洲大地上,流出了举世闻名的古埃及文明。人们原本可以划着纸莎草扎成的小船,十分惬意地捕鱼、耕种,享受一条河流带来的丰饶馈赠。如今,埃及雄伟的阿斯旺大坝,正倾尽全力增加纳塞尔湖的储水量,托西卡工程正试图浇灌沙漠,让人造的绿洲,满足日益增长的人口与经济社会生活需要。埃塞俄比亚不满意了,他们无法忍受这条不可一世的河流从指缝间白白流过,冲冠一怒,筑起塔克兹大坝截断尼罗河。大河上下,一条河流的边疆,一条河流的权属,让愤怒的国家,愤怒的战争,彼此睚眦必报,一触即发。

恒河,这条天堂之河,象征着纯净与神圣。根戈德里,据说是湿婆神的头发接住这条河从天堂流入凡间的地方。每年成千上万的信众,不惜路途遥远苦行到此净身沐浴,以洗去俗世的烦忧与罪孽。高穆克冰穴在消融,漂亮的坎普尔皮革裹挟下的肆意污浊,阿拉哈巴行德大壶节七千万朝觐者的蜂拥净身,使得印度文化和信仰的基石上布满不堪入目的污浊与肮脏。瓦拉纳西,并不是悲伤的地方,然而,这条河流却悲伤了,甚至有些绝望地悲伤了。每年,超过百万的儿童因为饮用恒河水而中毒。恒河,依然神圣,却不再纯净。这条伟大的生命之流,竟不知不觉沦落成死亡之河。

密西西比河，有着许多令人兴奋的壮丽之处，足以让人可以恬淡地享受一条河流的宁静，尽情亲吻这片自由的土地。河流，没有偏见，没有冷漠。然而，所有试图控制这条河流的举动，必然是愚蠢的。不然，走向末路的开罗镇，何以是一座绝望的弃城？图尼卡小镇上豪赌的喧嚣，又如何让人性膨胀的欲望，充满诡谲的沉沦？

莱茵河，不曾停下过奔腾的脚步。它目睹过太多的血腥搏杀，战争哀号，苦难与暴政，迫害与谋杀，杀戮与死亡。威廉一世的德国角至今还在巍然屹立，只是，阿尔卑斯的雪山覆盖不了人性所有的丑陋，威胁正步步紧逼，瓦尔德峰冰川只能步步退却。那些驳船家庭，什么时候才可以起锚，完成一段没有沃尔姆斯墓地的旅行？

野性的亚马逊河，变幻莫测。所有的方向前途未卜，七百万大河人家，一次又一次随着河流改道搬家。或许，它太过任性，太过博大。雨季的泛滥，超出人们现世的想象，至今，这条河流没有雄赳赳的大桥，也没有高高耸立的大坝，即便是唯一的巴尔比内大坝，也同样是人类一个荒谬狂妄的错。荒野被破坏，森林被砍伐，伊基托斯的河水在污浊，漂浮在水上的房子在漂移，马拉尼翁河与乌卡亚利河交汇成无法被搁浅的命运，将安第斯山脉皑皑冰川的梦想，一路小心谨慎地雪藏、延续。

或许，于河流而言，适可而止的疏浚，恰到好处的导流，道法自然的运用，才是微小的我们生生不息的泽薮。河流并不需要拯救，需要拯救的恰恰是我们人类自己。当一条河流内心的泥泞和创伤愈积愈重，待到不堪重负时，崩溃的并非河流，而是人类自身。

七

冬日暖阳。河边停泊着诸多趸船、客船、汽艇、小划子,更有许多想象中的渔船、筏子。水边的一些事物,被河水轻轻一漾,似有了某种意蕴与风情。每一条河流都在绘制自己的生命曲线,每一条河流都有自己的梦想。水与船淡淡相依浓情相守的时候,我在光阴深处听见、瞧见他们一路琴棋书画,一路梅兰竹菊,一路日月星辰风雅颂,一路天地家国赋比兴。

在沅江与酉水的交汇处——太常,一条河流终止了另一条河流,一条河流拥抱了另一条河流。

酉水,又名白河,同样是我所熟悉的。沿途水清流浅时,河底小小白石与有花纹的玛瑙石子,全看得明明白白。平潭深处,游鱼往来嬉乎,皆若空游无所依。岸上人家,照例傍河循山,青璞有致,水墨画似的,煞是好看。它从湖北宣恩经渝东南酉阳,一路婉转保靖、龙山、永顺、古丈等地约六百公里,既婉约,又豪放。这也难怪沈从文先生会在离两水交汇处百十余米的天宁山上,筑"芸庐"而居,日日凝望这条侠气、匪气而又翠翠式姑娘气十足的河流。一条河,流经一个人的四肢百骸,这个人的命运便是水的命运。中国式的上善若水,佳期如梦,柔情似水;日本式黑田孝高的水五训,全在某种"花自飘零水自流"的律动之中。一滴水,落在春天,可以姹紫嫣红;一滴水,落在江南,可以水墨氤氲;一滴水,落在江湖,可以拍岸惊涛;一滴水,落进命运,可以惊鸿四起。

河流,从土地的深处小心翼翼汩汩而出,漫游在土地的脉搏与温度之中，拓荒出弯弯曲曲的方向。一些河流，流着流着，又流回土地的深处，从哪里来，又返回到哪里去。一些河流，流着流着，就流低流远了，从高处的奔腾、跳跃、喧嚣到低处的沉静、宽博、涵虚，从近处的细小、清浅、卑微到远方的浩瀚、深邃、伟岸，一条河流，越过时间，穿透空间，将一滴水的尊严绵延矗立到每一粒种子，每一片庄稼面前。每一条河流的存在都是有生命的——清澈的水，嬉戏的鱼，葳蕤的岸，花鸟虫鱼，飞禽走兽，都是它亘古存在的方式。一条不断行走的河流是富有生机与活力的。什么时候，一条河流累了，倒下了，生命的边界也就一步之遥，触手可及。

一代又一代的阳光照耀过来，许多似是而非的命运随着一朵朵的浪花落荒而逃，许多河流的声音把自己打扮成一个灰不溜秋的典故。河流的来路与去处，河流深处的密码，困惑了五千年的蝴蝶，也迷茫了埋葬黑暗的渔火。

涤尽俗世的尘埃，我好像什么都懂了，又好像什么都没明白。临流远眺，这山，那水，所有的村庄、田野、炊烟。不奇诡，不波澜，不盛名，不争名。但是，它就在那一刻接受了你，包容了你，读懂了你，也充盈了你。不留你，是因为你还要出发。不恋你，是因为你还要入世。可是，它会等着你，待你如婴儿般再次回到它的怀抱。它会如山岚接纳了流云，如清石接纳了树影，缠着你，绕着你，牵着你，带你走进梦中期待的圣域，那么美、那么幽，那么娴，那么雅，让人无不心动，感动，悸动。

只是，人类的智慧走得太远，对河流的伤害也会最深。历史上，从来都只有被攻破的城堡，而没有被征服的民族，于河流，更是如此。一条河流，见识过太多的风雨沧桑，太多的王朝背影，太多的荣辱恩怨，太多的爱恨情仇。它的起伏跌宕，它的见多识广，哪容得下浅薄的人类不自量力、不知好歹地轻侮与蔑视、欺凌与掠夺、糟蹋与伤害？上不畏天，下不敬地，外无造化可师，中无心源可得，见山欺山，见水辱水，见鸟烹鸟，见琴焚琴，见色起淫心，见玉生贼胆，这样的杀戮与自戕，这样的暴戾与残忍，河流是永远不会赦免的。它只需一个喷嚏，一次咳嗽，一处泛滥，甚至一次隐匿，人类的文明就会断代，直至干净彻底地消失。古楼兰、古象雄、古巴比伦、古罗马，莫不如此。人类试图忘恩负义地杀死一条河流，真是愚蠢可笑至极。试想，一条河流没了，钓胜于鱼的鱼没了，欸乃的渔火渔歌没了，两岸的青草没了，倒映在河流的星星也没了。那还叫家园，还能是家园吗？人啊，倘若不找回自身的心灵源头和情感活水，所有生命的河流，又如何能重新荡漾起万物生长的歌谣与神香？

八

河流，将许多毫无交集的人们联系在一起，诸多人生的悲喜，莫不与之有关。

河水消退之后，沅陵，这座水底的故城依稀有些轮廓。溪子口、通河桥、中南门的大码头，散落的阶石滑溜溜地陷在滩涂淤泥之中。河湾里，又长出了一大片蓟花与狗尾巴草，粉艳艳，青幽幽的，活像姑娘的头饰与秀发。荒芜的村庄，同样长满野草，消弭了许多袅袅升腾的炊烟。不远处，新垒起了一个个坟堆。每一个坟堆，似是水岸人家的根，深掘其中，无法逃离。

日暮时分，我长久地凝望着这条时涨时消、时宽时窄的河流，还有河流两岸的烟火人家。我一时不知道它具体的起点和终点，只是恍惚觉得，河流的沿途都是它的起点，江河湖海都是它的终点。每一岭丘壑都是它的起点，每一片云彩都是它的终点。

无水不成河流，无流不成万物。水，终究是有哲学与智性的。一湾水，或渺小，或显赫，或卑微，或尊贵，尽在原初的感知之中。中国古之“女娲补天”“精卫填海”“大禹治水”，极显洪荒之力，颇有“沧海一声笑，滔滔两岸潮”的豪迈之气。

“智者乐水”，是大诚至圣文宣王孔子的传世名言。孔子曾对子贡说：“君子见大水必观焉。”为什么必观呢，因为水是君子用来喻德的：它普遍地给予，不存私心，似德；它流到的地方万物都能生长，如仁；它流向低处和弯曲的地方都按照一定的规律，像义；它浅处一流而过，深处不可测量，乃智；它流向百仞深的峡谷，毫不犹豫，似勇；看来柔弱，却能无微不至，如明察；接受污秽不推让，像坚贞；有不清洁的水流进，却以干净的水流出，极像善于教化；注入任何表面容器中表面总是平的，好像公正；水盛满了不要刮平，好像度量；它经过千回百转一定向东流去，犹如意志。

孟子也说：“性之善也，犹水之就下也。人无有不善，水无有不下。今夫水搏而跃之，可使过颡；激而行之，可使在山。是岂水之性也？其势则然也。”孟子借水而喻人性，其精辟至论，足可慧人。老子更言：“上善若水，水善利万物而不争，处众人之所恶，故几于道矣。”由此可见，“水”是“道”的物理原型，“道”为“水”的哲学升华，二者如影随形，不可分离。水被老子喻为上善：“太一生水，水反辅太一，是以成天。天反辅太一，是以成地。”它随着自然的运行与变化而存在。在方为方，在圆为圆，顺自然而成行。道家主张的“无为而无不为”，与水之“以柔克刚”“柔中见刚”的性情极为相似，故天下“攻坚强者莫胜于水”。

《周易》八卦中，有“兑”和“坎”两卦均与水有着天然的关系。兑卦象征泽，它与艮卦象征山，互相依存通气；坎卦象征水，它与离卦象征火，互相克制。“说万物者莫说乎泽，润万物者莫润乎水。”易学中的阴阳五行即金木水火土，五行相生相克，其中的水主智，其性聪，其情善，其味咸，其色黑。先贤哲人们以水论事、以水喻理、以水明志，对水，对河流独特的自然感知与哲理思辨，时至今日，依然莫不发人深省，振聋发聩。

值得回忆的哀乐人事常是湿的。凝望着镇日从我脚下流过的这一汪水，让人不得不重温起老子的“上善若水”；浮想起孔子的川上曰：“逝者如斯夫”；吟哦起李白的“抽刀断水水更流，举杯消愁愁更愁”；悲寥起李煜的“问君能有几多愁，恰似一江春水向东流”，更承托起李世民的“水能载舟，亦能覆舟”。水的纯、水的仁，流淌着“上善若水，厚德载物”的为人之品；水的柔、水的智，昭示着“水滴石穿，格物致知”的尚学之道；水的宏、水的壮，宣泄着“源远流长，奔腾不息”的生命之魂。一条人间的河流，流淌着诸多人间往事与智慧，既无法付之于笑谈，也无法浪花淘尽英雄。

九

河流是水，水是河流。浑然天成的是生命，是智慧，是文明。因为有了水，我们才拥有了长江令人敬畏的力量，拥有了黄河流域的远古文化，拥有了生命的繁衍生息，拥有了人类文明的千古传承；因为有了水，我们才可见到孔子之水里“乘桴浮于海”的悲壮宏伟之愿，屈子之水里“举世皆浊我独清，众人皆醉我独醒”的不屈信念。

自古，兵者，诡道也。《孙子兵法·虚实篇》言及“兵”“水”同形：“夫兵形像水，水之形避高而趋下，兵之形避实而击虚；水困地而流，兵因敌而制胜，故兵无常势，水无常形。”因水而悟，即成孙子无往而不胜的用兵之道。

河流在滋生万物，润泽生命的同时，又身不由己地陷入欲望与战争的泥淖。当然，这与水的哲学无关。当一条河流与战争、政治交织融会在一起的时候，曾经的乌江、曾经的大渡河、曾经的赤壁，两岸雄师百万，旌旗猎猎，河中千帆竞渡，万箭待发。血雨腥风中，河流也造就了一个个诸如西楚霸王、周公瑾、石达开这样的人世豪杰以及汨罗江上的那尊不沉之魂。

汉高祖刘邦初定天下，欲定都，留侯张良进谏：“夫关中左淆函，右陇蜀。沃野千里，南有巴蜀之饶，北有胡苑之利。阻三面而守，独以一面东制诸侯。诸侯安定，河渭漕挽天下，西给京师；诸侯有变，顺流而下，足以委输。此所谓金城千里，天府之国也。”一句“诸侯有变，顺流而下，足以委输”足见运用河流在军事进攻上是何等的重要。后来，晋灭蜀攻吴，顺长江而越天险，势如破竹，此战为北方军队首次成功突破长江天堑，为后世留“鉴”。后，忽必烈灭南宋亦是“顺江而下”，长江一破，战事定矣。

公元前204年，韩信攻占齐地，齐王田广外逃。项羽听说后，派龙且做大将，带二十万人马会同田广，浩浩荡荡杀向韩信。上兵伐谋。韩信堵了潍水，待龙且率大军渡河略过一半，即放水冲淹，龙且瞬息一败涂地。关羽水淹七军，王贲水淹大梁，莫不因水而定成败。

以色列已故总理拉宾曾警告说：“如果我们解决了中东的所有问题，但是却没有令人满意地解决水的问题，那么，我们的地区将会爆炸。”在中东，几乎每一场战争都与约旦河水有关。非洲的埃及、埃塞俄比亚、突尼斯和苏丹等国家早已饱受缺水的压力，一直在忍受“干渴”的痛苦。因尼罗河水分配问题而引发的冲突此起彼伏。印度与孟加拉国，比以往任何时候都更需要恒河。两国因水而结成的恩怨与冲突依然存在。

于不可知的时间和未来，战争的马蹄，风中的刀刃，杀戮的双方和火焰燃烧的旗帜。这一些，与水有关，又好像无关。其实，河流就是河流，它枝蔓横生，从来都不涉及人类的战争。是人，用各色各样的工具，从河流身上一点点地攫取。河流也知道，人类的一切都与它自己有关，是水，让他们生动地活着，在尘土飞扬和欲望叫嚣的人间熙来攘往，年复一年地生产、生活、恩怨、争战。

一些事物，看见的，看不见，记住的，遗忘了。离开或进入，得到或失去，看不见的，看见了，遗忘的，记住了。一些河流，正在生长；一些河流，正在死亡；一些河流，正命悬一线。

说实在的，我有些害怕了。害怕某处硝烟，某种失去，某次倒下，某些河流的水，一滴一滴地流不回来。

既无所生息，又生无所息。“垒起七星灶，铜壶煮三江，摆开八仙桌，招待十六方。”除了争战，千百年来，文人雅士们在河流时急时缓的流淌中平平仄仄，低吟浅唱，放逐情思。岸边的浣声、袅娜的炊烟、河中的波光、欸乃的行舟、惊飞的沙鸥、朦胧的灯影、清辉的月色、饯别的离愁，这些上苍赐予的意趣，无不在他们笔下流淌，或委婉、或凄美、或清丽，赋予河流丰富厚重的人文内涵和空灵秀逸的生命气息。人生犹如河流，一样的曲折，一样的烟波浩渺。春花秋月，流年逝水。站在岁月的岸边，看河上微风拂面，波光耀影，惊涛拍岸，浪花瞬息，都是对河流一种恰到好处的尊重和敬畏。古老的禁忌和大地的伦理，真的需要我们，发自肺腑地去时刻庄严，时刻尊崇，时刻救赎。

一个人，呆坐在河边，看一河的水无所来，有所去。隐晦的阳光零星散落河面，三两只或大或小的渔船游走于消逝和创生之间。一个人，怎么走都无法走在一条水的前面，怎么停顿都无法停顿在一条水的背后。云的背面是阳光，河流却没有自己的影子。水无法流走岸，而岸又何曾有权力拥有水？居于大与小、清与浊、咸与淡的边缘，出门一拐弯儿，一些沉静的歌子依然会响起，许多河流丢失的水滴正在装点湿淋淋的行程。麻着胆子，往前只一走，转角就路过天涯。你想留住什么，往往是在水上写字，第二笔还未落下，第一笔早已悄然流走。

走遍了千山万水，如今，我唯一想做的是，带一条瘦小而又忧郁的河流回家。碧落清月的时候，它会悄无声息地流淌在一个人的梦中。重返时间的河流，勿论清浊宽窄，它都会淌出一溜儿的平潭长滩，流出一个又一个意境映象。修篱种菊之外，岸是古老的，水是新鲜的，一个人拥有一条回了家的河流，他的未来和希望，想必也会是纯净灵动的。

汪汪媚着的河流是有生命的。如今，众多的河流正在枯竭、生病、死亡。善待一条河流，其实便是善待我们自己。重建河流生命的本来生态，更是一种责任的回归与义务。

天地间，没有理所当然永远属于我们的事物。河流也一样。人间的河流，并不完全属于人间。

夜深人静的时候，我多想找到无数死去的源头，大哭一场，打开水草丰茂的圣源，让内心的河床去复活那些梦中的河流。

这，虽然弥大，却并非多余。

山河昭昭

在毫无野心，或者说毫无预谋的情况下，一些日子，总是如期而至。小暑过后，纯粹的阳光照耀着河流山川，听得见毕剥作响。天空，湛蓝湛蓝的，是沼泽洼地边鸢尾花的那种蓝。大地上的许多事情尚未来得及完全命名，仓皇失措的风，离乡背井的雨，倏尔便会在田间地头的木槿花篱旁匆匆来去。清晨，从山野稼穑的润朗中醒来，突然就想出去走走，似乎也没有什么特别正当的理由。或许是，局促室内太久，一些活生生的寂郁需要透透气，又或者是，山川河流原本不在“汝心之外”，需要觅时去看看，让形状颜色一时明白起来。

于是，先南渡去了昭山，然后往东到了北固山。

北固山与昭山，一个在长江南，一个在湘水东。两山相距甚远，不高，不大，不巍，不峨，仿佛是时间以外的旁观者，兀自遥遥地壁立在两条大水边，宁静而孤独。可以说，它们即使偶有念想，也很难有相遇的契机，至多，只能站在原地，彼此以无声地矗立表示最为沉默的崇敬。当然，也有例外，因为一些人、一些事，当一座山远远地成为另一座山的命运，青草在它们身上生长，野花在它们身上开放，烟云在它们身上缭绕，它们彼此成为彼此的存根，一切又似乎有了关联，有了意趣，冥默契合，诗梦兼程。

昭山，地处湖南长沙、湘潭、株洲三市交界处，海拔 185 米，山峻、水碧、洞奇、洲美。临水一山，秀起湘岸，绝岭而奔，挺然耸翠；水岸汀渚，有怪石磅礴，微露岩萼而无倾落之势；环山异木层阴，水舟过其下，隐隐见岩牖石窗，窥攀莫及。相传周昭王南巡至此，殁于江上，所沉之潭，为昭潭，深不可测，所巡之山，苍峰独立，故名昭山。天地大儒王夫之为长沙岳麓书院生徒时曾郊游至此而赞："终古石自碧，深春花欲红，澄潭凝一色，云末出双虹。"

北固山，位于江苏镇江东北郊，海拔 55.2 米，是长江边的"京口三山"之一，与金山、焦山成掎角之势，三山鼎立，山雄、气壮、势险、基固。三山古刹，深巷古渡，远远望去，古木生于云际，千帆出入雾中，但见一山陡立，横枕大江，石壁嵯峨，直插江中，雄踞险固，因名北固山。南朝梁武帝曾登山北望，纵目长江，指画河山，豪气干云，挥笔题赞"天下第一江山"，并更名为"北顾山"。辛弃疾登临时曾慷慨悲歌："何处望神州？满眼风光北固楼。千古兴亡多少事？悠悠。不尽长江滚滚流……"

从一座山到另一座山，从一条河到另一条河，一些光阴早早地趴在必经的路旁。我从湘西北出发，单薄着身子，瘦削着脸，沿途走过桃源、常德、益阳，涉过沅江、资水、湘江。盛夏的风，燠热，带着未知的深意，一会儿吹过南山，一会儿又掠过北坡。说实在的，居于湘西北，以滇黔之冲，地介楚尾，武陵雪峰山脉到处是高山大岭，即便是无名小山，也远比昭山、北固山巍峨绵延许多，常常是白云到地无一尺，青山截天却有千万重。对于山，我多多少少有些漠然，甚至于熟视无睹，常常想逃离这些山。经常被困在大山的褶皱里，太阳从东边升起，西边落下，山坳里的影子像个不知疲倦的行者，长了又短，短了又长，许多隐姓埋名的疼痛洇出了血，许多站在大风大雨中的人，因为心事过重而夜夜失眠，一如当年杨慎谪戍云南永昌卫，经过我的家门口时，戴月冲寒，行路艰难，只余一枕乡思梦未残。

昭山并不遥远。正午时分，阳光明媚而热烈，顺了伊莱克斯大道，从大托铺经暮云镇，最后没有悬念地抵达。逡巡良久，我并没有立即登山，而是在山脚的湘江水岸反复踯躅，一边体味着船山先生的日落天低湘岸杳，一边等待着一个人的到来。这个人，我从未见过，却又相互熟悉，算是熟悉的陌生人。我知道，他喜欢效仿唐人，高冠大袖，风神萧散，音吐清畅，常撤去轿顶，戴着高沿帽招摇过市。或许，此刻，他正从樊城的高墙门楼起身出发，沿途翻越一座座山水洲城，提笔悬腕，风樯阵马，沉着痛快，面对江南瞬息万变的停云时雨，信笔点皴，淡墨轻岚，烟云掩映树石，天真平淡，不装巧趣，自成一派“云山”。行走坐卧，或书或画，每一处迤逦的江水，都是他的落款；每一轮山头落日，都是他的印章。此人，自然就是为文奇险，妙于翰墨，违世异俗，风骨超逸的米芾了。

与其说米芾与昭山有缘，毋宁说是昭山与米芾有缘，且因了米芾，昭山与北固山，也就有了说不清道不明的机缘。米芾是个好玩好耍任性惯了的人，半痴半癫半狂，古怪精灵得很。祖居山西太原，后迁湖北襄阳，再后来定居镇江，在北固山用砚石换了块空地，筑造海岳庵，还给自己取了个“海岳外史”的号，每天疯疯癫癫地面对滔滔江水，云移涛怒，什么都可以想，什么都可以不想。米芾玩物，却并未丧志，曾任校书郎、书画博士、礼部员外郎，由于恃才傲物，个性怪异，举止癫狂，时人称之为“米癫”“米襄阳”“米南宫”，与蔡襄、苏轼、黄庭坚合称“宋四家”，所书《蜀素帖》，为天下第八行书，被后人誉为中华第一美帖。

当暮色卷入院墙，宋元丰三年（1080），湖湘大地南北一天，东西四隅，波涛汹涌。若是北望洞庭，则可见乾坤时沉时浮，吞吐日月，每当晴霁雨收，岚气上下奔涌，古道斜阳，梵音乍续，天地缈于其间，空蒙宽博至极。待到夜深吹笛移船去，三十六湾秋月明，江上风帆浪泊，寒江积雨，渔歌互答，雁行起伏之处皆可目送。烟云杳霭之间，处处岸芷汀兰，郁郁青青，让人目不暇接，心旷神怡。这一年，三十岁的米芾任职长沙掾，眼见洞庭南来，浩渺沉碧，叠嶂层岩，绵延千里，际以天宇之虚碧，杂以烟霞之吞吐，风帆沙鸟，出没往来，水竹云林，映带左右，朝昏之气不同，四时之候不一，顿觉潇湘之大观非同凡响，于是心生澎湃汹涌之情，乘兴登上八景台，饱览湘江风物，一挥而就洋洋洒洒的《潇湘八景图诗并序》，快剑斫阵，飘逸超迈，已臻化境。

湘江南来，涛卷万壑下洞庭；衡岳北顾，峰走千屏聚昭山。湘江由衡山北行一百五十余公里到达昭山时，云蒸霞蔚，岚烟袭人，一峰独立江边，依山为郭，列肆为居，鱼虾之会，菱芡之都，来者于于，往者徐徐。阴晴变化中，江楼雨雾，山市晴岚；碧树蝉声，穹天鸟影；崖高月小，水落石出；扫壁摇舟，凝潭竦岛，四时之景映于眼前，更兼林端缥缈，峦表萦纡，翠含山色，红射朝晖，舒不盈乎一掬，散则满乎太虚。米芾于此俯仰上下，流连忘返，兴之所至，挥毫题诗：乱峰空翠晴还湿，山市岚昏近觉遥。正值微寒堪索醉，酒旗从此不须招。借此，昭山声名大震，“山市晴岚”成为著名的“潇湘八景”之一。

差不多千年之后，微若尘埃的我来到昭山，久候不至，只得循着两千余级的古蹬道，弯过三十六道拐踽踽而行，沿途树木葱茏，光影斑驳。蹬道蜿蜒，每走一步路，仿佛都在抚影徘徊，每歇一回脚，都觉林麓天风飒爽拂面，周身惬然。昭山携凤形山、虎形山于一体，山岭马尾松、青冈木、厚朴、栗树等交相叠翠，生机盎然。山脚下的龙洞，大洞套小洞，迄今没人走到过尽头。江中兴马洲，传说是楚王马殷的御马之处，银沙漫地，水清沙细，洲上杨柳成行，绿树成荫，沪昆高铁湘江特大桥横州而过，如虹卧波，可听日夜江声下洞庭。及至山顶，昭山古寺以寺冠山，巍峨壮观，古殿灵衣端肃，春草杜若弥香，钟磬之声不绝于耳，与山前滔滔江水、山后缕缕炊烟相映成趣。小憩在寺中千年古银杏树下，略略思忖，难怪元代散曲家马致远会临山闲闲澹澹而吟：“花村外，草店西，晚霞明雨收天霁。四围山一竿残照里，锦屏风又添铺翠。”确凿无疑一幅雨过天晴，山市晴岚的恬静秀丽景象。

咫尺昭山明翠壁，秋风分袂，浩荡思无极。昭山，山凭江立，名因人显，隋唐以降，行路讴歌，名闻益远。张九龄、李白、杜甫、刘禹锡、杜易简、裴铏、戎昱、欧阳詹等众多唐代诗人，除米芾外，范成大、刘锜、王以宁、朱熹、张栻、刘克庄、文天祥等众多宋代诗人，在“打卡”昭山后纷纷题诗咏叹，或诗，或画，或书，或铭，风流蕴藉，卓然高致。杜甫，在他晚景最为凄惨的最后两年，贫病潦倒，投亲奔友，两次溯湘江而上，又两次顺流而下，先后四过昭山。大历四年(769)三月，杜甫船抵潭州(今长沙)，数日后，溯湘水南行往衡州，一过昭山时，岸花飞送客，樯燕语留人；二过昭山时，白首多年疾，秋天昨夜凉；三过昭山时，归路从此迷，涕尽湘江岸；四过昭山时，乱离难自救，终是老湘潭，竟成诗人生命最后的绝唱。

站在昭山之巅，我凝望着湘流滔滔北去，山几重兮水几重，不知晴岚夕照，何处有归鸿？日暮江空，寒潭清绝，往来不绝的橹歌桨声掠过我的耳际，我似乎再次听到了江流天地之外的浩歌，看到了寸寸秋波所载的当年明月。千年的屏风夕照还在，万古的柘岭丹霞还在，阡陌上的桃林花雨缓缓落到人间，老虎听经似乎正哀怜众生温柔以待，狮子啸月仿佛月移花影正上栏杆，古寺飞钟钟声杳杳，石港远帆帆影依依。昭山，千里湘江的华表，南国山水的典范，英雄豪杰的向往，湖湘文化的重镇，三座城池的风华绿心，天地音诗画，山川草木人，浑然圆融一体。烈士坡、将军渡，曾国藩、左宗棠，近代革命先驱黄兴、“鉴湖女侠”秋瑾、一代伟人毛泽东、开国元帅彭德怀都曾在此留下一行行可圈可点的足迹。此时此刻，我多想与米芾一起放浪形骸，倾听沧桑变幻的黄钟大吕，弹响瑶琴上的春秋传奇：“二桃杀三士”的鼙鼓喧天，刳木为舟的孜孜矻矻，旧时王谢的堂前燕，大唐将进酒的杯莫停，或掬濠上之乐，宁生而曳尾涂中，或水置座右，当欲漱石枕流。登楼清啸，莼羹鲈脍，河清海晏，光前裕后，那是一种怎样的“醉困不知醒，欹枕卧江流”啊。

若有若无的淡淡山峰，隐隐约约的水岸轮廓，江岸树石、小桥村舍，隔溪花畦，其间人影绰约；宿雨初收，炊烟日影，云水雾霭，易家湾的集市人来人往，樯橹轻摇，渔樵耕读，寂静而又热闹。山立着，我也立着；山待着，我也待着。湘水，我看了一遍又一遍，始终没有看见那一叶可载米芾逸兴飞扬的扁舟。驿路，我走了一遍又一遍，一会儿翘首北望，新开铺、黑石铺、大托铺，一会儿又回头南顾，蒿塘铺、团山铺、板塘铺，路上始终没有看到米芾那一顶为戴高帽而没有了顶盖的轿子。

在昭山，终究，我没能等到米芾的打马归来。一场事先约好的约定，化成了一处晴岚落寞的离殇。我隐约知道，米芾若不在昭山，他唯一的去处便是北固山了。作别昭山，我一路向东、向北，一脚踏进北固山麓。北固山由前、中、后三峰组成，前峰在南，后峰在北。这座气壮山河、慷慨悲歌的山，孙刘联姻，刘备曾在山上的古甘露寺招亲；梁红玉擂鼓，韩世忠曾在此击溃金兀术十万大军；辛弃疾曾在此遥想当年，金戈铁马，气吞万里如虎。枕中云气千峰近，床底松声万壑哀，历代诗人墨客如许诨、沈括、苏轼、米芾、陆游、辛弃疾等都曾在此留下了千古传诵的名篇。

此时，我站在北固山之巅，如同站在昭山之巅一样，身处此山，面对此楼，遥望此江，一水中分，三山对座，顿感吴云楚水，长江浩荡，而自身却是如此地渺小自卑——这也是为何每次登岳麓山，我都会在“自卑亭”前驻足，“登高必自卑，行远必遐迩”，想来，人在大自然面前谦卑低头，并不是一件羞耻的事情。北固山下，一条无法丈量的长河之水，携了秦皇汉武的遗风，浸了唐宗宋祖的逸韵，从云端飞流直下。蹑石攀云而上北固楼，到此已穷千里目，谁知才上一层楼；多景楼中，米芾“纵目天容旷，披襟海共开”；漫天烟尘，雄风滚滚，试问天下英雄谁敌手？曹刘，生子当如孙仲谋。我想起了王湾在北固山上看见的“潮平两岸阔，风正一帆悬。”王羲之在此写下的“大字之祖”，米芾在此悟出的“米氏云山”。据说，米芾曾在鹤林寺题画《鹤林烟云》，并画赠住持，条件是索要一小块宝地，砌几间茅屋，常来小住，并愿死后的灵魂化为伽蓝神，永护鹤林寺山门。从那以后，米芾筑起几间房子，定居北固山的甘露寺旁。大江空蒙，雨后初霁，晓烟缭绕之时，米芾都会朝夕眺望，看山岭飘忽，林树隐现，寺观出没，得自然神理，久而久之，形成了独特的“米家云山”画法，所题写多景楼“天下江山第一楼”七个大字，更是险绝豪迈，酣畅淋漓，熠熠生辉。

米芾在镇江的住所其实有三处，千秋桥、鹤林寺与北固山西麓。苏东坡曾呵呵戏称米芾是“狡兔三窟”，米芾自然也乐滋滋地呵呵以对，并在北固山西麓的海岳庵庵门前书上“天开海岳”四字，后又题诗“神护卫公塔，天留米老庵”志喜。苏东坡与米芾友善二十年，有时也还看不透米芾，说：“元章粗逸绝尘之气，朝妙入神之字，清新绝俗之文，相知二十年，恨知公不尽！”米芾神秘兮兮默然嘻嘻言“诺”。

事实上，米芾的仕途并不畅顺，似乎更多的是颠沛流离与半痴半癫。或许只有在北固山上的多景楼面对浩瀚的大江，他才会忘却仕途的困顿，忘却法度与俗尘，忘却古人和今人，真正裸露出率性天真、感物通灵的本性，逢石足以具衣冠当拜，遇古物书画则极力求取，精于鉴裁，好洁成癖，高视阔步，气宇轩昂，连黄庭坚都歆羡不已："澄江静夜虹贯月，定是米家书画船。"好在，米芾我行我素的日子多了，久了，人们便有了一些容忍与谅解，更多的是一种眷顾与钦敬。

让人悲催的是，大观元年(1107)，米芾出任淮阳军知，丁亥三月因疡生于首而卒于军廨。卒前一月，米芾自知大限将至，于是作书告别亲友，尽焚所好书画寄物，又置一棺，坐卧饮食皆在棺中，前七日，不茹荤腥，更衣沐浴，焚香枯坐，及期，遍请诸郡僚，举拂(尘)自作偈语曰："众香国中来，众香国中去；人欲识去来，去来事如许；天下老和尚，错入轮回路。"说完掷拂合掌而逝，葬于北固山、金山、焦山绵延一处的十里长山。米芾人奇、书奇、画奇，连死也是如此之奇，如同高僧大德的"入瓮坐化"，生死之路坦荡从容，天下之大，芸芸众生，自送自去者能有几人？真可谓精构通达，空前绝后。

忽忆赏心何处是？春风秋月两茫然。江天一色，幽渺空蒙。"江山万里，十郡百邑，绕山为城，临江为隍者，唯吾丹徒。"理所当然的，我得去米芾终老的长山看看。因了米芾的洁癖，自然，我得先寻一个旅馆，洗个彻头彻尾的澡，虽无法焚香，但也算是沐浴更衣，净身净心，恭敬虔诚了。迈入长山，我不得不放缓步子，在"米点山水"的运笔节奏中，体悟着长山烟云的变幻莫测，体会着"随意用笔，皆得自然，备齐古雅"的浓淡相宜与收放自如。

米芾墓，在鹤林寺附近的黄鹤山北麓。墓前有一石坊，上刻楹联"抔土足千秋，襄阳文史宣和笔；丛林才数载，宋朝郎署米家山”。拾级而上，是一个圆形的墓，并不大，简素单一，墓前竖一石碑，有曼殊后学启功敬题的“宋礼部员外郎米芾元章之墓”碑文字样。我默默地站着，点上一支烟，不敢坐下来，生怕我坐下的石凳，会烦了他千年后还要起身，洗了又洗，擦了又擦。四周烟草荒芜，杂树丛生，悄怆幽邃，其境过清，实在不忍久留。“山荒樵径十三松，米老孤坟此地逢。断陇牛羊青草卧，残碑风雨绿苔封。”我不知道这是谁的诗句，倒是很符合我此时此刻念兹在兹的心境。

“五洲烟雨南宫笔，千里江山北固诗。”沉浸在丛林、山径、回廊、流泉之间，忽然觉得，“八面出锋”的米芾，他将自己活成了一座座的山，一条条的水，自自然然，清澈有度，蓊郁有序，终究值得。只是，显而易见的，在他险绝与疯癫背后，又何曾不是他处处不堪忍受的生活重负？何曾不是他处处希望回归人性本真的呐喊与救赎？看似轻松，实则沉重，人前潇洒，人后悲凉，每个人又何曾不是有着生命中诸多的无法承受之重？

从湘水到长江，从昭山到北固山，山河昭昭，人亦昭昭。天马行空的米芾，我在昭山等了他千年，他终究没有如约而来；他在十里长山，等了我千年，我到底还是如约而去。只不过，振迅天真，出于意外，千年一见，千年前，他丰神秀骨，纵意山河，顶天立地，而我远在鸿蒙之外，一团混沌；千年后，我小心翼翼地站着，他却有恃无恐地直接躺平，躺成一座威武俊健的丰碑，永远持有一种节奏，雄强飘逸，进退裕谷，快意当前。

昭山与北固山，隐于时光的深处，在米芾的一笔一画中，在一个可能的世界里，错位交叠，彼此庄重，彼此召唤，召唤梦境，召唤时间,实现彼此的深刻与超越。风吹过来,微微作响,像是说着吉祥的临别话语,无数的时刻有着无数的遇见,无数的遇见有着无数的存在,山在山中,水在水里,每一片树叶会向你招手,每一块石头会向你微笑,每一朵浪花会向你问候,来有所来,去有所去,靠无可靠,依有可依。尽管,往事越千年,千古江山,风流总有被雨打风吹去的时候。可青山依旧在,碧水尽长流,萧瑟秋风今又是,一定会,换了人间。山如此,水如此,人如此,世事大抵皆如此。

低处的高椅

这世上的偶然，多半，必然是这样，到了该是时候的时候，自然，会去某一处地方，譬如，会同的高椅，张望，或是怀想。

高椅，并不是一把椅子，而是一个村庄。只不过，因其三面环山，一面临水，形若一把厚穆衔威的太师椅而得名。太师椅，起源于南宋，顾名思义，为太师坐的椅子。在逆风而起的记忆中，这是一把唯一用官职命名的官家之椅，足以坐拥天下所有的风云与归途，唯皇宫、衙门、权贵才配享用。清朝中后期，被允许进入寻常百姓家，自此，许多潦倒困顿的人生，可以在一把椅上小心翼翼地打坐，直到天井里稀里哗啦的屋檐水乡音四起，狗尾巴草随风说起自己的方言，四方桌上大碗的米酒与灶台烟熏火燎的日子相遇。

我小时顽劣，偶有些稀奇古怪的想法，甚至是馊主意招厌讨嫌，因名字里有个“文”字，被玩伴戏称为“文太师”。在本地方言里，“文太师”并不是什么好词，大意是闻臭气，偷臭屎的意思。后来，读《封神榜》，才知有个商汤的三朝元老，帝乙的托孤大臣，叫闻仲，别名闻太师，坐下墨麒麟，手持雌雄鞭，征伐西岐时命丧绝龙岭，后被封神为九天应元雷神普化天尊，至此，一个伤害性极小、侮辱性极强的诨称，才在心中释然不少，且暗暗地骄傲了一回。按说，我应是有一把太师椅的，榫卯攒斗，如意云纹雕饰，椅背镶嵌堆塑山水风物，精致细腻，如良渚玉雕，宽大厚重，形制庄肃，烁烁逼人。事与愿违的是，年过半百，我坐过无数的椅子，轿椅、藤椅、摇椅、转椅、圈椅、交椅、躺椅、按摩椅，却从未正儿八经地坐过堂屋神龛下的太师椅。于是，就想去高椅看看，看一个村庄是如何端坐在太师椅上，椅上的村庄又是如何姿态安详。

高椅并不高，不紧不慢滨着巫水，灰了调子，矮下身形，显得朴拙、寂静、安闲、从容。未进村庄之前，我独坐在水边的码头，大清早细细的阳光，从岸柳隙叶间筛下来，倏尔又忍不住斜了身子，探入水面，碎金般跳跃。温婉的波光，一下子粼粼起来，潋滟成一幅好看的青绿山水画。难怪，码头的柱子木板上，烙了副对联：四壁云山合画意，一江烟雨富诗情。码头对面的孟营山，听说是当年诸葛亮七擒孟获的地方，树木葱茏，树上栖了无数叽叽喳喳随兴鸣叫的鸟雀，还歇了许多南来北往的云朵。云朵并非只是天然的纯白，还有青灰、浅黄、橘红，舒卷之间，又呈着各样的形状，忽而如羽毛，继而似鱼鳞，隔不了一会儿，又动若脱兔，形似奔马，缤纷变幻，让人目不暇接。码头，并没有船只，只有河水轻轻地舔着岸石，盈盈的，脉脉的。没有了船只的码头，显得有些寂寥，甚至是伤心——也许是有船的，只是已驶离码头，我没有看见而已。山与岭，云与树，映在温温碧碧的水中，水，很快便不仅仅只是水，而是一方可以照鉴万物的朗镜。从早到晚，水流着水，波漪着波，任何一尾小小的游鱼，都可以傲而远逝到瓦蓝的天空，洁白的云朵，青朴的大地之上，逍遥出无法掩饰的缱绻。一条水，因为山树云鸟的映衬,有了色彩,有了层次,有了动静,有了滋生万物,莫可名状的生生不息。

逆水而望,篁竹簇簇,疏影横斜,或井字,或品字的青瓦木屋,缀在弯弯曲曲的河岸, 好似一幅画的印章与落款。这条从城步巫山南麓出发的巫水,沿途湍过无数深沟幽壑,拐过四十八道大弯,自东南向西北,过城步、经绥宁、入会同,纳木栗溪、江抱溪、若水河、大洞溪、车皮溪,至洪江市附近注入沅江。巫水流经高椅时,显然放缓了急匆匆的脚步, 款款媚媚洄了一个大大的弯, 且沃出千顷田畴。苍然暮色,草长莺飞,挺适合人们披草而坐,渊然而静,倾壶而醉。码头上,我点燃一支烟,深深吸了一口,俯仰吞吐间,仿佛看到,巫水河上,这个唐宋前称之为渡轮田的地方,男人们在水边磨着鱼叉,钩着渔网,放着木排,喊着号子,将田里的稻子,一寸寸由青喊到绿,再喊到黄,将岸上女人窈窕的身段,喊回到堂屋、洞房。清泠泠的巫水,让水面上所有的事物变得水灵、茁壮、饱满,偶有无法入睡的风声传来,野芳侵过古道,落英缤纷两岸,一只只满载桐油、牛皮、烟草、猪鬃毛,五倍子、山苍子以及烟土等货物的船,高高敛翘起头尾,闯滩到“一个包袱一把伞,跑到洪江当老板”的洪江,然后过沅陵,下常德,入洞庭,抵长江,或武汉,或南京,一路汗珠子滴湿裤裆, 算盘珠子打得飞响。若是运气好, 逆水而回时,船上又会载满食盐、花纱、布匹、煤油、面粉、白糖、洋货及各种日杂百货, 兴冲冲地在沿途的码头卸货交易。顺顺当当的一趟来回,差不多可以赚个盆满钵满,足可供人回家甩膀、斜眼,横着走路,唾沫横飞吹牛皮、充狠气,显摆上大半年。放排、行船、闯滩,是拿命换钱的行当，船上水手汉子，多擅长喊号子、对歌、泅水、打架、骂野话，做事利索，做人强悍。只是，一年半载，有的能顺风顺水回来，有的排散、船烂、人亡，永远也回不来了。于是，水边码头，常常有大脚大手的女人，提着篮子，挽了裤腿，踮起脚尖抚额远望，用自己日复一日的虔诚念叨与丝丝期盼，等着自己男人活鲜鲜地归来，要是万一没等到，只能怪自己命薄，泪湿春衫，一声长叹，咬紧牙关，依旧不怨天，不尤人，苦巴巴地活下去，替自己，也替狠心的男人。

高椅，是水边的村子，自然是水做的。水样的人，水样的事儿，水样的炊烟，水样的天地。一条水，流进椅山，流进村庄，流进心底，所有从萝卜白菜的命里算出来的日子，都会是青翠翠、水灵灵的，在椅面上悄无声息地漫漶开来。

从码头起身，沿村庄的外围，我踅来踅去，漫无目的。下寨的荷塘，荷事正盛，虽无接天莲叶，倒也是映日荷花别样地红着，有的亭亭，有的灼灼，风荷正举，清响滴露，这让我突然想起刘年《离别辞》中的一句诗：我不带琴来，雨水那么多；我不带伞来，莲叶那么大。远山苍绿、黛蓝，近水月白、竹青，家家竹篱院落里，红红的辣椒、葱绿的丝瓜、绛紫的茄子、鸦青的豆角、橙黄的南瓜、灰白的冬瓜，在晨曦的薄雾中脆生生、鲜澄澄的，透出盎然生机。院内少许的过年柴火，码放得整整齐齐。院角少不了，总会不经意地摆放有一枝独馨的三角梅或是月季、蔷薇，以及正开酡颜小花的马齿苋或是双色茉莉。青砖小瓦马头墙，回廊挂落花格窗，新枝怜蕊，掩窗推梦，东来西送，笑靥不语，美得不可方物。山含黛，水潋波，很多次，我不由得闭目遐想，这山岚水雾氤氲着的整个村庄，幽长的古巷，斑驳的砖墙，萦青缭白中，环佩叮当的侗家阿妹，袅袅婷婷走过四通八达的古巷，元气满满的侗家阿哥，嘎嘛嘎想地唱起撩人的大歌，巫水河从村前静静流过，十分耐烦地浣洗着习以为常的星辰月亮，流云伴风，廊腰缦回，他们一颦一笑年轻的样子，总是让整个村庄的夜晚都闪闪发光。

我不知道，六百多年前，东汉关西夫子杨震与南宋诰封威远侯杨再思的后裔，是怎样找到了巫水西岸这个名叫“渡轮田”的地方，然后，又怎样一砖一瓦地把它砌成低处的高椅，将一百多栋窨子屋瓦的相思灰，炫目成一朵暗香浮动的梅花，独自凛然开放在阔大的椅面。在一甲凉亭，我遇上一位歇凉的老者，摇着蒲扇，敞开衣襟，须发皆白，我问老人家，村子有些什么讲究。老人挺了挺原本有些佝偻的身子，混浊的眼里闪出少许的炯光，如数家珍，娓娓道来。原来，整个村子，按五行六甲来说，水之来者曰天门，水之去者曰地门，天门宜开，地门宜闭，村前环绕的巫水，来时如开天门，去时，夹岸高山，藏风聚气，来去之间，一开一闭，宜家宜室。“子癸来龙去亥宫，子孙发达用无穷。”或许是，蜀汉建兴年间，诸葛亮曾率领大军南征九溪十八峒，深入到巫水岸边，摆出过八卦阵，故村庄亦如八卦阵式，青瓦白墙，多为明清徽式建筑，兼具湘西侗家风情。百余栋窨子屋，栋栋坐北朝南，院院相通，户户相连，其网状式阡陌交通，如入迷宫。大多数房子，格局相似，挤挤挨挨，疏疏密密，院中有院，门中有门，长街短巷，纵横相连，互为参差，成为五个自然村落，如嵌在大地之上的五瓣梅花，又好似“五龙戏珠”：西向“老屋巷”，北部“坎脚”，东部“大屋巷”，南端“田段”“上下寨”。既为“五龙戏珠”，自当有沧渊之水，明万历年间，村民在修复五通庙的同时，又凿池引水建大塘，把五个自然村落的流水，顺着龙势统一归引至塘内，大塘即是“五龙聚首”之处，是全村最大的生活用水沉淀之地，复又景色优美，柳浪莺飞，碧荷涟涟，宛如一张巨幅丹青。五通庙和大塘位于村庄中心，五通庙是花蒂，大塘是花蕊，五个村子自然就成了五枚花瓣。

在五通庙，准确地说，是五通庙遗址前，我停了下来，一株需两三人才能合抱的古柏树，青苔披拂，侧扭着身子，一半的枝叶早已枯寂，另一半却婆娑苍翠，它静静地立着，似在凝望与怀想整个村子一往无前的光阴。离柏树不远，有一个大大的树墩，显然是另一棵彼此相望过的柏树，可惜的是，不知什么原因，死掉了，但在朽腐的树蔸凹陷处，一株小小的柏苗，嫩绿着细叶，朝着有光的方向，从光阴的根部，破“树”而出，仿佛有五通神灵保佑，于溃败处死里逃生，试图喊醒下一个春天。柏树正前方，两簇观音竹蓊郁茂盛，一阵折叠的风吹过来，竹树呢喃，竹影摇曳，感觉有无法揣摩的神，从一枝竹梢飞向另一枝竹梢，许多欲说还休的细节，都想赶在下一场山雨到来之前，演绎什么是关西门第，什么是清白家声，什么是耕读传家。可惜的是，五通庙“破四旧”时被“破”掉了，代之而起的是一幢两层楼砖混结构的民众影剧院，影剧院也早已废弃，瓦楞上几茎蓬草当风抖着，传出几声既熟悉又陌生的鸟鸣。篁竹下，砖砌的墙柱上，石灰打底，斑驳的底色中有龙飞凤舞的一联草书：演唱天下事，讴歌盛世情。墙柱旁，一块道光二十年的石碑，隐在祖宗的遗址中，似在默默述说整个村庄风吹草动的往事。想来，五通庙，作为高椅古村的龙穴之地，整个村庄的灵魂所在，曾经该是怎样的神威显赫，殿宇翼然，香火鼎盛。五通神，作为恩泽一方的财神，因其神力能使人致富，又能护佑平安，所以村人逢年过节，祈愿朝谒，纷至沓来。四月初八，年年如约吃一种满坡香树叶榨汁蒸煮的黑米饭，九月二十八，开演傩堂戏，杠菩萨，跳傩舞，消灾除病，驱邪逐魔，冲傩还愿，娱神娱人，热闹非凡。峰秀壑幽，人文荟萃，这，无疑是一个乡村的原初与原在，是村庄延续六百余年的密码与根脉。

许是近来研读梁思成、陈从周等人书的缘故，对建筑中的亭台轩榭、墁地砖石、立柱横梁，替木斗拱、门窗墙瓦，以及栏杆隔扇、正吻戗兽、游廊庭院，园林中的叠山理水、肌擘理分、动静之观、移花得蝶、买石绕云等等，就有了许多的兴趣。当日头从马头墙上缓缓爬上来时，我逡巡在村庄的大院小巷，东瞅瞅，西看看，像个闲来无事的闯入者。只见，家家户户，大门洞开，村民恬淡、热情、大方，院内院外，任由观瞻。有的青瓦木屋，三开间，四排架，重檐悬山顶，穿斗式木板壁。更多的，则是“窨子屋”，铁桶般的四面高墙，方方正正围成“一颗印”的形状。窨子屋，屋檐连着屋檐，高墙连着高墙，院中天井，四水归一。高高大大的马头墙，又称封火墙，可防风、防雨、防火、防盗，也可防红杏出墙。外墙用毛石或片石砌基，基石上砌眠墙，眠墙之上再砌空斗墙。砌砖多采用“淌白缝子”清水墙做法，墙头起拔檐，粉白灰带，墙帽上盖小青瓦，脊做灰塑。高墙转角处常做成圆角弧形，以方便巷道人员通行，十分人性化。各家庭院小巧玲珑，布置紧凑有序。一般开侧门，外门或做“托瓜”门罩，为木骨瓦顶，或做成外八字墙，斜角开，由外向内收。大门用长条块的青石板镶嵌，门枋上多有“关西门第”“耕读传家”“清白家风”等题字。有的，在院内又增设中门一道，平时作为大门屏风使用，家中有事时则开中门方便进出。庭院天井布置灵活，曲折回廊，皆雕梁画栋。照壁上方有绘画，色彩斑斓，或梅兰松菊，或五谷瓜果，或山水风景画，或墨书诗词，古香古色，堪称一绝。窗棂、格扇、门雕，凿花镂草，雕龙画凤，匠心独运，或喜鹊闹春，或福禄寿喜，或封侯拜相，或鼠一鼠二（数一数二），活灵活现，各有寓意。飞檐翘角展翅欲飞，脊饰有若冠冕，庄严清丽。

信步村中，红黑鱼塘，水分两池，红为锦鲤，可观可赏，黑为青鲫，可食可用，槛前细数游鱼，廊中待月迎风，静中生趣，自成佳构。醉月楼，独立成院，深在思致，妙在情趣，月到风来，诗文唱和，满眼溪山，又辟为女子学馆，螓首蛾眉，知书达理，千秋无绝色，悦目是佳人。月光楼，中西合璧，晨餐朝晖，夕枕落霞，每当月悬碧空，轩榭浮波，可举杯邀月，赏月吟诗，荷香轻溢，一帘幽梦，其浮沉异势，深得自然之理之趣，天人合一，会心于此，溽暑无存。听音缸，独门绝器，以缸盛水，埋入地底，缸沿与地平，临缸谛听，可闻百十米之外动静，若有兵匪强盗入村，既崇文，又尚武的村人，即刻获知，加上迷宫般的巷道，兵匪逃无可逃，无不束手就擒，是以村庄数百年来，无火，无灾，无患，岁月静好，现世安稳。清白堂，杨氏学馆，名魁三楚，耕读传家，磨其砚，下笔香，文有据，典有征，富德义，兴味长，田野勤耕桑麻秀，灯下苦读书声朗。清代杨秉章为此专门写了一首诗:“清清白白一书堂,多士藏修国有光。朝夕功夫何处下,唐诗晋字汉文章。”千年光阴,万朵花开,“一村几座读书堂,为国储才族有光。苦读寒窗人不寐,五更犹听诵文章”,正因如此,明清时期,村里就出了有功名的文武人才近三百人,可谓“传家诗礼声名远,继世簪缨德泽长。”

草木华滋,好鸟时鸣,村庄虽为人作,却宛自天开,春时恬淡,夏时丰翠,秋时明净,冬时雪霁,“满地绿荫飞燕子,一帘晴雪卷梅花”。物候所至,每个节令,村子都曲径通幽,竹影兰香,时盈客袖,像是一幅画,宜掩者掩之,宜屏者屏之,宜敞者敞之,宜隔者隔之,宜分者分之。一种遗世的安宁,在进与退、显与隐、情与理、动与静、穷与达中浑然天成。高墙短篱俯仰呼应,房前屋后花木错置,村头巷尾鸡犬相闻,随便推开一扇不落锁的门扉,门内回应的永远是淳厚与热情。

我在村庄的犄角旮旯处踽踽而行,看打着赤膊的男人,老成持重地挑着箩筐筲箕,去田边地头干活儿,一辈子榫是榫,卯是卯。身着绣花围兜、脑后别了银簪的女人,有的蒸着糯米黑饭,有的灌着风味辣椒,有的纳着鞋垫鞋底,有的做着酸菜辣酱,各人神态安详,手中攥着的仿佛不再是屈指可数的日子,而是属于自己千年万里的日月江山。

薄暮时分,街灯次第亮了起来,一路,从唐宋亮到明清,再亮到现在,每一盏灯,都成了一方玄奥的印戳,戳住了人们喧嚣之外的一颗素心。村庄老屋的灯,也亮了起来,每盏灯都对应着一个家庭,一屋故事,一种命运。我在异乡的山水间,与他们久别重逢,屋檐下的那盏红灯笼老远告诉我,不登庙堂,也不处江湖,青草是怎样爬满山坡,蒲扇是怎样摇出清风,夜色是怎样落进酒杯,日子是怎样原路返回,低处的村庄是怎样起伏成一把春秋的高椅。

人间漫长，乡村并不漆黑。我站在高椅——这座活态的江南第一古村,与暗处的自己握手言和,差不多在命定的设计中,默默欢喜,与村庄,与夜色,一起明亮,一起安静,一起幽深。

大集浦市

去浦市，并不只是一个偶然。

很多年前，读王维“隔浦望人家，遥遥不相识”，心里禁不住温温地咯噔一下。川水从北往南，驾轻舟由南垞而出，逆水向北，快到欹湖北岸时，却索性停在了水中央，风泊孤舟，青波渺漫，远远的樵村渔浦，云气蒙蒙，似乎一下子难以抵达，甚至是不想、不愿抵达。欲见还休的水岸人家，阡陌逍遥的空林烟火，江流有声，云树遥隔，可望而不可即，一幅潆波闲远的辋川意象图油然而生，很有种“谢家池上，江淹浦畔”的感觉。由此，便向往含烟带浦的地方，要么片云生极浦，要么星月尽随身，悠阔澄明得很。

浦者，水濒也；市者，买卖之所也。近在咫尺的浦市，自然而然，成为我心心念念的地方。从沅陵出发去浦市，可以乘车，也可以坐船。乘车快，顺了319国道，经麻溪铺、筲箕湾，从三角坪拐进白沙，再沿白辰公路疾行二十分钟即可到达，沿途一晃而过的渡头落日、墟里孤烟，可以悦目，却难以浸心。坐船慢，得从中南门码头上船，逆水而上，过窑头、沙金滩、丑溪口、舒溪口、青木而至武溪古镇，然后经白沙十里画壁、箱子岩、辛女峰，入汀流、铁柱潭、毛家滩、五果溜而达浦市。这是当年沈从文先生外出与返乡必经的水途：奇景当前，有不可形容的瑰丽……满眼是诗，一种纯粹的诗。

我是个慢性子的人，凡事，喜欢慢条斯理，随了自己的性子，应了人们常说的“来是偶然，去是必然，尽其当然，顺其自然”。这与当下确凿的“千里江陵一日还”的快节奏，似乎有点格格不入。坐船去浦市，虽然很麻烦，中间要换几回船，颇有些费时费力，然而可以慢慢看两岸的漠漠水田，阴阴夏木，可以临风倾听暮蝉，加上蒸藜炊黍的细响，白鹭黄鹂的飞鸣，莫不叫人欢心。夏至未至时，我登上一艘灰灰的机帆小船，突突突地前往浦市，无缚无脱的，带着一份“率彼淮浦”的欣幸与轻闲。

小船不断地离岸、靠岸。荷肩挑担的男人披衣敞怀，挽了袖子，卷着裤腿，扁担咯吱咯吱地响，担子越重，走得越是风快；背着细篾背篓的女人，长身细腰，长发挑染，襟前少不了会缀上一两朵媚媚的挑花刺绣，走得并不着急，迎风摆柳似的，惹得先上船的男人轻唏八叫使劲地催。一时间，上上下下，来来去去，扁担、箩筐、背篓挤挤挨挨，莴苣蒜薹、豆角青椒琳琅纷呈，大人搂着小孩，男人揩着汗水，女人绯红着笑靥，一船的叽叽喳喳，一河的烟火人间。不一会儿工夫，整船人都仿佛熟稔得像似旧日相识，家长里短的，唾沫子横飞，可以闲扯上半天。船头，间或有人长歌扣舷，声腔有板有眼，贴了漂漂细浪，传出去许远。船尾，螺旋桨牵出一线白浪，层层的波纹纠缠回环，先是略显澎湃，继而微波粼粼，最后复归水平如镜。

船过武溪时，军亭界半山云敛，须臾间，隐了若有若无的轮廓，水色与天光相接，一派空阔渊澄景象。黄泥嘴边的深水码头，有驳轮正在起运货物，峒河与沅水交汇处的“外滩”上高楼林立，新修的武水大桥如虹卧波，各样的新型企业济济乎咸集。这座千年古镇，作为沅江水畔与沅陵、浦市息息相关的重要码头，曾经是泸溪的老县城，因下游修建五强溪大型水电站，低处大半的繁华沉入水底，然而曲曲溪山，却在高处浴火重生，俨若画屏。那些曾有过的西汉“伏波庙”，清代“忠勇宫”，宋时“东洲书院”及驰名湘西的“七头八景”等众多风物，仍在人们的记忆中活灵活现。八十多年前，当沈从文先生从北平南下返乡探母，在桃源雇了小船，过柳林岔，泊缆子湾，宿鸭窠围，歇杨家咀，到泸溪，过箱子岩，经浦市上岸，走高山坪古驿道，最后抵家乡凤凰。在泸溪动人的黄昏里，先生将船泊在曹家码头，眼见“满河是橹歌浮着，沿岸全是人说话的声音，黄昏里人皆只剩一个影子，船只也只剩个影子，长堤岸上只见一堆一堆人影子移动，炒菜落锅的声音与小孩哭声杂然并陈，城中忽然当的一声小锣。唉，好一个胜境！”时移事异，如今，当年的胜境虽说多已消失，新的胜境却随山转水，快雪时晴，如镜新开。伫立船头，熏风拂面，恍惚间，一位眉妆浅浅的姑娘婷立河岸，姿影绰绰，正撑腮凝望一河烟水，我忽然疑心，莫不是楠木洲十字街边的翠翠绒线铺里，那个机敏、俊秀，让人喜爱的小女孩翠翠重新回风曳步而来？事隔多年，太多的春红秋白，青山已随晚风去，我与沧海化桑田，或许，人们临川嗟逝水，常习惯于叹息太过短暂的一生，殊不知，却往往会有太长的一瞬，娟然如拭，鲜妍明媚。

到达浦市大码头，午后的阳光，在滩涂卵石与艾蒿辣蓼的卷叶上各自纷腾，显得有些恣纵热烈。河岸青素闲寂，江东与江西，各有一只月白兼灰的机帆船静静地泊着。一只为两岸涉江而过的渡船，为浦市逢农历二、七的赶场提供方便。一只为往来辰溪与浦市之间的客船。我坐在码头边的一块青石上，慢吞吞地左顾右盼，看熟悉的河水，从南往北，不紧不慢地在这儿拐了一个大弯。新鲜的水，从不远处的康家洲活活流过来，携了无法消逝的缈缈烟尘，隐约透出昔日的舳舻蚁拥，络绎不绝。河滩滨水处，偶有蘸水漱风的芦苇，簇簇的，积满高挑的翠色，矮着身姿的蓼花，红的红，粉的粉，白的白，拂了漫流，参差忽忽地疯长，若是入秋，定是一河秋色无人管，半属芦花半蓼花。不远处，几只曝沙之鸟，并不怕人，自顾自地闲庭漫步，几尾呷浪之鳞，忽地跃出水面，试图演绎一番“柳垂平泽雨，鱼跃大河风”。长长的河堤上，三三两两的本地人袖了双手，挺胸昂头蹀躞光中，看似寡淡落寞，眉宇间却大多有一股子喜气、傲气，仿佛有一江颇为气派的山水码头“撑腰”，底气十足，与湘西四大名镇之首的名头十分相配。

浦市，并非一开始就是浦市。沅水之旁的山地有条溪，细窄清幽，经达岚、岩门与杉树坪溪汇合后，再经中塘出吉家头流入沅江，称之为浦溪。溪之北有村，水北为阳，故村名为浦阳，汇入沅水的地方，名浦口堡。古之浦口（今浦市），属荆州，春秋战国时属楚，秦天下一统时属黔中郡。南宋时，岳飞麾下悍将谭子兴从武陵（今常德）移镇浦口“征蛮”，宋仁宗七年（1320），沅陵至浦口设千户所，立弓兵、平居训练，迁警调拨……清咸丰年十一年（1861），太平天国石达开攻占浦市，入狮子庵，登魁星楼，挥毫“西来凭栏此停骖，烽火冲霄破晓岚。”民国九年(1920)冬，贺龙率部来到浦市，驻扎在吉家祠堂年余，创办饥儿所，兴建女子学校，担任女校名誉校长。由此可见，数十里浦市，江阔云低，清流环翠，曲巷取势，屋承水形，人人欲见之而俱怀逸兴，扼守问津。

浦市之名，最早的记载，当属明洪武十七年(1384)沅陵陈明辅公《浦市江东陈家山记》所载：泸溪县属地，有大集曰浦市。因浦溪而有浦口，因水北而有浦阳，因军事而立，因水而生，因水而兴，最后方成泱泱“大集浦市”。从“征蛮”“千户所”到“大集”，浦市昭示着河商文明的基因密码——源于水，立于兵，兴于商，死生之地，存亡之道，由旌旗蔽空而蝶化成繁华商埠，赓续千年，生生不息。听当地人说，浦市之大，还真不是浪得虚名。因处水陆要津，为“三楚雄关”，遂匠成“五溪之巨镇，百里之边城”。人们端着饭碗，挂在嘴边的是“有心上浦市，无心过江东”，啜饮大杯茶香，与人显摆的是“百羊千猪万担米，水泄不通犁头嘴”，倚在船舷，津津乐道的是“满河绿水满河船，满镇商号满镇人”，靠在柜面，两眼放光的是“一个包袱一把伞，来到浦市当老板”。清高宗乾隆四年(1739)，沅陵知事赵治会曾撰文道：“沅陵西南有浦市，两岸之间，烟火万家，商贾辐辏，舟楫络绎，故一大都会也……上而滇黔，下而常岳……骚人墨客，工农商贾，莫不以时云集于此。”浦市的商贸兴于战国，成于汉唐，鼎盛于明清，可东达扬州十二圩，西达川黔，南溯湘江至两广，北循汉水至关中，商贸之盛一时无出其右。大集有三街四十五巷、六座古戏楼、十二座城门、十三省会馆、二十多座连江货运码头、七十多座寺庙道观、九十多个作坊、数以百计的封火墙

“窨子屋”,是连通西南边陲“古海上丝绸之路”极为重要的商埠大镇,杨柳汀州,芰荷浦溆,极尽繁华,可谓“浦市一片月,万户捣衣声”。

远山,蘸了云层罅隙细碎的光芒,将一些隐逸的积翠悉数泻入水中,间有云气缭绕,波光四起,犹如一粒清梦,渐冉氤氲。坐对一河的沅江水,我并不急于起身,水木明瑟间,仿佛看见浦市河面上,数百大小船只在水中杂乱铺陈,有三桅大方头的江淮盐船、体形硕大的洪江油船、平头大尾的酉水船、两头尖翘的峒河船,以及竹木连成的巨筏等,熙来攘往地将川黔的朱砂、水银、苎麻、五倍子、蜡虫、木材,以及江淮的食盐、布匹、花纱,江西的瓷器、洋广杂货,一船船运进来,又将本地的生铁、桐油、茶油、鞭炮、柑橘、棉花、蓝靛、肥猪一船船装出去。进出之间,日出千根桅,日落万盏灯,于薄雾弥漫的河面,到处浮荡着催橹歌声、吆喝声、鸡鸣狗吠声,纷纷扰扰中,有腔有调,洋洋盈耳,既悠长曼妙,又叱咤喑呜。辛女和盘瓠的后代子孙们,水里讨生活,岸上积余庆,形成瓷器街、鞭炮街、油篓街等有名的街道,整个街头,贩夫走卒,不绝于道,三教九流,隐藏其间,涌现出瞿、唐、康、杨、吉、李、姚等豪商巨贾。吉家,田联大院三座半,门望一千八百担;瞿家,汉正街边,黄鹤楼头,漫天飞金;李家,一门五县令,派衍撰书;姚家,经营“姚恒森”商号,沅水流域无人不晓、无人不知。

码头上,有精壮汉子,挑了满箩筐的冬瓜、南瓜,大着嗓门,急急长唤过河。我在遐思默想中回过神来,看得见脚边的水草,软媚着醉人。禁渔禁捕之后,大大小小的游鱼随水而漾,类若乘空。偌大的沅水，碧鲜鲜的，没有了多余的船只，水便成了原来的水，清盈，自在，每看一眼，都是本来的经典。河滩上，几头黄牛、水牛低头嚼着没膝的嫩草，牛背上偶有几只叫不上名字的鸟雀，敛翮闲止，意态安详。芦荻蓼花处，几个俊眉秀眼的女孩，身穿嫣然有致的旗袍，也是团扇轻绔，临花照水，变换各种姿势拍照、制作抖音，有点风姿绰约，楚楚动人。面对如此现代版的香草美人，我不由得想起两千多年前的三闾大夫屈原，峨冠博带、衣袂飘飘、长须髯髯，驾一叶扁舟，撑一支长篙，"朝发枉渚兮，夕宿辰阳"，郁郁涉江而来，在这里辗转，在这里徘徊，一遍遍高吟"后皇嘉树，橘徕服兮"，并召唤着王昌龄、朱湘、沈从文等无数后来周折其间的人们。当然，我算不上被召唤的那一个，没那个能耐，没那个资格，也没那个心思。

山，被水一字一句翻译成沟壑，溪山行旅，松风阵阵；水，被山一绺一缕裁剪成线条，疏密粗细，婉转旖旎。光阴的尺牍总是如此劈凿凌厉，许多乃粒乃服的事，见以所见，闻若所闻，最后都会苍茫得踪迹难觅。浦市却不一样，有它的轮廓，它的腔调，它的气息，它的灵魂，甚至它的忧伤。在街上随意溜达，粉墙、黛瓦、古宅、深院，门楣、天井、斗栱、横梁，处处透出岁月深处的晴柔，悠远阒静的讲究。风很低，墙很高，屋屋相连的飞檐翘角，彼此打着心照不宣的招呼，返璞归真许多天空的心事。一溜溜的蝴蝶青瓦，压六露四，顺乎阴阳，合乎五行，很容易让人背起行囊时，却突然想放弃雨丝沉眠的远方。日子久了，站在屋顶的青苔瓦松，也开始含光叠影，仿佛一位无法衰朽的智者，将世人无法知道的往事，一个细节

一个细节不厌其烦地抖弄。四水归流的天井，与天地相参，与日月相应，雨一帘、光一缕、云一朵，霞一片的，如一幅灵动的框景，朝飞暮卷中有花香鸟语，有日月星辰，雨丝风片，宛如镜游，挺适合闲来无事的注目、回望、期待。端庄恢弘的门楣，层层上叠的斗栱、坚实厚重的梁枋，嵌了主人细腻的心思，雕了梁，画了栋，原本素寂的物件，霎时风致高逸，活色生香，有了俯察品类之盛的巍然大观。几进深的庭院，多半放心大胆地敞开着，任何一个陌生的人都可以弹冠振衣而入，与一处处廊檐、屋角对话，随一道道门窗、楼阁遐思。若遇主人在家，还会“来到堂前都是客”，顺手抄上一只凳子请坐，捧上一杯热茶，气定神闲地说道说道这屋的前世今生，举手投足间，有种骨子里的宠辱不惊、云淡风轻，沧桑中透出几分古意与智慧，每一句话都比青葱的岁月漫长。

无论是青莲世第、周家大院还是李家祠堂，多为砖木结构的四合院落，内有三进或四进，正面为三层并连式结构，左右进退，仿佛天天可以丈量日子的宽度与深度。青石青砖筑就的院落，只要有猫、有狗，甚至盆栽花开的声音，人世间就会传出清晰的回响。做料考究的穿斗式、硬山顶，多年以后仍发誓要收复属于自己的时光。镂空的花草鸟兽、浮雕故事，以确信无疑的姿态隐入尘烟，将一份份含蓄与精致，深浅不一地说给风吟雨听。在负阴抱阳的吉家大院，高大的外墙墙面，用石灰、糯米、生鸡蛋清密密黏结，墙的四周复置蝙蝠形制墙钉，与墙内木架紧紧勾连，墙内墙外，高耸墩厚，九死一生的归去来兮，从此可以放心大胆地安生、安心。碶形的八字大门，本土红砂石砌筑的墙基，手工磨制青砖搭砌的墙体，门垛下置放的十二块风石，无论白天或是黑夜，不言不语，却丝毫无碍它的坦诚相见，一顾倾心。木门为整块楸木一分为二，所制坚固异常，内置机关，凭蛮力无法开启。窗棂、雀替垂花柱，装饰图案繁复，镂刻栩栩如生。过厅门窗饰有荷花、如意、钱币等图案，寓示生意亨通，财源广进；寝堂门窗雕工精细，多为八仙、梁祝、麒麟、蝙蝠等，线条流畅，匠心独具；窗户上方雕刻有双龙戏珠图案，其中珠子为一“吉”字，入木三分，精美绝伦。更为妙绝的是，吉家人深谙“物我合一、天人同构”的营建理念，大院地下有一套右低左高完整的排水体系——遇大雨时，左右两端双向排水，水流变小时，在右低凹处渠道中排水，左高地势通道进风，风进水流，水流风动，取自然风水为人所用，风行水上，冬暖夏凉，玄妙无双。同时，在二重院落地下设有圆形龟池，千年之龟在下水道中扒泥觅食，疏通阴沟淤泥，致使大院地下排水百年不塞、不堵。

一些显赫的大院，大抵都有自己的姓氏，一根根柱头扎进深深的族谱，尽管泛黄，也会散发出陈年的墨香。另一些普通寻常院落，则蒿草般聚拢在幽深细窄的小巷，许是埋藏人间太久，已很难拼凑出当年生动的模样。巷子长长短短，曲曲折折，街面的青石板，被成千上万双脚或轻或重地走过，加之霜侵风剥，有的纹络鳞皴，有的光滑清亮，每走一步，或多或少都有着历史深处的萧瑟苍简。沿街，铁匠铺、银器铺、剃头铺、老茶馆，随时会在某个巷弄的拐角处出现。炸灯盏窝的、烤鼓儿糍粑的、做米豆腐的、卖冰糖葫芦的，似乎依旧热气腾腾了数百年。新近修缮的钱庄、镖局、油行、排帮、盐帮等，不再正儿八经地板着面孔，而是挤眉弄眼地恣意招揽游客。行走在七弯八拐的街巷，老茶馆里鼻梁上架着眼镜的茶客们，一边啜嘴喝茶，一边摆着龙门阵，天南地北的事儿都在一壶热茶中翻来覆去；娇俏的姑娘，眉眼盈盈地精挑细选着银首饰；虎头虎脑的小孩举着冰糖葫芦蹦蹦跳跳进巷弄的另一端；戏台上有人唱起辰河高腔，时而激昂粗犷，裂金碎玉，响遏行云，时而哀怨悲壮，细若游丝，婉转动人，揪了、拽了人的心眼，忽上忽下，忽疾忽缓，在荡气回肠的"浦腔浦调"中不知不觉忘了今夕何夕；手拿凿刀的艺人神情专注，手起刀落，纸屑飞扬，凿出一张张美轮美奂的"踏虎凿花"花样，凿出尘世的美好，也凿出未来的希望……一个人，于明暗交错的时空，若是愿意，随手轻叩一栋老屋铺首的门环，都可以在墙头薜荔的探视下，敲醒渐入梦乡的记忆，活泛傍花随柳的心田。老街所有的一切，看上去都是那么地恰到好处——沉静笃定、温润自在、安稳闲适。

从吉家祠堂出来，万荷园的荷花开得正盛，风荷卷水，灼灼动人，红的妖娆，粉的垂露，白的带烟，一朵朵，一枝枝，在夏风里舒卷开合，起舞婆娑。先前在河滩拍照的旗袍姑娘，眼睛水汪汪的，亮亮的，似浸了水般，徐步款款在园中的栈道曲径，曲径距水盈尺，恰似"凌波荷塘上，人在画中游"，神遇迹化，闻其声，感其韵，婉约华滋，一切皆有了淋漓酣畅的水墨意味。盛夏的荷花，早在我的头脑里开过千遍万遍，真的邂逅，却又生怕自己的脚步，会惊扰了花间的蜂飞蝶舞。听说，河对岸的江东寺很有名，值得看看。沈从文先生曾说："在市镇对河的一个大庙，比北京碧云寺还好看。地方山峰同人家皆雅致得很。"且"庙内古松树要五人联手方能抱住。老梅树有三丈高，开花时如一树绛雪，花落时藉地一寸厚……庙宇还是唐朝黑武士尉迟敬德建造的。”于是，还是有心过过江东，一如挑担的精壮汉子，长唤着过河。船靠岸时，回首环顾，只觉一不小心，就把对岸留在了对岸，把码头还给了码头，平野田畴，沙汀村舍，云山烟树，任其高妙，可望、可行之处，许多事物在光芒中沉醉、苏醒，就像岸边停下的风，只要鸟儿想飞，云朵想飘，又会再一次，刮了起来。

沿村中道路上行百十米，可见寺庙的大半截红墙，隐匿在幽篁簇簇的民居中。江东寺，原名浦峰禅寺，又称石林精舍。传说中国西南三个半法轮，此寺占了半个，寺内地藏殿有转轮藏，据说风动藏响，声传十余里外，“半个寺”因此得名。每天，寺内的晨钟暮鼓，比时辰来得更早，无论喜不喜欢，愿不愿意，都会隔江互渡春秋，渐行渐远，止于归途。只是，现在的江东寺，多有颓败，并没有我想象的宝相庄严，古松、梅树也早已不在，新栽的松柏一时还无法沉淀老去的时间，多多少少，有种“涧户寂无人，纷纷开且落”的凄清迷离之感。来者复为谁，空悲昔人有。说实在的，我并不是一个喜欢怀旧的人，面对繁华落尽，大抵不会空自嗟叹，因为，千古兴亡多少事，一江春水向东流，世间的事事物物，消逝自有消逝的道理，存在自有存在的理由。更多时，消逝本身倒是另一种存在与重生，重生会是新一轮的消逝，所有的过往与将来，都将在此消彼长的轮回中绵延不息。尽管，一个人守候一生，也看不完一条水，阅不尽一座山，但我，还是想站在对岸的高处，隔浦而望，返“浦”归真听听水边的颂辞，于“市”外桃源，将草间蟋蟀的低吟高高举过头顶。

浦上一回首，山青卷白云。干净整洁的道路，幽雅清丽的楼房，硕果飘香的田野，还有宽阔的路上，岩门溪脐橙、五果溜荸荠、岩头山跑山猪、银井冲牛蛙、青草草莓、长坪辣椒……完成一次次车水马龙的流动与聚集。薄暮时分，当我还在江东这边准备着可能的瞠目结舌时，河西的浦市大集，已是霞光一片，妥妥的，将每一次心旌荡漾的风吹草动，化作只此青绿的风华正茂，可供眺望的欣欣向荣。

沅水浩荡，大地无边，暮色四合，前后左右都是可圈可点的彼岸。对面大集浦市的街灯次第亮了起来，也是一条岸上的河，光着岁月，耀着尘世，照亮皆可入诗的万事万物。在眼前可爱的起伏漂荡之间，灯亮着，心也亮着，不只是瓜田李下被梦俘获的前程，还有无法虚度的光阴，以及无数遥遥可相识的我们。

大集浦市，浦市大吉。

第三辑　此彼黍离

世间草木，无不努着力向上生长，长高了，长大了，又无不努力地开花结籽。花开了，籽结了，生命的烦琐也接近了尾声。然而，每个生命都有着自己的修罗场，所有的凋零与结束，又总会在下一个春日蓬蓬勃勃地寂静重生。它们何尝不是用自己特有的方式，安安静静地，渡着光，渡着风，渡着雨，渡着一言不发的命运？

活着的莲花池

莲花池是个老村子，既深邃莫测，又触手可及。

我完全没有想到，这样一个朴拙清寂的村子，会与我产生某种关系。更没有想到，它会隔着苍凉而陌生的夜色，隔着千年茫茫的生死，与一个土司王朝的不朽传说紧紧地联系在一起。

一

第一次去莲花池，纯属偶然。

因为村子离清水坪集镇比较近，而我又刚好在清水坪九校巡完考，于是问及本地的同仁凤生，有什么地方可以随便走走。他向我推荐了这个村子，说初看也许并不怎么样，但它古老，耐看，有来头。

我素来喜欢在一些古村落走走。漫不经心，打量打量村庄毫无虚张声势的表情。

风吹着风，雨落着雨。村庄里的众生万物，生，只管生；长，只管长。每一棵树，每一丛草，每一簇花，都显得规规矩矩，自然而然的，没有挑三拣四，没有急于求成，它们缓缓地生长着，时间一到就倒地死去。死了的东西，其实也并不真的就完全死去。只需待到春风吹过了桃花，又吹过杏花和李花，山坡上，今年的草就会盖住去年的草，去年的花朵又会热闹在今年的枝头。一些死，显然是为了生；而一些生，本身就是为了死。生生死死，没有界限，没有隔断，没有水火不容，很哲学，很奇妙，很圆融。

通往村庄的路，随风随雨，轻轻洇开，暖暖的，被暮色舔着，被稻香熏着，泛出微微的光。院落里的人与事，慢慢老了，都是一副水落石出的样子。几只麻雀或是山喳子娘，胡乱鸣叫，一翅一翅的，将一瓣瓣的春天飞成了一树树的秋天。许多一闪一闪的往事，循山顺水，远远近近，各自往回走，退向来时的深处。又或者，一直往前跑，跑到无法预知的某个尽头。许多时候，我甚至，喜欢村庄里那些老眼昏花的枯枝败叶，仿佛只需看一眼，整个世界就可以一下子寂静下来。此时，天空浩大，流水响亮，许多草高过我的头颅，我与一个个村庄默默地，站在一起，显得慢条斯理，心安理得。

深秋，薄暮时分。我与同仁走在去往莲花池的路上。软软的阳光渐次褪去，或远或近的山头，显得有些暗淡，却又稳稳地托住了疏落有致的村庄。白天积蓄下来的光，似乎依然很新鲜，可以鲜掉人一大把的眉毛与胡子。一湾水，看深了，又看浅了，清清亮亮的，缠着山头，缠着村庄，也缠着人的腿脚。成卷成卷的云朵开始悄悄移走，露出静虚虚的天。不一会儿，夜色撵过来，又淹过去。瓷青瓷白的月牙缓缓升上来，散着毛耸耸的微光，整个村子也毛耸耸的。某个瞬间，我仿佛只需一抬头，便可隐约仰望一些深处的仁慈。

苍苔寂然，星空稠密而硕大。稍远的半山坡上，有闲闲的狗，懒懒散散的吠上三两声。吠声贴了地，不过三五分钟，隐入草隙石缝。几只鸡蹲在瓜棚豆架上，东瞧瞧，西望望，似在寻找村庄某个失落的事物，又似在打探村庄某个庄严了许久的秘密。

凤生是清水坪九校的校长，不高也不矮，沉静寡言。难得的是，无论何时，那一抹略显稀疏的头发，总梳捋得有条不紊，纹丝不乱。想来，头发，是一个人的高地，若是乱了，整个生活与人生便会显得粗糙潦草，终归有些不妥。

“莲花池，有莲花，有池塘吗？”我斜身问。

“有，至少古时是有的，可惜现在都颓败了。”凤生额前的头发在风中乱了一下。

“这个村子，真的很古吗？”我的眼睛在暮色中小青蛙似的跳了几跳。

“真的很古。古得落寞，也古得尊贵。”凤生伸出右手食指与中指重新抚齐头发，面向村子，仰着头，并不多说话。

“哦，也许不是村子太古，而是我们太新。”我喃喃一句。

“不，真的很古，至少千年。”凤生轻轻强调，有一种淡淡的忧伤。

空气在屋前屋后堆了很多年。一些事物，被东风推倒，又被西风扶起。深秋的田野，许多庄稼倒在风吹的方向。庙宇般的山冈，经卷般的河流，也许，只渺茫一问，就会让人承受不起。

村子里的人户，沿坡而挂。没多久，灯火次第亮了起来，似在不紧不慢的安营扎寨。并不十分明亮的灯火，浮在空气中，透出一种炯炯的混浊，努力明亮着村庄的前尘往事，也照见我们不紧不慢的脚步。

山脚下的简易公路旁，修了一些红砖大瓦房，新簇簇的，大都是从半山上搬下来，图个方便。就近的一户人家，灯光柔和，一位老妇裹着青丝帕，一边纳着鞋垫，一边轻声哼起儿歌，哄着木摇篮里的孙子："张打铁，李打铁，打把镰刀割燕麦。燕麦割得二石五，装到辰州府，卖的钱买头大水牯。爷爷剥皮蒙大鼓，初一打一槌，响到正月过十五。"老妇神态安详，顶针套在颇有些嶙峋的手指上，红红绿绿的丝线拉扯出朵朵莲花盛开的模样。这些鞋垫一经放入儿孙们的鞋内，自然可以莲步轻移，将晨昏奔走的日子垫高几许，且能拥有几分额外的瑰丽。儿歌轻轻柔柔，透出包谷红薯与花朵的质地，经由窗户罅隙细细的挤出来，又漾了一片薄薄的月光，很容易把人带往依稀可辨的遥远之地。

我并没有进入屋内与老人攀谈，生怕扰了老人与孩子的宁静。我只是想着，这些一针一线的日子，一唱三叹的生活，年复一年堆成了山，长成了树。山高了，树大了，一个村庄就有了某种魅惑的气质，既迷离，又亲切。

夜色中，线条微显蓬勃而又若隐若现的莲花池，让距离变得有些遥远。

起风了。薄凉。

得往回走了。

"这个村子，感觉确实很老。故人，故事，一老就容易结束，一结束，就容易怀念。不过，老也好，旧也罢，老旧的东西，总归有老旧的舒服。"我轻轻地说。

"是的呢，老旧的东西，说不定一慌神，就又会回来。就像我们在黑板上板书，写了擦，擦了写，擦擦写写，写写擦擦，一愣神，便是一生。等到某天，人老了，写不起，也擦不动了，就会慌神得很。一慌神，奔跑的月光，深处的大风，屋檐头的水，都会在梦里手忙脚乱的回来。"这次，风生缩了缩脖子，耸了耸肩，说得多了些，略显枯干的笑容像菊花在沸水中泡了泡，旋即开出灿烂的瓣来。

"一个人，一个村庄，都是如此。许多事，即使不慌神，不回头，也可看见过往。想绕过冬天的蝉，往往会倒在中途。人没有办法记住和忘记更多的东西。有些东西，原本就是拿来记住或忘记的，记住忘记的，忘记记住的，一忘与一记，自己便被自己撂倒在一个亘古的意义上。"我回头再看了一眼村庄，有些黯然不着边际地说。

风居住的街道，风自然知道答案。

返回的路上，风生告诉我，莲花池是整个大湘西与大西南向氏的发源地。五代后晋时期，溪州蛮首彭士愁集辰州、澧州士兵万余人起兵进犯楚王马希范，拉开溪州之战的大幕。晋王石敬瑭命武安军节度衙前兵马使，前溪州左厢都押衙银青光禄大夫，检校太子宾客兼衙使大夫上柱国向宗彦辅佐楚王马希范征战彭士愁，并钦封向宗彦为平南金牌大元帅。向宗彦骁勇善战，一路势如破竹，先后破辰龙关，克九溪六峒，逐彭兵于乌宿黑龙潭，激战会溪坪，大破蛮兵。平蛮后，向宗彦见莲花池战略位置险要，且山清水秀，茂林修竹，于是怀鱼归之心，弃庙堂之高，娶张姓艾妹为妻，繁衍生息，整个向氏从此发源。向宗彦作为溪州铜柱三将名号之一，监督与守护"溪州盟约"，其后世又竭尽数十代之力，共同演绎出一个千年土司王朝"福石城中锦作窝，土王宫畔水生波。红灯万盏人千叠，一片缠绵摆手歌”的兴盛与传奇。

我突然想到，我姓张，我的祖母姓向，我的母亲与妻子也姓向，冥冥然，我出生与生活的源头与莲花池这个古老的村子竟然产生了必然的联系，甚至与那个无限遥远的土司王朝，有了某种瓜葛。

群山与村庄，仿佛一下后退了千年。

夜深，歇息在喧嚣的尘世背后，我有些睡不着了。冥冥中，不知是哪一年的流水，哪一年的炊烟，又是哪一年的烽火，浸透了我一夜散乱不堪的失眠。

一些风雨，铿锵极了。几间低眉顺眼的土坯房子旁，倒下的树枝，寂静空寞的指向苍茫的远方。天地阒寂，我似乎听到马匹吃草的声音。一个人，高领大襟，背对着我，站在远方。

的确，远远的，隐隐的，是什么嘶叫了一声。

好像，要拽回来一些什么。

二

莲花池，遥在远处，近在咫尺，散发出一种遁世的悠远。

第一次夜探莲花池，我没有能够进入这个村庄的深处；这个村庄，却从此进入了我的心底。

日子像疯狗一样撵着，很快，春暖花开的日子就到了。

一天，县委党校的卫国先生来了电话，说是约我去莲花池看看，并嘱我写篇《莲花池赋》，以便修复彦公故居“老官堂”时能碑刻上去，追终溯源，睦族敦宗。卫国校长曾是我的领导，也是我的兄长与同事,又是莲花池人。于是,我欣然前往。

从沅陵县城出发,溯酉水而上约二十里,便到乌宿八蛮峒口,也就是“学富五车书通二酉”的秦时古藏书处了。此处,天开地阔,山峙川流,大小酉溪,乃凌大壑,有一种五溪通衢,可越沧渊的峻拔幽邃。

酉溪清亮,时宽时窄,水流疾徐舒缓有致。溪岸丛树静立,树后隐显着仪态刚刚好的青瓦屋檐。高处的坡地与低洼的田畴,油菜花开始盛开,一派金黄朴素的灿烂。

沿溪上,行约十五里地,有路分岔,呈剪刀状,左走棋坪,右去清水坪。这两坪,原本是两个苗族乡,后来与落鹤坪、乌宿一起合并成二酉苗族乡。棋坪,紧邻茶圣陆羽《茶经》中提到的“无射山”——二酉田坳村枯葰山。清水坪,紧邻宋祖英的老家古丈县岩头寨乡老寨村。

印象中,棋坪与清水坪,山高,林密,石多,地少,偏远,蛮荒,民不富庶,出行不便。平常日子,集镇死气沉沉的,连几只瘦蔫蔫的鸟飞过,也懒得看一看清寂得要命的人间。唯有的热闹,是每月逢四逢九赶集的日子。人们沿沟顺岭,蝼蚁般集结,兔子般撒欢,携了山货杂粮,卖的卖,买的买,或者什么也不买,什么也不卖,图的是清寂过于久长之后的快活。快到清水坪集镇时,一湾清流从右侧汇入酉溪,溪不大,也不小,很适合行脚赶路的人,待在水边,掬上一口,顺便想想岸上的事情。看得出,这条小溪,任何时候都会比喧嚣更平静。

这条小溪,本地人却叫它大溪。想来,溪的大与小,并不在于溪的本身，而在于生活在溪边的人。溪施惠于人，人感恩于溪，哪怕溪再小，在人们心目中也是大的。人们觉得它大，它真的就大。

“这条溪就是大溪，不过，我觉得它应该叫莲花溪。这条溪发源于古丈高峰李家洞村的胡家岭，经葛莲溪、岩排溪，绕道我们二西乡的血水潭村之后，又转入古丈陈家村的龙王潭、白岩潭、牛屎坡、南竹界，最后回环到莲花池。”同行的卫国兄掰着指头如数家珍地说。

卫国兄算是从这个村子里走出来的佼佼者。少年负笈求学他乡，学有所成后曾在北溶主政一方，那里有他雅姿丽韵永远的北溶，“商贾骈集，货财辐辏，万屋鳞次，帆樯云聚”。后来做过八年的教育局局长，竭尽心智融身教育。卫国兄内心仁善，为人敦实谦逊有加，处事圆融而有见地。想来，他应是深得莲花池这方山水的浸染，浑身散发出阵阵清水芙蓉的莲香，兼糅隐隐的金戈铁马之气。他所有童年的早晨，毫无例外都在这个村子的早晨醒来。无数个暴涨的春光，让他认识了这条溪水的每一滴水，每一块石头，每一丛芦苇，以及飞过的每一只鸟。当他回到这片土地，脑门总是大野苍茫的发亮。当然，当他看到日渐衰落与凋敝的村落时，我能感觉到他内心深深的依恋与隐忧，凝望的眸子里似乎可以渗出水来。

“莲花池，多美的名字，多好的地方。厚绵绵的土里，可以生长许多的前尘往事。每一件往事，历经千年，依然活着。”卫国兄紧了紧略略有些发福的身子说，同时将手探到额前，目光落在环村的溪流深处。

“是啊，村子的每一棵树，都将土地扎得很深，既有地下深处的秘密，又有地上枝繁叶茂的意义。风中院墙，墙内墙外的往事，只要有风一吹，往往都会在春天醒来。”我也感慨着。

车子沿溪边的小道开了几分钟后，春日的莲花池，终于到了。

暖风，吹软了村前柳树的枝条。轻捷的小燕子，在满田黄的菜花中飞来掠去。村道上，掮犁扛耙的农人正吆喝着几头水牯去做秧田。水田明晃晃的，倒映了大半个村子与晴峦。风吹水漾，房舍与梨花、杏花便在水里皴擦漫漶起来，颇有寒汀远渚之感。

卫国兄与村子里的每一个人都熟络，热情地打着招呼。有时会说上一阵外人完全听不懂的瓦乡话，烟熏火燎，热气腾腾的。每一句土语，都让人一下子明白自己的身份与来处，没有距离，没有隔阂，勿论城乡，勿论远近，这些骨头缝里共同吹拂流淌着的风雨，一经融入血脉，便成了一个人无法更改，无法替换的原乡与原在。

逡巡了一阵，我得知，莲花池并不是一开始就叫莲花池的，而是称小里坪。传说，坪里有一座庙宇，有求必应。一天深夜，庙里老僧入佛堂添油点灯上香时，忽见一束神光闪现，将庙前荷塘莲花照亮。神光逝去，荷塘有三朵莲花突然变成三盏彩灯。莲花红，莲叶绿，莲枝蔓，紫光闪烁，琪花瑶草散发出清香与瑞香。莲花相映七斗，天地合璧，流光溢彩，大有临飞鸟而魄绝，视浮云而意长的况味。从此，小里坪名号隐去，莲花池横空出世。

因为上一次的抵达，是在薄暮的虚影朦胧之中，唯见一声不吭的满天繁星。这次，我怀揣一些凛然的勇气，迫不及待地，想一脚踏入这个村庄的深处。我想沿着石阶，沿着土墙，沿着庄稼生长的方向，在村庄的皱褶里，以水稻拔节的姿势，去寻找与遇见那些千年前的出发和千年后的归去。我需要找到不动声色的他们，也需要他们遇到微乎其微的我，将熟悉的留给熟悉，陌生的带给陌生。

午后的阳光，倒挺适合阅读一个村庄写满沧桑和传说的故事。而我与卫国兄的姓氏，是进入这个村庄深处唯一最好的信物。

三

莲花池，其实朴素极了。

乍一看，免不了摇头；漫步在颓圮的篱墙边，又禁不住点头；矮身在雄伟坚固的岩门楼，透过微尘苍茫的阳光，则不得不低头。

我小心翼翼地环村绕行了一圈。想来，一个在村庄里出生的人，许多时候，终其一生，也很难走尽村庄的角角落落。当然，村庄也不会太在意一个人的到来或离去。来与去，恰如刘亮程先生所说的，只不过是多了一次或少了一次呼吸。

在一个陌生的村庄，我试图执意走出一些熟悉的路径来。在摇晃的光中，我努力搜寻着，左左右右，上上下下，一门心思地想在断壁残垣的讣告中找到某种答案。

莲花池整个村庄由上莲花池、中莲花池和下莲花池组成，俗称三朵莲花。列嶂围池，山清水秀。莲花溪呈"S"形蜿蜒贯穿全村。水绕山行，山临水立，溪水晶莹，曲曲而含异趣，湾湾可藏峻茂。村庄依山而筑，房舍各抱地势。立于山脚，抬头可见山形，俯首可观水色，侧耳能听溪声，伸手能触清波。

胜日寻芳，这村庄，并非如我先前所认为的荒僻。莲花池，与其说是一个村庄，不如说，更是一座城堡。

事实上，千真万确，莲花池，是一个战略要地。

卫国兄说："莲花池，是古时五溪通衢湘、黔、川、鄂、桂水陆交通枢纽必经地之一，地理位置十分重要。上溯先秦，下至民国，古驿道为王朝京城出发至西南贵州、云南的官马大道。莲花池即属于长沙至贵州古驿道的一个重要节点，是辰州府城往西北至溪州干线途中的重要村落，成为连着八蛮峒的必经之地。"

莲者，濯清涟而静植，未枝蔓而益清，可远观而不可亵玩；地者，气当观其融结，理必达于精微，可周流而不容小觑。

真是这样。

当年，后晋武略将军向宗彦奉旨征讨"溪州蛮"时，即沿驿马大道从朗州（今常德）入辰州（今沅陵），经辰龙关，过界亭驿、芙蓉关、马底驿、辰阳驿，往北行乌宿、莲花池、榆溪铺、枫香铺、李子铺入大乡（今古丈）至溪州，一路过关斩将，大破蛮兵于会溪坪。

一坡石阶，一段沟壑，一堵城墙，一缕硝烟，皆是威武的城池。遗台故垒，烽烟未尽。沿着零散的古老石阶踟蹰而上，青苔罅隙，似乎隐约传来千年前旌旗的呐喊、战马的嘶鸣、剑戟的撞击。只是，斗转星移，萧瑟秋风今又是，换了人间。

我仰望着这个村庄，似乎一望千年。正望着，吊脚楼边高高大大的柿树上，一片树叶飘落下来。一片树叶能飘多远？能飘多久？我突然觉得，这枚不悲不喜的树叶，飘过先秦，飘过两汉，飘过盛唐，落脚在后晋的枝头。它似乎在等待着一个人的到来，将所有的兵戈止熄于烟火，将所有的葳蕤归还于一草一木的春秋。

这个人，就是向宗彦。

向宗彦，字永福，祖籍江西南昌府丰城县铁树宫栗树村向家巷人。后晋天福四年(939)，向宗彦临危受命，出汀州而下马，入寺观而捐袂，鞍子坳纵横驰骋，狮子岭撒豆成兵。溪州之战后，彭士愁兵败逃入深山，无奈之下，派儿子彭师杲下山求和。

向宗彦进士出身，文能安邦，武能定国，素有慎战安抚之思。向宗彦完胜彭士愁后，并没有“宜将剩勇追穷寇”，而是决定以战促和，以夷制夷，齐政修教，因俗而治，化干戈为玉帛，让老百姓休养生息。当即退守彭马之间的莲花池，代表朝廷，与彭氏共商布惠立威之事：代替溪州强宗五大姓的向姓在铜柱上签名，彭马之间，缔结友好盟约，划疆而治；协助彭士愁做好原吴著冲老蛮首手下田尔庚的归顺工作；请旨楚王由自己代管辰州、澧州等疆界，利于土司与楚国的沟通协调；请旨朝廷允许彭氏世代承袭职位，接受中央册封；彭氏具有司治权，免收朝廷赋税。

天福五年(940)，双方立溪州桐柱于会溪坪，兵戈止息，马放南山，尔能恭顺，我无科徭，永无金革之虞，克保耕桑之业。由此开启溪州八百年的土司王朝，老百姓得以远离战火，繁衍生息。

因为向宗彦，彭氏输了一场战争，却赢了一个王朝。

因为向宗彦，赢了一场战争，更赢了一场明月生波的世道人心。

因为向宗彦，因为莲花池，有了一出土司王朝的大戏，从五代一到“改土归流”的大清，这出戏，从兴起到繁华，由繁华到落寞，一唱竟然就是八百余年。

“土王坐在老司城，一统乾坤，修金殿，修午门，凉洞热洞自生成，土王散闷。内金殿，外罗城，四海都闻名，老司城中风光好，万马归朝，祖师殿，关帝庙，神仙打眼半山腰，十分巧妙。皇经楼，观音阁，隔河两岸造。”2015 年 7 月，永顺老司城遗址与湖北恩施唐崖土司城遗址、贵州遵义海龙屯土司遗址联合代表的“中国土司遗产”被列入世界文化遗产名录。

灵溪河畔，这座被誉为“中国的马丘比丘”的老司城终于“复活”了。这让我想到智利诗人聂鲁达的《马丘比丘高地》：“我看见石砌的古老建筑嵌在青翠的安第斯高峰之间，激流自风雨侵蚀了几百年的城堡奔腾下泻……石在石里，人呢？空气在空气里，人呢？时间在时间里，人呢？”

死去的老司城，因为“复活”而声名大噪。

活着的莲花池，因为寂于一隅，依旧悄无声息。

幸？抑或不幸？

一抹素面朝天的炊烟，遁入天空。一棵并不说话的树，翠翠的，一直待在某个高处，看着这尘世间的一切。

暧暧远人村，依依墟里烟。此后的日子，向宗彦领着他的族人，躬耕于莲花池，春耕一大坡，秋收几小箩。男人下了田，女人做了饭，瞥一眼，都是天清地泰的好日子。这何尝又不是另一种素池清音的胜利？

四

风樯阵马，日子堆成了山。

山上的青瓦屋檐，吊脚楼前，一院风荷，散发出淡淡的清香。沿坡，循岭，一户一户的人家堆起来，就成了村庄。

或许，一个人，凝望得久了。山的尽头不再是山，水的尽头不再是水。或许，在山中站久了，自己便成了山；在路上走久了，自己便成了路。

向宗彦在完成了自己的最后一战后，将整个的人生简素地安放在莲花池的一朵花与露水之间，小心翼翼地守护着震古烁今的溪州盟誓。

从江西到湖南，从铁树宫到莲花池，向宗彦举家迁徙卜居在这彭马交界之地，他的身体里肯定有一颗拔不出来的春天的钉子。想来，他喜欢万物众生各得其所的样子，喜欢蚯蚓在土层深处无须一字说明的劳作，喜欢一道道篱笆上牵牛花吹奏出来的时光的序曲，喜欢池塘里的莲花盛开时燃烧出的香喷喷的光芒。

他的四肢百骸，他的慎战抚思，是他的雄鹰与号角，是他来之不易的莲花与不朽的边疆。

两水浮太极的酉水和酉溪，不会停止路途的润泽与寻找，除非天空的云朵都死掉。在莲花池，向宗彦深居简出，繁衍生息，缓解彭马之间的边界之扰，调和彭田之间、彭马之间的矛盾，成为事实上楚马王朝与彭氏土司王朝的桥梁与纽带，维系并守护着一方生灵的平安。

向宗彦将居所选址在上莲花池龙头山的高处，筑室砌墙，成梯次向下延伸，左右分开呈八字形，两边建有雄伟坚固的岩门楼，从楼口可眺对面的“狮子啸天”、龙宝树及四时风物，凡有任何风吹草动，尽可入眼入心。

向宗彦虽身居高位，却平和近人，生性诙谐，与本地土著过着同样日出而作，日落而息的俭朴生活。

在一个确凿的时刻，他给了这片土地大施恩惠的一吻，让自己的骨头咯咯作响，让小草在倒塌的坟地歌唱，甚至将所有的事迹献给遗忘。

时间永远是时间，地点始终是地点。

暮色暗淡，路途遥远，气候严峻。安宁在自己的意志之中，向宗彦率着全家老小过着马放南山东篱采菊的生活，平时卸了盔甲，收了刀枪，同样打着柴火，地里种菜，土里刨食，并戏谑自己举家食粥的生活是“家有五千父子兵，昔日打破罐州城，活捉蔡将军，放走汤元帅，追到五里潭，斩将一百零。”七八十岁的老人尚喜劳作，自食其力，谓之为“家有七十人挑水，八十人推磨。”居舍虽为陋室，却端坐一隅，不以陋室为陋，拈须而言：“千根柱头落地，风扫地，月点灯，九箭牌楼照乾坤。猪吹笛子狗弹琴，老鼠夜半读‘五经’。吃的是金豆饭银豆菜，用的是有皮无骨象牙筷。葛大户三斤钥匙开土仓，有借无还白马狂。前沉玉辔莲花池，狮子啸天坐莲台。”

彦公，守斯土也，降下重重玉玺；凿斯池也，飞来片片莲花。夜深，室宇微光罅漏，谓明月为灯；随莅苇而飘摇，清风扫地；葛以聊生，反称玉食；粟以度日，偏道金罗。彦公，虽扫荡八蛮，赤日高悬彻晓雾，倾心六峒，紫气东来压暮烟，立铜柱而标名，赫赫然可敬可畏，然而，可悲可怜可叹的事情，总会出人意料地发生。后晋高祖石敬瑭于天福七年(942)病逝,其侄石韵继位为“出帝”。天福八年(943),晋辽战争爆发。贼臣杨光远、杜重威进谗于出帝,以彦公戏谑之语,言其功高震主有反意。出帝于是召见彦公,御赐鸩酒,要其回莲花池犒劳军士,率军平辽。向宗彦领旨回乡,行至朗州武陵渡(今桃源白马渡)口渴难当,跪地而饮。一时半刻,头痛腹胀,毒性大发,彦公情知不好,口占绝命家训一诀:“世泽起南昌,贻谋诗礼邦。传家唯孝友,积善有余芳。忠贞坚日月,节操励冰霜。马渡神功大,莲花派衍长。”念毕,口吐鲜血不止,跌落滔滔沅水之中。

传说彦公被葬黑墓冈“猛虎跳涧”后不久,托梦给夫人张氏说:你派人去狮子啸天扯三根茅草作箭,砍三根桃枝作弓,扯三根灯芯草作弦,制作成三张弓。在某月某日鸡叫三遍皇帝上朝时间,对准北方北斗星连射三箭,三支“天箭”即可射中金銮殿龙柱,这样,皇帝就会知道我是冤死,会昭雪于我。谁知张氏家人依梦早起,做祭祀祭品时,因为簸箕响动而惊得公鸡提前打鸣,结果三支神箭过早射出,箭落金銮殿大门。皇帝上朝时拾箭一看,箭杆上有“向”字,知是向宗彦九泉之下所为。于是大惊失色,令人到向宗彦祖屋莲花池,断龙脉,挖坟山。

彦公坟山为离莲花池不远的虎形地黑墓冈。三山一水,青龙、白虎、笔架山环着黑水潭。山向呈“虎卧深山等啸风”的虎形吉地。朝廷官兵到达后,一看彦公阴宅“风水”有损后晋王朝气数,必斩虎山铜头铁尾钢爪,挖断龙脉,救其王朝。于是数百官兵上山,四处滥挖乱剁。令人百思不得其解的是,土坑土沟白天挖,晚上涨,到了第二天早上又通通合拢复原。连续几月，人困马乏。传说，后来风水先生敬神请鬼时，发现有阴兵阴将护卫虎山，且窃听到两个阴兵自言自语地说“不怕挖山挖沟深，只怕铜钉铁钉钉。”风水先生大喜，终于觅得破法。于是，官兵连夜指派督促十几家铁匠铺，打成几百担铜钉铁钉，沿虎形山，从头到尾四脚十爪，密密麻麻钉了一排又一排。没过几天，黑水潭的水全部变成了血水，流入酉溪酉水，三年不止（现在血水潭村村名即由此而来）。此说迷离奇诡，但在二十世纪五十年代末，人们在彦公坟山脚下稻田里挖出许多三尺多长，人脚趾粗的铜钉铁钉几十枚，又佐证了当年掘坟山断龙脉的事实。

时值阳春三月午后，当我到达血水潭时，只见溪水清澈，河道弯弯曲曲，成太极图式样环村而过。溪岸田畴油菜花开，斑斓有致，似一笔笔毕加索的色彩，将整个尘世的美好，涂抹得恰到好处。

向氏后裔向邦同是个熟知血水潭各类掌故的本地人，厚朴善谈，正带着一帮人紧锣密鼓地修复彦公陵园。当他带着我爬到彦公的墓葬处，只见墓旁蹲伏着苔痕满身的石虎、石羊、石马，肃穆凛然，又在陵墓稍上方一点的橘林里，有一石人持笏而立，虽头部已被损毁，但其神势尊容，仍可以濯灵想象。向邦同说，彦公陵园修复奠基时，十分神奇，施工刚放好线，带着三牲礼品祭祀时，鞭炮脆响，蜡烛竟然自亮，简直不可思议。唯一的解释，只能是彦公显灵，福佑子子孙孙。村头数千户，共趋跄于或后或前，云间百万兵，皆排列于为左为右。

在彦公墓前，我因没带香纸，只得双手合十鞠躬致礼，默神祷告。回身而望，只见陵前一矮山，翠树叠嶂，好似书案。书案旁有一小山，恰如印章。向邦同说，此即是彦公的将军印。稍远处，视野开阔，流水，沃田，案山，一应俱全，彦公墓正居于风水龙脉的龙脊处，确实有一股“力拔山兮”的勇武之气，确实了得。

在挖龙脉处，长达数十米的深深的壕沟，掩映在荆棘刺篷中，沟深如壑，苔藓覆地，仅容一身。壕沟旁有两户人家，青瓦木楼，破败不堪。向邦同感慨地说，这个地方，原本不应起屋的，断龙脉处起屋，风水肯定不好，所以这两户人家，许多事都磕磕绊绊的，不太顺畅。

越过溪流，我望着上湾与下湾两处静谧古朴的村舍，桃红李白中有零星的炊烟飘起来。恍惚中，是炊烟，还是烽烟？一时竟难以分辨。

一个人于刹那间献身的非凡勇气，总是那个兵荒马乱的年代难以赎回的。所幸的是，后来，朝廷鉴于彦公在当地老百姓的威望与平蛮镇边、抚边的卓越事功，敕封彦公为“向老官人”“忠义将军”谥号，夫人张氏为一品诰命夫人，称呼为“娘娘”。

一袋烟的工夫，我们再次回到莲花池。我不由感慨，生死之间，究竟有多长，有多远？生着自己的生，死着自己的死。当我拾起柿树上那片飘落的树叶，感觉千年后的我似乎越过了死亡的另一条河流。有风从双肩掠过。我抚了抚青草般的乱发，坐在近处，望着远方。

一片树叶承载的春秋，一个村庄承载的历史，一个王朝承载的命运，远远地去，又远远的来。来去之间，有时又大抵不过一袋烟的工夫。

村中小巷，一个老妇人背着一大捆柴火路过，颤巍巍的，佝偻着。一路上，我看到了不再炯然的眼睛，却并未看到泪水。

许多时候，我们的开始，并不知道我们的终结。村后，最高的一座山，仍在向上生长。千年前，我们太小；千年后，我们太老。又小又老的东西，经过埋葬，从地里长出来，慢慢地，有了生机，有了庄严宽敞的往事。往事里，不安息的夜喃喃有声的开始撤退。所有的尘埃散尽后，没有了头颅做成的酒杯，早晨便有了知觉与架势。浮舟沧海，站在太阳底下看太阳，梳理梳理头发中的阳光，一些村里村外的骨头，千年后，虽然不说话，但同样许是温暖的。

五

一道门，尚未来得及关闭，另一道门，早已吱吱作响。

从岩门楼迤行而上，清寂虚穆的老官堂，呈现出难以言说的，颇为私密的深度和明亮的高度。

老官堂，是向宗彦的故居。硕大的楠木作柱，坚硬的青石为础。柱础上圆下方。前厅门楣和厅堂梁架上都精雕了大量以龙、以凤、以莲花造型的图案，立柱带卷草纹丁头拱，做工考究，装饰雅致。整个屋舍，居高临下，古朴浑厚。环顾上下左右，以最高处的老官堂为起点，二十余栋老式建筑，坐西北朝东南，成扇形向左右和山脚下辐射，房屋有单进式、三开间和两手推车式结构等，一般为单层，也有两层和三层。大部分门匾上均有莲花图案纹饰，栋宇之间以二阶或三阶式马头墙相隔。据说，莲花池兴盛时期，村落有近百堂屋，上、中、下分别由向氏大房、二房及六房依次连接，三横四纵路网结构构成一个战略防御性极强的封闭式村落。两边岩门楼内高高的旗杆上，飘扬着武安军猎猎作响的帅旗。村落里的向氏族人，亦民亦兵，生产生活分布一横一纵直通村右侧的深谷古水井。大房由二纵路为下码头，二房由三纵路为中码头，六房由四纵路为上码头。上、中、下三个码头，各得其所，互为倾侧，攻守合一，彼此呼应。

彦公酷爱莲花的纯洁与高雅、清净和超然，喜“其姿挺展，日艳且鲜；其貌熙怡，傲然独立；其根如玉，不着诸色；其茎虚空，不见五蕴；其叶如碧，清自中生；其丝如缕，绵延不断；其花庄重，香馥长远。”百余年后，宋代大儒周敦颐在星子任南康知军，于池畔赏花品茗时，写下了著名的《爱莲说》：予独爱莲之出淤泥而不染，濯清涟而不妖，中通外直，不蔓不枝，香远益清，亭亭净植，可远观而不可亵玩焉。

是殊途同归，还是偶然巧合？或许，只有檐前的雨滴与岩门楼的阵风知道。

《老司城原序》载：有江西硕彦，南国英流；名题柱国，建奇策于朱梁，勋列铜柱，立丰功于马楚。在溪州立铜柱之时，为彰彦公神威，即破土兴建塔庙。塔庙即宗祠。中莲花池曾建有“白虎庙”（系塔庙的组成部分），庙里塑彦公雕像与白马神骏。庙门有对联：世泽宏开，白马何曾离古渡；宗风未艾，莲花依旧发新枝。另有彦公庙联曰：晋代衣冠仍旧，想当年赤心义胆，白马渡前含夜月；辰山庙貌常新，到今日孝子慈孙，青莲池内沐春风。

可惜的是，这些静观会说话的塔庙，后来均毁于年代久远与世道乱离。

目前，莲花池村向氏家族依然有九百余口，有关向宗彦攻打土司王的“八蛮峒”、降伏神马的“三十坳”“马草坪”、鞍子坳、履马坪、遭朝廷打压的“血水潭”等传说中的地名一直沿用至今。

事实上，向宗彦安边和蛮的爵不负功，无论塔庙是存还是毁，他都早已成为土家人尊敬崇拜的土家“三大主神”之一，在溪州土家人、苗家人心中有很高的威望和号召力。其后裔子孙在土司王朝中大都担任总管、军师、将军、中军、长官司、峒长等要职，且通过彭向联姻，“还骨种”亲上加亲，辅佐并基本稳固了土司王朝的大半壁基业和江山。

明嘉靖年间，保靖土司、永顺土司奉调，率士兵赴福建前线抗倭，战功显赫，谕赐“东南战功第一”。明万历年间，保靖土司奉调出山海关讨伐“虎豹”后金、挽大明王朝命运于狂澜。土司王朝建立后，从元朝至正二十三年（1365）征鄱阳起，至清朝改土归流（1727）止，服从朝廷征调，足迹几乎遍及祖国各地。“西催都掌，东抵苏杭，南平米鲁，北遏辽东。”参加征辽抗倭平叛扫贼大小战斗达100余次。每次征剿时间少则半年，多则数年，每次投入兵力少则三五千，多则二万以上。凭沅酉而思远，倚樽酒而壮怀。彦公后裔为国事而来，战死病死近万人，流落他乡有家难返者数千人，其忠勇可鉴日月。

千年之后，当我挪步在村子的古道麻石路上，默默地看着将军们打仗喂马的大石槽、吊马石柱、石柱桅杆，以及各种大小不一的石舂、石碾、石磨、石碓、石砣等，心生一种莫名的悲怆苍凉之感。土能生万物，地可载山川。去了旧事，添了新愁。众多的先民，生生不息的，将每一个普通的日子用血、用肉、用泪，用不朽的时光，镌刻成了一首首鲜为人知的史诗。

一个人，一旦对扑面而来的气息知根知底，许多往事便会从一片深深的雨雾中浮出来，满含黄土般灿烂的泪水。许多扯心扯肺的生生死死，许多事情后面还有事情的纠缠、撕扯、煎熬，都会在某个时刻，将人生生地拽回来，并形成磅礴的气势，漫漶而真切。

迢迢山发迹，清清水流长。越过光阴的边界，千年后的向氏族人，何尝不梦莲花之阡陌，忆祖庭之台昭？

停下来歇息的当儿，卫国兄抹抹额头涔涔的汗水，眼里放出光芒说："学富五车，秦人秦声，楚音楚奏；书通二酉，皋兰生坂，朱荷出池。莲花池，目前正多方合力，已筹资数百万元进行抢救性保护。莲花池，已成为国家获批的中国传统古村落，正吸引着数以百万计的向氏宗亲的关注与社会各界人士的关心，我们除了将古村落的文保工作做到实处外，还着手召开一个莲花池历史文化学术研讨会，对莲花池古村落文化、历史地位、古村落文化旅游等进行系统的挖掘与整理。"

我说："这是天大的好事啊，不然，真的就愧对了。后晋统帅千军万马平州乱，莲花官人二酉五溪治蛮荒。看来，回去后我也得好好揣摩写篇《莲花池赋》了。"

入夜，同仁凤生也赶了过来，依旧是纹丝不乱油光可鉴的发型。我们一起就着星光，在清水坪农校的厨房小斟小酌，微醺微酣中，反反复复说着莲花池内与池外的事情。

旭日始暖，蕙草可织。许多人与物死了，许多还正在艰难死去的路上。

但我想，水流万派，必有其源，木发千条，须固厥蒂。螽斯振振，瓜瓞绵绵，莲花池，会一直活着。

芸庐井

伍家坪的上方，有口井，郁郁的，一点都不清澈，也不动人。

井，是老井。圆口，内壁却是方的，凿砌得很工整。井，差不多凿在接近山顶的高处，应该很深。我去看时，井壁高出水面的地方，长满了厚厚的青苔，绿黑色，幽暗得很。砌缝处，又荒生出一丛丛深翠的蕨叶，锯齿形，将水面切心切意的，映出许多想要的影子。还有一些水藻细草，混沌而又陶然，草尖努力地向上擎着，循井沿觅一丝天光。井水依旧很旺，只是深碧幽浊，散发出某种腐臭的异味。井水，映了一小圈圆天，白晃晃的，如眼，昼夜不息地看着尘世未央的流年，又恍若一轮明月，被永久的收藏与浣洗。间或，有不安分的小蝌蚪或是小虾，忽上忽下的，稍稍调皮一下，孤意而深情的井水，便微微地荡漾，细碎的波光，软融融的，似乎可以从山麓跃入到篱落之间，径自浮起一些澌澌然的歌谣，给人许多蔓草荒烟的疼痛与辽阔寂寥的空茫。井沿溜滑，井台覆了厚且宽的七八块石板，石板略略沾了或浸了水，便呈出赭褐色，会意深契处，足可漫漶起许多乍起乍落的落寞时光。

这口深邃的井，多年前，静默、清澈，水脉软，性子活，一年四季氤氲着若有若无的轻烟。哪怕只稍稍抿一口，人便通体舒坦，清婉灵泛。井前曾有棵大樟树，常年翠色逼人，浓荫匝地。井台旁，尚砌有石盆、石凳、石棚，甚是精美。井水冬温夏凉，清洌甘甜。朝烟夕岚中，放排飚滩回来的汉子们赤脚斜过巷子，抡起瓢，舀起水，仰脖张嘴，一饮而尽，然后，手一抹，咂巴咂巴嘴，挑着水桶，将水边的日子，满满当当的，挑进自家的水缸、院落。妇人们则在井台旁，有的宽着脸耸着奶洗菜淘米，吆喝来回奔跑嬉戏的孩子；有的细眉窄腰细细拣拾着萝卜、白菜、芫荽；还有的惬惬地蹲着，咚咚咚，捣洗着蜡染印花土布衣物，熟悉的棒槌声中，雕塑般的剪影，特别曼妙动人。妇人们欢欢的，彼此热火朝天地说着一些家长里短，当然，也少不了挑水汉子们插科打诨的荤言野语。有时，妇人被汉子抢香音（语言上占便宜），撩拨得急了，便会一盆子水泼过来，立起身，卡腰，跺脚，笑笑地骂“你个斩千刀的，砍脑壳死的”，汉子则嬉皮笑脸，落汤鸡似的，挑起水桶，趔趄着落荒而逃。水声、骂声、嬉闹声、捣衣声，混合着香樟树的木香、芫荽蔬菜的叶香，以及墙隙簇红簇红的凤仙花香，整个半山坡都清泠泠，粉嘟嘟的，活了起来，既有兴致，又有兴味。

间或，逢着这样的时刻，从井上方的廊子里，往往会探出一个人来，四十五六岁，身材异常瘦弱，脸庞永远有点肮肮脏脏，瘦削的脸颊上嵌了双红丝锁边的小眼镜，眼睛上套了一副黑胶边老凹光镜，瞪着一双小而湿蒙蒙的眼，看人时总迷迷糊糊的。说话口音哑沙沙，含混不清，声调低沉而忧伤。如若仔细一点从这人相貌骨骼上看，便又会发现五官实在相当端正，耳大面长，鼻梁高直，额角宽阔隆耸，除却外表某种邋遢马虎外，终掩不住人格的正直与热情,智慧和巧思,正像本地话说的,是个内相端正的人物。

这,便是人称“大先生”的沈云麓,沈从文的大哥,画得一手好人像,为人大仁大义,有口皆碑,是个好人。顽皮的孩子们见了“大先生”,自然叽叽喳喳围了上去,妇人、汉子们则照例热情地打着招呼,难为(即感谢)他费心尽力整修凿砌了这么一口好井,大家伙得了方便。换作往昔,人们都得一大清早穿过灵官庙,扑脚翻天的,沿曲折小巷,东磕西碰,到尤家巷龙头井,挑水总要排好长的队,实在麻烦。每每这时,“大先生”便会咧咧嘴,推一下眼镜,温温地说,莫客气,莫客气。然后,总会引了孩子与众人,到院子、房间,那里自然有他从无从预料的短期旅行中搜罗的许多东西, 花园中的果木,外国种花草,苏州的糖果,北平的蜜饯,烟台的苹果,广东的荔枝干,以及新疆的葡萄干、哈密瓜。做酒席用的海味作料,牛奶粉,番茄酱,糊墙的法国金彩花纸,沙发上的锦缎垫褥,以及一些图书杂志,琳琅满目,应有尽有。待众人看了、吃了,甚至拿了,惊叹、惊呼声一片时,“大先生”也就笑得把小眼睛合拢,又装成谦虚不过的神气说,小意思,小意思。心里却是美滋滋的,乐开了花。

井上方的院子,建在城中一个略微凸起的山脚上,狭长如一条带子。门前有株大青树,门上挂了块大蓝匾。屋前随地势划出一个狭长三角形的院落, 用矮矮黄土墙围定。墙隅屋角都种有枝叶细弱的紫竹和杂果杂花。院中近屋檐前,有一排髹绿的花架,架上陶盆中山茶花盛开, 如一球球火焰。院当中有三个砖砌的方形花坛,花坛中有一丛天竹和两树红梅花。房子是两所黄土色新式楼房,并排作一字形,楼下有一个宽阔的过道相接,楼上有一个同样宽阔的走廊。廊子上可俯瞰全城屋瓦,远望绕城长河,和河中船只上下。南面是院门,门上钉满了大圆钉,配有一双铁门环。门外有块一丈见方的平台,边缘修有供人小憩的石凳,站在石凳上,可以眺望香炉山上,甚至江中白塔。圆形的回廊通向大门,显得精雅而又别致。平台下的山坡有片小竹林,有青黄色的台阶直通院门。屋前附近是三个橘园,绿树成行,并种有葱韭菜蔬。橘树尽头教堂背后,有几棵老皂角树,日常有孤独老鹰和牛屎八哥群鸟栖息,各不相犯,向阳取暖,呼鸣欢吵。廊子上由早到晚,还可接受冬日的太阳光。若是站在河中船只尾梢向城中瞭望,城中那黄房子,如一块蒸糕,入目分明。入春时,庭前老树吐芽,嫩绿而细碎。常有不知名鸟雀,成群结队来树上跳跳闹闹。雀鸟声音颜色都很美丽。小国角芭蕉树叶如一面新展开的旗子,明绿照眼。虽细雨绵绵,橘树中画眉鸟犹整日歌唱不休。杨柳叶已如人眉毛,整个调子够得上“清疏”两字。房子是土黄色,屋瓦是黑色,栏杆油漆成朱红色,在廊下望去,美秀少见。耳中只闻许多鸟雀声音,令人感动异常。廊前远望长河,河水微浊,大小木筏乘流而下,弄筏人举桡激水,派头十足,如法好看得很。大门的下面就是芸庐井,街坊也有叫“朱家井”的,不知是什么原因。

这,便是沈从文先生在沅陵的故居——芸庐。

1933年,沈从文同兄妹商定,由他筹资,大哥监修,在沅陵兴建一栋房子,取名“芸庐”,将其作为老母亲安度晚年之所,也可作为兄弟姊妹集会之处。房子选址在天宁山顶,修建期间,大哥曾一筹莫展,去信向二弟索要图纸。沈从文说,你去上海看看新摆设,再去北平看看旧摆设,两厢一合计不就得了?大哥觉得在理,于是就到青岛,经由上海港跑了七天,回转到家里时,从一堆记忆印象中掏摸出一个楼房的印象来,自己设计,自己监工,且小部分还是自己动手调灰垒石,造成了这座半中半西的楼房。这幢房子,在张家小五张寰和的记忆中,“这是一幢横卧山腰,精致典雅的意大利式小楼,楼上有一排宽敞的走廊,面临汤汤沅水和重重远山”。在梁思成、林徽因夫妇的印象中,“(房子)非常别致有雅趣,原来你一家子都是有敏感的有精致爱好的”。

芸庐建成后,沈从文一家在此居住多年,沈从文也在这里住过多次,写过许多篇脍炙人口的文章。最长的一次是抗战时期,整整住了三个多月,开始了别名为《沅水流域识小录》的散文《湘西》的写作,而《长河》《芸庐纪事》等小说,大抵或在此时开始构思,或初步已经完成。其弟沈荃,在浙江嘉善阻击日军时受伤,也回到芸庐疗伤。沅陵,地处水陆要冲,是沅水流域的一个大码头,商贾云集,舟车纵横,那时,曾是抗战的大后方,有“小南京”之称。国民政府的机关、工厂、学校、报社向川黔转移都要经过这里,有的也索性在此落户。沅陵一时间名人荟萃,川流不息,包括梁思成、林徽因、闻一多、金岳霖、萧乾、杨振声、许维遹、浦江清、李宗侗等文化名流都曾路经沅陵,并到芸庐做客,有的,甚至一住数月。

由于芸庐在沅陵一中老校门的右下方,出校门右转下山约五十米的左侧便是芸庐的后门。校门口有两株硕大的槐柳,擎着一片辽阔的天,树的浓荫差不多可以遮蔽芸庐的大半个天空。后来,自然而然,芸庐便成了沅陵一中的教职员工宿舍,住过龙盛恒、冯本溥、潘畏三、赵家骥、赵学海、唐宏宽等许多老师。可惜的是，除了房子仅有的两张照片，我从来没有见过这幢房子，连一点点机会都没有。我只能站在早已废弃的芸庐井边怀想，透过先生零零碎碎记载的文字，去依稀体味与复苏它当年的模样。

很多次，我都默然颓坐在井边，既无奈，又悲伤。好好的一个芸庐，经了风，经了雨，经了流离，经了战乱，却在二十世纪九十年代初，因为学校要修新的教工宿舍，嫌它碍事，便在某个深夜，悄无声息地拆了。或许因为无知，或许因为漠视，或许因为某种不可理喻的傲慢与偏见，一座城池的文化地标，一方山水的文化灵魂，一夜之间，竟被轻描淡写地荡为寒烟，只余满地的碎瓦颓垣。

多年后，人们从良知的世界里醒来，除了痛彻心扉，已然一无所有。

沧桑何在，岁月何往？好在，芸庐没了，井还在。一如先生没了，他在“希腊小庙”中所供奉的人性，还在。

落其实者思其树，饮其流者思其源。想念芸庐的时候，我便会去芸庐井走走。去往芸庐井的小巷，窄而曲，细而幽。若是由东往西，从马路巷往上走，便是天主教天主堂、基督教永生堂、伊斯兰教清真寺及佛教白圆寺等宗教建筑，非常耐人寻味地同处一巷。伍家坪的横巷，间或有一些民居老房子，有着高高大大的隔火墙，斑驳中略显庄严的石门楣或是墙面上，挂着中国第一任驻苏大使刘晓故居、《辰州日报》旧址、中国第一代飞行团长关希鹏故居、民国国画大师张一尊故居等牌子。由横巷曲着上行，过铁炉巷，越飞星桥，穿过一吊脚小楼，环楼有一桂花小径，寻径而过，便可到达。

若是西向东行，则沿龙家巷龙头井旁斜巷而过，经灵官巷上行三五十步，即可入目。沿巷，多黑瓦木屋，橘树、柚树、芭蕉，深绿浅翠其间，屋前多窄庭矮树，陶盆或塑料钵内，栽了嫩绿的葱蒜韭菜，紫鲜鲜的吊竹梅，粉嘟嘟的紫茉莉等。天气晴好时，必有三五妇人，携了竹椅，闲闲地坐在门口，伴着山茶花或是栀子花的清香，一边晒太阳，不紧不慢地聊天，一边不慌不忙地纳着鸳鸯鞋垫，飞针走线中，侔色揣称，描摹勾勒出生活某种平和冲淡的愿心。

芸庐井右边，先前是有小一块菜地的，种些辣椒、茄子、四季豆等时令菜蔬，后来打了水泥板，显得平整开阔了许多。往左约三二十步，新修了一个公厕，灰瓷贴面，显得比芸庐井阔气多了。井边尚遗有部分老院墙，土褐色的石块缝隙间，悬铃苎麻的叶子，宽大如掌，当季开出絮絮浅黄的绒花。三五株小皮树，也毫不示弱，散枝披叶，迎风摇曳。紫色的辣蓼花、藿香蓟，以及萩草、牛筋草、扫帚草、地枇杷、虎耳草，参差杂乱，显出废墟中某种异样的蓬勃。因为，丈余高的水泥保坎上，住有数十户教职员工，自然，下水道多有滴渗，加之旁边又是公厕，芸庐井的井水，明显受了污染，散发出枯草衰叶腐烂恶臭的气息。不时，有大人、小孩路过，没有人会对一口荒弃多年的井再多看一眼。有讲究的，甚至捏了鼻，屏住气，逃也似的迅速隐在小巷的门后。我有些心酸，抬起头，仰着脖子，看了看那栋高高在上的教工宿舍楼，似乎很威压，压得芸庐如一张薄薄的黄草纸，青瓦朱檐，华屋丘墟，完完全全匿了身形，直至无影无踪地彻底消逝。又似乎很浅薄，浅薄得如同一缕荒烟，试图遮蔽一座城池的春天，如一阵轻风，试图吹散整个天空的云彩。

寒露的风，有些凉，吹得人空漠漠的。迷蒙中，我似乎看到年少的沈从文投身行伍，第一次到达沅陵时，看见那个很满意的河街，满街使人惊心动魄的各色小铺子，满地都是有趣味的物件。还有那个美丽的河滩，河底小小白石子，有花纹的玛瑙石子，全看得明明白白。水中游鱼来去，全如浮在空气里。近水人家躲在桃杏花里，春天时只需注意，凡有桃花处必有人家，凡有人家处必可沽酒。一切都是那么的新鲜朴野，有意思。当然，从那日夜长流千古不变的水里石头和沙子，腐了的草木，破烂的船板中，也无不触着平时我们所疏忽了的哀乐。

1934 年 1 月，离开家乡十六年后，沈从文先生从北平回乡探望病重的母亲。经过沅陵时，依旧是“山头夕阳极感动我，水底各色圆石也极感动我，我心中似乎毫无什么渣滓，透明烛照，对河水，对夕阳，对拉船人同船，皆那么爱着，十分温暖地爱着……这时节我软弱得很，因为我爱了世界，爱了人类”。当然，目睹故乡的诸多人事，先生也深深感到湘西正直素朴人性美的沉痛消失与那点堕落趋势，这位“水边的抒情诗人”又无不显出浓重的隐忧与惆怅。

1938 年 4 月，迫于形势，被迫“南渡”的沈从文再次回到沅陵。这时，新居芸庐已经落成，芸庐井也已凿好。在这口井边，沈先生和他大哥一起弯腰打水，一起细聊家事、国事、天下事。聊故乡的风物，聊人事的沧桑，聊眼前的处境，聊身边的朋友，聊一切可以聊和不可以聊的种种。在这口井边，沈先生与身材魁梧，高大英俊，嗓门清亮的弟弟沈荃一起细语上海“八·一三”淞沪战役与嘉善保卫战的战事。在这口井边的院子里，”大先生“沈云麓于此汲泉煮水泡茶，热情款待梁思成、林徽因夫妇，三弟沈荃也拄着拐杖出来招呼客人，就连饭菜也端到外面来吃，一边欣赏着清秀的水与错落的山，一边吃着湘西风味的大蒜干椒炒腊肉，肉质细嫩的河头鳜鱼，清鲜爽口的山里野菜。夫妇俩有半天工夫在那楼上廊子坐着谈天，感到无限亲切。沅陵的风景，沅陵的城市，同沅陵的人物，在他们心里已是一片很完整的记忆，也很愿意再回到沅陵一次，无论什么时候，最好当然是打完仗！

更巧的是，闻一多随长沙临时大学组织的"湘黔滇旅行团"步行入滇，雪阻沅陵，沈从文延请其至芸庐，盘桓五日，老友们相会在穷乡僻壤，自有一份热闹。沈从文用这井水，煮了一大锅热气腾腾的狗肉款待闻一多、萧乾、杨振声的大女儿杨薇、大儿媳侯焕成、赵太侔的夫人俞珊等，众人高兴得不得了，直呼好吃，过瘾。这让那个"南渡"流离中的雪天，充满了围炉夜话的温暖温馨与意味深长。还有湘西王陈渠珍，以及诸多军政要员、故旧亲友，如尹锋、龙云飞、滕达夫、熊子霖、龙恩谱、陈敬等，都云集芸庐，喝着这井水，聆听沈从文先生风尘仆仆从北平辗转回沅陵的见闻及对抗战形势的分析。

慈柔隐忍的先生一辈子"不折不从，亦慈亦让"，一辈子希望"照我思索，能理解我；照我思索，可认识人"，可承受着"不可忍，然而终于还是忍受了下去的痛苦"，尽管"强大的潮流在力量耗尽之后消退了，而弱小的个人从历史中站立起来，走到今天和将来"。可他还是挣扎着哭了。1969 年初冬，临"下放"前，先生站在乱糟糟的房间，从鼓鼓囊囊的口袋里掏出三姐（妻子张兆和）写给他的第一封信，信已被他揣得皱头皱脑，他把信举起来，又放下，然后放在胸前温一下，又把信塞进口袋里，用手抓紧了信再也不出来了。忽然就吸溜吸溜地哭起来，快七十岁的老头儿，像一个小孩子哭得又伤心又快乐。当先生在接受一名女记者采访时说："那个时候，我每天的工作是扫厕所。我做得很好，尤其是女厕所，总扫得特别干净。"那位女记者不禁走过去，拥着老人的肩膀说："沈老，您真是受苦受委屈了！"先生闻听此言，什么话都不说，就是不停地哭，鼻涕眼泪满脸地号啕大哭，哭得像个孩子。事实上，面对诸多的人生劫难，先生没有理由不愤怒，也没有理由去温和。可是，先生什么也不说，什么也用不着说，什么也不能说，只能将所有的不公与际遇化作一场大哭。

当然，先生的大哭，不仅仅是哭自己，还哭着自己最宠爱的九妹，从芸庐井边出走，精神失常，最后没能熬过饥馑的岁月，葬身在乌宿的乱石滩中。哭着九死一生的弟弟沈荃，最后没有战死在疆场，却被胡乱毙命在离芸庐井并不太远的辰溪沅水边。哭着他的长河，他的边城，他的萧萧，他的翠翠。更多的，是哭着山河飘零，哭着人世沧桑，哭着一个时代的悲凉。尽管，一如木心，不知原谅什么，诚觉世事尽可原谅。

深秋的寒风，紧了一阵，然后，又是一阵。我不禁打了个寒战，缩了缩脖子，袖了袖手，忍不住，又望了望老墙，望了望寂寥荒芜的井，不知怎的，满眼眶里，都是水。芸庐井，没有井栏，没有井碑，也没有井亭，在一片寥落荒芜中，算是被彻底废弃了，可它却死死地嵌在我的脑海，钉在我的心坎上，成为一道无法破解的山水圣谕。

近来的雨水，很多。一滴，落进井里。另一滴，溅出了人间。一只白鸟，从水边起飞，悄悄衔走了落日，群山静默，旷野无人，天空仍是一脸的安详。

墙角的双荚槐花开了，黄澄澄的，并不需要被果实陈述或论证。“屋边有口缸，盛了半缸汤，拿也拿不动，舀也舀不光”，“黑洞洞，白洞洞，十八罗汉抬不动”，远远的，小区坪场上，有孩子们短促而悠扬的歌谣传来，好似谜语。我微微怔了一下，从混沌中返回，默神，猝不及防地明白，世间所有的秘密都在水里，此时此刻，这谜底肯定是水井，且一定是芸庐井。

看不见的冯家大院

沅水边的冯家大院，是一处百年老宅，据说有四十八口天井，宽阔得很。只是，谁也没有见过。或者，准确地说，见过的人应该很多，只是，我们现在已经无法见到见过的人。

大院在柳林汊怡元街的尽头。说是街，其实并不是真正的街，充其量只能算是村坊中间的一条小道。小道两边，屋檐搭着屋檐，房舍并不讲究。水中讨生活的船工、水手、纤夫、排古佬常常会在此泊船或弯排，三三两两的，上下往来，歇歇脚，养养神，为赶赴下一段前路莫测的行程做好准备。

柳林汊这地方，原本并不出名，出名的是沈从文先生的情有独钟:“这地方，多美丽，出金子，我生平还是第一次看到这样的好地方，气派大方而秀丽，真是个怪地方。我为了看山看水，也竟了手冷身冷了，什么唐人宋人画都赶不上……看一年也不会讨厌。”

大院建在柳林汊五指山的掌心。山不高，也不矮，五峰并立，呈窝桶状，缓缓的柔。山下平畴不远处，即是滩水相连的沅江。翠峦篁竹之间，长滩平潭，时而汹涌，时而平静，全凭了风的朴野和水的性子。

卡尔维诺“看不见的城市”，曾轻盈地飘浮在天空与大地之间，似乎每座城市都在随风轻摇慢晃，发出若有若无的咯吱声，神秘、曼妙、隐忍，令人目眩神迷，富有灵性和生命。他能够看见“看不见的城市”，我不相信我看不见冯家大院。于是，在一个初寒并不稀薄的早晨，我给师兄符星文打了电话，说想去看看，末了，附录加缪的一句话：在隆冬，我终于知道，在我身上有一个不可战胜的夏天！

符星文，在五强溪、陈家滩、清浪做过二十多年的校长，熟知本地的人文掌故，且为人厚实劲道，常如一茎稗草弯腰于疾风，又昂首于大风歇息之时。

挑雪填井的事，总是需要人干的，也许徒劳，但拥有一段雪亮的时光，纤尘不染，终归胜过那些虚芜装点的不可一世。毕竟，每个人都是自己的道路，自己的城池，需要背负自己的命运与前程，慢慢地走。

过九矶、横石、清浪滩、缆子湾，柳林汊的一溜长滩与瘦水横在眼前，茂林修竹，棹歌隐约，流水清音，涧响绵渺，远观近视，如一幅泼墨山水，点擦皴染得恰到好处，果然温情素美极了。

师兄喜欢袖手眯眼地看人阅事，后翻的头发虽略显稀疏，却油光水亮，微风中整齐出一张很山水的脸，嘴角只微微一翘，便浮出睿智宽展的笑。车行约几分钟，他引我到柳林汊小学，说，这便是冯家大院。我一愣，说，怎么可能？师兄说，没有什么可能与不可能，许多事，可能的，往往不可能，不可能的往往就是可能。

我一时有些懵懂惶惑起来。尽管，心里早有准备，可还是大出意外。一座大院，怎么说隐就隐了？隐得干干净净，隐得踪迹全无。

那些沧海桑田的日隐烟斜，那些弥望青碧的田苗秀蔚，那些青瓦高墙的袅袅炊烟，那些世事凉薄的熙来攘往，都到哪儿去了呢？

师兄见我发愣，又说，其实，一座大院有一座大院的宿命，它所拥有的，便是它所经历的。这座大院化身为学校，也许是它最好的归宿。你没能感觉到，每天的书声琅琅，便是这座大院前世的繁华，今生的凯歌？

我点点头，又摇摇头。依旧喃喃说，大院是大院，学校是学校。

学校是在大院的遗址上盖起来的。早些年，还有一栋老屋作为学生的宿舍，后来，老屋实在是太老了，老成了年代，老成了危房，老成了恐惧，于是被悉数拆毁，重新盖了青瓷覆墙的公寓。

我有些失望，就像一个人孤零零地站在月光下，除了影子，还是影子，那么细，那么深，那么长，风一吹，便心慌气闷，继而疼痛得撕心裂肺。我不甘心，细细逡巡一番后，发现院内尚有一株日月桂与两棵古玉兰，依旧亭亭如盖，焕发出某种图腾般经久不息的生机。初夏时节，古玉兰会开出莹白玉润的花朵，如雪，似云，不显山，不露水，掩映在广卵形的叶间，“绰约新妆玉有辉，素娥千队雪成围。”金秋时分，簇簇米黄色的桂花悄悄绽放，素淡清雅，暗香浮动，别有一番“桂子月中落，天香云外飘”的风情。

或许，这几棵树是大院的主人亲手种植，而且肯定不止这几棵树。因为，冯氏一脉本为东汉“云台二十八将”之一的冯异后人。《后汉书·冯异传》载：“异为人谦退不伐，行与诸将相逢，辄引车避道。进止皆有表识，军中号为整齐。每所止舍，诸将并坐论功，异常独屏树下，军中号‘大树将军’。”冯异，字公孙，生于河南宝丰，因助光武帝刘秀建立东汉政权，封阳夏侯，授征西大将军。后人铭其美德，额“大树”为冯姓堂号，“始平世泽，大树家声”，以此为训。故大凡冯宅，雕栏玉砌也好，烟火氤氲也罢，院内大树必不可少。

在冯家大院的一处天井，残存有两口方方正正的青石缸，古色古香，透出尘世的温暖。因为年代久远，缸体多有损裂，被铁丝上下箍紧扎实，铁丝生了锈，青石浮雕却铅华洗净，泛出几许深幽的光，落寞中透出静谧的欢跃。我俯身细看，在云龙回纹的环绕中，四面雕刻有凤翥龙翔、麟凤芝兰、松鹤延年、莲开并蒂、苍松赤枫、玄鹿回头等图案，精雕细刻，细腻生动，线条变化无拘无束，或隐或现，或浓或淡，尽显淡雅煌熠、韵味十足的美态，似在无声宣告着这里曾经有过的气象与辉煌。

细碎的阳光从树隙漏下来，混合着空气中湿漉漉的水汽。一时间，有种海棠树下不负韶华的片刻恍惚。我仿佛看见，在这方天地里，主人沏着一壶上好的碣滩贡茶，踱着方步，细啜慢品，心随流水去，身与风云闲；茶韵天香中，女人绕池闲步，轻罗小扇，笑靥如花；孩子收篙停棹后，撒欢嬉戏，卧剥莲蓬，自当归去横牛背，短笛无腔信口吹。少顷，回过神来，才发现这两口原本用来积水防火的石缸，早被填上了土，成为花坛，一个种上了茶花，一个任凭藤萝蔓延。远远观之，仿如一阕绿意盎然的辞章，从历史的悲怆中旁逸斜出，使得冰冷的石头有了某种难以言说的寓意与温度。

山河表里潼关路，终究是宫阙万间都做了土。事实上，没有人出走半生，归来依是少年。

我去过名扬三晋的乔家大院，也造访过被誉为“晚清第一园”

的何园，以及“池馆清幽，水木明瑟”的个园。

乔家大院，作为北方民居建筑的一颗明珠，素有“皇家有故宫，民宅看乔家”之说，虽说亭台楼阁精工细做，雕梁画栋彩饰金装，砖石木雕工艺精湛，斗栱飞檐堆金立粉，然究其规模，也只不过六个大院二十个小院。

何园，因其复道回廊在园林中绝无仅有，故享有“天下第一廊”的美誉，而片石山房又为画坛巨匠石涛叠石的“人间孤本”，不得不让人仰止。个园，则以笋石、湖石、黄石和宜石堆叠的春夏秋冬四季假山胜出，以石斗奇，修竹万竿，旨趣新颖，令人称奇。此等江南园林，叠石理水，诗情画意，多以个人性情为转移，尽精微而致广大，匠心使然，独出机杼，天人合一，温馨典雅。

冯家大院的四十八口天井，相较于乔家大院，想来，必是有过之而无不及。而其精致程度，相对于何园与个园，又将如何呢？

大院有一太平缸，名“海洋生物碎霄化石缸”，现存于沅陵龙兴讲寺，由几亿年前含有鹦鹉螺、软体虾、贝类等海洋生物形成的化石雕琢而成，缸身周围雕饰有“福禄寿喜”“凤穿牡丹”“冠上加官”“母荣子贵”“松鹤同龄”等吉祥图案，美轮美奂，堪为奇珍。从冯家大院仅存的数段墙基、嵌于墙体的麻石门楣、门楣上残存的石雕、保存相对完好的石缸以及巨大的石柱来看，其恢弘的形制与意趣造境，绝不凡俗。

古往今来，凡智者多择居山环水绕、藏风纳气之地。四水归堂的天井屋，是多雨水的江南百姓的首选。其形式是四周的房屋被连接一起，中间围成一个天井，且常有“庭院深深深几许，帘幕无重数”的纵深感。外围高墙大院只有很小的窗，四面房屋门窗均开向天井采光，且屋顶皆向内坡，雨水顺屋面流向天井。天井不仅能防止夏日的暴晒，使居舍保持阴凉清爽，阴雨天气，由于通风透气，也不会觉得阴湿难耐。晴天，一方阳光泻进来，光明了心内心外的一片世界；雨天，天井里雨声淅沥，颇有“春眠不觉晓”的感觉。若在天井内再设石台，大可养花数盆，探春秋消息，蓄一池春水，窥天地盈虚，煞是富有情趣。

一般的天井屋，比较讲究龙脉，枕山、环水、面屏。“龙脉”是房屋后山的山脉走势。“朝向”，是房屋面对的方向，放眼望去，需视野开阔，心情舒畅。“护手”，则是住房左右两侧的山脉，即是人们常说的“左青龙，右白虎”，且需“白虎低而伏，青龙高而仰”。居于这样位置的天井屋，多坐北朝南，歇山顶式，由槽门、晒谷坪、院墙、厅堂、房舍、大门、天井等里三层外三层的设施构成。槽门外常会置一对雄伟的石狮镇守大门，宅院外墙角埋设“泰山石敢当”，大门上贴门神，加以“铺首衔环”。“铺首”为铜铸兽面浮雕，开闭大门的铜环穿于兽面鼻孔，可镇邪降魔。歇山式瓦屋的屋脊上，常安放麒麟、凤鸟等瑞兽祥禽，两端有避邪驱疫的“鸱吻”，且斜坡的屋脊上各嵌一排“瓦猫”，可“朝食恶鬼三千，暮吞妖魅三百”。这样的一栋天井屋，玲珑精巧，惬意舒适，普通人家常常需要一代，甚至几代人付出毕生心力，耗尽家资，方可筑就。

冯家大院的四十八口天井，当以青灰色为主调，庄重大气，朴素静谧，辅以得天独厚的晴峦汉水，更显巍穆空灵，其气势之盛、做派之大、做工之精，匠心之具，超出常人想象。想来，几进几出的碧瓦朱檐鳞次栉比，大理石门楼高高矗立，石狮子、石麒麟威风凛凛，院中院、楼中楼井然有序。风荷曲苑，奇花异草，四季芳香，目不暇接。整个大院如一座城堡，雕梁画栋，富丽堂皇。日常加工制作、百货绸缎、柴米油盐、琴棋书画等一应俱全，藤萝翠竹，点缀其间，足不出院，怡然自得。不由人感叹：谁雕的梁，谁画的栋，谁人在码头外，编织了唐和宋？谁折的柳，谁吟的风，谁人在夕阳下，辜负了胭脂红？又是谁的子曰，谁的诗云，谁人在明月涸，且清且明过江东？谁楫的桨，谁摇的橹，谁人在沅水江天中，打捞失落的梦？

在柳林汊小学驻足良久，看不见的大院，似乎看见了；看见了，却又隔着某种遥远，恍恍惚惚，无法触及。这样的大院，分明是我喜欢的，不幸的是，它又完全沦陷、隐匿，直至消失，令人心殇不已。莎翁曾说：我唯一的爱来自我唯一的恨。我想，倒也是：我唯一的存在来自我唯一的消失。何方化作身千亿，一处山水一桃源。无论是千载一东篱的《桃花源记》，还是千秋万岁后的"桃花源祭"，消失的物事依旧年轻，而存在的却显然已经很老。似乎，就有了某种理由，清晨每天都在向清晨告别，黄昏总在哼着黎明的小曲，也许，这既是抗拒，又是抵达。

一场雨水骤然而至，坪场上所有的人瞬间隐了身形，各自在雨水之外照料自己的命运。我开始好奇这大院的主人，究竟是怎样的一个人，有着怎样的经历，怀揣怎样的志趣，又如何会有如此大的财力，在这沅水岸边，营造如此大的一方胜景，筑就如此高妙的典范？

师兄符星文说，这大院的主人，叫冯锡仁，是个狠角色。生于清道光二十九年(1849),卒于宣统二年(1910),清诰授中宪大夫(正四品),晋封资政大夫(正二品)。其先祖冯惟德,河南开封人。明洪武十四年官拜辰州知府,因勤政恤民,升任湖广右布政使,卒于武昌任上,葬沅陵城北外柏子岭。

我说,我想见见这个人。

这下,轮到师兄迷糊愣怔了,翻了好几下白眼,半天没有回过神来:你没病吧? 这怎么可能? 怎么可能? 我说,没有什么可能与不可能,许多事,可能的,往往不可能,不可能的往往就可能。师兄说,你真是以子之矛攻子之盾啊。我没再言语,只是很顽强地"嗯嗯"两声。

师兄见我执拗得很,便说,咱们明天去寻寻他的墓地吧,既然来了,确实,也好歹该见见。

听说,冯锡仁先是葬在河对岸的鼓子矶,后来,因为凌津滩水电站的建立,水位抬升,又迁至古子溪。

翌日,阳光并不灿烂,天有些阴。我们沿着明月山、夸父山、瓮子洞寻了一个来回,沿途又问了好几位老者,都莫衷一是。直到遇上一位名叫赖焕安的老人,不厌其烦地东寻西觅,费了好几袋烟的工夫,才为我们找到了寻访的路径——冯公迁葬地为"金虾落海",靠近其先人饥馑而亡的葬身之所"黄狗撵窝"。

我们有些兴奋地越过几道田埂,爬过一处坡地,再弯过一条小路,终于在茅草荆蓬中来到了冯公墓地。墓并不大,在一处山坡,坡前是一大片竹林,浓密得几乎不透风。墓碑简素,旁有墓志,系远在他乡的冯公后人于 2001 年 4 月敬立。我们小心翼翼地拂拭掉碑上的杂草尘埃，终于得知冯锡仁，字伯育，号莘垞，湖南沅陵一都（今柳林汊乡）人，系惟德公二十世孙，七岁能文，十二岁应童子试获案首，清同治八年（1869）以生员入县学，旋食禀饩，就学于岳麓书院。光绪二年（1876）中举人，三年进士及第，六年补应殿试授刑部主事，后考取御史，掌广东道、江南道，署兵部给事中，赏戴花翎，钦加三品衔，兼方略馆纂修，办理奉直赈务。中日战争爆发，两江总督刘坤一奏派其总理山海关内外前敌各营务处，后总理湖南矿务总公司兼办西路矿务，筹办湖南西路师范学堂，并首任监督（即校长），后又总理湖南省图书馆，任湖南省财政局参议。立宪时，被选为湖南省咨议局副议长，中央咨政院议员。

冯公一生饱学，系清末著名文献家、教育家，有《听彝堂续稿》六卷、《听彝堂电稿》二卷、《听彝堂折稿》七卷、《絜庵杂著》二卷等著述。曾修建“十都山庄”藏书楼，是湖南省内知名藏书楼之一，广收全国各省、府、州、厅、县志数百种，文集数百部。冯公为官清廉，视腐败为国之大害，主张“纪纲不肃，吏治不修，甚于十倍外患”，曾弹劾腐败官员多名，中日战争后，力主于蒙古开矿练兵以制俄侵轶。丁母忧回乡期间，见县内钱粮制度积弊，造访辰州知府与沅陵知县，废除里正包征制，改城乡设柜征收，附加杂费一律免除，乡民大快。后回乡巡视，目睹百姓饥饿垂毙，得知辰州知府贪赃枉法，乃奏准罢黜，着府衙下拨钱粮赈济灾民，救百姓于水火。光绪三十年，联合湖南爱国绅商，力主废除中美粤汉铁路建筑权合同，揭三省收回粤汉铁路权利之序幕。

难怪晚清经学家、文学家王闿运老先生为之撰联：材识冠同侪，方期直上青云，遽辍谏官襄幕府；渊源承宋学，正值分争朱陆，独开生面是通儒。

立于冯公墓前，隔着山与水，隔着时间与空间，隔着尘埃与墓碑，隔着云烟与历史，也隔着过去与将来，我忽然觉得，唯有这样的雄才俊彦，才配得上四十八口天井，也只有四十八口天井，方能配得上他。虽然，我没能读到他听彝堂的满腹经纶，也没能听到他絜庵里的窃窃私语，但我知道，仅湖南西路师范学堂，从这里毕业出去的学生就有林伯渠、宋教仁、蒋翊武、覃振、李烛生、翦伯赞、辛树帜、滕代远、粟裕、廖汉生、卓炯、曹庆泽、姚绍福等无数的仁人志士，可谓彪炳千秋。于沅陵教育而言，知府易培基根据变法要求，奉文办学，以虎溪书院住院生童为学生，山长为教员，敷衍报成，开办新校，将虎溪书院更名为"辰州中学堂"，与当时的北京五城中学、湖北文普中学一同成为全国率先兴办的三所新式中学堂。是年秋，冯锡仁见此，甚为忧心，于是力主另建新校，择定天宁山旧宾兴馆地址，由沅陵、泸溪、辰溪、溆浦四县共同捐建，落成后，更名为辰州公立中学校，此即为百年老校沅陵一中的前身。

试想，当栏杆拍遍的辛弃疾南归之后，再也没有机会奔走沙场，血溅战袍，只能用一支软笔为历史留下悲壮的呼喊、遗憾的叹息和无奈的自嘲；当最后一位戴罪的功臣林则徐，"苟利国家生死以，岂因祸福避趋之"，以罪臣之身而行忠臣之事，即便路过沅陵，也不忘挥毫"一县好山留客住，五溪秋水为君清"；当"既往不恋，当下不杂，未来不迎"的曾国藩，莫问收获，但为耕耘，以一介书生之力撑起了晚清的大半个江山；当"身无半亩，心忧天下"的左宗棠，愿我一双臂膀，为你修座城墙，以年迈之躯带棺西行，收复新疆，并“新栽杨柳三千里，引得春风渡玉关”。蒿草之下，或有兰香；茅茨之下，或有王侯。冯锡仁，这位在沅水纤夫号子声中长大的书生汉子，汉子书生，被沅江酉水的烟浦画屏氤氲着，被格物致知的弦歌不绝绵延着，被经世致用的湖湘文化熏陶着，被上马杀敌下马读书的英雄情结蓬勃着，他一定会在壶头山上回望“马革裹尸”的视死如归，在夸父山前追逐救民于水火的希望，在明月山中述说“母在顺母意”的寸寸柔肠，在瓮子洞寡妇链的摇曳中凄楚无奈的千古绝唱。他不断地在岳麓山里朱熹、张栻、王阳明、左宗棠、曾国藩等都曾徘徊蹀躞的小径穿梭，在书斋亭台老树池塘之间凝眸眺望。于是，就有了他整纪肃纲的书生报国，有了赈灾济民的道义担当，有了整饬吏治的刚正不阿，有了捍卫主权的义正词严，有了练兵制夷的经世方略，有了兴办教育的长善救失……可悲可叹的是，山河破碎，民生凋敝，远梦似水急，白发如草新。当他修身齐家、平国治天下的情怀，在这座大院化成无声的言语时，或许，他有更多的忧愁，更多的无奈，更多的回首，更多的悲凉。多少年过去，是非审之于己，毁誉听之于人，得失安之于数。可是，君亲恩何以酬，民物命何以立，圣贤道何以传？无尽的凝望、反思与回想，唯朗月清风，衡云湘水，太极悠然可会，斯文当有攸归。

“倚天照海花无数，高山流水心自知。”他在这座大院里对着沿江柳色，夜夜寒潮，看着左左右右的武陵雪峰，弯弯曲曲的沅江酉水，南南北北的泱泱华夏，可想而知，满怀的是惆怅，是忧郁，是“青山遮不住，毕竟东流去”，是“刑天舞干戚，猛志固常在。”如今，明月山依旧壁立千仞，明月涧依旧澄澈如洗，山头小小的竹子，依旧长年翠色逼人，而清浪滩头“三十里波涛，三十里号子，三十里礁石，三十里吊脚楼”早已成为过去，四十八口天井同样云烟散尽，所有的尘埃悄然落定，没有悬念，也没有预期。

普鲁斯特曾感慨，“天堂只在那些逝去的日子里”。看不见的冯家大院，无论过去，还是将来，无论存在或是消失，我突然觉得，唯有看不见的想象，可以不容置疑，承续更能久远。一个人，获得什么，成就什么，并非天经地义，而一个人，失去什么，败退什么，也不是命中注定。摆渡当下与未来，既无法重逢，亦无法告别。

郁郁的窄光从云层深处探下来，我与师兄说，记得王尔德说每个人生来都是君王，但大多死在流亡的路上，当所有人都累了，我们是走还是留？师兄说，该走则走，该留则留，有时，走即是留，留即是走。我说，这是最好的道理，不过，走也好，留也罢，即便有人没想好好活着，但他也一定会想死得离家更近一些。这样，他所选择的，他所拥有的，便是他全部的世界，无法复制，无法代替。

下得山来，我们并不多作声。山静，水流，路远。雁归有时，潮涨有汛。我去过太多的乡村，太多的院落，那些青瓦小筑，那些吊脚木屋，那些鸡鸣狗吠，那些竹篱炊烟，每天都在向每天告别。这山那水，斯人斯院，斗转星移，物是人非，既可见，又不可见。见与不见，其实都是一种难得的美好。

也许似乎大概是，然而未必不见得。此刻，阳光开始明媚。

树上的南岳

南方以南，多山，多水，多烟雨，多樯橹，自然，也多树。素居山中，推窗即山色入帘，闭户则水响盈庭，山南水北的风物，识见得多了，便多多少少有些淡漠，甚至麻木。

去南岳，全因了仲衡兄。

仲衡兄，是我作家班的同学，面善，心实，眯眯的笑像朵牵牛花，总喜欢挂在可以“把酒”的东篱上。之所以叫“仲衡”，我想，多少与“度应玑衡”的衡山有着某种关联吧，不然，何以我们一起爬岳麓山，他总是微腆着肚子，双手叉腰，临流意远，天心阁对联似的，给人“湘流北去，岳色南来”的感觉。当时，觉得有点不可思议，后一想，八百里洞庭，八百里衡山，八百里湘江，青天七十二芙蓉，回雁为首，岳麓为足。兄居赤帝峰下，有这个派头，有这个底气。看来，凡事，都不是偶然的。

衡山，离我不远，也不近。我居雪峰山下，沅水江边。所谓西雪峰，中衡山，东罗霄，由西南而东北，差不多同一个纬度。只是山重水复，并非轻易就能抵达。

据说，能称之为岳的山，多峻极于天，高绝于世，是“山上之山”，且多系王者巡狩所至，或登临，或封禅，颇能通神灵。素有“南岳衡山秀”的耳闻,又诧异于魏源“唯有南岳独如飞”的说法,衡山必得去去,方可解惑、释憾。

从湘西到衡山,汽车、地铁、高铁,不停地换乘,近黄昏,待到霞光万道时,仲衡兄眯眯的笑终于出现在眼前。进入南岳区,未见如盖的绿荫,远远望去,环城而拥的山,也并不高大苍翠,隐隐的,心里有些失望。说实话,五岳中,其他四岳的雄峻险幽,我早早领略过。唯独衡山之秀,一直在心底发酵。

拂晓时分,曙色正朦,街面人迹不多。到“南岳衡山”大牌坊,看看刘海粟与吴作人的题铭, 胡遐之撰写的对联:“秀气来高宇,看四绝奇观,五峰胜景;文明称奥区,有二贤吟迹,七祖道常”。果然,劲道十足,大气磅礴,儒雅风流。到南街小走一圈,清雅静寂,复转至财神村,门楼高大,名却俗气。一些香客,三五成群的,在买特制的檀木、香签、香包,每个香包上还虔诚地写上自己与家人的名字及地址,以便福音不断,宜其家室。

赤帝峰下的南岳大庙,有“江南第一庙”与“南国故宫”之称,必然是要去的。九进四重院落的大庙,红墙黄瓦,形制宏伟,木刻、石雕、泥塑精彩绝伦,东道观,西佛寺,并存一庙之内,善男信女摩肩接踵,有所求而来,有所愿而去。我并不太在意这些庙宇亭台,碑林石刻,在意的是那些寂静生长千年的古柏翠松,遒劲身子,扭曲枝干,烟熏火袅中,睹世事沧桑,轮回更替,而自己总是一直沉默地站在那里,不悲不喜,不声不响,似在思考暗示着什么,不需要轰轰烈烈,不需要刻意解读。有风从叶上拂过,窸窸窣窣的,轻微似梵音,一半在心间安详,一半在云端飞扬。

很多时候，我仰望大庙里的树，甚过树里的大庙。

阳光略略稠了起来。我们登上车，沿着忠烈祠、磨镜台、福严寺方向进发。随着山势的攀升，弯弯曲曲的路旁，苍翠的树明显多了起来。银杉、水杉、柳杉、秃杉、红豆杉各自伸了或长或短的枝条，努力蘸了初冬后暖暖的光，向着高远的云朵与天际延伸，试图在呼唤一些未知的东西，或是证明着生命的某种执念。阳光，从树罅漏下来，斑驳陆离成各种图案。树下的落叶，墨绿、浅黄、粉红、深褐，杂然前陈，错锦铺彩，一切都是那么自然而妥帖。不一会儿，山岚顿起，丝丝缕缕，迷蒙地弥漫在枝丫间，既轻柔又梦幻，似麻姑的眼。马尾松、金钱松、闽楠、喜树、香果树、榉树，青黛着身板，庄严着鸟雀的光临。待到了掷钵峰下"顿悟成佛"的磨镜台，几棵古松蓬勃旺盛，各抱地势卓然挺立，一扫惯常的孤寂之态，或凌云高古，或清朗洒脱，或跌宕起伏，或幽深婉转，禅意深深，不落俗套。世事一场大梦，人生几度秋凉。遥想当年，禅宗七祖怀让来到此地口念梵语"生来坐不卧，死去卧不坐，一具臭骨头，何必立功课"，磨砖成镜，让道一心窍顿开，这几株古松，定是功不可没。

一路逡巡，一路感慨，中午时分，到了怀让驻锡的"天下法院"福严寺。福严寺系六朝古刹七祖道场，依山顺势的寺院，很是安静，整个屋舍错落有致，白墙灰瓦上，留着经年风雨的斑驳印痕。寺内外，除却晨钟暮鼓外，最引人注目的当属浸染禅意的千年古银杏树了。时值初冬，折扇式的树叶黄澄澄的，散发出耀眼的光芒，凝望与寂思间，犹如精灵般上下左右跳跃，让人禁不住怦然心动。略远处，几棵橙红的枫树兀自独立，与金黄的银杏树互为参差，互为掩映。门前右边是棵苍松，法相俨然，似乎可以慈光照彻人的心底，醍醐灌顶人的灵魂。

祝融峰，是我们此行的最终目的地。一路攀登，路旁依旧是郁郁葱葱的苍松翠柏，连绵起伏的山脉被苍翠覆盖着，如毯如被。树在山上，同时感觉，山亦在树上。待到山顶，阳光正好，云雾散尽，只见数峰翼然，形如大鸟，翩翅欲飞，难怪魏源有“唯有南岳独如飞”之说了。若是云蒸霞蔚，山在云中，雾在山中，或浮云拨日，或轻霭遣山，或淡烟袅树，缕缕白汽于指尖萦回往复，渺渺茫茫似雾里蓬莱，则更有如飞若仙的感觉。可惜的是，我们没有看到，但只需瞬间闭目遐思，李白“衡山苍苍入紫冥，下看南极老人星，回飚吹散五峰雪，往往飞花落洞庭“的胜景，也就历历在目了。

傍晚，我们歇息在敬衡居。茂林修竹环拥其间，云海松风，长石流泉，鸟语花香，足可让人忘了世俗疲惫，尽得山水之乐。仲衡兄说，春观花，夏看云，秋望日，冬赏雪，为南岳四时佳景，若有时日，可澄澈遍赏，得心之真味。我也眯眯一笑，说，草际烟光，登高使人心旷，临流使人意远，今能于树上的南岳，再次领略“野芳发而幽香，佳木秀而繁阴”的妙处，已是最大的满足与最大的修行，足矣，足矣！

树上的南岳，独秀，独飞。

后来的后湖

老家的后山，经常去。星城的后湖，却是第一次。

后山与后湖，隔了几百里的路。一个在沅水边，一个在湘江旁，没有半点关系。后山，顾名思义，自然是屋后的山。老家的房子，面南，向光，先祖从江西吉安“填湖南”而来，无根无蒂，迁徙漂泊，虚慌得很。勉强搭个能住的棚子，也总爱寻座山做依靠。山无论大小，青翠明媚就行。前有溪，后有山，心里安妥。如此，落地生根，繁衍子孙，便算是有依靠、有背景了，免得被人随意欺负。后山，并不确指哪一座山，不同的人家，有不同的后山，每座后山的姿势、表情都不一样，有的温和，有的峭拔，有的狂野，有的素寂，家家户户，依山而居，土里刨食，肩上有风，风中有日升月落、草木枯荣。山上山下，屋前屋后，鸡鸣狗吠，毫无秩序，却此起彼伏，鲜活生动了许多的日子。

后湖，其实，也是有后山的。这山，当然是岳麓山了。岳麓山脉，回雁为首，岳麓为足，地接衡湘，声名赫赫。苍劲郁勃中，颇显龙虎之气。行半山，处处青枫红叶，隐隐深翠峡云，多有清泉流石上，钟声敲日月；临绝顶，云气东来西往，万类霜天，处下攻上，至柔至刚，既可闻日夜江声下洞庭，又可问苍茫大地，谁主沉浮？大泽深处桃坞烘霞，岳麓书院学宗邹鲁，千年文脉，纳于大麓，藏之名山。

后湖，前有湘流北去，后有岳色南来，只需瞅上一眼，便会怦然心动大半个时辰。湖，并不大，如处子的眼，湛汪汪的妩媚着，却又媚而不俗，透出波澜不惊的从容与雅气。特别时尚的霓裳桥连接着水中小岛，岛上水杉笔直、垂柳婉约，岸边芦苇参差，丝绒般的光，浅浅的覆了水中倒影，间或几只不知名的小鸟，俏皮地迅疾掠过树梢，在水面点出圈圈涟漪，漾漾的，潋滟而去，一时间，疏影横斜，鱼游枝头，如梨树海棠，暗香浮动，牵了人的清梦，悠远到了蓝莹莹的天边。

后湖的眉眼，风致极佳，像是楚生，孤意在眉，深情在睫，又如洛神，轻云蔽月，流风回雪。峰回路转，左眼看山，右眼读水，一场意想不到的时间发现之旅，悄然登场。颓败废弃的农贸市场，化身前卫先锋的脚手架艺术馆；半废墟民舍变身猫屿咖啡、一池饮像；蘸满冬日阳光的劈柴筑成了木香阵阵的围墙；青砖小瓦，素白的矮墙，花团锦簇中，定格的是“一瓢婚恋书馆”，弱水三千，只取一瓢，人海茫茫，只系一人；嘉木掩映的宝藏红黄蓝独栋房子，让人在城市的喧哗与骚动中慢下脚步，安静灵魂。沿途的艺术馆与工作室，李亮东阜山窑的千年窑火映照大地，湘绣“绣花花生香，绣鸟能听声，绣虎能奔跑，绣人能传神”，肖小裘的“细伢子”奔腾跳跃，稚趣童真，朱训德的画笔迸发出生命形态的俊雅宁静与清朗飞扬，段江华在不朽的天空中创造着永恒或者带领别人创造永恒，当然还有陈和西、张楠、范石钟、陈飞虎等百余位艺术家在此各具形态的纵横驰骋。梅溪湖国际文化艺术中心、湖南美术馆、李自健美术馆、谢子龙摄影艺术馆、谭盾音乐厅、朱训德美术馆，58众创、麓客众创、锦绣潇湘文化创意产业园……后湖方圆几公里内，一个艺术家的工作室、美术馆、文化创意、科技创新集群正在逐渐形成，坐拥缤纷，一个中国中部最美的艺术高地正在迅速崛起，一个中国的“蒙马特”正在华丽蝶变，一个集原创艺术创作交易、湖湘文化展示、艺术休闲娱乐、传统文化传承于一体的无边界艺术园区正迅速成为现实。集名山、名水、名洲、名校、名家、名企于一域，这是艺术家的天堂，一个到处都有传说的地方。

后湖，并非一开始就是后湖。开始的后湖，只是一个渔场，人们水中养鱼捕鱼，岸边种菜围篱，再后来，违建遍地，垃圾成堆，污水横流，臭气熏天。一切的改变，从2015年的那个春天开始，清淤活水、截污治污、拆违提质、生态治理、河湖连通，东起潇湘大道，西至后湖路，南临靳江路，北抵阜埠河路，从这里出发，迁而不拆，整体开发，对保留下来的旧民居重新进行潮流设计与改造，多元文化空间，光影穿插，虚实转换，移步换景，处处与湖光水色浑然一体，每一栋都个性十足，格调自然，引人注目，似乎在表达重生的自己，等待非凡故事的发生。

从后山到后湖，还算来得及时。一湖碧水，波光粼粼；一围树影，婀娜多姿。在一幅幅江南婉约的诗里，却又分明有着意象画派的颜料和色块，凡高的蓝色星空，丢勒拾穗者的麦田，各种符号意义的累积与叠加，各种声部高低的切分与休止，都在重新梳理每一条细小的波纹，或执半卷诗书，或拈一管画笔，像是上苍神奇温和的手，只是轻轻一指，便关乎时间的旅行，关乎历史的路标，关乎耀眼的存在，关乎未来的故事。

岳麓山下，湘江之滨，千年文脉，后湖传承。后来的后湖，后福的后湖，栖息着午后无数刚刚好的阳光，破茧成蝶的，不只是树树秋色，山山落晖，烟柳画桥，诗意满城，更有人间烟火，草长莺飞，蓬勃灵动，后福无垠。

觅渡西津

从酉水的乌宿渡到长江的西津渡，要走很远的路，至少千里。

乌宿渡在酉水的末端，酉水是千里沅江的支流，沅江是洞庭湖的第二大水系，八百里洞庭在岳阳城陵矶注入长江。

乌宿，是酉水边上的一个小村子，古木丛竹，滨水极多，传说是金乌休息的地方。村边有水，酉溪与酉水在这里汇合；水边有山，叫二酉山；山上有洞，名二酉藏书洞，是成语“学富五车，书通二酉”的出典处。

乌宿渡，原本没什么名气，只是进出八蛮峒口的必经之地。不过，由于滩急浪险，一度有“走遍天下路，难过乌宿渡”的说法。渡口前有一洼长滩，旧时是安葬“撑篙摇橹拉纤纤，生命拴在浪尖尖”纤夫的地方，当然，也包括沈从文先生疯掉了的九妹。出名的，是从这个渡口出发，短短几十年，走出了七十余位“高知”。“莫道乌宿弹丸地，教授冒出好几船”，由此，这个小小的山村，成为远近闻名的“教授村”。

我在毗邻乌宿渡的水边生活了多年，目睹许多湿漉漉的物事，隐匿在山南水北的褶皱间。一抹水土，遍布浅浅的月牙，碎碎的渔火。簇簇村庄，落落野花，土得俊秀的蓑笠，褐得细亮的鱼篓，待到暮色收紧，鸡鸭归笼，几声犬吠，几粒星光，可以软了许多白天黑夜的心事。

诸行无常，诸漏皆苦。许多时候，不经意的，前面的故事刚刚苍然谢幕，后来的传说便悄然开始启程。

半窗关风雨，片叶渡春秋。孩提时，读到王勃的“城阙辅三秦，风烟望五津”，始知津即是渡口，并非我吮着五分钱一根的白冰棒津津有味的“津”。于是，后来的日子，九曲黄河的茅津渡、风陵渡、大禹渡，孟津渡，天险长江的燕子矶、采石矶、城陵矶、龙街渡、西津渡相继枕着心底的微澜波光荡漾。

这其间，“江南第一渡”西津渡是首当其冲，必须要去的。因了古渡涉千秋的津渡文化，因了张祜的两三星火，王安石的春风明月，毫无例外，还有祖逖的中流击楫，李白的潮起潮落。

从阳光丰满的乌宿渡出发，辗转九江、安庆、芜湖、南京，于一个淅雨微蒙的午后，终于到达西津渡。

西津渡，不大，也不小。偏于一隅，有点落寞，有点沧桑，也有点孤独。苍青色的瓦垄和墙裙，寂静的亭台与楼阁，以及雨水可以随意滑落的绿苔，都习以为常的，似乎在等待一只船、一个人、一方意义的到来。

南徐景物，最怀西津。始于六朝的西津渡，北濒长江，南枕云台山麓，古为吴楚要津，据天险可扼江河，连京杭而通南北，实为漕运咽喉。三国时名蒜山渡，唐为金陵渡，宋以后方称西津渡。

我知道，不可一世的滚滚长江，曾在蒜山的崖壁下惊涛拍岸。西津渡，自古乃兵家必争之地。三国时东吴水师集结古渡头日夜操练，并由此上演一场龙凤呈祥的大戏，甘露寺招亲，蒜山顶上孙刘联盟，引爆一场名垂千古的赤壁之战。建炎四年（1130），金兀术南下，韩世忠驻兵蒜山抵御金兵南侵，于黄天荡设伏邀击金兵，其妻梁红玉击鼓鸣金激励士气，以区区八千之众困厄十万金兵四十余日，其忠毅冠勇，天下诵之。多年后，当年逾六旬的辛弃疾再次来到这儿，满眼风光北固楼，遥想当年“金戈铁马，气吞万里如虎”，不由感叹“生子当如孙仲谋”。我不知道，这样的一个与世无争的千年古渡，渡的是云蒸霞蔚，还是血雨腥风？倘若没有了这些，津渡的价值是否就会大大地打了折扣？

我也知道，西晋末年规模空前的“永嘉之乱，衣冠南渡”，北方的流民有一半以上在这里仓皇登岸，四处奔逃，无问西东。上至皇帝贵胄，下至迁客骚人，数不清的南来北往，道不明的东成西就，他们都曾在此候船待渡或登岸行走。大江东去，群山西来，一代人走了，一代人又来。我不知道，是古渡成就了他们不朽的辞章诗文，还是诗文成就了风樯阵马的古渡？夕阳晚照，当千年的盛名成为某种显赫的回忆，浮生几何的人们，或许，轻渚白沙茫不辨，唯有，相望几许是凝愁。

从京畿路到伯先路，雨，依旧婉约，与三百米开外的长江格格不入。风起，江阔浪涌，辽阔的水滴开成了一簇簇雪似的花，变幻出各种活泼的姿势。从镇江商会斜身而过，经广肇公所与几栋颇具东印度风格的英国领事馆房屋很快便到了西津渡街。

一条青石径，两串红灯笼，铺开一路人间烟火。镇江有句俗谚“南门松、北门葱、东门驴子、西门翁”。这西门翁，指的是西津渡街，由渡兴街，因街而市，行人渡客，熙来攘往，商贾云集，一派市井繁华。

清寂的雨，仿佛从先秦两汉一直下到现在，小心翼翼落在同样清寂的古街，生怕扰了千年的宁静似的。许多湿了的前尘往事，随处苍润。许是因为雨的缘故，老街并没有什么行人，拙朴安静得出奇。细碎的雨丝，顺了斑驳的墙，洇在麻石路面，一时就有了恍若隔世的山水清音与光阴呼吸。

从五十三坡拾级而上，老街就像一本线装书，在风雨苍黄中浸泡过，滑润的青石台阶是它的书脊，而流水装订的每一页都显得意味深长。

西津渡，原本紧临长江，清以后，由于江滩淤涨，江岸逐渐北移，渡口遂下移至玉山脚下的超岸寺旁。一个渡口，离开了江水，不知是幸还是不幸。离了水的渡口，人们依然还叫它渡口，这，也算是一种慈悲与缅怀吧。居住在渡口边的人，早晨往东，低头翻拣着墙角树隙漏下的阳光；傍晚向西，撩起衣襟凝眸远眺嫩绿水亮的岸边芦苇。痛苦也好，失落也罢，有得总有失，有失必有得。没有了舟楫相渡的喧哗，没有了大江东去的壮阔，没有了车水马龙的繁杂，倒也有它蓦然回首的寂静思绪，舟楫相连后的孤帆远影，云开云合的默然回望。

一眼望千年，千年望一眼。西津渡街，历经唐宋元明清五个朝代，长不足千米，宽不盈丈。由东向西，四道券门石额，分别题刻有“同登觉路”“共渡慈航”“飞阁流丹”“层峦耸翠”。唐小山楼、宋观音洞、元昭关塔、明铁柱宫、清救生会、英领事馆……白墙黑瓦朱窗，翘阁飞檐回廊，石质的磉礅，砖铺的踏步，深嵌于石板的辙痕，被负重的草鞋磨得锃亮的卵石，每一处遗痕都与一个个王朝的命运紧紧相随，每一丛藤蔓都娓娓诉说着“千年古渡，千年老街”的沧桑传奇，既曲折迷离，又笃实切近。

雨，下得很缓。我，走得很慢。千年的时光，短短的路，生怕一不小心，就会踩疼了樯倾楫摧的历史，踏碎了一砖一瓦铺陈堆砌的故事。

待渡亭，青灰朴小。憩倚美人靠，极目远眺，倒有“飞阁流丹，窗收吴楚千帆白；层峦叠翠，座揖金焦两点青”之感。相传威风凛凛的乾隆曾在此待渡巡幸江南，瑞气烟浦，冠盖一时。生性孤傲的张祜在此待渡，驻留“金陵津渡小山楼，一宿行人自可愁”，隔江北望“潮落夜江斜月里，两三星火是瓜洲”。青衣布帽的王安石在此待渡，眼见“京口瓜洲一水间，钟山只隔数重山”，感叹“春风又绿江南岸，明月何时照我还”。多少年来，粮船次第出西津，一片旗帆照水滨。无数既可以“穷快活”，也可以“富逍遥”的人们，有的迫于无奈，有的执念远方，或顺水，或逆风，奔往未知的路途与前程。更有无数南渡北归的贩夫走卒、船工民夫，为了生存、生计，在这里“江风起白浪，愁煞渡头人”，待渡的，不仅仅是老去的日子与花白的头发，还有最初的渴盼与最后的希冀。

小码头街，短小精悍，拙得有味，土得深沉，随处可见斑驳的柜台和古旧的杉木板门，还有一些诸如“吉瑞里西街·1914”“民国元年(1912)春长安里”“德安里”等匾额，烟火参差，文气十足。居家的人们，散淡地摇着蒲扇，有一搭没一搭的摆着龙门阵，拿腔拿调的,时而低沉,时而高昂,时而清新,时而混浊,颇有些淮剧的香火板腔味。

听说,镇江有三怪:香醋摆不坏、肴肉不当菜、面锅里面煮锅盖。出于好奇,我向正在手工摊煎“状元饼”的一位老者打问(前提当然是买了好几张薄薄的饼,非常惬意的来了一番囫囵吞枣)。老人一边躬身娴熟地忙活,一边眉飞色舞地长言短语,有板有眼的舌尖味道,不一会儿,即令听者口齿生津,浑身酥酥麻麻,心驰意痒的,真应了镇江的城市广告宣传语:一座美得令人“吃醋”的地方。

傍晚时分,雨停了,似乎停在遥远的六朝,又仿佛停在很远的未来。此时的西津渡,如一首光泽淳厚的民谣,长衫对襟的唱念做打,老腔老调里,一个眼神可以升起旌帆,一个手势可以车马辚辚,一字腔里可以烟波浩渺,叶字调中可以舟楫相连。老旧的苍凉,古朴的雄浑,遁世的清寂,慢慢地,在次第亮起来的灯火中有滋有味,且光鲜时尚起来。

只需稍稍迈一迈腿脚,既可以到大运河上寻一寻隋唐,到北固山上荡胸生些层云,又可以让金山多情的白娘子裁剪一丝忧伤,浸漫大半个尘世的唏嘘。山是我的邻居,水是我的街坊;家是我的丹青,城是我的画廊。客栈的窗,虚掩着,半开半合,几丛修竹,影布其上。只是,这三千年的半窗风雨,到底该何时关?这三两人家古渡头的片叶春秋,又当如何渡?

从西津渡回来,我忍不住又去了乌宿渡。

乌宿渡,很小很小,灰不溜秋。平常日子,一湾瘦水,几只泊船，横在码头，不急不躁，更多的是百无聊赖的等待。逢上赶场，烟消日出，大姑娘小媳妇的，便会满满的，坐上一船的花花绿绿，人们挤眉弄眼互侃：“脚踩泪子潭，头顶二酉山。哪个从此过，代代做朝官。”船家叼着老旱烟，慢摇轻晃，欸乃一声，山水可澄可绿，亦是十分的生动、活泼、有趣。

乌宿渡与西津渡，原本没有半点关系。但因着这条水，因着无数的远方与我们息息相关的人，于是就有了渊源，有了联结，有了来来往往的途往与触及。偶然与必然，此岸与彼岸，待渡的生活，觅渡的人生，从哪里来，又将往哪里去？从一个渡口到另一个渡口，从一处水岸到另一处水岸，每一个起点，每一次出发，无不是孤零零的人生，努力地朝着死而活，既怀昨日之忧，又蕴明日之郁，一次又一次，充满难挨的未知与渺茫的期待。

乌宿渡，少雨，阳光勤奋，蓬勃，许是为了更好地“藏书”或“晒书”。西津渡，想必平常也是多日头，多晴峦，只是那次我碰巧遇着了我想要的雨罢了。

想来，世间众生，无不是光阴的囚徒，每每耳鬓厮磨的，既有不幸的馈赠，又有不堪的成长。一只麻雀，选择了一处乡村。乡村的日子有多长，麻雀的日子就有多长。走不出的半亩方塘，回不去的天光云影，待渡在心灵的码头，我常常不自量力地想，春潮带雨，野渡无人，有多少旷日持久的心事，就该有多少隔水问樵夫的渡口吧。

雨过天晴，二酉山上的雾，云台山麓的云，像河水一样恣意地往天上流，不需要任何翻译，即可以让人读懂它满天的霞帔与古老的无穷。长安陌上无穷树,唯有垂杨绾别离。世间草木,无不努着力向上生长,长高了,长大了,又无不努力地开花结籽。花开了,籽结了,生命的烦琐也接近了尾声。然而,每个生命都有着自己的修罗场,所有的凋零与结束,又总会在下一个春日蓬蓬勃勃地寂静重生。它们何尝不是用自己特有的方式,安安静静的,渡着光,渡着风,渡着雨,渡着一言不发的命运?

每个人,都是自己的沧海一粟,从杨柳依依到雨雪霏霏,觅也好,渡也罢,总有许多细数光阴的可能。人生无根蒂,飘如陌上尘。觅渡,觅渡,若是秋水长天一相逢,倒真的可以,跨河而去,并不需多余的理解,在透明的风雨里,静穆着,便可胜却人间无数。

寂静之后的表情

过了白露，细细的风早晚一吹，野豇豆花就开了，淡紫浅粉地鲜妍着，很是妩媚。秋辣椒快红到脖子的时候，我乘坐大巴车前往张家界，这也是疫情缓和后，沅陵开往张家界的首趟班车。车上人不多，只有七八个，彼此戴着口罩，并不多说话，口罩上面嵌着的眼珠子，大都扑向窗外滴溜溜地转，似乎不想错过沿途每一处的翠峦晴柔，像极了一丛草回到草中，一棵树回到树中，久别重逢，满心欢喜。

车过深溪、借母溪，弯入四都坪、大坪，各样的山水与村庄都安静得妥妥帖帖，山翠，峰奇，天蓝，云白，阳光正好。打开一点车窗，风呼呼地拥进来，带着泥土、青草、树叶与菊芋的香，我深深吸上几口，确信，这些风，有的是从天门山上的石头缝里吹过来的，有的是从黄石寨峭立的峰林树梢吹过来的，有的是从宝峰湖中微微荡漾的水花中吹过来的，还有的，是从远近村寨各处升腾的人间烟火里吹过来的。风，带着三千奇峰的姿势，蕴满八百秀水的表情，扫过人们的脸面，掠过人们的心坎，留下许多没有边界的心花怒放，欣欣然，足以把山川草木重新确认。

抵达市中心汽车站时，已是下午三点，阳光温情而热烈。举头仰望，天门山索道起起伏伏，缆车忽闪忽闪而来，又忽闪忽闪而去。人在云天，云朵触手可及，有的成团成絮，有的成丝成缕，还有的像用细箩筛筛过，碎碎的，软软的，倏尔就不见了踪影。远处的山峦沉静、淳厚，峭壁兀自立着，斜身倾俯，似与人喃喃低语。近处的高楼，没有了往日的缩手缩脚，开始大大方方地招客迎宾。进进出出的人，或撑遮阳伞，或戴宽檐帽，背着旅行包，峰林一样的身子，草木一样的表情，每走一步，都似有几分王者归来的派头。环顾四围，只见街道整洁，车流有序，行道树片片绿叶正被阳光朗诵，这座旅游名城开始重新恢复盎然的生机。

张家界，我并不生疏。西汉留侯张良，晚年摒弃人间万事，静居行气，从赤松子而游，相传病卒后葬于青岩山，后人为纪念这位“运筹策帷帐之中，决胜于千里之外”的谋臣志士，于是将青岩山改名为张家界。每每念叨“张家的界”，我油然而生几分亲切与自豪之感。张家界，一经横空出世，注定无法普通平庸，或许，这也是人们将“大庸”这座城市更名为张家界的理由。

过老木峪隧道，入武陵源，不断撞入眼帘的奇峰峻岭，让人目瞪口呆，半天回不过神来。袁家界、天子山、黄石寨、杨家界，数千片状石英砂岩累叠的山，不再是一座座，而是一根根，一簇簇，如塔，似柱，如剑，似戟，高低错落，化峰成林，雄奇如陈兵百万，险秀似逐雾流纱，幽野嶙峋，意出尘外，瑰怪陆离，鬼斧神工。金鞭岩、乾坤柱、御笔峰等，无数的峰回路转，无数的斧劈刀削，群峰拔地而起，道道峰墙且听风吟，云遮雾绕，千变万化。每一峰看似摇摇欲坠的山石上，都凌空生长着一些藤萝、松树，既屈曲遒劲，又婀娜多姿,像是一面面标新立异的旗帜。断崖之下,绝壁之上,处处青树翠蔓,参差披拂,诡谲中见生机,怪诞里显风骨。雨后初晴,有风吹过来,又吹过去,渐渐汇聚一处的云流瀑布翻越山岭而来,雾白如雪,银光闪烁,云柔似絮,随风轻飏。群山在云阶月地中若隐若现,浓淡相宜;石峰在缥缈的浩荡里氤氲空灵,与天相接。置身于无边的浩瀚与磅礴,整个人的思绪瞬间飞流直下,汹涌跌宕,仿佛在六千五百万年前的时光深处,看一片蔚蓝的沧海汪洋如何穹隆成一座座年轻的山峰,一座座的山峰又如何雕琢成如今梦幻的模样。身边的树叶不停地摇曳婆娑,窸窸窣窣的,说着细声细气的话。话言话语里,有云山万重的飘逸,有沧海桑田的沉重,有鸽子花开的芬芳,有石头涅槃的疼痛。书页般的片石将时间的高度累砌到空中,每一处缝隙都镶满悬而未决的密码,每一道崖壁都凿满风雨亘古如一的印痕,元气淋漓中,人们除了惊叹,还是惊叹,以及无法言喻的瞠目结舌与理屈词穷。

也许,这些山石,它们原本并不想这样,彼此孤零零地守着彼此,千年万年过去,咫尺天涯,既无法相濡以沫,又不能相忘于江湖。也许,因为过于衰老,它们不得不挖空心思,让支离破碎的残缺,风烛残年的余响,交错重叠成独树一帜的表情。拐弯的风扫过来,撒欢的雨淋过来,俏皮的雾笼过来,边边角角的石,稀稀疏疏的树,葳葳蕤蕤的草,潺潺湲湲的溪,相互在漫长的寂静中,有了往来,有了互动,拉一拉手,亲一亲嘴,坚硬的石头开始柔软,庸常的草木愈发新鲜,平淡的水滴跳跃欢呼,溪山行旅,空中田园,头顶漫天稠密的星子,只要愿意,随时都可以沸腾整整一个夜晚。

山前，有秋水长天碧色；水边，有落霞孤鹜之飞。索溪边的庄主会馆，清幽雅静，几丛翠竹窥峰，几树芭蕉息影，山色渐次变化，溪声绵绵不绝，枕溪而眠，可得浮生之外的恬淡与静美。三年前，我曾在这儿住过，三年后，我还是在这儿歇脚，坐对窗外的雨丝风片，听琴喝茶，把时间一点点调慢，同云影对话，与自己相伴。索溪，因状如绳索而得名，自然很细，很小，然而表情却丰富。溪畔紫薇开得正盛，蓼花、商陆也不示弱，有种“苔花如米小，也学牡丹开”的况味。溪水清澈，芷草润逸，芭茅、芦苇比肩丛生，间或有三两只鹭鸟，灰着翅膀，白了身子，细脚尖嘴地自在来去。溪瀑跳岩上不时有身着苗装的女子款款走过，银饰环佩叮当作响，衣裙抵足，掬水弄云，花香满襟，脸上逸出一股子野野的清纯，天然而又得体。一汪长方形的水井旁，大姑娘小媳妇，聚在一处捣洗着衣服，有用纤手紧搓慢搓的，有用棒槌轻捶细敲的，有弯腰蹲腿将各色衣物在水中抖成片片云彩的，有亭亭玉立临风远眺轻哼土家山歌的，大家张家长李家短，有说有笑，有滋有味，娴静的脸上丝毫没有封城多日的忧戚，反而有的是日子重启后充满希望的光芒，她们不抱不怨，不急不躁，将山画成诗的远方，将水描成云的霓裳，她们浣洗的仿佛不是衣服，而是每一个晶莹透亮的日子。也仿佛她们早就知晓，生活既要承受其苦难之重，也要坦然面对其苦难之轻，一如与她们形影不离的水光山色，千峰竞立，遗世独存，万翠摩云，卓绝古今。不远处的溪布街，白墙黛瓦，飞檐翘角，灯笼高悬，古朴典雅。这是集水上酒吧街、中华名特小吃街、民俗购物精品街、休闲客栈、创意工坊等为一体的大型街区商业综合体，此时，也正在精心地梳妆打扮，顾盼生姿。庭前的杂草正在清除，脱落的油漆正在粉刷，匆匆那年里的绿草茵茵，山居禅境里的郁郁葱葱，线条流畅的光阴故事，都随着咿咿呀呀转动的水车，巧笑倩兮，眉黛楚楚。

清清浅浅的索溪，时宽时窄，时弯时曲，时而窃窃私语，时而引吭高歌。溪岸人家，依旧像往常一样，各自弥着满院子的风情与柔韧。鼻息深处，一缕芬芳袭来，里面有山水风物与时间的味道，我眯着眼，沉下心，嗅了又嗅，再次深深地吸上一口气，很享受的样子——因为，我知道，大地上的事情，总有自己的时序，来的只管来，去的尽管去。青草覆盖、露水打湿的路上，“张家的界”，在短暂的寂静之后，云开“疫”散，依旧是叹为观止的溪流柔软，见证峰光的秋叶绚烂，天门洞开的风骨劲健。难怪，我的双眼已经离开了很多个时日，心底却总是踏歌其间，流连忘返。

风云独钓

一

秋末的晨曦，天际微微露出有点迷人的霞光。舒溪口阔大的水面，雾霭泛起，细波粼粼。几许薄光从云层滑下来，随处潋滟，半江瑟瑟之色，迷离丰韵得很。河岸近水裸露的岩壁、峭石，被青峰倒映的水来来回回地舐舔着，显得温婉清寂。乳白的山涧岚雾任意袅娜，忽儿隐了远近黛山的峰际，忽儿拂了往来船只的身段。烟水过处，既似李唐的清溪渔隐，大笔挥洒，泼墨淋漓，又像马远的踏歌水图，计白当黑，紧凑含蓄，一派疏淡起伏、清旷幽穆的景象。

岸边的林木薄疏参差，绒白的荻花在缥缈的风中轻摇微曳。从歪歪斜斜的码头下来，我挑了个横在乌桕树下的木筏船。船家是个六十开外的老人，耸肩缩背蹲在船头，鱼鹰般盯着河面，一动不动。老人抽着旱烟，沉默寡言，听说我要去窑头，只"嗯"了一声，起身到土坎下的一块石头边，麻利地解开缆绳，跳回船头，将竹篙轻轻一撑，腾跳间，显得腰腿倒还劲健。满脸的褐色皱纹，只需稍稍咧咧嘴，皱纹便水波似的荡漾开来，仿佛可以湿淋淋的，秋水波澄一生的日子。天气多少有点寒凉，我袖着手，同样蹲在船头，像极了河岸旁一块乌黢麻黑的岩石。顺沅江而下，过丑溪口、沙金滩，看两岸人间烟火，山水远阔，不到半个时辰，便到了楚秦古黔中郡郡治遗址——窑头。

沅江拐了个大弯的窑头，是我所熟悉的，三面环水，背倚重峦叠嶂的武陵群峰，上扼川黔，下蔽湖湘，以滇黔之冲，地介楚尾，所谓“天下积储在楚，楚之咽喉在辰，故辰安则楚安，楚安则天下安”。这里的山是明的，水是秀的，树是翠的，石是润的，风是轻的……我望着这片寂静的田畴、水域，突然憨憨地，将信将疑地问船家：两千多年前，秦将司马错攻楚，真的到过这儿吗？船家将喇叭筒抽得忽明忽暗，硬了硬腰板盯了我一眼：那还用说？不然，城里怎么会有一条街道叫司马错路？船家如此笃信，自然我也应该相信。

或许是峨冠博带的楚国疆域太过寥廓，江汉之地太过富庶，雄悍的秦人早就觊觎它的丰饶富厚，于是，司马错，那个善于长途奔袭的兵家大将，开始处心积虑，大迂回纵深袭击，意欲出其不意，攻其无备：有巴蜀之水可通于楚，有巴之劲卒，浮大船舶以东向楚，楚地可得，得蜀则得楚，楚亡则天下可并。公元前 311 年的那个秋天，苍黄的土地毫不含糊地裸露着，兴于西岭创下三星堆文明的蜀国，与争于长江固合川威仪的巴国彼此鹬蚌相争，全然不顾自己日益迫近的黍离之悲。司马错自忖时机已到，于是车辚辚、马萧萧地趁机发兵，翻越岷山山脉、摩天大岭，经石牛道入蜀，与蜀王之师战于葭萌（今四川广元、昭化一带），蜀王兵败遁逃，被秦军杀死，蜀国宣告灭亡。随后，又一鼓作气攻灭苴、巴两国，俘虏巴王，巴蜀之地尽归于秦。此后，司马错又两次平定蜀乱，巩固后方，取其地以广国，得其财以富民，缮兵不伤众以使服。公元前280年初冬的午后，苍烟秋蔓，郁垒寒萧，司马错兵发陇西，沿涪水南下，进至合川，驻足钓鱼山，开始“浮江伐楚”，率巴蜀众十万，大舶船万艘，米六百万斛，从黔江进入主干乌江天险，到唐河入口登陆，然后穿过重庆酉阳，向东经酉水流域的迁陵（今里耶）、保靖、凤滩，带水拖泥，宿雨蛮溪，进抵酉水汇入沅江的合流处——沅陵（古辰州），再溯沅水而上，最终抵达窑头。司马错因蜀攻楚黔中，下水而浮，奇袭而至，一日行三百余里，不费牛马之力，取楚商于之地（今湘西、鄂西一带）为黔中郡。

秦既取蜀，又取黔中，则断楚之右臂，其势必孤。黔中郡，紧邻楚国郢都，一旦失守，则郢都西部门户大开，秦军若继续东向，穿过黍稷盈畴的湖北松滋一带，即能兵临郢都。此时，听着编钟、喝着美酒的楚顷襄王意识到情势危急，无奈割地求和，将华实蔽野的上庸、汉北之地予秦以罢兵。三晋合纵攻秦时，心有不甘的楚国车错毂兮短兵接，趁隙与秦反复争夺，派遣庄跻收复黔中郡部分属地，并夺取巴郡和黔中郡以西地区，并占领滇地以拒秦。可是，秦军很快开辟了汉水和峡江两条战线，“浮江伐楚”与“渡汉伐楚”双管齐下，把素来险僻安寂的三峡之地变成了硝烟弥漫的战场，肆意喧嚣达四十年之久。公元前278年，秦将白起率军伐楚，水淹楚国别都鄢城，火烧夷陵道，攻陷郢都。蜀守张若趁楚军主力抵御白起，又率秦军袭取巫郡与黔中郡。庄跻因寡不敌众，向西引退，无法回师，遂在滇地称王。楚丧师失地，被迫迁都于陈郢，不得不苟安一隅。忧国忧民的屈子淼淼南渡，形容枯槁，哀郢路之辽远，蹇侘傺而含戚，最后在蒙尘受辱中呵壁问天，怀石沉江，将自己的纵身一跃化作尘世另一种永恒的飞翔。公元前223年，秦将王翦率六十万大军席卷淮南淮北，斩杀楚将项燕，攻陷寿郢，俘获楚王负刍，存续达八百余年的荆楚泱泱大国，最终折戟沉沙、灰飞烟灭，只余满地没有答案的持剑求索，以及无法归去来兮的九歌回响。

在窑头，举止多少有点文雅的河流，始终阒寂无声。来不及柔肠寸断的岸石，不慌不忙地侧过身，似在寻找一些理由与勇气，给那些粗糙的安息，潦草的地址，提前打个招呼。毫无疑问的是，世上太多的事物，许多年后都将成为自己的废墟与遗址。我站在窑头这块芝焚蕙叹的沙渚原野上，心中略有戚戚，无数壮阔不羁的出发，最后剩下的，多是满目疮痍的归途。看一阵阵似曾相识的风，吹旧了无数新鲜的云朵，一汪汪从未言说的水，流走了积攒千年的灯火阑珊，许多屑小的无法命名的东西，正赶往琐碎难堪的人间。蔓草荒烟里，一簇簇活过夏商春秋的蓝色矢车菊，不断地凋零在阔身长剑的寒光里，一茬茬心事重重的庄稼，陆续倒伏在环首大刀的起落间。箭矢狂飞，战马嘶鸣，薄薄的城池处处残垣断壁，春天的桃花一片狼藉。许多的事物，一边死亡，一边生存，多少年过去，朔风大野中既无远亲，也无近邻。一些生存劫掠着另一些生存，一些死亡抵抗着另一些死亡，生与死互为起点，又互为终点。

也许，是我想多了，想久了，默不作声的船家突然情不知何起，扯起喉咙吼起了辰河高腔。声腔结实粗犷，贴了晃来晃去的水波，袭向参差嶙峋的岸石，高处沧桑訇然，低处瓷实轻粹，碎金裂玉般在水天间砉剨纠缠。我不知他脖子上青筋爆出的是驻云飞还是天开榜，只觉得这平地而起的嘶吼，挟带了太多的世事沧桑、长歌短啸与樽酒流云。河对岸的兴隆庵，传来若有若无的钟磬声，隔浦相望，丛树掩映的远近人家，拢了一屋子的雾霭岚气，风去风来，虽近在咫尺，却又迢远缥缈，无法阡陌相识。回头皆幻景，对面是何人？待船家戛然而止了高亢粗犷的圈腔点板，我递给他一支烟，说，这一嗓子高腔如法，简直可以翻了天。船家并未接腔，微涨着一张褐脸，喘了喘气，顺手接了烟，夹在耳朵上，又自顾自地点上喇叭筒，恍若吞吐浮生满舱的一苇江湖。我说，明天，得去钓鱼城看看了。船家终于张了张嘴，钓鱼的城？还包我的船吗？我说，钓鱼城很远，料想司马错当年也多半到过那儿。船家说，有多远？还能远过咱这两千两百多年的窑头？我说，那倒是，脚下的这方水土才是真正的远，远到奔走一生，都无法到达，只能可怜巴巴地魂牵梦萦。

从窑头起身，船家索性将船尾的小柴油机熄了火，突突的机帆声没了，一下子有了野渡无人舟自横的感觉，很是安静自在。小筏子顺水浮江，风徐波静，沿途水岸竹树倒映，差不多有种怀天一望，渺渺然凭虚而立的况味。船家偶尔轻浅吝啬地划了几下桨，我问，怎么划得这么轻，这么慢？船家说，怕伤了水，水也是怕疼的。我遽然一惊，心底狠狠地柔了一下，开始有点喜欢上这老汉了，细碎的江流声中，竟然有种釃酒临江、横“桨”赋诗的错觉。

二

霜降后的钓鱼山，多少有些风色萧萧。苍苍的远树倚空俯仰，近处的藩篱深红浅黄。蜿蜒叠嶂的峻岭，峰峦岌岌，鸟飞不渡，猿猱不可攀。整座山壁立千仞，环枕嘉陵江、涪江、渠江三江之口，倚天拔地，雄峙一方，形势险绝壮丽。其西南可俯瞰合州城，顺江而下往东南百余里，即是长江重镇重庆。三江汇流其下，北面的嘉陵江深不可测，遇崖则腾跃，遇石即咆哮，长年累月波涛滚滚、奔流不息。东北的渠江带着大巴山深处的秘密，绻缱曲折于华蓥山，打坐片刻后长驱直入嘉陵江。西北的涪江随着陈子昂的独怆然而涕下，把栖息已久的时间悉数交给了铁骨铮铮的钓鱼城。

钓鱼城，以山筑城，城是一座山，以城覆山，山是一座城。依山就势所建的城，有内城与外城，城中套城，城城相卫，内外固其险阻，既巧妙勾连，又隐秘隔断，城墙和城门都高悬于危崖之上，可谓丸泥封关，险峻异常，成为一座坚不可摧的“空中之城”。山与城，扼守三江水道，江石峥嵘，波光摇落，可天堑阻截，可纵兵出击，又与重庆互为犄角，攻防得天时与地利之便，自古为兵家必争之地。整座城池依山凭险筑有八座城门，即护国门、青华门、镇西门、东胜门、出奇门、奇胜门、小东门、始关门，每座城门都是凿山垒石，梯山栈谷回环往复，一夫荷戟，万夫莫前。城楼高大坚固，与跑马道相连，彼此可以快速驰援。奇门之外，凸出一巨石，其上平整，可坐十数人，至今尚存有巨人足迹，虽年代久远，然风雨不能磨蚀。相传，古时洪水泛滥，天降巨神于此垂钓嘉陵江之鱼，以解当地一方百姓饥馑。山,由此而得名“钓鱼山”,垂钓处的巨石称为钓鱼台,城筑山上,因名“钓鱼城”。峰顶有护国寺,堂殿廊庑,丰有余间,寺有一联“城号钓鱼,三江送水开巴堑;寺名护国,孤嶂飞云控蜀江”,恰到好处地描摹出了钓鱼城险绝磅礴的山川形势。想来,一座山成为一座城,也势必有着它无法确切预知的幸与不幸,不过,可以肯定的是,所有较小的事物常常都有很大的心事,有多少苦难,就有多少骄傲,有多少悲情,就有多少荣耀,有多少欢腾,就有多少寂寥。

从窑头到钓鱼城,显而易见的巴山楚水,是如此迢远漫长。在没有现代化交通工具的时代,峰际连天的蜀道之难,确乎难于上青天。当我从遍地巫风的大楚南,辗转到秦汉烟云重重的巴蜀之地,只花了差不多一天的时间,这在当年,显然是异想天开的事情。沿途高山峡谷峥嵘崔嵬,远近丛树青苍萧疏,无数的城市、村庄嵌于山涧河谷,透出天青色的娴静与从容。有风南来,却往北吹,墟烟牵惹着人的思绪,纷纷扰扰,几许锦瑟流年的眉眼盈盈,几处朝露夜晞的短歌微吟,皆在潇潇暮雨中互诉衷肠。弥山亘野的兵荒马乱中,司马错浮江伐楚,必首取巴蜀,只因蜀地沃野千里,土壤膏腴,果实所生,能无谷而饱,如此,千军万马既无粮草后顾之忧,又能顺势东向攻城略地,居高临下碾压黎民。只不过,即便司马错猛士如云、骁勇善战,三次伐楚却都未能毕其功于一役。巴山峡川险阻难进,他不得不审时度势,悬车束马而行,绝无“千里江陵一日还”的酣畅淋漓,加之秦内部“伐韩临周”的掣肘,楚地军民又大多流淌着战神蚩尤的血脉,处处绝地反击,使得整个预期大打折扣，然而他首创的大迂回、大腾挪，肯定多多少少影响过蒙古草原上一个名叫蒙哥汗的人。一千多年后，蒙哥汗挥舞着那杆苏鲁锭长枪，纵横捭阖，横扫欧亚大陆，迂回蜀地，却抱憾止步于钓鱼城前。

时间的绳索，总会勒紧一些事物，并不打算有过多的后会有期。靖康之难后，文盛武衰的北宋王朝灭亡。宋高宗被迫衣冠南渡，凭借江南的半壁江山得以苟安。1234年正月，蒙宋联合灭金，也算勉强略雪前耻。尔后，南宋草草发起“收复三京”之役，进兵中原，收复汴京、洛阳，史称“端平入洛”，试图达到据关阻河与蒙古划河而治的目的。未料，蒙古铁骑迅速南下，击退宋军，南宋王朝的北定中原终成南柯一梦，蒙宋战争由此爆发。1235年，窝阔台下令攻宋，数十万蒙军自东起淮河、西至巴蜀的战线上，对南宋发起全面进攻。端平三年(1236)十月，蒙军攻破成都，占领蜀中大部分州县，恣意劫掠一番后撤出。嘉熙四年(1240)和淳祐元年(1241)再度两破成都，大肆蹂践，民不聊生。面对北兵益炽，危如累卵的严峻形势，通晓兵略的彭大雅奉命入蜀，出任四川制置副使兼重庆知府，令郡县图险保民，抢筑重庆城，以崖为墙，力使固若金汤，同时，遣太尉都统甘闰镇守合州(今合川)，始筑钓鱼城，作为重庆屏障。1242年，抗蒙名将余玠受命于危难之际，着手竭力经营巴蜀，确定“重庆为保蜀之根本，嘉定为镇西之根本，夔门为蔽吴之根本”方略，采纳播州隐士冉琎、冉璞兄弟俩建议：“蜀口形胜之地，莫若钓鱼山，请徙诸此。若任得其人，积粟以守之，胜于十万师远矣”，采取“守点不守线，连点而成线”的策略，构建从川南到川北，规模庞大的“如臂使指，气势联络”山城寨堡，形成梯次纵深防御体系，依山筑城，恃险拒守，阻断蒙军从汉中入川蜀，东侵临安的路线，其中剑阁苦竹城、苍溪大获城、通江得汉城、金堂云顶城、南充青居城、合川钓鱼城、蓬安运山城、奉节白帝城最负盛名，被称川中“抗蒙八柱”。钓鱼城因“西通嘉定，东引夔府；上临剑阁，下负重庆”，自然为“八柱”的根本。城既筑成，又坚壁清野，将合州与石照县治所迁入城内，周边居民悉数纳入，更在城中屯兵、开垦、积粮、备战，由此拉开了钓鱼城三十六年抗战的序幕，被后人盛赞为“独钓中原”。此后，精忠报国的岳飞旧部，南宋擎天之柱孟珙出任四川宣抚使兼知夔州，又富于远见卓识地设立“藩篱三层”防线，第一层设川东涪州、万州，第二层设湘西北鼎州、澧州，第三层则设湘西南辰、靖及广西桂州一带，层层拱卫，处处牵制，倚险御敌，克难制胜。后来，蒙军攻势果然在山城防线下多次受挫，悍将汪德臣之弟汪直臣，在攻击蓬安运山城时中飞石丧命，取道川西吐蕃进攻大理的蒙军，也被击溃在大渡河畔，取得了抵御“北兵入蜀”一系列战斗的胜利。

南阳邓州王坚，为孟珙得力部将，随孟入川御敌。宝祐二年（1254），因战功卓著升任兴元府诸军都统制兼合州知州，其时，兴元都统司已移驻合州，州治也已移驻钓鱼城。王坚主持钓鱼城防务时，张珏为副将，二人深得孟珙防御攻伐精髓，率十余万军民开山采石、凭险筑垒，在城中西门之内，开掘“天池”蓄水，周回百余步，泉水汪洋，旱亦不涸，池中鱼鳖可棹舟举网。又命凿小池十三所，控井九十二眼，泉水丰沛充盈，可灌良田千余亩。城中之民，东有天涧沟，沟东北有天涧岭，春则出屯田野，以耕以耘；秋则收粮运薪，以战以守，兵精食足，同心协力。同时，又将山顶寺庙改修成兵工作坊，除了常规冷兵器，还集中工匠生产火药，铸造铁雷药弹，打造各式火器。于南北江边缓坡之上，又以巨石垒砌加筑城上至南北江边码头的一字城墙，如巨人双臂连通水军码头，重拳出击可扼控南北江面，既利水军战船停泊，囤积输送给养，又进可攻，退可守，御寇保民，进退自如。整个钓鱼城，内城与外城结合，江防要塞与山城行署兼顾、长期战守与垦田积粟并行，藏兵运兵暗道与补给通道齐备，州治县衙、东谷西市、民居公馆、水阁凉亭、亭榭园池，兵工作坊和粮食加工场地，以及暗道出口、校场、仓库、监狱等一应俱全，成为风雨飘摇的南宋王朝最后一道坚不可摧的天堑堡垒。

薄暮时分，寒风翦翦，钓鱼台旁横枝卧波的黄桷树，似乎有着飞竿钓渚的气势，烟霞起处，遒劲得恰到好处的分危落仞，仿佛直抵时光深处。我有点失神地凝望着远处怆然暗惊的涪江晚渡，以及恍里恍惚的鱼城烟雨，不由自主地打了个激灵，一夕千念，许多七捞八攘的胡思乱想飒然而至。一个人，从偏远的楚地来到同样偏远的蜀中，只为看见七百多年前的大宋子民，是如何在钓鱼城中，男人穿着大袖上衣，女人系着长裙霞帔，他们不分白天黑夜地肩挑背扛，将一块块石头砌成自己的脊梁，将一朵朵流云拧成浃背的汗滴。他们在霜天晓角处眺望，在八声甘州中谛听，他们需要升起一缕缕属于自己的炊烟，那是他们离家最近的清风明月，他们需要在自己的身体里慷慨悲歌地钻木取火，那是他们唯一可以活色生香的家园。在钓鱼城，一棵树，是另一棵树的依靠；一块石头，是另一块石头的皈依；一滴水，是另一滴水的波涛；一阵风，是另一阵风的呼啸。面对落日孤城的掳掠杀戮，面对背井离乡的手无寸铁，他们有的并不只是儿女情长，英雄气短，也不是千古江山，英雄无觅。一门忠烈的杨家将、精忠报国的岳武穆、骁勇刚烈的韩世忠、勇冠三军的辛弃疾、驰突如神的孟珙王坚、留取丹心一片的文天祥，他们在金戈铁马中纵横驰骋，在气吞山河中视死如归，他们拼死捍卫的，也许不仅仅只是一个王朝，一方疆域，更多的是这方土地上岁月静好的人们。他们需要甘之如饴地日出而作，日落而息，茶余饭后可以三五好友抚琴弈棋，秋高气爽时呼朋引伴宴饮集会，清明谷雨间踏春赏花，夜半歌声中汲泉煮茶……他们只想活得安稳自在、热气腾腾。汴梁运河边的烟柳，金陵秦淮河畔的兰舟，临安西湖的廊桥遗梦……这些令人魂牵梦萦的故国家园，是他们永远不能承受的生命之重。何处是生门，何方有出路？这需要一次当仁不让的抉择，狠狠扼住命运的咽喉，需要一次凤凰涅槃的新生，勇毅决然地摧枯拉朽。

我似乎看见款款而来的宋代女子轻摇团扇，如清风吹过菰叶水荭，一袭罗衫淡若片云，笑靥似花，眉黛如月。须臾间，满地散落的是依依杨柳，霏霏雨雪。东风夜放花千树，勾栏瓦肆觥筹交错的男人们起座喧哗，听风饮酒，簪花乘马，读一卷诗书挂一幅画，大街小巷熙来攘往的是织金短衫、销金大袖，待到宝马雕车香满路时，但见箫声动，玉壶光转，一夜鱼龙舞……那是何等的风雅繁华，何等的逍遥物外。然而，生于忧患，死于安乐，面对金国与蒙元的轮番攻击，大宋的悲情会如何演绎？“梦幻东京”与“临安梦华”将怎样告别？一个王朝并不荣耀的开端，又会怎样伏脉千里悲壮结局？这其间的波诡云谲、是非曲直，或许吹过春秋战国秦两汉的风知道，流过三国两晋南北朝的水知道。只是，墙头马上，前度刘郎，锦帆未落，干戈又起，远离朝廷的钓鱼城军民又怎会知道？也许，他们根本就不需要知道。他们唯一需要知道的是，寸寸山河寸寸金，御侮折冲流尽最后一滴血，只为家园的每一块泥土都芬芳，每一茬庄稼都茂盛，每一块石头都沸腾，每一缕炊烟都照常升起。

三

绍兴三十二年（1162）的春天，临安烟雨迷蒙宋高宗赵构回想自己数十年的狼狈南逃，从应天府到扬州，从扬州经镇江到杭州，从越州到明州、定海，从漂泊海上再到温州。金兵南撤后，从绍兴到临安，直到最后将临安定为自己的“行在”。一个无底线的“逃”字，成了他帝王人生唯一的关键词。强悍凶残的金人，一直是他挥之不去的梦魇，他害怕他们刀枪林立的杀伐之气，他惊恐他们肆无忌惮的掳掠暴戾，即便岳家军郾城大捷，有望收复中原时，为苟且求和，赵构不惜连发十二道金牌，召回激战于朱仙镇的岳飞，使得十年之功，废于一旦，继而绍兴和议，苟全性命于乱世，纳贡称臣，醉生梦死，而后又以“莫须有”罪名杀掉岳飞、岳云及部将张宪，以示卑躬屈膝、偷安一时的诚心。天下嚣嚣，内忧外患，高鸟未尽，良弓先折，敌国未破，谋臣先亡，自此，良将劲弩锋锐尽失，信臣精卒利兵不再，临渊自损，内卷不止，何其悲哉？此时，天空飘着些微云，地上吹着些微风，宋高宗决意抛弃父兄被掳、国土沦丧的国仇家恨，还有那浴血奋战的万千军民。他深感自己的皇帝身份，实在是投降、逃跑的累赘，倒不如退位做个太上皇，既不用为国事殚精竭虑，又能闭门酣歌，可以西湖歌舞不休，直把杭州作汴州，特别是金兵来攻时，大可一走了之，毫无顾忌，于是下诏退位。太子赵昚即位，是为开启“乾淳之治”的宋孝宗。

宋代的文明与富庶超出人们的想象，火药、指南针、印刷术、纸币、垂线纺织，瓷器工艺都得到相当程度的运用，苏颂的水运仪象台、李诫的《营造法式》、沈括的《梦溪笔谈》、秦九韶的《数书九章》、航海造船的水密隔舱等科技兴盛无可匹敌，而文化鼎盛诚如陈寅恪先生所言“华夏民族之文化，历数千载之演进，造极于赵宋之世”。然而，诸多外患蹂躏，一直萎靡不振，摇摇欲坠，恰如精致莹润的宋瓷无处安放，虽则美轮美奂，却又随时可能碎为齑粉，总是让人忧心忡忡，提心吊胆。

宋高宗不会知道，就在他决定退位的这个春天，在遥远的漠北草原，在白山黑水的斡难河边，苍鹰悬翅于云霄，阳光清新而热烈，成群结队的牛羊，追逐着绿茵茵的芳草，草间各种红蓝淡紫的花儿竞相绽放，枝繁叶茂的杨树与桦树铺陈出某种肃穆的威仪。金色的云朵正在盛大地飘临，斡难河右岸的斡儿朵内，乞颜部首领也速该抢来的妻子诃额仑大汗淋漓，鼻翼一张一翕，眉毛拧成一团，她声嘶力竭痛苦地叫喊着。很快，汹涌起伏的草甸上，一个婴儿手握髀石血块降生，这是改变蒙古草原，改变南宋王朝，也是改变世界历史进程的一件大事。这个婴儿就是后来所向无敌的战神铁木真，披坚执锐，威风凛凛，用战马的铁蹄丈量自己江山的成吉思汗。

一个南国的皇帝，在温柔富贵之乡懦弱退位；一只北国的雄鹰，在漠北草原深处开始展翅翱翔。大漠长空，战马嘶鸣，当蒙古铁骑踏破了整个中原后，成吉思汗开始调转马头，向着太阳落山的地方飞奔，向西，向西，再向西。九脚白旄旗猎猎飞扬，如风的铁蹄，一路碾过亚细亚大陆，驰骋广袤的欧罗巴。苏鲁锭长枪刺穿了一个又一个王国，马蹄硝烟处，花剌子模、撒马尔罕、昔格纳黑、玉龙杰赤、斡罗斯、巴米扬、呼罗珊，没途撒落的地名如同天上的星星。这位长生天护佑的战神，从茫茫草原纵马而来，以雷霆万钧之势，吞吐七百二十个部族，四十个国家，建立起东起太平洋和白令海峡，西到中欧多瑙河流域，北到北冰洋，南到印度半岛，人类有史以来空前庞大的草原帝国。一切的爆发都有片刻的宁静，一切的死亡都有冗长的回声。宋理宗宝庆三年（1227），这个用马鞭抽打大半个地球的人，亲征西夏时围猎受伤，在六盘山上用尽最后的气力，面向长生天做了最后的祷告，夕阳西下时，雄鹰坠地，一代天骄，再也没有醒来。路尽之后仍会有路，风停过后还是有风。他的第三个儿子窝阔台即汗位后，继续西征和南下中原，第二次西征以成吉思汗之孙拔都为统帅，大将速不台辅佐，窝阔台长子贵由和托雷长子蒙哥等从征，各支宗室均以长子统率军队，故又称“长子西征”。历时七年的“长子西征”，十五万蒙军势如破竹，先征服俄罗斯，旋即击败波兰日耳曼联军，又大破匈牙利军队，攻入塞尔维亚、保加利亚、波希米亚、奥地利首都维也纳近郊……控制了从第聂伯河到奥得河，从波罗的海到多瑙河，差不多整个东欧和中欧的大部分地区。雄鹰飞翔之处皆是王土，骏马奔腾之地都是汗国。他们到来，他们征服，他们劫掠，他们屠戮，他们摧毁，他们离开。绵延不断的雪岭，广袤无际的荒原，风沙漫天的沙漠，苍翠欲滴的草原，阳光照耀的城堡，血与火中，他们以最激烈的方式改变着它们的模样，改变着危机重重的历史和事实，也改变着人们习以为常的天命观和大千世界的格局。1242 年，窝阔台大汗暴毙，蒙古大军狂风暴雨般袭来，又风驰电掣般撤走。陷入绝境的欧洲，从一场噩梦中突然醒来，匹马入秋的文明，侥幸躲过一场突如其来的浩劫，整个世界为之惊悚、战栗、庆幸。

1240 年初冬，静静的第聂伯河躺在深暗色的河床中，黎明前的薄雾缓缓升起来，河水泛出模糊的波光。这是一条美丽、庄严的河流，河岸林中散露出朴素精巧的小木屋，有的棕色、有的蓝色、甚至还有的是红色。夕阳西下，暮色笼罩时，晚归的人们坐在炉边烤火，忠诚的猎犬蜷伏脚下，一家人喝着伏特加，吃着热气腾腾的饭菜，哼着欢快悠扬的风情民歌，恬静而安逸。成堆的夜色，皎洁的月光，此时，最不擅长微笑的蒙哥头戴尖顶金盔，身着铁扎圈甲，在第聂伯河东岸，看河水泛起银色的涟漪，他在静静地等待，等待着数九寒冬河面的封冻，以便他的千军万马横跨渡河，直赴对岸的基辅。几年来，他与拔都、贵由西征欧洲的不里阿耳、钦察、斡罗思等地，已经屡立战功，在伏尔加河到里海的入海口附近小岛上，活捉并腰斩了钦察首领八赤蛮，里海及外高加索山以北诸部悉数镇服。只是，他需要太多的战无不胜与所向披靡，需要太多的财富疆域与功勋战绩，他没有停止战马的铁蹄，他要金鼓连天，成为一叶嵯峨的神迹，他要浩荡奔驰，活成别人害怕的样子。基辅，是第聂伯河上的一座“帝王之城”，被誉为“罗斯众城之母”，那里有圣索菲亚大教堂、弗拉基米尔大公大教堂等辉煌的建筑，春天有蓊郁的树木，缤纷的花卉，冬日有厚厚的积雪，灿烂的晚霞。不可一世的蒙哥生性沉默寡言，喜欢围场打猎，现在，基辅是他最好的猎物，绝对不会放过。很快，攻城开始，巨大的抛石机和火药发射器，将铺天盖地的石块与火药投进了基辅城，巨大的撞城锤轰隆隆地撞破了城门。12 月 7 日，基辅全线沦陷，蒙军照例开始大规模的劫掠与屠戮，整个城内血流成河，遗骸遍地，空气中布满了浓烈的血腥味道，基辅罗斯公国被彻底摧毁。

十年之后(1251)，雄姿英发的蒙哥扫清种种障碍，在斡难河与克鲁伦河河源地的忽里勒台大会上，登上汗位，重新恢复颁行《大扎撒令》，成为继成吉思汗之后蒙古帝国最杰出的统治者。此时的蒙哥，向着那至高至圣的长生天，饮尽那九十九匹白马的鲜乳，扶摇起俯仰天地的翅膀，将非凡的谕旨，赐予阳光能够到达的任何地方……蒙哥汗铁胆雄心，他需要继续孔武有力、独步天下，建立起一个比爷爷成吉思汗疆域更加宽广的帝国，因此，一边派其弟旭烈兀继续西征，自己则亲率主力全力攻宋。风吹过很多的年代，吹黄了沙漠，吹绿了草原，吹长了溪流，吹软了河床，也吹散了所有事物的影子。令蒙哥汗万万没有想到的是，这一阵风会突然在某一天，吹在自己的身上，桀骜一生的出处再也无法瀚海苍云，风度翩翩。1259年仲夏的一天，这位骁勇善战、叱咤风云的“上帝之鞭”被折断在小小的钓鱼城。貌似弹丸之地的钓鱼城，没承想竟会成为自己最后的“落凤坡”，这令蒙哥汗百思不解，至死难以瞑目，唯留下一纸“若克此城，当赭城剖赤，而尽诛之”的遗诏。

四

开庆元年(1259)的春天，比往年来得有点迟。惊蛰隐隐的雷声倾覆在钓鱼城的悬崖、城墙与垛口之上。春寒料峭，人们脚步匆匆，神色严峻，跑马道上有序满堆着滚木、擂石，“九口锅”的兵工器械所，士兵们在连夜赶制火器，范家堰衙署内灯火通明，守将王坚执剑踱步，双唇轻抿，目光如炬，仿佛穿透了整个夜空，张珏等众将士分立两旁，一张张棱角分明的脸上，似乎承载着南宋王朝最后的隐忍与顽强。此时，含烟带月的嘉陵江，江风阵阵，波涛翻滚，平素柔波软浪中的百舸千帆早已悄然隐去，剩下的，将是满江的风雨雷电与战火硝烟。而王坚与他的将士们根本不会料到，一只东方钓鱼城的蝴蝶扇扇翅膀，也会引发一场地中海边的山呼海啸，丝毫不亚于后来亚马逊河旁的那一只。此时，他们即将进行的将是一场艰苦卓绝，冥冥中改变世界命运的保卫战。

1258年夏，燠热的风从漠北吹过来，每一片树叶都在风中似乎孪生着两种命运：要么生，要么死。这是一个狂热的季节，并不需要过多的理解与分析。虫蚁在尘埃里奔来奔去，空气中弥漫着吞噬一切的恐怖。这一年，蒙哥汗兵分三路伐宋，迂回包抄，试图一举灭宋。西路，蒙哥亲率主力军从六盘山南下，由陕入川，意在打通夔门，东出三峡，顺江东下，与司马错当年"浮江伐楚"如出一辙；南路，云南的兀良合台军实施"斡腹之谋"，从大理、交趾北上，经贵州向南宋腹地潭州（今长沙）进攻。东路，忽必烈军经河南信阳出义阳三关，经江汉平原，重点夺取襄阳和鄂州。蒙哥汗计划夺取整个四川后东进，与兀良合台军在潭州会合，进而一起与东路军会师鄂州，然后，沿长江顺势直捣建康与都城临安。很快，蒙哥汗兵锋所指，号称"抗蒙八柱"的大获城、运山城、青居城、大良城等相继失守，仅剩孤零零的钓鱼城面对来势汹涌的蒙军。

次年二月初，蒙哥汗十万大军抵达钓鱼城下，设御营于城东石子山，隔天涧沟与钓鱼城瞪目相望。蒙军里三层外三层迅速将钓鱼城围得铁桶般，蒙哥汗派人前往城中招降，结果被王坚痛骂，并当众将其斩首于校马场，泣血誓师：彼蒙古者，纵兵南下，侵我疆土；攻川陕，掠荆襄，无城不屠，血染河殇，骨露荒野；攻掠之处，已无整土，屠灭之地，再无完族。其所欲图者，天下也，非国家也，所欲杀者，万民也，非一姓也。此诚危急存亡之秋，吾辈当杀身成仁、舍生取义、誓死以抗，保家卫国！

黑云压城，天空晦暗阴沉。蒙哥汗被彻底激怒，数百架抛石机轰击城墙，数万弓箭手强弩压制城头，如蚁的步兵携带云梯杀声震天，蒙军猛攻钓鱼城外城，并占领一字城。但随后的进攻却遭到钓鱼城军民的猛烈反击，雨点般的飞箭、滚石将蒙军一堆堆砸落在城墙之下，百姓们昼夜不间断地挑着担子，把"九口锅"刚造出来的火药、弹石、箭矢源源不断地送达城墙守军。钓鱼城中，无论是兴戎司的老兵,合州城的乡勇,川西川北的难民,还是本地避乱的百姓,只要一息尚存,悉数投入战斗,协力战守,无一人面露怯色。他们有的铁甲钢刀,有的斧锉锄耙,无论是文质彬彬的生童先生，还是目不识丁的乡野村夫，城中每一个人都成了不可忽视的力量，使之云梯不可接，炮矢不可近。蒙军的数十次进攻均被击退，悍将汪德臣也被飞矢击中，吐血而亡。宋理宗下诏嘉奖王坚“婴城固守,百战弥坚,节义为全蜀山城之冠”。这令素来骄横跋扈的蒙哥汗更是狂怒不已：小小钓鱼城竟敢螳臂当车，今誓必摧毁并屠城!然而,再强大的力量也有它所不能到达的地方。从春天到夏天,六个月过去了,宋军据险坚守,宁死不屈。蒙哥汗久攻不下,心急如焚。战事陷入僵持与胶着状态。这,对于宋军来说,胶着就是胜利,而对于蒙军来说,僵持即是失败,对于身经百战的蒙哥汗来说，更是从未遭遇过的奇耻大辱。蒙哥汗，无论是猛攻还是奇袭，都无法越钓鱼城雷池半步，于是命兵士在与钓鱼城新东门相峙的脑顶坪上,筑起台楼,楼上连接桅杆,上有飞车,人在里面可以窥视钓鱼城内的一举一动。焦躁盛怒、急于取胜的蒙哥汗亲临脑顶坪台楼瞭望、指挥,早有防备的王坚“知其计,置于其所”,用炮矢密集轰击台楼,蒙哥汗猝不及防,被突如其来的炮矢击中,身负重伤,班师至愁军山。时值天气炎热,加之瘴疾时作,蒙军久攻不下,死伤惨重,士气陷入低落。1259 年 8 月 11 日,蒙哥汗于金剑山温汤峡不治而崩，故乡不罕儿山下，那些绿茸茸的离离原上之草,乳汁般的清清河水,银子般的茸茸白云,成了他最后永远也无法抵达的远方。

与此同时，远在千万里之外的旭烈兀，奉蒙哥汗之命西征，已近抵两河流域，途经阿力麻里、撒马尔罕，渡过阿姆河，平定木剌夷国；攻陷巴格达，灭阿拔斯王朝；兵进叙利亚，直抵大马士革，亡阿尤布王朝，在攻占了今伊朗、伊拉克及叙利亚等阿拉伯半岛大片土地后，正厉兵秣马进军埃及与西奈半岛，那里的马木留克王朝将是下一个被抹去的目标。在此之后，旭烈兀准备直入欧洲，去摧毁基督文明的核心地带……旭烈兀的征伐震撼了整个西方世界，以致教皇亚历山大四世在其训令中，不得不呼吁所有基督教国家共同抗敌："我们必须采取有远见的行动，抵抗日渐迫近显然要降临的危险……"然而，没有人相信能打败这支被惊呼为上帝"罚罪之鞭"的军队。更没有人料想到，历史却会在这个时刻突然来了一个重大逆转。孤城擎天，铁骑断鞭，钓鱼城"折断了上帝的雷霆之鞭"，一记炮火改写了整个欧亚与世界的历史。

旭烈兀得知兄长蒙哥汗死讯后，不得不停止西征，折返东归。惊魂未定的埃及与欧洲文明，似乎幸运地得到了上苍的祝福，以一种自己都难以置信的方式受到庇护，躲过了"上帝之鞭"的再次鞭笞。一个月后，忽必烈终止了对鄂州的围攻，主动后撤，无功遽返，已经进至潭州城下的兀良合台军也不得不横渡长江北返，岌岌可危的南宋国祚得以再次延续整整二十年。

蒙古大军的西征，历来被西方史学家们认为，是上帝派来惩罚欧洲的，因此钓鱼城被称为"上帝折鞭处"，而"东方麦加城"，则因钓鱼城之战扭转乾坤，风帘翠幕的南宋王朝，虽再也无法笑语盈盈，却依然在灯火阑珊处蓦然回首，这与穆罕默德拿下麦加城，结束阿拉伯半岛的长期混乱有着惊绝的异曲同工之处。钓鱼城，成为时间痉挛中一个威穆显赫的名字，郑重其事，高不可攀。而人们又以这样一种虔诚命名的方式，来顶礼一座城池的无可比拟，既恰如其分，又实至名归。

景定五年(1264)，屡败蒙军的王坚因受擅权误国的贾似道疑忌，郁愤而卒。魁雄有谋的张珏继治合州，外以兵护耕，内教民垦田积粟，士卒必练，器械必精，赏罚严明，人人都听命于他。忽必烈再攻南宋时，虽连营对垒围攻甚急，张珏依然能出奇制胜，或击却之、或掩袭之，斩获累捷。张珏之后，王立为最后一任守将，登高履险，驰射如飞，益严守备，兵民相为腹心，在多年的宋蒙之战中同样屡立战功。祥兴二年(1279)三月，崖山海战失败，陆秀夫背负幼帝蹈海殉国，命途多舛的南宋王朝，咽完最后一口气，彻底崩塌于哈拉和林的弯刀铁蹄之下。“气敌万人将，独在天一隅”，钓鱼城已然成为南宋困守的最后一座孤城。眼看朝廷不在，整个合州连续两年大旱，粮食颗粒无收，军民粮草不继，人们差不多到了易子而食的地步，王坚愁蹙无计，咯血纠结，踌躇再三，决定舍一人名节，活一城军民，最终在熊耳夫人的协助下，获得元世祖忽必烈之旨“鱼城既降，可赦其罪，诸军毋得擅便杀掠，宜与秋毫无犯”，以不杀城中一民、不降旗、不缴械、不改县治为条件，方开门献城。至此，这座旷日持久的城堡，从 1243 年到 1279 年，“独钓中原”三十六年，历经大小战斗 200 余次，始终屹立不倒，创造了殊死抵抗、以少胜多，堪比后世滑铁卢之战、葛底斯堡战役的罕见战争奇迹，且最终全身而退，赢得了自己血铸的荣耀与尊严。

五

波光云影的嘉陵江水，默默地收养着沿途的城市、村庄，一些人乘舟，一些人登岸，百舸千帆的春秋来信，枕戈待旦的扑朔迷离，每个人只需轻轻一瞥，熙来攘往的时间仿佛就可以突然凝住，山有山的皴法，水有水的勾勒，挑灯入夜，隔着茫茫人世，一溪绿，一帆轻，一崖石，一身孤，从黑夜里看见白天，每一瓣云朵都无法计量，难以释怀。

落叶萧萧，人也萧萧。驻足在钓鱼山上，经典的茂林修竹，威仪的关寨门楼，静默的溪涧峡滩，清泠泠的池潭瀑布，透出江山不用起稿的壮丽与从容；红莲蓝藻、紫藤青松、香樟木槿、橘柚芙蓉，彼此俯耳隔夜风絮的晴柔；护国寺里的山河袈裟，悬空睡佛的一卧千年，三圣岩上的荡胸层云，古洞流泉的天籁潺湲，诉说着山高水长的沧海桑田。站在护国门前的城楼上，我轻抚着青苔如衣的城墙，看远处的嘉陵萦带，近处的水落石出，并不担心自己的尘间羁旅，会落在某个将至未至的故事后面。

护国门拔地而起。厚重的城门并未完全洞开，一个衣袂飘飘的女孩逆着光，突然纤腰微步款款而至，依在大门的铺首前，黛眉轻扬，睫毛忽闪，一颦一笑间透出无尽的澄澈与清妩。女孩与同伴巧笑倩兮地拍照，在光与影中缦立远视，相顾欣然。恍惚间，我似乎看到了七百多年前，在这座城池的最后时刻，那个被称作熊耳夫人的女孩，纤纤玉手同样轻抚这扇事关生死的大门。这个通州潞县的女孩，不知道到底是姓李，还是姓宗，她甚至可怜得都没有了自己的名字，只因曾担任泸州守将的蒙古千户熊耳是她丈夫，后人才称她为熊耳夫人。王立率军攻取泸州，熊耳阵亡，女孩谎称姓王，被俘获至钓鱼城，成为王的义妹。没有人知道她长成什么模样，但我想，如果不是战争，她完全可以拥有一个烂漫得像星星般的名字，出落成一汪无拘无束的月光，眼睛有着春日卯时雨水的明亮。我不知道，她是怎样成了蒙将熊耳的夫人，又怎样面对杀夫的宋将王坚，只知道，她与离乱的人们一道，暮色里总会弥漫出一种投奔死亡的模样，悲戚而又绝望。在无法虚构的烽火硝烟中，死亡，毫无例外都会成为每个人最终的遗产。这个女孩，想要的其实并不多，她只想简单纯粹地活下去，没有什么比活着更能创造奇迹。她只想在鸡零狗碎之外，能焚香一炷、点茶一盏，插花在瓶，挂画于室，早晨起来能化着檀晕妆或笑或嗔，薄暮能倚石听琴目送归鸿。她需要与一朵蔷薇两树桃花对视，需要与一泓春水半亩秋田做伴。夜光粼粼，当钓鱼城的十万军民惶惶汲汲，危如累卵釜鱼时，这个女孩同样心急如焚，见王立日夜蹙忧而告之：卿本姓李，今西川行枢密院副使兼王相李德辉乃吾兄，若知安抚待我恩礼，必尽心上间，亲来救此一城黎民。于是，女孩做绣花鞋一双，藏书其中，星火夜驰。李德辉见鞋如见人，意外惊喜之余，上奏请旨，竭力斡旋，尔后，这个令蒙哥汗殒命之地，得以"秋毫无犯"地和平归顺，黔黎老稚各复其业，烟火生计各得其所，实在殊为难得。

护国寺药师殿天井边的古桂树，据说八百多年了，依然古朴苍劲，绿意婆娑，只是树旁临池梳妆的那个女孩，七百多年后梧桐秋雨，依旧凄惨冷戚，伤痕累累。不同的江山，相同的美人，是如鱼抱水相约此生，还是十万法门灰身愳进？是弱水三千只取一瓢，还是飞花流萤独苟一身？是倾国倾城的红颜祸水，还是大慈大悲的救世观音？西湖桥断，秦淮河浅，芸芸众生里，那么多无法表述的惊鸿一瞥，白云苍狗，城阙呜咽，那么多干戈寥落的烽烟英雄，谁又能将一生的穿戴，千百年后还能苍茫得如此体面整齐？我看着眼前那个拍照的女孩，揣度着七百多年前的另一个女孩，一些流云在我的眼帘涌来涌去，随风而起的歌子，从遥远的天际传来，既带着马头琴笼盖四野的辽阔，又携着江南丝竹精致的余韵，繁弦急管，嘈嘈切切，仿佛在痛惜撒落人间的另一个自己。向晚的暮色中，两个女孩隔着年代策马并肩，一个娉婷入世，一个似水柔情，至于陌生的细雨如何霏霏，驳杂的众说如何纷纭，与此时彼刻的她们，想来，并无多大关系。

顺着花草树木欠身让出的山径，我从护国门下到南水军码头，沿途是暮色上滑落的各种记忆与气息，凝重而又湿滑。码头上并没有什么人，显出有点不合时宜的寂寥与深邃。再次回望钓鱼山，这座惊心动魄的石头城，依然危峰峭峙，三水穿腾。山高峡深，滩险礁多，江窄浪急，这与我天天凝望的沅江相差无几。凑巧的是，码头边，一只舢板船上，竟也蹲着位精瘦的老人，满脸的皱纹如城墙石头的裂痕，粗糙的老茧像是甲胄裹身。我问老人高寿，老人说快七十了。我说我来自湘西的沅水边，老人说晓得，那也是一条大水。我说沅水过去也凶险得很，撑船、放排、拉纤都得喊吼天吼地的号子。老人一听号子就两眼放光，哦嗬哦嗬地来了劲。一时间，嘶哑雄浑的川江号子闷雷般贴着地皮碾过来：夔府开头把梢出，臭堰溪摆的八阵图……巫山有个箜望沱，喊不得号子打不得锣……我憨腔憨调地应和：吆莫嗬！嗨！吆莫嗬！嗨！……待面红耳赤喘完最后一口粗气，我突然有些明白：喊惯了号子、唱溜了高腔的人，一生都在与狭路相逢的命运搏斗抗争，一副硬骨头就是摧不毁的铠甲，一声嘶吼就是无法被占领的疆场。为何，司马错浮江伐楚未达预期；为何，蒙哥汗会最后魂断钓鱼城，这，才是绝望中的天籁，风云独钓的秘密，无法屈服的基因。因为，灵魂的力量，比任何的命运都强大崔巍。

没有确凿的开始，也没有正式的道别，须弥藏芥子，芥子纳须弥，世间所有的安排，都有它背影自带的光芒。投宿于某个时代的命运，本来，一生只要短短的山水一程，未想，微渺的一程却捎带了整个漫长的一生。这，让我迷糊，继而清醒了大半个早晨。从钓鱼城再次回到窑头，舒溪口的船家仍是叼了那袋似乎从未熄灭过的旱烟，闷声问，钓鱼的城，咋样？我说，确确实实，千钧一钓，一钓千钧。船家说，看看照片。我递过手机，船家眯缝着眼，挤出一道追风逐浪的光，半晌，说，这地方硬邦！不过，人心更硬邦！临了，突然又问，怎么就没见你坐着照张相？我一时懵了，船家咽了咽唾沫，接着说，晓得了，不只是水，其实石头也是怕疼的，你怕坐痛了这些石头。

云在青天，水在脚边，的确，能把日子拉扯得又老又长的，往往不是恰到好处的风，而是那些从未远离的疼痛，而这，正是无数的时代、无数的事物，需要在过去与现在之间徘徊，在战争与和平之间抗争，在死亡与平静之间救赎，在理想与现实之间平衡。置身风雨，遇见与冲撞，征服与拥有，失去与痛楚，死亡与重生，天道人事，蝉联往复，每一个息息相关的词，或凄美，或悲壮，都带着时间的意义，成为彼此含融、彼此存在的理由。

万物皆有小史，往往，细小的事物都会有意想不到的历史，如同胡须的去留关乎克里米亚战争，手套的历史关乎神圣罗马帝国一样，窑头的一棵树，钓鱼城的一块石头，司马错的灵机一动，蒙哥汗的登楼瞭望，彼此隔着千年的时空，看似毫不相干，却又有无同出，处处关联。事关余生的要义，我面向重逢的船家默默致意，茫茫的天地，茫茫的日子，茫茫的事物，茫茫的人群，我们途经这个落子无悔的世界，挥一挥衣袖，相互唏嘘一场微不足道的光临，来时悄悄，去时默默。或许，因为疼得太长，痛得太久，山河需要无恙，云淡只因风轻。船家直起腰，双手扶住桨，仿佛扶起一段相濡以沫的水声。我跳下船，轻手轻脚，生怕踩疼了太多事物的前世今生。船家向我拱了拱手，我也拱了拱，似在相互拜请，照顾好这个云起云落的人间，以及人间之外无数的事情。那一刻，并非倚马可待的日子，虽然陌生，却早已熟悉，偌大的水域，一下子风烟俱净，天清地宁，举世安然。

第四辑　人间春秋

一些雨点，突然落下来，一退再退的旧时光开始纷纷喊痒、喊疼，熟悉的年份，众多的男女，走过的路，喝下的酒，仰天的笑，悲怆的泪，该来的，在路上，不问黍离与麦秀，该去的，未见青梅，亦不曾竹马，大凡约定了的，多半皆有归期。身在万物之中，心在万物之上，我禁不住默神良久。江流、郡邑、山色、燕浦，似乎正从遥远处而来，又欲回到遥远处去。抬头弥望，眼见烟云散尽，剩下的天空，颇为娴熟的远方，一派苍茫寥廓。

瓦乡人家

一

比早晨还早的时候，我醒了，醒在荔溪乡的光明村里，醒在一些事物的后面。

光明村，安静而又寂寥。温婉嫩黄的晨光中，一条小小的溪，若隐若现地从村边曲折有致地潺过。溪边，有一株或一簇河柳与乌柏树，墨绿的叶片上，栖息着慵懒的风、麻溜溜的鸟儿和灰扑扑的往事。沿溪散落着一些“两手推车式”的吊脚木屋或瓷砖贴面的新式砖房。村庄并不热闹。一阵山风从村头吹进来，村尾便有了几丝燠热散尽的凉快。一棵上了年纪的歪脖子榆树，覆满了青苔藓衣。树下，有母鸡带着一群黄绒绒的小鸡仔，闲闲的在地上觅食，偶尔不甘寂寞地咕咕几声，浅唱低吟似的，呼朋引伴。几只公鸡，心高气傲站在屋前的柴火或草垛上，仰起脖子，迎着天空渐渐瓦蓝的光，慷慨激昂地吆喝几嗓子，意气扬扬得颇有点“君临天下、妻妾成群”的派头。

村庄半天见不着人影。待到太阳升得老高老高了，从堂屋没有光泽、暗淡得使人心慌的旧方桌旁，会有一个或两个老人，放下旱烟袋，慢腾腾，晃悠悠地蹒跚起身出门，佝偻着腰身，在田边地头，东瞧瞧，西望望，彼此咿咿唔唔地打着招呼，如同青菜雀的啼啭一样，外人永远无法知晓他们在说什么，想什么。你远远地望着，就像看着一张老照片，只能怀想，无法抵达。他们经历的事儿稠，满脸的皱纹，都像是庄稼地里的茎秆枯藤精雕细刻出来的。周身的草腥味里，还带点古色古香的味道。他们喜欢这块土地，依赖这块土地，最后还会将自己埋葬于这块土地。每一块半生半熟的黄土，都埋藏着年复一年猪狗牛羊的骸骨，尘封着祖先星星点点光耀门庭的梦。没有谁能比土地更了解他们的心事，也没有谁能比他们更了解土地的秘密。他们安静在这块土地，这个村落，安静在他们自己隐匿的世界中，一动不动。

村子的老屋，倒有点特别，甚至有点特别的一动不动。多少年过去，它们仍旧多为五柱式六封五间或四封三间。中间是宽敞明亮的堂屋，当面没有门槛，没有壁板与门扇，平平整整的，穿堂而过的风，可以很熨帖很亲切地来往去留。堂屋正中的壁板，上了桐油，装有神龛。神龛做得古朴虔诚，大都用简约的木雕框了边，框底横出一块面板，做香案。神龛上照例写着“天地君亲师”或“历代祖先之位”，旁有对联，大抵是“金鼎呈祥香结彩，银台报喜烛生花”“愿国四时调玉烛，祈家千载绍书香”之类的吉言兆语。有的还当庭供奉着私家土地神，于信仰的肃穆中，深藏着一些我们不知道的秘密。神龛背后往往留有一间小屋，双门洞开，做灶房。每家每户的烟囱，青炯炯的，像眼神，灵性，庄严。一个村庄的炊烟，往往是从神龛背后升起来的，初升时纹丝不乱，离房三五尺，则青花素简般袅然。村子许多随风鼓胀的心事,不急不躁,自然而然,融入疏朗辽远的天际。堂屋两边的房间,是日常起居生活的地方。厢房的吊脚楼,楼上多为客房,楼下放置农具杂物,也有辟为猪栏牲圈的。天地人畜合一,显出繁衍的公平,生命的对等,既让人觉得不可思议,又心平气和地觉得:一个村庄,若是没有了鸡飞狗跳,牛哞羊咩,炊烟袅袅,那是无法想象的;一个村庄,若是没有了老屋老树、老井老人,没有了一条隐秘的河流穿过众生的身体,同样也是不可想象的。也许,唯有这样,一动不动,不知去向,才是生活中合乎情理、止于遥远的道法自然。

二

光明村,其实是特别的。特别的,不仅仅是这个地方,而是这个地方的人,这个地方的人说的话,做的事儿。

如果不是因为同事张良生,我是不会知道光明村的。如果张良生不是光明村人,我是不会来到这个颇有神秘感的瓦乡村寨,一住几天的。

往荔溪,经白岩,过池坪,复趋坳坪。山重水复中有潺溪缓流。两山峡峙间,有一处小小的豁口,差不多是“初极狭,才通人”。若无熟悉本地山光水色的人指引,外人很难想象里面竟然会有一处古拙青朴的村落。

豁口有一条新修的水泥路,颇窄,向大山深处蜿蜒约千余米,路随溪走,斗折蛇行,一袋烟工夫,渐呈豁然开朗之势。稍前行,一大片“良田美池桑竹之属”毫无道理地撞过来,让人惊悸得目不暇接。这让我想到“渔钓于一壑,则万物不奸其志;栖迟于一丘,则天下不易其乐”,以及初唐诗人王勃的对句“一丘一壑,同阮籍于西山;一啸一歌,列嵇康于北面”。纵情山水,唯丘壑独存,其心其志,非“竹西佳处”可堪比论。不远处,仰面一矗高山,名八面山,山势巍峨,雄劲霸道。茂林修竹,随处可拾。立山巅,临流远眺,风清气朗时,能看到六十公里开外的县城。俯瞰整个村子,四百余户人家,木屋瓦房居多,间杂有新起的欧式风格砖屋,别墅似的,格外显眼。那多是在外务工的年轻人挣了大钱后留在家乡的佐证。

光明村的青瓦木屋沿山脚次第铺陈开来,有点鳞次栉比。从屋脊到屋檐的小青瓦,整整齐齐,浩浩荡荡,雨季来临时,总能冲洗出乡村许多独具神韵的往事。一些瓦屋长着“瓦松”(瓦松,又名天蓬草、瓦莲草,能清热解毒),绿色精灵般站在村庄的高处,听风观雨,将满村子的鸡毛蒜皮、浮云苍狗,一丝不苟的收藏、舒展、晾晒。

在光明村,人一辈子要做三件大事:起工架码竖屋、盘儿撂女娶媳妇,养老送终上灵山。这三件事儿,如果做圆泛了,那就是村里的角色,好角色,狠角色,大拇指翻腰,厉害得很。

先前,因为八面山上的树木多,老辈子人起屋,当然都是起宽大气派的木屋,从用料到用工,从锯匠到木匠,从排扇到上梁,程序利市,讲究得很。

单单瓦乡人家的上梁,就有许多的板眼。上梁,上起的不仅仅是屋梁,更是一家人做人的根本,做事的信仰,以及未来日子的念想。古话说，上梁不正下梁歪。所以，梁木的选用，多为粗直的梓木或椿树（也有用杉木的），此等木材，质地致密，纹理细美，不易变形，不易腐朽且白蚁也不蛀食。

砍梁树，一般都在上梁的前一个月进行。掌墨师傅在一番神情肃穆的掐算之后，选定良辰吉时，然后，带上爆竹、香纸、开啼的鸡公，上山敬神、砍伐。梁木砍后刨方，用木马或三角柱架架在僻静处阴干，上梁前一天凿孔（在梁木朝下一方的正中心凿出一个长、宽、深均为一寸的四方形小孔，木匠行话叫“放粮口”）用来放茶叶、粮米、金银。茶叶寓意青白，以防邪气；粮米寓意丰衣足食；金银寓意荣华富贵。师傅一边放一边虔诚有致地念诵：“是金是银，放入粮升；当家作主，振兴乾坤！”随后，烙画阴阳八卦太极图，镇宅避邪，解煞正气。

“祭梁”时，东家燃放起爆竹，噼里啪啦地炸出大半辈子满心的欢悦。掌墨师傅在火药幽微的熏呛中，将一块四四方方的七彩布正中心对准“放粮口”，先把左右两个布角，用铜钱压住，用铁钉将铜钱牢牢钉在梁木上，然后将另两个布角包住梁木，在“放粮口”背后一面用铜钱压住钉牢。一切就绪，开始念念有词地请来地脉龙神、鲁班师祖。随着庖丁解牛般的哧溜一声，师傅手起刀落，提着喷血的公鸡，将鸡血从梁头淋至梁尾，边淋边抑扬顿挫地颂曰：“祭梁头，文登科，武封侯；祭梁中，代代儿郎坐朝中；祭梁尾，金玉满堂多富贵！”随后，扯下一撮鸡毛，沾在梁木正中的鸡血之上，谓之为“点梁”。且边点边念：“弟子手提一只鸡，身穿五色花花衣。大哥上天是凤凰，二哥下海为龙王，只有老三生得笨，用来点梁造华堂。一点梁头都平安,二点梁中出状元,三点梁尾十全美,福禄寿喜都占全。"言辞凿凿中,整个山村或站立或行走的远古先祖,似乎都在一刹那,"朝发枉渚,夕宿辰阳"而来。朵云之下,厚厚的族谱上,温暖的火塘边,与泥土有关,与树木有关,与坚韧有关的某些神秘,某种芳香,漫漶了前庭后院无数的门槛与窗棂。

上梁时,宁静的村庄开始喧腾。人们仰望着木匠徒弟们爬上主柱顶上的横枋,左右坐定,放下箩筐麻索,系好梁木两端。这时,只见掌墨师傅站在堂屋中间,手托梁木,旁若无人地高腔高调起来:"此梁此梁,不同寻常。八面山上生,八面山上长。金华仙师送下山,鲁班老祖送上房。华堂立起千年柱,玉柱托起万年梁……"梁木在掌墨师傅的瓦乡土语中缓缓上升,上升到相应位置后停住。梁木不能当即嵌入柱顶凹槽之内,而要先停放在横枋上,缓缓地等待掌墨师傅来"坐梁"。这时,只见掌墨师在左,二师傅在右,从人们早已准备好的木梯上步步登攀。每登一步便轮流唱一句:上一步,望宝梁,紫薇高照在中央,一元行始呈瑞祥;上二步,喜洋洋,乾坤二字在两旁,日月成双永世享;上三步,洪福广,发子发孙发屋场,儿孙代代坐朝堂;上四步,金满堂,恭喜东家修新房,牛羊满栏谷满仓……二人一唱一和,登上顶柱后,一人抬起梁木的一头,高高举起,左边的喊一声"左青龙——"右边的喊一声"右白虎——"然后同时齐声大喊:"青龙白虎守金梁!世代绵延万年长!"喊声一落,梁木咔嚓一声嵌入顶柱凹槽之内。坪场爆竹顿时轰然响起,噼噼啪啪,烟花飞溅。爆竹声里,烟花影中,掌墨师傅循例踩梁、定梁,左手执杯,右手执壶,将酒杯斟满之后向天空洒去:"一杯酒敬天，天赐吉祥；二杯酒敬地，地呈富贵！”最后斟上一杯：“鲁班老祖，奠基华堂！”三杯酒敬罢，一棵树终于修成正果，正式成为新屋的镇宅栋梁。

乡村的欢乐，是简约明快的。一只叽叽喳喳的丁丁雀鸟从牛背上飞下来，可以将村庄白晃晃的梦，整夜叼着不放。一塘青蛙，叽叽咕咕的躲在墨绿的水葫芦中央，可以将村庄深刻的凄凉装扮得生机盎然。花鸟草虫尚且如此，更何况上梁仪式中最为热闹的“抛梁”呢。瓦乡人数十年如一日的清苦与坚持，勤俭与隐韧，艰辛与珍藏，全在这一刻化作了汹涌的雀跃与企盼。

“抛梁”是众嬉众乐的高潮。木匠师傅将东家事先准备好的糯米糍粑、糖果、花生、馒头等从梁上天女散花般抛向四周，前来看热闹的男女老幼近乎癫狂地你拥我搡，东奔西抢，嘻嘻哈哈喧闹如炸窝的马蜂。生脆的欢声笑语，就连天边的流云也忍不住驻足观看，钦羡这人世间酣畅淋漓的开心与舒坦。“抛梁”的匠人此时更是心花怒放，使出蛮力，边抛边朗朗地唱和：“抛梁抛到东哟，东方日出满堂红；抛梁抛到西哟，麒麟送子挂双喜；抛梁抛到南哟，子孙代代做状元；抛梁抛到北哟，谷仓白米年年满。”

抛梁结束后，众人退出新屋，让太阳清晒，完成最后的“晒梁”。主人满脸的皱纹开成了朵朵霜后的菊花。兴之所至，倾其所有，设宴款待匠人、帮工和亲朋好友。新屋场地上，酒席一桌连着一桌，觥筹交错，吆三喝四，起坐喧哗。不一会儿，月亮缓缓升上来，蛙鸣四起，树影横斜，暗香浮动。很多人在大碗米酒的作用下，开始面红脖子粗，豪气冲天地舌头打卷，扯着闲条，吹着牛皮，充着狠气，直至攀肩搭背，步履踉跄，真可谓“桑柘斜影春社散，家家扶得醉人归”。整个村子沉浸在一片浩大浑朴的喜庆中。如今，虽然封山育林、退耕还林后，竖木屋的少了，但即使起砖瓦，封顶时的上梁仪式依然是不会少的，因为，那关乎一个家庭百年根基的祈愿与兴旺，关乎一代又一代人的敬畏与信仰。

三

一个村庄，总有一个村庄的事情。一个人，总有一个人的事情。事实上，随随便便的几件事情，就可以晃晃悠悠地消耗掉人的一生。人活一辈子，一块水田、一间房、一棵树、一片落叶，就可以轻而易举地将一个人的一生悄无声息地埋藏，荒深而僻远。多少年来，在偏远乡村这块老老实实的土地上，发生着一些并不老实的莫测高深的事情。土地本身的巍穆与神秘，让一些热闹显得落寞，又让一些寂寥显得喧嚣。热闹与寂寥之间，“视而不可见之色，听而不可闻之声，抟而不可得之象，霏微蜿蜒，漠而灵，虚而实，天之命也，人之神也。”

在光明村，在瓦乡，秋收过后，有一种热闹让人莫名惊诧，叫跳香，有一种寂寥让人摸不着头脑，同样也叫跳香。

《宋史·西南溪峒诸蛮》（上）载：“西南溪峒诸蛮，皆盘瓠种，唐虞为要服。周世其众盛，宣王命方叔伐之，楚王既霸。遂服于楚……”《拓地志》云“濮在楚西南”；王鸣盛《尚书后案》载：“百濮，西南夷……或曰湖广常德、辰州二府境”。今日瓦乡人聚居地即昔同濮地、武陵、辰州的一部分，也是五溪（五溪乃酉溪、辰溪、巫溪、雄溪、朗溪之总称，五溪汇而沅水成）蛮地之一，有诗云：“五溪八蛮地，楚回归边域。势雄接云贵，力鏊赴洞庭。”由此看来，瓦乡人理应是其中主体民族之一。瓦乡人在历朝历代被称之为“蛮”，遭到无数次的封锁、征剿与镇压，致使其流离失所。有的改换族称，隐居于野；有的被强制同化，拆换门庭；有的被迫流徙，迁入崇山峻岭。因此，如今的瓦乡人多居住在交通不便，生活环境相对比较恶劣的沅水中游——沅陵与溆浦、辰溪、泸溪、古丈、永顺、张家界等地交界的地方。

据晋代《荆州记》记载，盘瓠乃蚩尤后人，蚩尤被黄帝擒杀，盘瓠避祸于五溪深山。帝喾执掌朝政时，北方犬戎部落入侵中原，朝政岌岌可危。眼看江山易帜，盘瓠毅然出征，打败了犬戎部落。盘瓠因战功卓著，帝喾赐予公主辛女成婚。婚后，盘瓠携辛女回五溪，在湘西辰州一带结庐而居，繁衍生息。五溪蛮荒之地，环境恶劣，生存艰难，但辛女并不气馁，日出而耕，日落而息，终至春华秋实，果以成，惠以盛。辛女欣喜若狂，其儿女摆上五色供品，用以感谢上苍诸神，福佑来年风调雨顺、五谷丰登、避祸弥灾、人丁兴旺。兴之所至，手舞足蹈，围桌狂欢，始成最初的跳香活动。这种活动后来经千百年衍化，成为流传至今的跳香节——瓦乡人的狂欢节，主祭“五谷神”以及傩公傩母、盘瓠辛女、三清三虚和八方诸灵。

《辰州府志》载：“十月朔日剪纸为衣，具备酒肴奠于坟茔……是月望日农家祀五谷神，曰降香……”每年进入农历九月之后，瓦乡人会由族内人邀约至“太”中（即田坪旷野）举行一场喜庆盛大的“跳香”活动。每至此，十里八寨的瓦乡人，女子头缠花帕、身围长裙，男子身着家织土色米花布对襟衣，背着糯米粑粑，担着五谷，有的甚至抬着囫猪整羊，提着香油蜂拥而至。

跳香由神秘庄肃的“闹沙”（汉语即巫师）主持，通常举族相庆，“天传天教，地传地教，不传自教”，法器主要为水牛角、司刀、绺旗等。其仪式分为请神、安神、娱神、送神四个环节。大致情节有送祖升天、金童玉女散财、抛香粑粑、喝香米酒、吃斋饭等。跳香的中心，由十五张大方桌垒成金字塔形的祭台，上面站着一只极度夸张的五谷做成的大黄狗，在香烟缭绕之中仿佛欲腾空而去。以祭坛为中心，四周均匀摆放十二张大方桌，围成一个圆圈。所有大方桌全用红布罩住，不知道里面藏着什么神奇古怪的东西。每张桌面静静的竖立着一个稻草把子，用青布扎紧顶端，撒成一个圆锥状，墩实实的。每个稻草把子里面静站着一位同样敦实朴美的瓦乡姑娘。

“咚，咚，咚”，三声火炮响起之后，呜呜的牛角声仿佛从天而降，悠邃遥远。闹沙身披红黑相间的道袍，脚踏檀板铜铃，手持司刀绺旗，叮叮咣咣，浑身上下阵阵抖响。绕坛三圈之后，登上刀梯攀往祭坛顶部，然后焚香烧纸，开坛请神、安神。沙哑的音调从旷野的高处传来：酚赛明香会，盘瓠弟子拜请盘瓠先皇，辛女娘娘。拜请上宫三十三天，灵天金阙，玉皇大帝，东极清虚，南极天黄，西极杜令，北极紫微，中央雷主。拜请太上老君，灵霄菩萨，金童玉女，五谷之神。四圣八宝，我左手托天，右手托地，天空撮转马脑，江中艄公拢岸，吆喝一声，万神降临。

随即，闹沙一个旋风大展，翻滚落地。此时此刻，锣鼓唢呐齐奏，铁炮、火铳齐鸣。须臾间，十二张方桌红布陡地掀开，钻出头戴面具的三十六神君，光身赤脚，前胸后背画着奇特的图案，跟着闹沙手舞足蹈，围着祭坛嗷嗷旋转。身临其境，仿佛将人从现世一下子拉回到远古，恍若一场春秋大梦。野性，古拙，苍劲，充满了原始宗教图腾的虔诚和崇拜，弥漫着对神灵由衷的礼赞和歌颂。所谓“美盛德之形容，以其成功告于神明者也”，大抵亦不过如此。

安神仪式稍毕，方桌上十二个草垛突然静极而动。也不知是怎样的一种技巧，草垛子在这些姑娘的手中，忽儿旋转得像一把伞罩在头顶，忽儿像美丽的裙裾围在腰间，忽儿又像金黄的风衣缠绕肩头，探出张张妩媚灵动的笑脸。最后，姑娘们做出种种简单原始而又优美柔缓的动作，气韵或沉雄或婉约，十分生动撼人。霎时，众响皆寂，只一支唢呐呜呜咽咽的吹奏，如山如水，如烟如云。闹沙随即开始向四方抛撒黄灿灿的小米谷，大喝一声：起歌声！十二位姑娘应声起舞，踏泥而歌：“今冬已去，来春即到，耕田挖地，早出晚归。蛇莫当头，虎莫坐呼，出门歌声在前，回来笑声在后。一子落土，万子相生，花上重花，籽上结籽。千担在前，万担在后，五谷丰登，十全十收……”歌毕，金童玉女趋步上坛，向涌动的人群抛撒糯米粑粑。一时三刻，群情激昂，熙来攘往，如浪奔涌，乡民们你拥我搡，纷纷争抢撒下的粑粑。谁抢到了神灵的粑粑，谁就抢到了一年的吉祥富贵。

娱神阶段最为精彩的当属“咔嘣嘣”（汉语意为好快活）。瓦乡人三二十人一堆，四五十人一伙，在旷野之地燃起篝火。此时，阵阵夜风袭来，摇响串串清脆的响铃。打扮得花枝招展的姑娘，戴上金声玉应的金银首饰，在月光下且窕且窈，极尽妩媚之态。夜幕下，她们飞快地从怀里掏出早已绣好的漂亮头巾鸳鸯帕，悄悄挂在枝头。刹那间，桂花树风致楚楚，五彩缤纷。置身其中，纵使再木讷的人，也会身不由己，意乱情迷。身形剽悍、能歌善舞的小伙子，只要抢到一块鸳鸯帕扎在头上，帕子的主人立马会天女下凡似的袅娜到你的身边，和你一起畅快淋漓地跳着“咔嘣嘣”，让你如醉如痴地体会瓦乡姑娘特有的温情、热情与激情。神奇美妙的音乐，原始迷人的节奏，人们痴迷在天地人神之间，想有多美就有多美，想有多善就有多善，想有多恣意有就多恣意，想有多狂野就有多狂野。

月光如水，溪水潺潺。所有的人拍着手，跺着脚，跟着前面的人忘我旋转，一会儿手搭着肩，一会儿脚跷着脚，一会儿撒开，一会儿收拢。祈福禳灾，取悦神灵，天地人神，浑融一体。最后，“闹沙”摆上供品，焚香烧纸，口中念念有词，所有的瓦乡人跟着闹沙肃立，待闹沙念毕，所有人不约而同地蹬足拍手和着节拍唱了起来：金银花，凤凰花，东方升起红彩霞，美丽的花朵千千万哟，瓦乡人最爱桐籽花……

面朝黄土背朝天的时日久了，村庄里的人们确凿是需要用些老实巴交而又神秘莫测的事情来消耗。黄豆玉米的事情，猪狗牛羊的事情，坟场宅基地的事情，咿咿唔唔说不清楚听不明白的事情，事情里面的事情，时间里面的时间，已经消耗掉了村子太多的土墙、院门。深陷于泥中被扔掉的路，早就荒芜销匿了祖先的脚步，许多的人与事都已面目全非了，唯有神灵仍在干涸的黄泥地里生根发芽。缓缓地，缓缓地，长成一张油亮的八仙方桌，长成一簇诡异的巫傩面具，长成一场咔嘣嘣的舞步，长成一处人神共娱斑驳陆离的意义与文化。

四

金秋时节，村头屋檐斜斜地缀着几缕细碎的阳光。晒谷坪上，人们忙着收拾金灿灿的稻谷。一只半大的黄狗蹲在篾织的斗垫边，垂着毛茸茸的耳朵，时不时吐出猩红的舌头，有点慵懒，有点恍惚，孤单单的，似乎心事重重。我知道，一只无法交欢撒野的狗的心事，其实也是一个村庄的心事。一个村庄要生长，一个村庄要枝繁叶茂，月光下的凤尾竹是不应该被遗忘在黑暗中的。

一场恣意欢谑的咔嘣嘣，一块美轮美奂的鸳鸯帕，牵惹起几根青藤趁着温婉的月光悄悄往上爬。月影摇曳，吊脚楼上，一对可心可意的人儿喁喁私语。那是一个村庄最缠绵、最悱恻的秘密。庄稼地里，蜻蜓蝴蝶开始在草尖上自由地抒情写意。村头村尾，烟雨秋风蹑步轻徉，落叶微响，似天籁招魂，浸入温润的肌肤、血液。

“一根竹子两打开，姐织簸箕郎织筛；莫学簸箕簸出去，要学筛子筛拢来。”“妹是蝴蝶飞半天，郎是蜘蛛挂屋檐；蝴蝶落在蜘蛛网，左也缠来右也缠。”瓦乡人家姑娘小伙的爱情，带着南瓜、苦瓜、丝瓜、辣椒、红薯的味道。隔山隔岭，隔溪隔岸，隔田隔坎，一首首炽热温婉的情歌，唱得太阳羞红了脸，唱得月亮上了屋檐。当男女双方在情深意笃中“合完八字”，定下了良辰吉日后，百灵鸟似的姑娘在出嫁前半个月，却突然不再情意绵绵地与情哥对唱了，而是终日以泪洗面，哭哭啼啼，罕见地用“哭嫁”这种特殊的方式来迎接唢呐声中的憧憬，“坐花轿拜堂”的幸福，且哭得越伤心，哭得越拿腔拿调，越显得姑娘聪慧能干，将来的日子会越红越火，越甜越蜜。

瓦乡人家的娶亲，一般都会很早。黎明时分，一路吹吹打打的唢呐声、锣钹声越过村庄的田野，越过刚刚苏醒的村坊，越过低矮的瓦屋，鼓点一样敲打着山岚水雾轻轻笼罩的村庄，也敲打着姑娘怦怦乱跳的心房。姑娘绞完眉，穿上红嫁衣，盖着红头巾，坐在床沿，手捏一条绣了鸳鸯戏水的花手绢，捂住脸蛋，细着嗓子，开始拖声曳气地哭唱：“哭我娘来泪汪汪，盘儿养女忙断肠。十月怀胎千般苦，细细皱纹爬脸上。田里功夫件件做，家务事情一大邦。勤耗苦做度日月，一头青丝染白霜。生我养我抚我大，恩还未报又离娘。只有哭泣报娘恩，难止两眶泪千行。”哭完娘，又哭爹，哭完兄弟姐妹亲戚朋友后，又开始尖酸刻薄淋漓尽致地骂媒婆：“韭菜花开十二台，背时媒人天天来。门槛儿被你踩扁了，黄狗儿被你赶跑了。饭碗儿被你舌头舔缺了，院坎儿被你踏成窝窝了。屋檐上瓦片儿被你望落了，样样好尝的你都吃尽了。吃了，喝了，你就骗起我爹娘。喝了，尝了，你就逼我离家乡。媒人吔，你死后可要变牛羊。”一段段骂媒的哭唱词，对走村串巷媒婆的贪婪、狠心、花言巧语，剥露得体无完肤。事实上，对自己中意的亲事儿，骂媒也只是一种假象，其内核却是用调侃和戏谑来娱乐。骂者可尽情大骂，被骂者则若无其事。事成之后,媒婆还喜滋滋乐悠悠的,等着骂媒者提着好烟好酒好肉来“谢媒”呢。

宁静的山村早晨，出嫁姑娘尖细的嗓音从吊脚楼上飞出来，飞上弯弯翘起的檐角，飞上高高的椿树，在人们的心头萦绕、回荡。整个村庄都听见了姑娘撩拨人心的喜哭。

在光明村，打发姑娘和迎娶新娘都是一件十分隆重的喜事。一家人的喜事就是全村人的喜事。人们从寨子里走出来，带上礼物,带着祝福,三三两两地走到吊脚楼上,安慰出嫁的人、劝导出嫁的人。姑娘见了人就哭唱几句,见的人不同,哭唱的曲调、内容就不同。见了婆姨哭自己以前不懂事,伤了大家的心;见了兄嫂哭自己手脚笨，让兄嫂费了不少心；见了一块长大的姊妹哭自己命孬,嫁的男人愚笨,不知以后日子怎么过。劝慰几句,哭唱几句。劝的人心里愉悦,哭的人心里甜蜜。不管是劝是哭,总的意思都是希望未来的日子安顺和美。哭是喜哭,虽是形式,但有时又确有值得心酸流泪的地方。一条熟悉的小河,一块熟悉的土地,几个知心的姐妹,都能勾起人甜蜜的回忆和无尽的怀想。有时,待嫁的新娘心坎一松,喉咙一酸,就不由自主地哭唱起来。哭唱到伤心处,捏起拳头狠狠地捶打着自己的胸口，身子也随着哭唱的节奏前后扭动。姑娘的哭唱免不了引来满屋子人一阵唏嘘感叹，连陪唱的人也忍不住阵阵心酸,眼圈红红的掉下几滴泪来。整个村庄,都笼罩在一种“昭君出塞”似的离情别绪中,或远或近都隐隐地伤楚起来。

嫁出去的女,泼出去的水。眼看自己一泡尿一泡屎养大的女儿,长成一个水灵乖巧的大姑娘,可终究要成为人家的人,当人家的妻子，做人家的儿媳。离别在即，母亲却也只能恋恋不舍强颜欢笑地对女儿句句叮咛：乖女儿哎要记清，婆家哪比娘家好，公婆哪有爹娘亲，上门媳妇难做人，时时处处要小心。孝敬公婆是本分，妯娌姑子要和顺。见人自要矮一等，有理无理让三分，待到两年儿出世，才在婆家算个人……

母女难分难舍，黯然销魂。而帮忙的人在屋里屋外忙碌。在督管的吩咐下，挑水的挑水，煮饭的煮饭，放炮的放炮……各司其职，有条不紊。人们在村庄里来来去去，脚步轻快，心情愉悦。鸡的叫声，狗的吠声，大人的笑语声，小孩的打闹声，搬动嫁妆的响动声，锅碗瓢盆的碰撞声——所有的喜悦与忧伤，淡淡的，浅浅的，从一个人弥漫到一群人，又从一群人轮回到一个人，犹如庄稼，每一粒种子都低于泥土，每一枚果实都高过眼睛，整个青素朴实的村庄都在这种高低起伏中，满溢着说不清道不明的，或明或暗，或忧或喜。

五

黄昏时分，光明村淅淅沥沥地下了一场小雨。远远的，有三三两两的瓦乡妇人，湿漉漉的，背着大捆的柴火从巍峨的八面山上挪下来。她们无论是在山上的天水田里，或是山脚的庄稼地里，割茅打草回来，一刻也不会闲着，洗衣做饭，养牛喂猪，忙得不亦乐乎。房前屋后，堆满了一捆捆干透了的柘木柴火。一会儿工夫，家家户户的炊烟开始升腾起来，瓦乡人忙碌扎实的日子，缓缓停靠在安静祥和的夜雨黄昏中。

也许是好久没听过乡村的雨声了。我斜进村中猪狗牛羊常常走过的小道，谛听细微的雨丝抚过青瓦屋檐的声音，那不是李义山缠绵的“巴山夜雨”，也非柳三变萧瑟的“秋风斜雨”，更非陆放翁清新的“杏花小雨”，而是一场瓦乡人家古老得让人心里隐隐作痛的雨，一场溪滩上铺满平声仄韵，让人无法解其声，释其意的雨。

雨，湿了我的头发。我踅到一栋老屋的厢房边，避避雨。房间的电灯亮着，木门洞开，一位头发花白衔着旱烟袋的老人，正与他的孙子津津有味地猜着谜语：嗯咩晒达瓦把掏，几嬷稣爱侧嗯里刨（普通话：对门山上有个蔸，几娘儿在那里抠）；咔新咋，憨新咋，临塔瓦把刷嗯仔（普通话：开箱子闭箱子，里头有个小人子）。一会儿，就又听到孙子稚拙的读书声：嗡哒垮，侬谈谈（普通话：太阳光，亮堂堂）。再过一会儿，爷孙俩开始上桌吃饭了，爷爷颤巍巍地说：柔蒙柔蒙，莫轰莫轰，迈哒哇通（普通话：吃饭吃饭，不慌不慌，后面还有汤）。爷孙俩咿咿嗡嗡的，我听得云里雾里，真有种到了北海道或是首尔的感觉。好在，同事张良生撑伞来寻，见我懵懵懂懂的，做了翻译，我才初步弄明白爷孙俩瓦乡话的意思。

瓦乡人彼此之间的交流，全用这种独特的发音，咿哩哇啦，外人简直无法听懂半句。逢五逢十赶场，或是参加十月明香大会（跳香）的时候，鼎沸的瓦乡话便成了墟场上一道独特的风景。这一天，人们挑着或背着刚刚采摘的柚子板栗，或是自磨的豆腐，连夜赶做的蒿子粑粑，甚至是一只母鸡，几个鸡蛋，从沟沟岭岭扶老携幼而来，相互买卖交易，将整个集镇拥挤得水泄不通。女人们裹着漂亮的头帕，头帕两头挑花并用红白相间的三角形锁边，四角为角花，靠近角花横贯头帕的为腰花。花样多以凤凰牡丹或松叶为主,腰花多以太阳花、松叶花为主。老年妇女裹头帕时,一般是两头相交,两角挤进头顶,近似于帽状;青年妇女则留出额前刘海,拉出两个带花的尖角,一上一下,花在脑后两侧绽放,别有韵味。她们将蜡染的包袱打开，妥帖地平铺在墟场的高处平地，亲手绣绘的色彩斑斓的狗脑帽、相公帽、圈儿帽、绣花鞋以及名目繁多式样各异的银首饰,让人眼花缭乱,目不暇接。即便不买什么,也不卖什么,人们也必到墟场上看看热闹,散散心,扯扯闲谈,打打牙祭。更有那你情我愿的姑娘后生们，也必选择在墟场的拥挤和喧闹中敲定火辣辣的姻缘。外乡人到了这里，除了感叹原汁原味的农副产品的丰富外，就是眼羡一浪高过一浪的瓦乡土语中，瓦乡人那种扑面而来的勤劳、朴实、轻松与悠闲,你虽然听不懂他们在说什么，但透过他们干净的眼神，却分明可以看到生命的本真与本色,生活的态度与意义,事关命运的诠注与解构。

对于瓦乡人这种没有文字,只有发音的独特语言现象,我一直困惑不解。许多语言学家也做过实地的学术调查研究，得出的结论各有千秋。同事张良生作为光明村土生土长的瓦乡人，也一下子难以说出个子丑寅卯来。但有两个传说,事关瓦乡人、瓦乡话的起源,却足以让人细细琢磨,耐心体味。

传说,上古时期,洪水泛滥,天下尽淹。有戎氏姐弟二人,钻入水缸,漂至金华山顶,得以生还。大水退后,荒无人烟。玉皇大帝遂派观音娘娘做媒,欲使戎氏姐弟婚配,繁衍人类。戎氏姐弟不从。

观音娘娘乃曰:“金华山、银华山,山山相对。姐弟各自在两山栽瓜,若瓜藤相连,乃成婚。”未几,两瓜瓜藤果然相缠相连。姐弟仍不从。观音娘娘又云:“姐弟各于山头燃烟,若两烟相搅成绳,乃成婚。”姐弟相烧,果见两烟相搅成绳。姐弟仍不从。观音娘娘复云:“事不过三,姐弟各于山头滚磨盘,若磨盘落山相合,必成婚。戎氏姐弟暗忖:瓜藤烟柱搅缠,乃地利天时,今磨盘于手,若两两再次相合,则人和难奈,不可逆。遂应之。姐弟滚磨下山,至谷底,阳盘合于阴盘之上。戎氏姐弟执手相语,遂成夫妻。三年后,夫妻生下一肉球,乃细分细切,置江边乃姓江,置岩边乃姓石,置路边乃姓候,最后一块劈两半,顺手掷天边,呼之:一姓张,一姓李,两边皆同。翌日,夫妻立金华山顶,纵目四望,木屋幢幢,炊烟袅袅。自此,人间复返万象。故此,在瓦乡,至今流传“张李乃一家”之说。瓦乡人,亦把自己的始祖尊之为戎氏阿娘、戎氏阿楚,并雕刻菩提以祭祀。

又据瓦乡老人说,汉伏波将军马援征五溪蛮地,继之欲攻“南海”,险遭全军覆没,乃求救于戎氏娘娘。戎氏娘娘素与“南海”近邻,不忍摧之,又恐朝廷迁怒,致灭族之灾,乃思万全之策。既强军储粮,做攻击状,又秘制暗语,以联络说服之。此暗语汉人不懂,军外之人亦无法识破。这种暗语,流传至今,成为“瓦乡人”的独特语言,名“果熊渣”,客家人把它称作“瓦乡话”。

瓦乡人无人能懂的语言,也许真的,是一种暗语,潜藏着众多生活与命运的密码。他们世世代代祖居丘壑山林,与土地、粮食、阳光、空气对话。每一块石头,是他们的骨骼;每一条溪水,是他们的血脉；每一只飞鸟，是他们的翅膀；每一声虫鸣，是他们的喘息。从远古到现在，一个又一个的村庄不断地生长，消失。踉跄的时间深处，先祖的余温在南来北往的风雨中点点耗蚀、散尽。也许，金戈铁马可以倾覆一座城池，雪辱霜欺可以倾覆一树繁花，山阻石拦可以倾覆一条道路，但没有什么波汹涛涌，能倾覆一条母语绵长的海岸。不然，拭去磨坊石碾上的青苔，立一炷缈缈香火，揣度一脉浓浓乡音，站在猎猎风中，该如何用气息辨认之前之后的族人？又如何能容忍用别人的语言讲述自己的故事？也许，大山深处的瓦乡人，他们深知：一个村庄，一段岁月，一宗族人，疼痛走得越深，步履返回得越远。

夜雨，缓缓地停下来，停下来。远处的八面山完全隐匿在神秘的幽暗之中。村庄的窗户有些稀疏地次第亮起，映照着一些人，一些事，以及不可预知的前程和命运。鲜为人知的瓦乡，总有一些人与事在毫无悬念地此消彼长。一些人在热热闹闹地出生，一些事在悄无声息地死亡。村头对面的坡地上，每年都会多出几双眺望的眼睛，有的在地上，有的在地下，每一双眼睛都待在荒芜的年代，迎送轻倩的朝阳与浩大的落日。

夜的深处，青石板铺不平的故事，愈来愈玄幻诡谲。远山，镌刻着时光碎片的静美，似乎有了某些经月的新绿；近水，轻微微的，一辈辈地流淌，流走了故人西去的酸楚别愁，也流走了夕照隐现的远影孤舟。我突然心生一丝感慨：一个村庄总有一个村庄的规矩，稻谷红薯玉米的规矩，萝卜白菜辣椒的规矩，水碾油坊风车的规矩，土言土语生老病死的规矩……所有的规矩，会严严地捂实一个村庄青苔覆体的秘密。一个村庄，秘密中的秘密，密码中的密码，会让这些隐匿于大山深处的村庄，不为积习所蔽，不为时尚所惑，远离嘈杂，远离喧嚣，敬畏于错锦铺彩的现世，密谋着古老新鲜的未来……或许，过去，现在，未来，那才是瓦乡人家心旌摇荡、有滋有味的事情。许多年后，路过的人，坐在寂静的深处，依然会遇见整个村庄童年时掉落的一颗又一颗门牙，依然会将失落的祖先小心翼翼地一一认领。

简上迁陵

一

去很久的迁陵，几乎是件不可能的事。

但，还是去了，大着胆子。

天刚麻麻亮，谷雨的雨，如期而至，酥酥的，如芒，如线，据说，可生百谷。佝偻着身子，像个刑徒，到了车站售票处，年轻的女售票员挑了挑漆黑的睫毛，问，去哪儿？我脱口说，迁陵。售票员愣了愣，甩过一声脆响：没这个地儿。我也愣了愣，半晌，才恍然，瑟瑟说：里耶。

实实在在的，我要去的，并非里耶，须是迁陵。

一岭岭的山，一脉脉的水，纠缠，撞击，拦截着朝晖夕阴的时间。路，转山，转水，一寸寸地高，又一寸寸地矮，盘盘绕绕中，车上的人大都开始有点晕头转向地埋首人间。黄昏时分，终于到了里耶。下得车来，我发了好大一会儿呆，辨不出何处是东西，哪里是南北。雨，倒是并未被惊扰到，从从容容地，仿佛从千年前下过来，落在砖墙、屋檐、青石板上，将许多往事的轮廓，模糊了又清晰，清晰了又模糊。歇脚在里耶公馆，土家木楼古色古香，细雨敲窗时，一些过于陈旧遥远的风吹过来，听得见八面山上与酉水河边许多湿漉漉的心事。雨帘，素纱般倾来斜去。缓步走廊，木板微响，咯吱咯吱的，我探出头看看两边，左边是秦城壹号客栈，右边是水木年华 KTV，一左一右，离得很近，却隔了很久，咫尺间，便是两千余年。

正是青黄相间的日子，雨，似乎懒得与我再次相逢。约莫半个时辰，细碎的雨脚，开始移驾别处。街边枋柱上的六角宫灯依稀亮了起来，次第间，有了隐秘的璀璨，仿佛可以看见那些被秦时明月照耀过的生命和时光。

大堂里，一位姑娘，眉清目秀，身穿白色蕾丝边衬衫，休闲牛仔七分裤，脚踩一双小白鞋，挑染了的长发，随意斜在胸前，清纯、飘逸、时尚。我问姑娘，从何而来。姑娘莞尔，说，咸阳。我说，咸阳，八百里秦川腹地，大秦帝都，今来此，算是“上传”当年的郡城县治了。姑娘嫣然，说，只是想看看迁陵，看看当年的高里户人大女子杜衡、南阳户人大女子嫫，抑或是东成户人大女子沙。我遽然一惊，说，她们是您的亲戚？姑娘眼里幽过一抹烟云，说，是，又不是。我垂下眼帘，原本生性木讷，又是与异性对话，更加口拙，很快，高低冥迷，不再说话。只是，在心底，隐隐觉得，每一朵云都不再陌生，每一丛草都很善良，而姑娘所说的大秦迁陵女子，似乎正于桑间濮上，城阙郊野，缦立远视，迤逦而来。

起身，朝着屋外走去。许多暮色中的事物，想必，禁得起细细的端详。里耶，是个好听的名字，有着“开拓这片土地”的意思。记得，第一次到里耶，是与鸿心、安民两位兄弟，从湘西到湘西，带着某种生命的渴意，甚至是红尘深处的自我逃遁，一路盘算着古已有之的呜咽与鸣镝。那一夜，三个男人，仿佛配矢弩、披重甲的武士，在一个小酒馆里，喝着大碗的包谷烧，粗声粗气地闲扯，浓重的方言砸落在饭桌窄小的空间，每一粒楚腔秦风都血脉偾张。棘枝上的交交黄鸟，鸣叫在光阴的深处；有条有梅的终南山，孤月高悬，一副举目无亲的模样；长空雁叫，西风烈烈，岂曰无衣的士兵，正在修我戈矛；六辔在手的小戎驾着长车勇猛直前，而他的妻子在其板屋，言念君子时辗转反侧，载寝载兴，温其如玉；西北往北，东南偏南，蒹葭苍苍时，每个人的心中，都有一个在水一方的伊人，虽然溯洄从之，道阻且长，但依旧值得拼尽所有的心力，寻找在每一条风声鹤唳的路上。家国天下，布衣高冠，蒹葭、无衣、黄鸟，爱情、战争、死亡。风兮雅兮，在里耶，我们步履趔趄，迎着古老的风，一会儿是秦风，一会儿是楚韵，九歌天问，惜誓卜居，痛我生民，国殇礼魂。此时，我独自一人，再次回到这暮色苍茫的里耶，我知道，去往迁陵，必须好好地留宿里耶。

里耶，更为久远的名字，是土家人世代相称的“梅茶里耶”，意为开天辟地。后来，始皇奋六世之余烈，振长策而御宇内，六王毕，四海一，于是，楚地的梅茶里耶，成了大秦的迁陵。现在的里耶，与王村、浦市、茶峒并称为湘西四大名镇，大概建成于明清，繁盛于民国，整饬于当下。里耶老街，坐落在八面山下、酉水河畔，分为前街与后街，前街是一水之隔的保靖县清水坪镇魏家寨，后街则是里耶古镇，归属龙山县。我不明白，一前一后的两条街，为何非要归属于不同的两个县域，让此岸与彼岸，有了种楚河汉界的感觉。夜色渐浓，踯躅在里耶街头，触摸一缕缕年老的时辰，尘世的趱音，显得寂寥又安静。马头墙上，每一阵席卷天下的风，都历历可数。老屋庭院，泛出状如兰花的光芒，曾经妆满青春与红颜的窗棂，端庄、简约、明媚，像是画框，框住了一阕橘黄的小令，在暗夜里楚楚动人。

里耶，匿于武陵山腹地，居酉水中游的咽喉地带，“上接巴蜀通天府，下入洞庭抵长江”，峥嵘天堑，山大物丰，明清时期，凭借鱼盐之利、舟楫之便，成为“楚蜀通津”的货物集散中心。湘鄂川黔赣等大批客商云集，贸易经商，修街建房，七街、八巷、五行、三码头，绿窗朱户，酒旗簇拥，往来商贾，络绎不绝。河街、中孚街、万寿街、埠平街、辟疆街、四川街、夹街，街街飞檐翘角。景丰巷、闻香巷、苏家巷、朱家巷、姜家巷、洋屋巷、保险巷、李同发巷，巷巷别有洞天。米行、肉行、柴行、菜行、杂货行，行行生意兴隆。油榨坊、染坊、印钞坊、银匠铺、酒坊等接二连三，熙来攘往。大宅院、商会、福音堂、船工会、汉剧社、书院等各类屋舍鳞次栉比，街区拥有大小商号四百余家，人称“小南京”。上码头、中码头、下码头，灯影伴桨声，水岸漫渔火，川盐入湘，在此上税，边地山货、桐油、生漆、五倍子、花纱布匹、日用百货等都在这些码头云集，歌台暖响，渔鼓声声，一派繁华胜景。蹀躞在固执的乡音之外，我想得更多的是，两千多年前，那场秦楚争霸之战。秦将司马错浮江伐楚，里耶作为楚国的西南边陲重镇，楚军绝地反击，在反复争夺的拉锯撕咬之中，八面山下战马嘶鸣，杀声震天，酉水河中浪花飞溅，流血漂橹，这块无法预订春天的膏腴之地，时而属楚，时而属秦，甚至朝秦暮楚，那该是一处怎样的沙场烽火，怎样的慷慨悲歌？晚风，折叠了云层；云层，折叠着天空；天空，折叠着时间。一些比夜晚更晚的人，试图回到闪烁多年的黎明晨曦里；一些比早上更早的事，却急于返回手忙脚乱的俗世中。

二

清晨，不紧不慢的薄雾升起来，酉水河里，几痕闲闲的小舟，若隐若现。近水人家的吊脚楼，线条参差柔软，多半水灵灵的，值得反复描摹。我高一脚低一脚，拄了根齐眉竹杖，爬上新砌的城墙，看河岸的一街一巷，一砖一瓦，一天天，起于黎明，止于黄昏。城墙下，生死不渝的酉水缓缓流过，清泠泠的，映了最后的春光，如开妆镜。舟行或风过，水波漾来漾去，像是姑娘的明眸皓齿，轻浅依依地含笑。几只习惯于注重细节的苍鹭，衔了水草绿蓬蓬的窃窃私语，时飞时停。春蓼，还没到开花的时候，滩涂的酢浆草、鸢尾、窃衣、婆婆纳，倒是拼了老命似的绽放，粉、紫、蓝、白，一股脑儿，没有章法地铺陈，用自己一瓣瓣的色彩，给一条条河流、一个个村庄悄悄晕染季节的味道与气息。我知道，两千多年前的那个春天，或许，它们就一直隐伏在那儿。两千多年后，它们依旧择了吉日，卑微怒放。我用手机小心翼翼地拍了几张，让每一朵呈妍小花，高过我的头顶。或许，它们，都是我前往两千二百年前的迁陵，能够持有的信物与凭证。

我惴惴递上身份证，扫了场所码，跨过井字形古城遗址大门，又在门禁处扫脸、眨眼，小心翼翼地确认自己的身份、来历。天高云淡，远吠空旷。我突然感觉，当年进入这座城池的另一个男人——故邯郸韩审里，大男子吴骚，为人黄皙色，隋面，长七尺三寸，也是需要如此这般地验明正身，方能入城，一枚小小的竹简，始终记得他当初的样子。

毋庸置疑，我，终于进入了大秦的迁陵。

护城河边，我久久地伫立、凝望、遐想，一个人，一条路，一座城池，一处远方，追亡逐北的金戈铁马，烽烟四起的折戟沉沙，在夯土与大卵石垒砌筑就的城墙内外比权量力，喧嚣扰攘，在筒瓦、古井、竹简与木牍之间随俗雅化，快意当前。荒寂的城中，残存着两千多年前车辙痕迹的路，一条横贯东西，一条纵通南北，二者在古城的中部乘兴交汇，仿佛一场醒自千年的大寐，引渡着大秦直道、驰道，乃至五尺道的方向，携带了尘世烟火不灭的余温。占地两万平方米的考古遗址，东西连接城池与酉水，南北贯通古城内外，相对保存完整的古城墙，沧桑厚重，虽无戎马关山的嶙峋孤峭，却也墩实深沉，防敌御寇，威风凛凛。县署、兵营、武库，排水设施、手工作坊、民居古宅，返瓦、铜器、水井，皆在一派阒寂中眉目栩栩。一座两千多年前大秦帝国县治，凭借思维与联想，剪切、复制、粘贴，几乎可以完整地 3D 打印，推送到人们眼前。更令人震惊欣喜的是，2002 年仲夏，一口四方古井里出土了多达三万八千余枚的秦简，总计二十余万字，其数量之大，是此前全国秦简出土总数的十倍，其学术价值，足以与殷墟甲骨、敦煌文书媲美。

北有西安兵马俑，南有里耶秦简牍。帝国的时间，并没有终点，一部分行走在骊山脚下的坑穴隧道，一部分蛰伏于里耶的四方古井。兵马俑，大地之下，一个庞大的军团，钲鼓声声，旌旗猎猎，像是在等待帝王的号令，随时可以复活，重返战场。一个时代浓缩于一座城，一座城又浓缩于片片竹简。里耶秦简，三万八千多个无法想象的从前，三万八千多个扑朔迷离的瞬间，从秦王政廿五年（公元前222年）至秦二世胡亥二年（公元前208年），无数个曾经被焚毁的事实，无数个无法被看见的小日子，都在简牍版的“清明上河图”中，慢慢清晰，直到太阳热烈、水波温柔。官吏任免、公文传递、田租赋税、劳役徭役、仓储钱粮、兵甲物资、灾害防治、物资运输、户籍统计、司法诉讼、债务追讨、贸易往来、祭祀先农、教育医药……很久很远的秦人、秦事，披着依稀的光芒，在无法虚构的某一天，相遇于幽篁轻薄的竹简，现身于停云落月的尺牍，这个样子，那种情形，纷至沓来，既端庄严肃，又活灵活现。

井，是枯井，木框套榫，井壁暗黑，方方正正，普普通通，看不出有什么特别的殊容，却因为积攒下了一个帝国的如烟往事，成为惊艳世人的中华第一井。井中竹简，火烧过，水泡过，细细的，薄薄的，并不规整，然而，光阴辞中，并未远走他乡的墨色犹在，缈不可考的阳春白雪与下里巴人，归鸿漫天的火耕水耨与日升月落，都在笃定的方寸之间，扯地连天，一笔是春秋，一画是流年。

坐忘，恍惚间。一个个人，一件件事，从古老的竹简中浮现出来，蘸着秦时明月的辉光。

大男子吴骚，衣衫褴褛，皮肤略黄，椭圆的脸，一米七左右的个子，多少显得有点魁梧。可惜的是，因为没有爵位，不能服冠，只能头裹着黑巾，算是典型的黔首。从千里之外的故邯郸韩审里，服役到偏远的洞庭郡迁陵县，已是好几个年头了。一个早晨，他蹲在酉水河边，满面的尘灰染黑了他的双颊，让人无法看出他确切的年纪。男乐其畴，女修其业；丁男披甲，丁女委输。面前的河水，白浪翻滚，船来船往，身后的蓬牖茅椽，连天接地，县域启陵乡、贰春乡、都乡三个乡 55534 人户（估计，应是积户），比后来的汉代一个长沙国的人口还要多出上万户。他，小心翼翼地来到城门口，守城的官兵对着竹简所记载的样子细细查验了一番，方才允许他进城。在城里，他看见许多头上梳着发髻，身着粗麻褐衣的人，都在小心地过着自己的生活，同时也在小心地注视着他人的生活。因为，所有的人，都被编了户籍，以户为单位，五户为一伍，十户为一什，"捆绑"在一起。如果中间有人犯错被包庇，所有"捆绑"在一起的人都会受到惩罚。此时的吴骚，心里有点怯怯的，生怕被别人注视、盘问，如果回答不全，或是档案丢失，等待自己的很可能会是"将阳"（游荡）、"阑亡"（逃亡出关）、"邦亡"（偷渡出境）等罪名，被罚为刑徒。快到傍晚时，饥肠辘辘的他，想起当年母亲准备饭食的时光。虽是绳床瓦灶，细瘦的母亲，却总会把黍、菽和蔬菜混合后，放在鬲中煮成羹，把韭菜、卷耳，以及一些野菜，做成齑或菹，运气好的时候，偶尔还会吃上一种名叫醢的肉酱。他这样想时，舌头禁不住舔了舔嘴唇，肚子愈发咕咕地叫，于是，他到了南阳户人郑不宝的家门前，郑不宝享有爵位不更，妻子名叫有，还有一个未成年的儿子虒（这些，都可以说是世界上最早的"户口簿"和"身份证"实物）。他向郑讨了碗水喝，想到自己千里服役，举目无亲，徭役不断，禁不住我心伤悲，泪水涟涟。

县署里，一个叫昌的人，是这里的大秦县丞。依照秦律，所有大小事务，须“无宿治”，即今日事今日毕。每天，他都要经手处理大量的公文。这些公文，有的，是向直属上司洞庭郡的请示报告；有的，是与苍梧郡、桂林郡、巴郡、象郡、巫郡等的公务来往；还有的，是与同级的酉阳县、沅陵县、益阳县、弋阳县、临沅县的事务交往。从县一级的“令、守、丞、尉、少内、司空、狱史、主户、田官、仓主”等，到乡一级的“啬夫、乡守、乡主、邮人”等，按秦制，凡在此地处理过的文件，官吏们都要仔细抄写备份，建立档案，以便查验，若有丢失，都要受到“赀一甲”或“赀一盾”的处罚。大清早，鸟儿刚从鸟声中醒来，隶属于迁陵县启陵乡的乡守“夫”正在向“昌”写一封推荐信，说乡里缺少一个里长和一名邮差。这封信在正月戊寅朔甲午发往县城，送到昌的面前，负责递送这份公文的人，竟是一个有罪的女人。四天后，夫收到了县丞昌的回信，请求被驳回，且回信的口气十分严厉。贰春乡的啬夫”椢“把乡里的遭灾记录”水火败亡者课“交送给县丞昌，昌收到后，立即派令史”感“送达洞庭郡。阡陌交通，草色青青，傩祭完先农后，仓吏将祭祀剩下的一斗半酒卖给了一个叫城的人，这，足以让很多个白天之后的黑夜酒气熏天。

《商君书》言：国之所以兴者，农战也。在帝国的这个小县城，黔首们要么耕，要么战，生活没有所谓的诗与远方，唯此“耕战”二字。耕时，依据垦草令，于所授之田，修理封疆与田间沟洫，戮力耕织，做阳春时，需要“搓田”（即人跪在田里，用双手除去田里的杂草，类似于现在的“耨秧”）与“燔田”（即将生长在田土里的杂草晒干后，在田土中焚烧而作肥料，类似于现在的烧草木灰）。孟春之月，桃红李白，禁止伐木；仲春之月，黄鹂婉转，不能涸竭川泽。依据田律，不夏月，毋敢夜草为灰，毋毒鱼鳖，禁止采摘刚发芽的植物，禁止设置陷阱，捕捉幼兽及掏鸟蛋等，有不从令者有罪。武库内，存放有甲 349 件、兜 21 件、鞮瞀 39 件、胄 28 件、弩 251 张、箭 40900 支、戟 251 杆等，可谓良将劲弩，进有重赏，退有重刑，令如斧钺，利如干将，随时调用，确保整个军队战时达到"什伍如亲戚，卒伯如朋友，止如堵墙，动如风雨，车不结辙，士不旋踵"的状态。

在这座大秦的迁陵小城，所有的人"奸邪不容，皆务贞良"，凡事"细大尽力，莫敢怠荒"，从上至下，"治道运行，诸产得宜，皆有法式"。耕种得遵循《田律》撒种子、交税，饲养牲畜要遵照《厩苑律》，储存粮食需按照《仓律》操作，从军的要按《军爵律》赏罚，经商的有《金布律》《关市律》制约，做匠人的有《工律》《工人程》规范，身为吏员，要按《置吏律》《除吏律》慎遵职守。成千上万的刑徒被驱使着从事各种各样的劳作，除农耕之外，作园、捕羽、为席、牧畜、库工、取薪、输马、买徒衣、徒养、吏养、治传舍、治邸，乃至担任狱卒或信差，行书、与吏上计或守囚、执城旦……各样的小吏与平民，有的弯腰屈膝，有的满面尘灰，有的行色匆匆，有的只是一个个忙碌的背影……

一些雨点，突然落下来，一退再退的旧时光开始纷纷喊痒、喊疼，我抬起头，依稀看见那些帝国的小吏与平民，仍在尺牍间进进出出，熟悉的年份，众多的男女，走过的路，喝下的酒，仰天的笑，悲怆的泪，该来的，在路上，不问黍离与麦秀，该去的，未见青梅，亦不曾竹马，大凡约定了的，多半皆有归期。

三

迷失在大秦的迁陵，我多少有点“中心摇摇”。怀想平王东迁，大雅不作，颂歌不起，孤悬天水的秦襄公，因助周室东迁，有护驾之功，平王把犬戎横行的西周故地封赠予秦。自此，秦人历经襄公、文公、宪公、武公四世，披荆斩棘，遂霸西戎。孝公时，据崤函之固，拥雍州之地，推商君之法，以待东出。惠文王，伐义渠，平巴蜀，出函谷，下商於。昭襄王，出武关，迁九鼎，占王畿，及至始皇，履至尊而制六合，南取百越之地，北筑长城而守藩篱，却匈奴七百余里，威震四海。秦国，自非子公元前770年建国，止于始皇，历经三十几代君主，前后五百余年，以区区之地，致万乘之势，由西戎小国最终横扫六国，终结春秋以来五百年诸侯割据，缔造成华夏第一个大一统的泱泱帝国，废封国，立郡县，书同文，车同轨，量同衡，行同伦，其万千烽火与硝烟，诸多雄心与荣耀，皆在万物丛生的时光深处起伏、沉潜、磨损、消耗，最后，彼黍离离，盛极而衰，一夫作难而七庙隳，身死人手，天塌地陷，其兴也勃焉，其亡也忽焉，何其悲哉。

一个王朝，赢得那么彻底，却又输得那么决绝。乌云压城中，最后的迁陵，同样免不了城破墙毁，烈焰腾空，付之一炬。知我者，谓我心忧；不知我者，谓我何求。我不知道，那个叫昌的县令，将未能焚烧殆尽的竹简，悉数倾倒在井里后，最后去了何方。那个叫吴骚的大男子，是否最终回到了邯郸，与母亲相聚。还有那万千的农夫、刑徒，他们的背影，是否会被完好无损地剪辑到后来的某个时光卷轴里。

雨，终于停了，纵目远望，许多《离骚》之外的事情，不停地，在故土流浪。我低着头，不知怎的，心生几许沉郁顿挫，为苍生没有选择的选择，无法回避的回避，以及诸多无法期许的未来。

倏然，一个声音仿如天籁：嗨，你也在这儿？

我差不多亡魂似的哆嗦了一下，愕然相觑，缓缓回过神来，只见昨日相遇的那个大堂咸阳女孩，此时，一袭天青色的长裙，妆颜素淡，像是水墨丹青中的女子，从《诗经》中款款走出，与之前的休闲、潮感判若两人。

我凝了凝神，讷讷地说：呵，真是巧了，您也在这儿？

我忽然想起，这个女孩儿来到这儿，就是想看看杜衡、媐和沙等大秦迁陵女子，于是问：您看到她们了吗？

女孩儿嫣然含笑：似乎看到了，又好像没有看到。

我蹙了蹙眉：此话怎讲？

姑娘翠黛低眉：这些编户齐民的迁陵女子，腰腿劲健，胆大心细，平常养蚕、缫丝、湅丝、穿梭、纺织，战时，她们传输粮草，甚至铁甲红妆，骑着心爱的桃花马，所向披靡共厮杀，感觉她们天生就是女汉子一枚。当听到“南山有鸟，北山置罗。念思公子，毋奈远道何！”时，原来，她们也有裙幅飘闪、环佩叮当、移柱调弦的时候，风声清清，长眉纤纤，一脉江南软妹子的缠绵悱恻。

我默默颔首：斯文于野，雅源于俗，迁陵女子，如精灵小兽，想来，您是见着了，像是一种命，找到了命运，一个人，找到了人生，只可惜，我们都无法知道，后来的她们到底会怎么样。

姑娘将目光略略抬了抬，沉默了半晌，盈盈的，说：明天，我得回咸阳了，据说，明年的春天会好很多。

我看了看女孩，女孩也看了看我，没有亲近，也没有疏离，彼此似乎还想说点什么，可，最后还是什么也没说。雨后的阳光，照在两千多年前潮湿的城池，遗址上各样的草，葳蕤葱绿，依然如同王的封地，只是，风一起，簌簌的，就晃，就乱。一只白鸟，突然从草丛飞了出来，斜掠在空了许久的天空，像是要给自己找到一个去处。我眼巴巴站在井边，像块被野风驯服了的石头，攥紧了大把大把寂静的光阴，一动不动。恰到好处的风吹过来，一缕吹着她，一缕吹着我，还有一缕，吹着苍茫的尘世。在风中，我们交换着方向，一个往北，一个向南。天青色的女孩走了，风拂过她的长发，衣袂飘飘，莲步生辉，逆光中的背影是天青色的，剩下的事物与心绪也是天青色的。许多人，可能，一辈子只记住了那个大秦的皇帝，以及几个被车裂，被腰斩弃市的大臣，更多的人，更多的事，大都下落不明，这个女孩，却牵挂并探望了那个朝代的大女子小民，并试图用云端的数据，在微信朋友圈，帮她们伺机逃出自己的一生。有那么一个瞬间，我突然觉得，两千多年前的杜衡、媐和沙，她们在片片竹简里谈论或早或晚的桑麻，絮语不咸不淡的人间，仿佛一直活着，从未死去，而这个远道而来的姑娘，或许，就是千年之后的她，与她们，一颦一笑间，即可润了心间的半亩花田。

四

从众多的迁陵往事中撤退出来，返回到烟火漫卷的庸常，遥远的迁陵，已然成了一种不容篡改的符号，一处青烟袅袅的印记。越来越紧迫的阳光，像是一块温暖的布匹，正在给春天的里耶精心上色，粉红、嫩黄、浅蓝、葱青、深碧，每一丛草，每一棵树，每一束花，都有着自己的色泽层次、风仪变化。任性的云朵，并非全是想象中的白，舒卷自如中，随了时辰，有时暗灰，有时橘黄，有时绛紫，有时酡红。趁着天光，我轻描淡写地越过城墙，再次来到酉水码头，码头上一位老妇人正在捣洗衣服，我蹲下身与之攀谈起来。老人告诉我，那个遗址上，先前是一所学校——里耶小学。里耶这个地方，上有鲤鱼沉潭，下有婆树拦滩，前有玉石岩板，后有八面靠山……我遽然一惊，想到古井里的乘法表从"九九八十一"到"二半为一"，尘封了两千多年波澜起伏的时光，想来，大抵是地面上的学生日复一日的心念口诵，才将它从沉睡中唤醒，于是，携了自己的姿容，浮出井沿，让世人震惊。

站在河边的高处，望了望被当地土家族誉为"祖先船"的八面山。八面山，并不八面玲珑。山如船形，四面陡峭悬绝，气魄很大。当地老百姓说，八面山，离天三尺三，人过要低头，马过要去鞍。其实，很多地方的人，说到自己家乡的高山大岭，都有类似夸张自豪的说法，如此这般，很高的山岭，似乎会让低矮的尘世，匍匐的日子，有了凭借与倚靠，有了一个可供仰望的高度。八面山，这艘"武陵方舟"，倒无须夸张，确实有些威风八面，一夫当关，万夫莫开，适合阅读高天流云，预览楚风傩韵，凭吊诸多的悲欢离合、兴衰更替。缭乱的世事，把最后剩下的一点白天黑夜用完，天下大溃之前，往往有很多的人，很多的事，大多会提前疏散并穿过人间，预约下一个前世今生。而我，只是碰巧在某个沉重的时刻，路过万物，万物皆许我以缄默，就像一阵无名小风，无缘无故的，从双肩掠过，须臾间，可以随随便便吹得人两手空空。

我并没有上山，只是闲在古镇，继续漫无目的地溜达，打发可有可无的时光。古旧的老街，古朴的庭院，古拙的角落，古绝的尘埃，一切显出超乎寻常的安静与清寂。大小商铺明显多于往来驻足的行人。家家户户，挑水屋檐，波浪形望板，临街宽大凸出的铺台货柜，南北杂货、花纱布匹、陶瓷什锦，琳琅满目。顺风细听，似有高亢悠扬的酉水船工号子从河边传来："撑着篙，拽着纤，一身精光一身汗。冲急流，闯险滩，飙那要命的陡坎坎啊！摇一橹，荡一桨，一盘号子喊千年！"这正是我所熟悉的腔调，轻一声，重一声，急一声，缓一声，腔调里有生死、有光阴、有蛮力、有挣扎，也有渴望、思念与牵挂，是天地人浑然天成的"杭育杭育派"。我侧身竖着耳朵，踮起脚尖，扯细了脖子，生怕漏听了什么。说实在的，我需要听到一些声音，伐木叮叮，采石咚咚，花开花落，号角长鸣，经上古、先秦、两汉，泾水、渭水、灞水，一路向东、向南，过洞庭，入沅酉，直到迁陵，每一粒声音都是万物的呓语，每一次呓语都是生命鲜活的胎记。很久的迁陵，很近的里耶，既不想占有过去，也无法占有未来，只是，尘世每一场无法隐姓埋名的风雨，都与之息息相关。或许，千年万年过去，每座城池，每个人，都会是最初的里耶，最后的迁陵，谁也无法一声不吭，走到自己的前面、后边。

雪峰苍苍，江水泱泱，两千两百年前的夯土泥墙依旧，两千两百年后的绿树青山愈加朴茂。断壁、残垣、铁血、老酒，牛羊缓行、舟楫往来、战旗猎猎、人喧马嘶。许多来过的人，都已早早离去。许多迟迟不肯现身的事，隐藏在尺牍里，一再地出发，一再地返回。在迁陵，这座远离大秦帝都的城池，人们可以看到《史记》之外的大秦，一个偏远县城的烟火人间。在这里，有“焚百家之言，以愚黔首”的火光，有“销锋镝，以弱天下之民”的酷令，有“践华为城，因河为池”的固守，有“繁法严刑，亲疏皆危”的恐惧，有“暴虐不仁，赋敛无度”的怨恨，有“楚人一炬，可怜焦土”的悲凄。在这里，也有“男女礼顺，慎遵职事”的法度，有“节事以时，诸产繁殖”的休养生息，有“普施明法，经纬天下”的壮志雄心，有“黔首改化，远迩同度”的时事条律，有“男乐其畴，女修其业”的职责分明。

青山依旧在，夕阳几度红。风过，雨过，酉水长满了波浪的皱纹，却并未迅速老去，唯有远行者，去向不明。在里耶，回望迁陵，一些玄衣纁裳的人，一些扑朔迷离的事，他们可以让时间走得很远，很远，然而，在某个瞬间，某个契机，往往，他们自己又会悄悄走了回来。

从迁陵回到老家沅陵，我坐在酉水河的终点——溪子口老码头，点燃一支烟，看山在、水在、大地在、岁月在，身在万物之中，心在万物之上，禁不住默神良久。江流、郡邑、山色、燕浦，似乎正从遥远处而来，又欲回到遥远处去。抬头弥望，眼见烟云散尽，剩下的天空，颇为娴熟的远方，一派苍茫寥廓。

大遗址

一

一些地方，一些事物，似乎总需要经过十分漫长的后来，才会到达。

这些地方，有的远，有的近，有的远着近，有的近着远。这些事物，有的粗犷，有的细腻，像暮春初夏闪烁的流水，宽窄深浅，滩渚湾瀑，随性自适得很。

我是个喜欢随便晃晃的人。晃的时候，总习惯低着头，甚至微驼着背，有点老态龙钟的况味。遇上渐露姿容的树，有时会下意识立住脚，看它们如何在风的尽头，晃出许多难以言喻的云淡风轻；碰见疲惫不堪的石头，有时会灰灰地蹲下来，仔细辨认斑驳得有些随心所欲的纹理，看劫后余生的造化如何安放深邃遥远的从前。

虽然说，不是每一滴水都能够幸运地活在大海里，但灵溪河的水滴，经猛洞河与酉水，我想，大抵总能如期到达我每天必然晃过的沅水，当然，还有河畔少数出身卑微，喜欢长途跋涉的石头。知道灵溪河，是很早的事儿。我们这地方，说一个人聪慧机敏，叫灵醒，形容一个人做事手脚麻利见子打子，称灵泛。即便小儿夜哭，也会念叨念叨天灵灵地灵灵之类。显然，一条能被称作灵溪的河流，自然会有它长目飞耳的特别之处，清泠泠，碧融融的，既灵通，又灵动。

灵溪河，不大，也不长，属于刚刚好的那种。不到两百里的溪水，从粟南溪上的茅花界出发，沿途接纳仓坪、三家田、颗砂、万福、大明、石堤、羊峰等乡溪流，经塔卧、车坪、吊井岩、麻岔老司城、抚志、格洞，流入猛洞河。猛洞河是酉水的最大支流，酉水又为沅水最大支流，我日日晃过的河岸，便是八百里酉水最终汇入沅水的地方。

去灵溪河，乘船从沅水出发走水路，溯酉水而上，过乌宿，经凤滩，循小溪，涉王村，入猛洞河，水奋势激后，逾哈尼宫，麓涧舟行约半个时辰，即可抵达灵溪河畔的老司城。一路轻摇慢晃，沿途可见山青着山，水碧着水，岸石峭立嶙峋，竹木瀑泉互为掩映，风清鸟翠，鱼跃水欢，如此邂逅一段隐秘的漫漶时光，整个身心都是清亮亮、绿茵茵、麻酥酥的。

很多人往灵溪河，是奔着老司城去的，因为它是湖南的首个世界文化遗产（2015 年，永顺老司城遗址与湖北恩施唐崖土司城遗址、贵州遵义海龙屯土司遗址联合代表的“中国土司遗产”被列入世界文化遗产名录）。我，有点例外，也不例外。老司城固然很老，但始终老不过灵溪河。千百年过去，老司城早已将自己老成了望而却步的废墟与遗址，灵溪河却依然老得生机勃发，老得心有灵犀，这，显然是蹉跎之外另一种毋庸置疑的美好。我在灵溪河边有点呆头呆脑地晃了许久，弥望满眼的事物，带着风声与苔藓的味道，忽而慵懒，忽而陡峭。司城码头，一块块石头彼此挤挤挨挨的，很有些尘世幽微的年代感与秩序感。高大的枫杨，遒劲出许多凌乱的线条，像是在勾勒不拘一格的天空，有的起落弯曲扭扭捏捏，有的又天光云影顾盼生辉。树下岸石旁，照例泊了许多摆渡的木船，头尾尖细，略略翘起，船舱弧宽如鱼肚，可载三五觅渡之人。当地的摆渡人，喜欢穿黑色琵琶襟上衣，缠青丝头帕，无人可渡时，他们并不在船上，多聚拢于码头树下扯闲篇儿，津津乐道处唾沫横飞，隔了许远，都能嗅到唇齿间骄傲的往事与满地的鸡飞狗跳。河对岸的沙滩上，同样歇了一溜木船，青乌乌的，撑船的竹篙在暖阳下横竖参差，像是在等待某个山河故人的到来。灵溪河流经老司城时，换了个名字叫司河，司河绕太平山环了一个半月形的大弯，形成一道天然护城河，闻名遐迩的老司城便依山就势筑在半山腰上。

二

山是一座城，城是一座山。山上，隐隐约约的，有木叶声传来，果汁样清脆，箬竹般婀娜，婉转悠扬中，似在传递蛮荒时代某种失传已久的讯息。

正是暮春时节，平常勤快惯了的雨，想落就落了起来。雨中的老司城，清沐沐，湿淋淋的，背倚三星山，前拱玉屏峰，太平山、紫金山、凤凰山、将军山、麒麟山、象鼻山等群峰如屏如障，缥来缈去的山岚水雾显然有些任性，不断描摹洇染出远山时断时续的脊线，青黛与乳白，清晰与模糊，寥远与切近，一时毫无边界地恣意变幻。待到雨后霁光乍现，云气缭绕升腾，群山舒卷奔逸，恰如十万匹骏马追风逐日，“万马归朝”的乾坤之势霎然而至，既奇伟磅礴，又炫目惊心。周围建有烽火台的野毛关、椰溪关、大坪关、龙爪关、飞霞关、百丈关、龙伏关等雄关险隘，则成环状神荼郁垒般拱卫着老司城，处处高山深涧，道道崖壑峥嵘，虎踞龙盘，易守难攻。

老司城，这个“中国的马丘比丘”，隐匿在崇山峻岭的深处，自然是个好地方，有点不同凡响。我用手机将老司城定了定位，发现它竟然与地球上最高的珠穆朗玛峰、最深的马里亚纳海沟、巴比伦的“空中花园”、古埃及的金字塔、加勒比海的百慕大群岛和远古的玛雅文明遗址等奇景妙观，竟然同处于神奇的北纬 28°-30°之间，起起落落，山止川行，神秘莫测。顺着红褐色的鹅卵石官道往山上闲溜慢晃，嵌砌千年的石头被雨水浸得有点容光焕发，断壁残垣处，随风曼妙的紫云英，擎着深浅不一的紫色小花。嫩生生的繁缕，探出细碎的白色花骨朵，乌敛莓、车轴花、早熟禾、猪殃殃、婆婆纳、牛筋草等无数的荒烟蔓草，仿佛从千年前一直固执地长到现在，郁丛丛，绿鲜鲜的，悠然而率性，甚至还有点嚣张。一堵堵高达丈许的城墙，用硬硕的岩块与大卵石层层垒砌，并以石灰、桐油、糯米浆等勾缝胶凝，虽经千年风雨，仍坚固异常。灰褐的墙体静默在稼穑田野之间，看得见低矮的尘世，还有高处的苍茫，在一派自自然然的大荒大野里，各有各的面孔，各有各的状貌，或梨花带雨，或斑驳陆离。

坐在一块绛幽幽的石头上，面对神秘得颇费思量的遗址，我不得不细细打量。遗址的规模比我想象的要大，约二十五平方公里，延及左街(向家湾)、周家湾、喻家堡、杨茶枯、谢圃、响塘等六个自然村落，核心区域超过二十五万平方米，有着内罗城与外罗城之分。城内三千户，城外八百家，八街十巷，纵横交错，烟火隐约。气势恢弘的宫殿，威严肃穆的衙署，祖德流芳的宗祠，人声鼎沸的街巷，春诵夏弦的书院，巍然高耸的牌坊，慈光普照的寺庙，明月蒹葭的山庄，上风上水的墓地，冷暖自怡的凉热洞，蓑笠抡竿的钓鱼台，以及砥兵砺伍的搏射坪，铸造兵器的谢圃……确凿是“巍巍乎五溪之巨镇，郁郁乎百里之边城”，难怪清彭施铎作《竹枝词》绘其声色：“福石城中锦作窝，土王宫畔水生波。红灯万点人千叠，一片缠绵摆手歌。”只是，这些功能齐全、泾渭分明的宫殿区、衙署区、生活区、苑墅区、墓葬区、宗教祭祀区、中央文教区、军事设施区内，绝大部分地面建筑，都已在质朴坚硬的时光中灰飞烟灭，唯留下一地密密麻麻的石头，似乎被沁凉的月光催眠过，禁得住悲，禁得住喜，携带诸多事物一生的道路，无法中途退场。我凝望着这些素履寂静的石头，虽然不知道它们的原籍究竟在什么地方，棱棱角角经历了些什么，一双双桃花灼灼的手，抑或是老茧皲裂的手，又是在怎样一个意犹未尽的时刻，手法娴熟地将它们铺嵌成台地精美的图案，街巷整齐的行列，垒砌为层楼叠榭厚实的基础，崇墉百雉坚固的城墙，但此时此刻，它们都平展展躺在累累尘埃中，凝聚着时间的力量，悠悠窅窅的，坚实而隐秘，并没有完全死去，只是落寞着，习惯了把自己和泥土铆在一起，身不由己，也互不为难，默默俯首埋身了数百年，直到成为这座王城遗址与废墟的主角，供人在某个涨满乳汁的春日黄昏，摒弃俗不可耐的妄念，不断地凝视、凭吊、瞻望、怀想。

暮光，红嫣嫣的，从峰峦、树梢缓缓滑下来，汪汪地散落一地。一些，雍雍地落在五代后梁开平四年(910)匍匐的炊烟里，一些，落在说不上谁先谁后彼此困顿的脚步中。这一年，向晚的天光中，到处都是恓恓惶惶的兵荒马乱，燕破沧州，吴越取湖州，韦庄入蜀后卒于花林坊，楚王马殷开天策府，平辰、溆蛮，救江西吉水彭瑊，虏骈以归，联姻盟信，封彭瑊为辰州刺史(州治沅陵)。当时的辰州西部，乃唐代的羁縻州——溪州，山重水复，草木蒙昧，云雾晦冥，为当地蛮酋所控，彭瑊感于楚恩，主动请缨，愿为南楚开疆，进驻溪州。彭瑊深入蛮荒，广施恩泽，遍布怀柔，日渐强盛，诸苗拱服，最终困毙蛮酋首领吴著冲于洛塔山洞，授溪州刺史，彭瑊于是成为第一代溪州土司王，湘西土司制度的缔造者，领上、中、下溪州及保靖、永顺等地。鼎盛时期，辖二十州，范围涉及湘、鄂、渝、黔、川、滇等边区，由其子孙“世有其地、世管其民、世统其兵、世袭其职、世治其所、世入其流、世受其封”，历经后梁、后唐、后晋、后汉、后周，至宋、元、明、清九朝，直到清雍正六年(1728)彭氏土司“改土归流”，共历时818年，世袭27代35位土司，开启了一个姓氏波澜壮阔的八百年，一个家族拿云攫石的传奇史诗，一个土司王朝的不朽诉说。

山，一线一线的，黛青着，似在纺织朴实新颖的土家织锦，缕络出自己饱满的色彩，丰沛的模样。峰，一仞一仞的，梭子般，孤峭得无法触及，却又毫无二致地将尘世隐蔽的日子层层垫高。一涧涧意味深长的水，像群山中许多清清亮亮的线头，你缠我绕得恰到好处，麻溜溜的，潺湲出一抹抹此起彼伏的绿肥红瘦。一垄垄的烟云，一坡坡的命运，从楚蜀通津的王村到跨壑披崖的下溪州故城，从平岸野瀑的会溪城到四面天堑的龙潭城，从万山环拱的老司城到禾畴膏沃的颗砂城，蜿蜒清澈的灵溪河宛如玉带，极其巧妙地把龙潭城、老司城、颗砂城三座土司王城缀成一线，心心念念，前呼后应。凝望着最初的凝望，彭氏土司所统领的溪州大地上，曾经的彭人、茅人、庸人、百濮、百越、巴人等部族在这里结草为庐，繁衍生息。禹伐三苗，窜三苗于三危，放驩兜于崇山，蚩尤三苗九黎部落，左洞庭，右彭蠡，再次被迫南迁，继而西徙，进入武陵山腹地，苦巴巴地讨生活。楚吴起变法后，南并蛮、越，土家族、苗族、瑶族、侗族、汉族等诸多民族，苦于汉地赋役严苛，贫者不复堪命，也多逃亡入蛮，蛮无徭役，强者不拿官税，于是豪杰并起，结党成群，动辄有数百千人，你争我夺，旋起旋灭，有的据险盘踞得久了，便时不时僭称王侯。黔首黎民则不得不在刀光剑影与血雨腥风中，十分悲催地凄凄惨惨，地老天荒，沧海桑田。

湘西"蛮夷之地"，民风强悍，叛服无常，常被所谓的中原正统蔑称为"五溪蛮"。自秦汉以来，历代中央王朝与地方大姓豪族，冲突不断，征伐不断。东汉建武二十五年(49)，五溪精夫相单程等据其险隘，大寇郡县，伏波将军马援奉命征讨，结果被困于沅水清浪滩壶头山，"马革裹尸"而还；三国时，诸葛亮深入不毛七擒孟获以征南蛮；唐末"安史之乱"后，藩镇割据，天下纷扰，五代十国，更是烽烟四起，惊心动魄。彭瑊之后，其子彭士愁承袭溪州刺史，充任靖边都誓主。后晋天福四年(939),袭位楚王的马殷之子马希范日益骄奢淫逸,苛捐重赋,横征暴敛,民怨沸腾,彭士愁揭竿而起,率溪、锦、奖三州万余人攻打辰、澧二州,土家族历史上著名的"溪州之战"爆发。双方决战于离王村不远的九龙蹬。九龙蹬,地处铜柱溪与酉水河交汇处,山势重叠,雄奇峻险,石骨突兀,状若九龙。双方孤注一掷,征鼓之声,震动溪谷。最后,彭士愁虽结寨凭高,据险扼守,终因力量悬殊,兵败保山寨,而楚军也损兵折将,元气大伤。无奈之中,彭士愁遣其子彭师杲率诸酋长,纳溪、锦、奖三州印,请降于楚。兵败,请降,这是他的不幸,也是他的幸运。马希范效仿其先祖马援"平征侧于龙编,树铜柱于象浦"的壮举,双方在酉水河畔的会溪坪歃血为盟,铸立铜柱,镌刻盟约:尔能恭顺,我无科徭;本州赋租,自为供赡;本都兵士,亦不抽差,永无金革之虞,克保耕桑之业,并誓言"皇天后土,山川鬼神,吾之推诚,可以玄鉴"。溪州铜柱,高一丈二尺,入地六尺,形为八面,由五千斤黄铜铸成,成为一座彪炳史册的纪念碑。千年一柱,订盟罢兵,重修和好,天下太平,从此,湘西彭氏世传郡印,永镇斯土,整个溪州大地再无兵戈相见,血肉相残,"无扰耕桑,无焚庐舍,无害樵牧,无阻川途",保境安民、休养生息、安居乐业,子孙永享,一幅"以夷治夷,齐正修教,因俗而治"的国家多元共生管理图景横空出世,中国历史上"一朝两制"的西南少数民族区域自治先河由此诞生——这就是中国历史上赫赫有名的湘西土司王朝。南宋绍兴五年(1135),第十一世土司王彭福石宠迁治所至灵溪河畔的老司城,凭山作障,即水为池,万山环拱,林木森森,自此,老司城作为永顺彭氏政权长期的政治、军事中心，历经数不尽的风云变幻，道不完的波谲云诡，活泼泼、巍煌煌的，存续了近六百年之久，成为一处明光烁亮的王城奇迹，湘西土司政权绝无仅有的案例，演绎出一个罕见的“国中之国”的神奇史话。

三

春日的风，吹得有些缱绻，润润的，欢欢的，来来回回。暗红色的鹅卵石，沿着正街、河街、右街、左街、紫金街铺砌开，千军万马似的，安静得有些沸腾，仿佛在等待着自己被罢黜的王，有朝一日还会王者归来。固守在时间之外，所有事物的暮年，都喜欢怀念那个不被打扰的从前。拘在无言的沉默中，我嗅到了每一块石头的气味，逐渐明白每一块石头的意思，就像云是云的意思，雨是雨的意思一样，石头就是石头的意思，每一块石头都是时间的信物，彼此亲着，近着，孵着，捂着，窃窃私语，看上去，貌似稀松平常，实际上却静默得很远，很透，很深。

依山，临水，归田，一些寂静，与时间较量，值得被看见，被聆听。慢慢地，我知道了那个叫彭士愁的男人，丰神俊朗，铁血柔情，溪州大战，输了一场并无多大悬念的战争，却赢回了一个内安外宁的王廷，将一出或悲或喜的人生大戏，上演得跌宕起伏，精彩绝伦，成为土家世所景仰的“彭公爵主”，给溪州大地带来了前所未有的焕然生机；渐渐的，我晓得了那个叫彭世麒的男人，志存高远，孤标粲然，奉命征调，尽忠许国，随王阳明先生征施州，平南赣、剿猺峒，顶天立地，秀拔五溪，获赐“表劳”，钦准立坊，成为整个西南土司的翘楚，做到了用武、世忠、世业的完美统一；缓缓地，我熟悉了那个叫彭翼南的男人，蕴六德，敏而勤，富而义，贵而礼，严而和，入而孝，出而忠，雄姿英发，弯弓盘马，带领数千霸蛮得不要命的土家士兵，手持钩镰枪，自创旗头阵，驱驰千里，奔走于荒烟道途，与戚继光、俞大猷一道抗倭杀敌，王江泾大捷，一举荡平倭寇，堪称“东南战功第一”，被授昭毅将军，并立“子孙永享”牌坊以示昭纪，尽管这不是他一个人的胜利，而是那些选择与他同生共死所有人的胜利；当然，还有那个叫彭肇槐的男人，囿于形势，权衡左右，自请改土归流，使土人同沾王化，以一个家族八百余年的荣耀与尊严，换取免遭生灵涂炭的和平与安宁，一腔天地玄黄的悲凉之气，化作土司王朝落幕时最后的断章与绝笔，挥泪长别的那一个转身，即是一个时代的一去不返，唯余千年一叹。好在，大地上的事情，大凡以此始的，也必将以此终，每一次无可奈何的最终离去，又何曾不是另一处即将开始的归来？如期而至的山山水水，人来人往，无法屈指可数的苍生万物，朝晖夕阴，每天都跟每天一样，大抵都在想方设法，活在自己想活的活法里，天地循环，周而复始，如昼如夜，生生不息。

雨后诚实的阳光，尚未来得及完全照彻得熙暖、细腻，遗址上的风，忽然大了起来，弄疼了石头上许多凝固已久的表情。我立起身，紧了紧短袖上衣，捋了捋稀疏散乱的头发，斜靠着自己，想弄明白诸多卑微而精致的事物，到底哪一些是疼，哪一些是痛，然而，终究因为庸碌、愚笨，不得要领。高墙大坎上，并不繁盛的荼蘼花随风摇曳，始终无法从容淡定，有的，甚至差不多零落殆尽。若有若无的烟气慢慢笼上来，迷离处，有丰盈健硕的女子，高髻螺鬟，迤逦而行，文采斑斓的大襟、银钩，明丽炫目的八幅罗裙，既傲娇，又高贵，那是彪悍善战的男人背后，一个又一个渐趋妩媚的女人。我使劲揉了揉眼睛，苍山翠微中，只见顺贤夫人款款而来，这位彭楚联姻中，楚王马希范的嫡妻，彭士愁的堂妹，虽貌丑，却能内修其德，外展其才，对内治家有法，对外不断化解彭马两个男人之间的矛盾，就连骄奢淫逸的楚王也对她心有忌惮，敬畏三分。彭氏殁后没多久，溪州大战爆发，楚王却能在铜柱盟约中给战败的彭士愁无可比拟的优厚待遇，不能不说，这其间依然尚有楚王对彭氏的愧疚及敬重之心。月沉湘浦冷，花谢汉宫秋，这样一个至今有姓无名的貌丑女人，却凭一己之力，间接巍峨了土司王城八百余年的矗立，彭家女，马家妇，如此的破茧成蝶，足以笑傲万千的国色天香、倾国倾城。一段恰如其分的桃红李白后，一个名叫吴秀英的年轻土家妹子莲步轻移，婀娜生姿，她是嗜杀成性的老蛮头吴著冲的千金，又是英武不凡的彭士愁的贤淑妻子，她无法选择自己的出身，却勇敢选择了自己的所爱，当父亲与丈夫烽鼓不息，势不两立，她夜以继日地纠结、痛苦、挣扎、彷徨，最后，她选择了良知、爱与正义，“天作孽，犹可违；自作孽，不可逭。”当丈夫的利剑刺进父亲的胸膛，谁又能知道，彼时彼刻，她是一种怎样的生命无法承受之重，抑或之轻？蒙蒙水云里，一个女人，得积攒多少的力气，才能将一个时代的乱云飞渡，走得雨过天晴，风和日丽？大山深处，八百多年的光阴，更多朴野不羁的男人、形容粹秀的女人，他们年复一年拼尽全力，活在这片土地上，他们真真切切地来过，却又像没有来过一样，没有留下半点痕迹，微不足道得无法提及，后世诗人所说的“人可生如蚁而美如神”，至多是扑朔迷离的无端臆想罢了。唯遗址上的每一块石头，无论是处在高城大墙，长街短巷，或是缜密的排水沟渠，一定曾见证过他们的芳华，安妥过他们的精魂，虽然，它们从始至终，一言不发。

石阶苔痕点点，草色入帘萋萋。每一块石头的纹路里，每一丛杂花生树的草叶上，往往都住着高高在上的神灵，隐着小欢喜，忍着大慈悲。尘世的沧桑，命运的绳索，羁绊不住始终向上生长的力量，即便粗糙地活，潦草地葬。我在风中盘盘绕绕，上上下下，并无明确的目的，只有大概的方向。于老司城，我知道的并不太多，也不想知道得太多，除却几个有名有姓的男男女女，我更愿意亲近那一街街一坎坎没有任何落款的石头，有的整齐，有的随意，有的风剥雨蚀，有的峥嵘如初，它们彼此存在着，簇拥着，成为不幸中的万幸，绝望中的希望。透过它们，在时间的另一头，我仿佛嗅到了曦光中的芸芸众生，蘸着烟熏火燎的遥远气息，令人唏嘘。它们一起承载过碉楼上的鼓角声声，街市边的灯笼高悬；一起陪伴过跳茅古斯的汉子，叽叽咕咕，摇头抖肩，跳摆手舞的女人，呼朋引伴，进退翩跹；一起见证过神神道道的梯玛，唱起神歌，祈福祛灾，过赶年的人们，在堂屋拉起三尺军帐，蒸甑子饭，切砣子肉，斟大碗酒，慰缅驱驰国事的壮士，还有编织西兰卡普的姑娘，哼着随意的歌儿，飞梭走杼。一块块磨蚀得油光发亮的石头，走过王公贵族，才子佳人，也走过孤旅迁客，军爷百姓。放排的水手、撑船的艄工、算命的先生、驼背的铁匠、采木的汉子、洗衣的大嫂、哭嫁的新娘，他们毫无疑义，都是遗址至今还活着的一部分，带着石头的温度、硬度与韧性，步步惊心，迈出的每一个步子都是谷雨春分，所过的每一个日子都尽量草长莺飞。朝升暮合，照顾着历朝历代的星辰，尽管自己的一生如此短暂，而一天又是那么漫长，但，奔走在奄奄一息的路上，他们却从未因此彻底地痛哭失声，悲伤绝望。

高岭深涧，迷雾重重，耕田狩猎惯了的土家汉子们，彪悍健壮，身手敏捷。他们无事则荷锄而耕，有事则修矛以战，听从朝廷调遣，保境安民。每遇征战，必荷戈前驱，国家亦赖以挞伐，因为骁勇善战，攻无不克，故有虓雄之称。仅有明一代，永顺土司便奉朝廷之命，率领数万将士撇妻弃子，不顾关山阻绝，驰骋天下，参战三十余次，从辽宁一直打到广东，令对手闻风丧胆，尤以嘉靖三十四年，彭翼南率兵大败倭寇二千二百余人，彻底肃清沿海倭寇骚扰，立下了不可磨灭的赫赫战功。当我在祖师殿前叩首低回，想起王阳明先生绝无仅有的《祭永顺、保靖土兵文》：尔等皆勤国事而来死于兹土，山溪险绝，不能一旦归见其父母妻子，旅魂飘摇于异域，无所依倚，呜呼痛哉！……今尔等之死，乃因驱驰国事，捍患御侮而死，尽得其死所矣。朝彻，见独，每念及此，苍山肃穆，长歌当哭，禁不住感同身受，如同先生一样，临文凄怆，涕下沾臆，呜呼伤哉！无数失去儿子的父母，没了丈夫的妻子，再也无法见到父亲的孩子，他们那些恣意流淌的泪水里，该是怎样的一片伤心不成？无边的痛楚与凄惶中，又是怎样的一番不思量，自难忘？尽管，他们也许不知道，家国之间，那些鸡毛蒜皮的大事与惊天动地的小事，到底孰轻孰重，但他们或许本能地晓得，一些活着，必然需要死亡来捍卫，一些站立，总需要倒下来成全，如同田垄地头的庄稼，没有花朵的凋零，就不会有果实的成熟一样，年丰岁稔。

四

天地间，时光里，曾经的老司城，福石乔木，绣屏拱座，有山皆绝壁，无水不悬流；福岭霞蒸，雅草甘泉，和月掬来还有影，带花汲去岂无香；石堆臼马，若隐青狮；云烘紫殿，雾锁丹墀；有石桥仙渡，细波长共远山浮；见玉笋参天，只应从蹑白云巅；龙洞钟灵，羊峰毓秀，焕雀屏于玳瑁，饰鸳瓦于琉璃，城中风气朴茂，被服饮食，皆适丰约之中……土绸、溪布、茶油、桐油、生漆、虎皮、茶芽、朱砂、铜鼓、麝香、灵芝、五倍子等享誉四方。如今，千余年过去，雕梁画栋的亭台，檐牙高啄的楼阁，精雕细刻的窗棂，早已繁华落尽，零落成尘，甚至拒绝阐释，唯有山峦还在，河流还在，红褐的石头还在，黝黑的城墙还在，勇气与信念还在，它们带着一座城池未遂的野心，继续抵抗着时间，逃往未来。

风停，雨止，正午的阳光，仿佛从废墟里一下子被刨了出来，温暖，明亮。路旁篱笆边的草花，一丛丛自顾自地开，一簇簇自顾自地落，随兴得令人羡慕。一大群研学的孩子，突然出现在灵溪河畔，雀跃着奔来跑去，忽聚忽散，忽大忽小，活泼敞亮的样子，煞是热闹、好看。整个寥落荒芜的遗址上，到处溢满了叮当作响的欢声笑语。或许，孩子们对漫山遍野的泥土与石头，并无太多的兴趣，多少有些不以为然，他们暂时还无法听到来自土地深处的诉说，因为，声震人间的，必深自缄默。很快，他们在老师的带领下，三五成群的，一步一欢喜，跳起了摆手舞，稚拙，浩荡，蓬勃。羁鸟旧林，池鱼故渊，千疮百孔的大遗址，仿佛瞬间全部活了过来，世间的美好，成为另一种意义的“在场”，盈盈皎皎的，接受蜂蝶翩翩的新鲜朝拜。此时，雾气已完全散去，丘山处处晴柔，大地一片澄明。

阳光饱满，溪流水灵。我依旧不紧不慢地晃着，晃过遗址，也晃过无边的自己。陷在光阴的深处，恍惚中，清瘦的目光越过历史的粒粒尘埃，像是找到了失散多年的先人，在等待某种说不清、道不明的开始或是结局。

万物皆有裂痕，那是光进来的地方。万物皆有生命，活着，就是还未死去。一别行千里，再见是暮年。不同的山川河流、城市村庄，不同的飞禽走兽、花草树木，不同的悲欢离合、荣辱恩怨，在漫无边际的时空谱系末页，没有早一分，也没有迟一秒，总有生死相遇的一刻，看似不经意，实则遁入无法逆转的春秋宿命，就像此时此刻的我，浑浑噩噩，兜兜转转，一天到晚，一年四季，有点不可思议地晃来晃去，总疑心是自己将许多微妙的事物晃得没了生气，没了正形，再也无法死去活来。每思忖至此，就会出一身老汗，虚怯怯的，惊魂未定。如此这般，我一不小心就晃完了自己的前半生，一半的自己，已然成了另一半自己的遗址，既无法若有所待地去发掘，也无法无牵无挂地被清除。

山一程，水一程。想来，这世上，除了不朽这个字眼，原本没有什么东西可以只此青绿，以一成不变的某种形式试图不朽。水流走了，山还在，山，无疑是水的遗址；雨落完了，云还在，云，大概算是雨的遗址；天空空了，大地还在，大地，应是天空的遗址；过去已去，未来正来，未来，自然是过去的遗址，许多年后，我，以及可能的我们，又会是谁的遗址呢？

驿路烟尘

一

回到马底驿，是经常的事。因为那是我的家乡。不大，不小，颇有点苍凉。

五十年前，我出生在那个地方。母亲十分疲惫地插完秧回来，喝完半碗据说十分难得的红薯稀饭，结果，半夜肚子痛得很，结果，手忙脚乱中生下了我。彼时彼刻，这座古驿道上，不是人们希冀的夜半歌声，而是多了好一阵子讨人嫌的夜半哭声。多少年过去，我并不知道这座驿站，对于我，对于我的父辈，对于我那些熟悉而陌生的乡亲们，意味着什么。

我曾多次想象过，这座普通得再也无法普通的小小驿站，会有着怎样的前世今生与喧嚷哀音，而我作为这座驿站上微不足道的一粒浮尘，又会有着怎样的冷暖自知？后来的日子，有意无意地，我以这座从没有过经纬度的驿站为起点，向东，向西，向南，向北，跋涉过巍穆清傲的泰山，惊悸狂暴的雅鲁藏布，曲水流觞的纳西木府，孟姜女痛哭流涕的长城。渭城的朝雨，阳关的暮雪以及下关风上关花，早已漫漶在一个民族浩瀚芜杂的精神疆域中，一条绵延千里的路，走过太多的谪官逐臣，青衫布衣，差役马弁，亘古邈远的奔跑与叹息，隐于历朝历代的朔风中，零零落落，不忍听闻。也许，这座注定了我人生起点与终点的驿站，曾经的繁华无法与秦淮河相提并论，沧桑也无法与朱雀桥、乌衣巷抗衡，甚至连几声苍劲的胡笳与羌笛都没有，可是，它每一块青石板，每一堵颓壁残垣，都将一些生生不息的庇护与濡养，沉寂在江南乡村的某个节点，付之于企盼，传之于久远。

马底驿，是古滇黔驿道的重要驿站之一。其地，左有龙门宝殿，右有喜眉大山，上有花翎搭桥，下有犀牛镇潭，中有怡溪水穿驿而过。因驿道窝于崇山峻岭之中，一眼很难看到，故有俗谚云“望不到的马底驿，脏兮兮的界亭驿，好玩不过郑家驿，看不到头的星天驿”。

从沅陵县城乘车到马底驿，可以走弯弯曲曲的 319 国道，耗时一个半小时，也可以走一马平川的常吉高速，耗时三十分钟，也可以晃晃悠悠地途经三五首迁客骚人并不温醇的诗，耗时近千年。

夏日的某个黄昏，细碎的雨若有若无地飘下来，还没等落地，燠热的灰尘早已仰面迎空熔没了它。这一次，我想慢些，慢些，再慢些，从千年前的那缕烟尘出发，追随一个又一个差弁扬鞭策马飞奔而去的背影，回到马底驿，回到那个不是终点的终点，完成一次没有抵达的抵达。

“砍柴莫砍苦葛藤，有女莫嫁赶马人。三十晚上讨媳妇，初一初二就出门。”“男走夷方，女则居孀。生还发疫，死弃道旁。”透过黄昏的落日，我似乎看见驿道上马蹄声声，烟尘滚滚。迁客戍卒，马帮商旅，熙来攘往。拨不开的云烟，立不定的兰舟，摆渡红尘，羁旅飘摇，断鸿声里，不知归途。“走马调”凄婉的旋律中，石板路已被踩得锃亮，马蹄窝盛满血泪，皇帝的圣旨常常累死在路上。鸡声茅店月也好，人迹板桥霜也罢，诸种难奈，只好千年一叹，将一樽苍凉慷慨饮尽……

明弘治年间，“前七子”之一何景明出任云南督学时写下《题沅水驿》：“小驿孤城外，阴深草树幽。晚凉凭水榭，秋雨坐江楼。绝域鸿难到，空山客独愁。夜深归渡少，渔火照汀洲。”明代大儒王守仁途经沅水驿时亦题诗：“辰阳南望接沅州，碧树林中古驿楼。远客日怜风土异，空山唯见瘴云浮。耶溪有信从谁问，楚水无情只自流。却幸此身如野鹤，人间随地可淹留。”荒草烟火，水榭汀洲，瘴云绝域，鸿雁难至，何等幽深孤凄。及至宋时，率军征瑶的陶弼行军至白雾驿时，大为感叹：“一曲清溪一曲山，鸟飞鱼跃白云间。溪山且要行人到，自是行人到此间。”貌似风致楚楚，实却重峦叠嶂，嵯峨难行。

嘉靖三年(1524)，明代三大才子之首杨慎因“大礼议”得罪世宗皇帝受廷杖，谪戍云南永昌卫。是年十二月十五日晚，天寒地冻，其妻黄娥陪伴着骨瘦如柴，身带枷锁的杨慎，行至江陵驿。眼见爱妻风尘满面，疲惫不堪，再也不忍心让她向前护送，力劝妻子回四川新都老家。临别之际，杨慎悲情填写《临江仙》：“楚塞巴山横渡口，行人莫上江楼。征骖去棹两悠悠，相看临远水，独自上孤舟。却羡多情沙上鸟，双飞双宿何洲？今宵明月为谁留？团圆清影好，偏照别离愁。”(《戍云南·江陵别内》)逾月，至沅陵马底驿，身心俱损，日益憔悴，感怀身世，思念爱妻，写下《宿马底驿》：“戴月冲寒行路难，霜花凋尽绿云鬓。五更鼓角催行急，一枕乡思梦未残。”妻子黄娥回到新都，看到桂湖景物依旧，物是人非，作《七律·寄外》怀念丈夫：“雁飞曾不度衡阳，锦字何由寄永昌？三春花柳妾薄命，六诏风烟君断肠。曰归曰归愁岁暮，其雨其雨怨朝阳。相闻空有刀环约，何日金鸡下夜郎？”情辞凄楚，催人泪下。果真是，驿路烟尘一路诗，万里关山各不同。

二

马底驿古驿道从古至今，多有迁客骚人从此经过，留下众多无法宠辱偕忘的或悲或喜的诗篇：明何孟春《辰阳道中遇雨》，用陈宪使《马底驿》韵，诗云：“曲径绿云定几叉，平原积水尽成洼，夜来檐溜三更急，明发溪流一倍加。泥骨不堪啼野鸟，雷鸣无复采山茶，阴晴客况谙曾熟，远使何愁鬓转华。”“草市人朝醉，畿田火夜明。泷江入地泻，栈道出云行。”（宋·陶弼时任辰州太守）；“何事婴廛线，萧萧急暮征。云还助石滑，山不似心平。避漏频移榻，煎茶自冼铛。楼台二十五，听沏短长声。”（候家地时任辰州推官）；“树开林鸟乱，烟重野桥斜。径折多逢石，香幽不见花。青山天际落，白务马头遮。相顾魂宜断，无由觅酒家。”（范东秀桂林人贡生）。千年的流风烟霭中，古道西风吹瘦马，一骑红尘感慨生：莫道故乡风物幽，从来王粲怕登楼。

马底驿作为古驿站，残存的街道、院落依旧昭示出曾经的繁华。一条多有损毁的麻石小街弯曲地延伸了一华里多，天井瓦屋两面对峙,鳞次栉比。间或有高高大大的防火墙,斑斑驳驳的墙面上也已似乎长满了青苔的记忆。小街上的麻石全是从溪边拾掇的圆圆溜溜的卵石,一个紧挨一个,一圈围着一圈,费力用心地砌成“花好月圆“的图案。历经岁月的风剥雨蚀,虽然许多麻石已在数百年无数辈人的脚印中缺失,但留存下来的已被岁月磨圆磨亮的卵石，依然在小巷深处长年累月地呼吸着，见证着这里数百年的荣辱盛衰与悲欢离合。

房屋照例多是两层砖瓦木质混合结构,一楼内凹,有宽大的门窗,门口是柜台撑板。二楼木砌外伸,成吊脚阁楼样,正好为一楼商铺和壁廊过客避风遮雨。当街凸悬出一个个高高大大的柜台,全用厚厚的松木板清缝合成,显然是做各色生意用的。四合小院,多前厅后堂,两边是木造厢房,天井洞开,阳光从上弥撒,溢满院落，天井正中是旱水池。厢房门窗上有木刻雕花，图案绝不雷同,有游鱼飞鸟,有梅兰菊竹,有飘浮白云,有汹涌波涛,有马蹄铎铃,有辟邪神灵,古色古香,栩栩如生,抚之光滑而有质感。天井屋檐牙高啄,瓦脊上大大的“辰州符”图腾特别醒目,显出一种威压与庄严。天气晴好时分,一方阳光从天井斜斜的透下来,四围雕龙画凤的轩窗顿时活泼有致，让人可以一下子想象到那些久违的荣耀与尊严,美丽与忧伤。

元至元二年(1265),元世祖开通京都至昆明驿道,马底驿始置驿,属于元朝大都(今北京)通往中庆(昆明)的中央驿道,中庆再往南,便是缅甸、南掌(今老挝)和孟加拉国(当时属印度),乃名副其实的一条国际通道。马底驿古驿道距今已有750年历史。驿东七十里至界亭驿(今沅陵县官庄镇),驿西六十里至辰阳驿(今沅陵县城南驿码头)。

清嘉庆二十四年(1819)农历六月十一,林则徐被派往云南主考。在那个热不可耐的夏天,由于洪水猝发,官道尽没,三十四岁的林则徐换舟弃车,从湖北公安进入湖南津市、澧州,四天后抵常德府外。第二天,林听取桃源邑令建议,为避缅甸贡象队伍经过驿舍不敷之问题,一行日夜兼程,过陬市、桃源、桃花源,深夜止宿桃源县的郑家驿驿馆。六月十九,从沅陵县界亭驿出发的林则徐在马鞍塘路遇缅甸贡象,当晚止宿马底驿。他在日记里记载道:"十九日……平明过马鞍塘,遇缅甸贡象过此。二十日……巳刻至辰阳驿(即沅陵县城)……云南伴送贡象之员,亦于是日到此,行馆逼狭,邑令张时庵劝余入城住其署中……于县署之后堂下榻。"感于邑令张时庵以纸索书,乃撰书楹帖一联:一县好山留客住,五溪秋水为君清。林则徐从十九日看到象队,一直到二十三日,浩浩荡荡的象队还在沅陵县城经过。这是何等壮观的景象。当年,大清王朝已渐有衰落之势,可携着康乾盛世的余威,这条古道上仍旧是一派繁华景象。

三

据考,驿站从商周邮驿开始。邮驿,是中国古代的一种通信和交通形式。在先秦时代,以车传送称作"传"步递称作"邮",马递则称作"驿"。为驿传设置的中途停驻之站称作"置",为邮递设置的中途停驻之站称作“亭”。秦汉大统一后“书同文，车同轨”，建立了全国统一的交通通信网络；隋唐时代，邮驿盛况空前，筑建豪华馆驿供传递公文人员和来往官员换马及歇宿。宋在驿外设“铺”，铺驻铺军，负责传递文书，当班的人，腰束革带，悬铃持枪，日夜待命，文书一到，签明时刻即上路奔驰，夜间擎火炬，行人闻铃声必须避让。

庞大的元朝蒙古帝国，除了1119处驿站4.5万匹马，还开通了三条中西国际驿道，陆行有马、驴、牛，水行有舟，山行有轿。明代，驿、铺合一，铺兵亦称驿卒或驿夫，以十甲为单位轮流当差，亦称驿传差。驿站配置赡夫、赡马，进站的驿使要持有兵部勘合的火牌才按规定给予支应。马底驿即系沅水流域陆驿。元京昆干线驿道由常德、桃源进入今怀化市辖区沅陵县、辰溪、怀化、芷江、晃州，出贵州玉屏县，清溪县、定远县、施秉县、黄平州、清平县、平越州、贵定县等，沅陵、麻阳、靖州，通道同时也有分支路线通过。

多年前，我站在古老驿站的街口，看着马底驿略显萧条的长街短巷，断壁间残垣上葳蕤的荒草，深邃了整个驿站的历史。遥想当年野性的篝火点燃的传说。一群群来自草原的汉子，如同马背上奔跑的火焰，用湿漉漉的蒙语，攻城略地，震天呐喊。一匹匹挣脱岁月，搓拢缰绳的骏马，长鬃飞扬，铁蹄脆响，他们用血沁的嘶鸣，威穆的刀剑构筑起一个庞大的帝国。然后，再用一处处驿站纵横他们逆风而跑，逐水而迁的意志，标注马背上疾风而致可圈可点的人生。坎坷的轨迹，有喧嚣也有宁静，有精粹也有齑粉，有道路也有脚印，有出发也有归处，有集结也有离散，有苍凉也有温暖。无数个王朝在这条路上崛起，倒下，又崛起；无数的驿卒，在这条没有止境的路上除了奔跑，别无选择；无数的迁客，在这条旧陌纤尘的路上，“感时花溅泪，恨别鸟惊心。”一些故事里的沧桑，隔着时间，隔着月光，隔着风，隔着雨，隔着云，隔着雪，隔着无数的辗转反侧，纷至沓来，我想把冬日紧追不舍的风寒关在老街某个店门的外面，把驿路梨花瓣瓣沐歌的温馨搂在怀里，可是，在这个夏日的黄昏，远去的驿站又如何让一个个颠簸的人生妥妥地靠岸？有风从双肩掠过，唯余一缕缥缈的吆喝和远去的铜铃声……

太阳，从驿站最后的马头墙上缓缓跌落。时光深处，一截截历史的鹤唳风声，怆然而浩瀚。我低着头，细数着一块块赭沁的青石板，以及麻溜圆亮的鹅卵石，一任储存久远的记忆且温且慢地蹀躞。如今，现代化的海陆空立体交通，日新月异的互联网技术，将千年的驿站变成了历史，变成了风景，甚至微醺的回味。驿站化身为省级生态村，久远的烟尘打磨上一层厚厚的釉彩，拨不开的云烟，立不定的兰舟，随着全域生态旅游的春潮涌起。怡溪治理、驿站保护项目实施、319 国道工程改造，马底驿开始重现熙来攘往的一地繁华。空山新雨人未老，驿路梨花处处开。每一块青石板，每一堵颓壁残垣，都会将一些生生不息的庇护与濡养，在江南乡村付于企盼，传于久远。

杖藜虎溪

深藏不露的天，苍茫着，忽然“雪”了起来。

雪，似乎早已胸有成竹，飘飘洒洒，落得有条不紊，既松软，又紧致，不到半天的工夫，便勾勒出沅江、酉水两岸的雪线，起伏如一张弓。几只觅食的寒鹞，并不逡巡，迅疾掠过雾凇，如弹射出的箭镞，瞬间没入上下一白的天光中。几叶小舟，茸茸的，泊在码头的一痕长堤之外。近岸处的吊脚小楼，往日硬朗的屋脊变得柔和温情，檐下旁逸斜出几枝玉兰，被雪簇着、覆着、拥着，宽碧的叶上仿佛开出大朵大朵瑞香颤颤的花来。

我仰着头，浴在雪中，望着空蒙的天，任凭蜂拥而至的雪花晶莹在额头眉间。日暮苍山，天寒白屋，一场雪，既可以下在过去，也可以落在将来。我忽生一念，想去沅江与酉水汇合处的虎溪看看，看看五百年前的那一场大雪。

我不知道五百年前的虎溪，与现在的虎溪到底有什么两样。五百年前的那场雪与现在的雪，是否有着天壤之别。我所知道的事实是：虎溪，其实，并不是一条溪，而是一座山。用一条溪来命名一座山，虽然让许多人一直很纳闷，但这座并不起眼的山，却注定会因为一些人、一些事而蕴藉无限的意味。因为，它是过去，也是现在;它是历史,也是未来。

雪域中的虎溪,不显山,不露水,既无高大巍峨之势,也无雄奇幽险之态,寂于酉水与沅江的合流处,白茫茫的,斯斯然,倒有某种遗世的深悲大戚。据说,山上曾有树,香樟、楠木、紫檀等,大数十围,枝干遒劲,高撑云汉,烟云盘郁,蔚然深秀,被称“虎溪云树”。这些千年大树,平素筛着光,筛着风,筛着雨,也筛着尘世种种莫可名状的可能与不可能,温恭积翠,足以让人在平澜浅濑之外,从此遁去,不劳机杼,悠然神会。

雪,潜藏着某些时空深处的密码,飘洒出一带烟村。咯吱,咯吱,我缓着步子,从龙兴讲寺拾级而上,眼前的佛国,空空荡荡。微微,有风拂过,几株老树仿佛打了个寒战,雪屑簌簌地落了一地,似千年前的梵音,从大唐袅绕至今。

公元628年的那个冬天,长安的朱雀大街上,大雪覆了鳞次栉比的楼台殿宇,眼瞅着北疆异族时常袭扰,西南诸民“叛服无常”,因旱灾蝗灾,百姓生计无着,人心浮动。面对江山社稷的忧伤,唐太宗李世民心念苍生,一边赈灾安民大赦天下,一边下诏在沅陵虎溪山麓敕建龙兴讲寺,以安抚感化西南群蛮,教化稳定一方。由此而出,繁星重现,山因寺名,寺因山立,虎溪山麓拥有了世上现存最古老的佛学院,一时间,往来僧侣讲经诵法,络绎不绝,暮鼓晨钟,梵音缈缈,幡盖云从。

如川之逝,不舍昼夜。时间的绣春刀雕刻着龙兴讲寺的梵音,一些庄严之道佝偻着身姿慢慢老去。公元1505年,纵情逸乐的正德皇帝朱厚照即位,后于西华门专修豹房,终日沉溺于鹰犬、歌舞、角抵、女色之中，不事朝政，致使宦官刘瑾专权，党同伐异，权擅天下，横行无忌。这是大明帝国最为黑暗荒诞的时期，也是心学大师王阳明遭遇的人生第一场大雪：1506 年 2 月，南京言官戴铣冒死上疏，结果被下诏狱，廷杖四十，投入锦衣卫大牢。次年春，谪贵州龙场驿驿丞，南下赴谪，遭刘瑾所派锦衣卫追杀。至钱塘江，假言投江，才侥幸脱身，过武夷山，再返南京，十二月回越城。

公元 1508 年的春日，九死一生的王阳明，不得不由杭州开始启程谪赴贵州，从姚江坐船，抵达钱塘江，途经江西广信（今上饶）、分宜、宜春、萍乡进入湖南的醴陵，在长沙旅倦小憩江观，携周生涉江而探岳麓，而后从长沙乘舟沿湘流北去，经洞庭湖，再溯沅江西上，经沅陵、辰溪等地，经由沅江支流㵲水进入贵州玉屏。等待他的，仍将是万山丛棘，蛇虺魍魉，蛊毒瘴疠。前路幽邃莫测，诸多生死未卜。这个春天，于王阳明而言，有着太多的命途多舛，太多的造化弄人，太多的离愁别恨，太多的悲戚衰零。

王阳明毕竟是王阳明，至暗时刻，无为气所役，无为物所疑，努力点亮自己，温暖他人。水路漫漫何其修远，他逆着沅水走得很慢，山行风雪瘦能当，会喜江花照野航。很显然，在这条朔风野大的水路上，他知道当年三闾大夫峨冠博带的九歌天问，知道传说的夸父在此除了奔跑再别无选择的追光逐日，更知道伏波将军马援在清浪滩头的马革裹尸。一片橹歌中，王阳明抵达溪子口的江心，久久的凝目远眺着虎溪山上的龙兴讲寺，树木葱茏，宝刹庄严，心头不禁一阵悸动，忽然想起谒濂溪祠的情形：碧水苍山俱过化，光风霁月自传神。此时的王阳明，虽然身形瘦削，面色黧黑，几茎疏落的胡须临风抖着，有些凄惶，有些羸弱，一袭青布圆领大袖，也因为一路的风尘颠沛，到处是泥点汗渍，然而，四方平定巾下一双深陷的眼，透出炯炯的光，依然可以点燃尘世每一个冬天的枯草衰肠，汗流浃背中挥一挥衣袖，人间依然会风雨处处起苍黄。

心路有多宽，世路就会有多大。生，不足喜；死，不足悲。这个春天，王阳明虽然没有登上虎溪山麓，然而，唯道于危，唯精于微，澄澄湛湛，卓卓巍巍，纯清绝点，一会万年，他终将会回到这个地方。

际遇坎坷的王阳明，始终相信，没有一个冬天不可逾越，也没有一个春天不会降临。最终，他以最顽强的意志，从最恐怖的诏狱里，活了下来；从锦衣卫的追杀中，活了下来；从武夷山的虎口中，活了下来；从贵州龙场“豺虎四出，瘴疠流行”的险恶中，活了下来。直到公元1508年，那个闷热的夏夜，电闪雷鸣，王阳明躺在石棺中，纵声长啸，一跃而起，朝向内心的期许在生死边界中诞生，大悟格物致知之旨，始知圣人之道，吾性自足。颠沛流离的王阳明，终于迎来了他个人的终极蜕变和升华：龙场悟道。

波澜壮阔的阳明心学，就此横空出世，震惊了五百年以来的华夏文明史和思想史。何处是光，哪里是影？此时此刻的王阳明，体认着内心的光芒，坚定着自己的路向，踮起脚尖，比任何时候都更接近自己的梦想。

刘瑾伏诛，王阳明终于谪贬期满，升任江西庐陵知县。“三年谪宦沮蛮氛，天放扁舟下楚云。归信应先春鹰到，闲心期与白鸥群。”此时的王阳明经过“龙场悟道”之后，明心见性，素位渊默，澄净如山，既没有“白日放歌须纵酒”的酣畅淋漓，也没有“轻舟已过万重山”的快意驰骋，更没有“天子呼来不上船”的傲慢骄横，他谦虚其心，宏大其量，给龙场学生做了最后的临别寄语：坐起咏歌俱实学，毫厘须遣认教真。然后，一念光明地坐船顺沅水东下，经溆浦大江口、辰溪，直达沅陵。

公元1509年岁末的一场大雪，似乎下得格外舒畅迷人，沿河两岸的吊脚楼掩映在雪松、雪杉、雪竹之中，山与水与天，雪与鸟与人，朦胧涵虚，如诗，如画，如禅，琼花玉树，目不暇接。正德六年初春，雪尽过后，大地开始清鲜朗润，一片桃红柳绿。青癯长须、衣袂飘飘的王阳明来到虎溪山，栖住在龙兴讲寺外的凭虚楼，因楼前有古松一株，因题匾曰：“松云轩”。王阳明“喜郡人朴茂，质与道近，因留虎溪龙兴寺，寓凭虚楼弥月，与武陵蒋信往来讲论，进士唐愈贤从之游，刘观时、王嘉秀诸人咸执贽受学焉”。虎溪山，由此高大峻茂起来，成为一座良知之山，本性之山，光明之山。

当下，此际，王阳明略带着疲倦的欣喜，从溪子口码头，一步一步拾级而上。登高临流，武陵雪峰莽莽苍苍，沅江酉水环山合流，春意泱泱。极目远眺，对岸的一脉群山，无不像一个个手执朝笏的大臣，面对着虎溪山遥相揖拜。春寒料峭中，山岚水雾，时起时伏，一股恢弘磅礴的王者之气，顿时弥漫整个山头。

其时，沅陵学子得知大儒王阳明赴任东来，唐愈贤、刘观时、王嘉秀等一批学人，以及武陵蒋信、冀元亨等，早早地，便迎候在西关码头，只为一睹阳明先生的风采，聆听先生的教诲，得到困顿人生的体悟。

整整一个多月，虎溪山上，燕子滩头，河涨洲里，王阳明与诸生一道，讲授致良知，砥砺品行，闲观物态皆生意，一曲沧浪击壤听。诸生数十人，环而拥之，随地请正，山歌号子，傩舞高腔，声振山谷。师生幕天席地，有的弄琴理丝，有的吹箫击鼓，有的投壶聚算，有的移乐泛舟，学富五车，求证论道，乐此不疲。

王阳明杖藜虎溪的讲学，于他自己而言，极为自豪。在龙场的两三年间，即便"龙岗山上一轮月，仰见良知千古光"，然而，他并没有找到过真正的知己，没有找到理解其学说的学子。当他离别沅陵时，依依不舍寄语殷殷地题写《与辰中诸生论收放心书》："谪居两年，无可与语者。归途乃得诸友，何幸何幸！方以为喜，又遽尔别去，极怏怏也。绝学之余，求道者少；一齐众楚，最易摇夺。自非豪杰，鲜有卓然不变者。诸友宜相砥砺夹持，务期有成……前在寺中所云静坐一，非欲坐禅入定。盖因吾辈平日为事物纷拿，未知为己，欲以此补小学收放心一段工夫耳……兹来乃与诸生静坐僧寺，使自悟性体，顾恍恍若有可即者。"以此鼓励虎溪弟子坚定信念，相互激励，注重方法，省察克己，事上磨炼，光大"心学"。后来，又在《门人王嘉秀实夫、萧琦子玉告归，书此见别意兼寄声辰州诸贤》说道："……所以君子学，布种培根原；萌芽渐舒发，畅茂皆由天……临歧缀斯语，因之寄拳拳。"在《题王实夫画》中回味虎溪讲学的佳处，逸兴绵绵："随处山泉着草庐，只须松竹掩柴扉；天涯游子何曾出，画里孤帆未是归。小西诸峰开夕照，虎溪春寺人烟霏；他年还向辰阳望，却忆题诗在翠微。"在龙兴讲寺，王阳明留下著名的题壁诗："杖藜一过虎溪头，何处僧房问惠休？云起峰间沉阁影，林疏地底见江流。烟花日暖犹含雨，鸥鹭春闲自满州。好景同游不同赏，篇诗还为故人留。”江流涛涛，阁影重重，情景交融间，仍可看到尘世的清澈，生命的自得，满蕴着“致良知”的心学哲思。

这是一段可以一寸寸照亮山南水北的时光，光亮每前进一寸，黑暗便后退一分；这是一段可以一点点柔软情怀性灵的时光，美善每增加一点，丑恶便减少一缕。从不可遏制的良知出发，人性的微光从内心的地平线上升起，这光，微而不弱，足以充塞天地。

王阳明离开沅陵三十余年后，明嘉靖二十三年（1544），他的门人又是同乡徐珊出任辰州同知，筑虎溪精舍于龙兴讲寺之北，并在精舍里建“修道堂”，内供王阳明像以示纪念，由门人杨珂在精舍院内题书“杖藜坞”石碑，从此，精舍辟为讲堂及学舍，延名师以教，人文炳蔚，四方志学之士日彬彬焉，每日诵读之声不绝于耳，一时称楚南盛事，虎溪精舍也理所当然被称为楚南第一学府。清崇祯初，守道樊良枢更名为“阳明书院”。

“天何言哉，春雨一帘芳草润；吾无隐尔，秋风满院木樨香”。可惜的是，这样一所学子云集、规模宏大、渊源深厚、人才辈出的著名书院，在数百年的社会大动荡中也难逃噩运，损毁殆尽。

王阳明虎溪讲学，为沅陵、湘西，乃至整个中国教育弥洒了“我心光明”的圣哲之光。如果说：阳明之学，悟于龙场，发端于辰州，倡行于天下。想来，一点也不为过。

雪，不紧不慢，依旧下着，丝毫没有停下来的意思。龙兴讲寺古老的石阶上，雪香覆了化外一方的禅机，悠远，空缈，虚静。我深深吸了一口气，双肩一抖，抖落的仿佛不是雪，而是五百年前雪藏的时光。

从轩右入翠微园，依级而登，过见江轩，穿过“清云直上”的牌坊，虎溪书院的旧址便到了。前些年，人们在旧址盖了一个书院，只是显得有些马虎潦草。书院的右侧陈放着一具“元尸”，散发出诡谲腐朽的气息，给人一种如鲠在喉的怪异感觉。左侧的屋脊塌陷，被雪一覆，廊上的碎瓦便零落一地。红尘万丈，不诉离觞，颓墙、漏檐、陋窗、残梁，该如何承载起五百年前的书声朗朗？又该如何配得上一代圣哲的天涯驰骋信马由缰？我看得有些心酸，眼眶湿湿的，不知是雪水，还是泪水。

踅身到王阳明坐像前，先生右手持书，左手抚椅，半坐半卧，宽大的袖袍早已积雪盈怀，散发出璀璨的光芒。头顶、肩上，同样莹雪披拂，恍如“吾心自有光明月，千古团圆永无缺”的诗行。先生胡须微翘，目光沉毅，平静地看着江岸的一线雪色，也看着五百年前他所熟悉的那个晦暗飘摇的王朝。

先生平静着，我却无法平静。一幅幅剪影，大雪纷纷般涌上心头：一个摇头晃脑的童蒙小稚，十二岁刚入私塾，便认定读书须学做圣贤；一个超侠不羁的叛逆少年，十五岁独出居庸关，逐胡骑射，慨然有经略四方之志；一个匪夷所思的俊逸新郎，十七岁完婚于江西洪都，新婚之夜，却与道士相对而坐忘归；一个循事究理的学子，十九岁格竹七日失败，险些送命；一个洒脱英纵的落榜书生，二十五岁两度会试不第，别人以不得第为耻，他却以不得第动心为耻。

王阳明早年溺于任侠、骑射、兵法、辞章、神仙、佛氏，后来知昔日放逸，开始端坐省言，掘天觅地，触因于心。但所有的经历，没有一次会白费，所有的困顿，都会长出翅膀，让梦飞翔。后来，众所周知的事实是：学术上，先生打通了儒释道的“任督二脉”，从“天地万物本吾一体”出发，经过龙场悟道与天泉证道，创立“致良知”“知行合一”学说，形成与当时盛行的“程朱理学”相抗衡的庞大心学体系，并声播海外；事功上，先生巡抚南赣汀漳，仅年余，剿除四省边境多年匪患；江西宁王朱宸濠携十万之众叛乱，先生凭一己之力，在朝廷未发一兵一卒的情况下，仅月余，生擒宁王于鄱阳湖；后又巡抚两广，平定思田之乱，开拓南疆，绥靖边陲。“终明之世，文臣用兵制胜，未有如守仁者也”，王阳明也因军功被赐封为新建伯。杖藜虎溪的王阳明，就此，成为中国历史上少有的“立功、立言、立德”三不朽人物，成为中国古典哲学发展史上的又一座巅峰。

雪，混沌了天地，也寂寥了归人。雪白的威仪中，我仿佛觉得半坐半卧的先生，正悄然起身，紧了紧长袍，按了按佩剑，挥舞起一支高迈清劲的笔，以一个季节的冰清玉洁，抒写着“我心光明”的乾坤定义。又似一匹来自时空深处的荒野之狼，奔跑在孤寒的尘嚣之上，突袭所有的糜烂与腐败，枯萎与凋零，将一路的关山与险隘，脚步与路途，腾挪成荣耀与传奇。

王阳明，终其一生，无论居庙堂之高，还是处江湖之远，他所有的存在，所有的境遇，不是已经被颠覆，就是正在被颠覆的路上。虽然怀揣煌煌如月的光明，挺立在海雨天风的绝巅之上，然而，他终究是孤独的。孤独的，不仅仅是他傲岸豪迈的背影，还有整整一个时代的斑驳叹息。

千圣皆过影，良知乃吾师。斯土斯民，事事物物，该当如何，便是如何。薄暮时分，雪终于停了，停在五百年前难以置信的不可能之中，也停在五百年后足以令人信服的可能里。一只不知名的鸟，天籁似的鸣了一声，从书院的雪脊飞过，于虚白的空中，划出一道翅痕，我凝思寂望，顺了先生的目光，微微轻哂。

凡墙都是门。闲是成圣，乱时成雄。须从根本求生死，莫向支流辨浊清。远远的，似有行者在歌吟。众声嚣嚣，我独默默，回转身，须臾间，一缕西沉的霞光，覆蔽在雪色的虎溪山麓，江岸漠漠，绝色灿灿，一时让人忘了久违的尘寰……

窑头芦花白

秋冬时节的窑头，该是有芦花的。

窑头，是个村庄的名字，在沅水边，朴素，安静。村庄很古老，老得满脸都是皱纹，风一吹，就会有公元前的感觉。深浅不一的褶皱里，嵌着依稀可见的斜阳古渡、残砖剩瓦、荒草落叶、烟火人家，当然也包括秋风濯雨的芦花。比《诗经》还老的窑头，通常，三两声狗吠，就可以叫醒一粒种子，一棵树，以及大片的庄稼。薄暮时分，几缕炊烟轻轻袅上屋顶，弥散在青瓷般的天空。高大的构栲或是栗树下，泛黄的青菜雀收敛着灰翅叽叽喳喳，一些凋零的往事，仿佛带着一丝无家可归的忧伤，开始陆陆续续返回遒劲的枝头。几只黑母鸡，咕咕咕的，低头觅食，把夕阳轻而易举地一点一点啄细啄淡。汀渚一湾浅水流得缓慢，渔人将农历卷在裤腿上，打一声哦嗬，弯腰弓步，使着劲，似乎一篙就可以撑到所有日子的对面。河边码头，一群捣衣洗菜的妇女，彼此挠着胳肢窝里的痒痒，嘻嘻哈哈的，穿过田埂、橘林，踏上石阶，踅进小巷，提着一篮子霞光灿灿的黄昏，将回家的路走得水灵灵，韵妥妥的。

窑头的芦花，想来必是开在浅浅的滩涂，水边的洼地，有着时间的形状。先是一大片一大片青翠蓊郁的茎秆，在微微有些寒凉的风中肆意蓬勃，绿得瘆人，翠得惊心。慢慢地，茎秆由葱翠而浅黄、深黄、枯黄，中空的苇杆执意探出头，在一阵大过一阵的风中摇曳起伏，不折不从，柔韧有余，仿佛永远没有打量够这片水域的灵动与苍茫。有时，或许打量得累了，便俯下腰，留在时间的原处席地而坐，让几许不可逆转的沉默窸窸窣窣讲着谁都听不懂的小话。沉寂的时日远了，久了，一些事物缓步进来，另一些事物就得悄悄出走。将惊蛰谷雨喜欢过了，夏至秋分喜欢过了，将侘寂欢喜也喜欢过了之后，一袭芦花，开始在风中紧紧咬住修长的苇秆，素素的，蒙蒙的，白白的，成为辨识生命的觇标，可以修饰许多的想象。若是絮着阳光，则带着金色的澄澈，默然于水湄，并不多言多语，一任许多悬而未决的洪荒，在风中，在光中，沿着村庄皴染的棱线簌簌作响。

我喜欢窑头这个名字，泥土气、烟火气十足。积水空明，篁竹掩映，临水而居，可渔可耕。早起，男人摇橹撒网，打捞一条河流一毡水草的心事；女人洗衣做饭，轻唤小儿剥卧莲蓬的乳名。待太阳跃上树梢、屋顶，男人牵牛，女人汲水，寻一块上好没有杂质的黄泥地，和泥、踩泥、揉泥、收堆，男人光着脊梁做砖、做瓦，女人系了围裙递水、晒坯，芦苇覆顶的砖瓦棚里，男人随手抹一抹满额头的汗，汗水、泥水交融，黝黑的脸膛便成了一幅无须构思的画。女人媚着一双如梦似水的眼，在略略有些艳丽的光里，将画看了又看，画里，有她一生享用不尽的福分与造化。待砖瓦做得足够多了，便会选一个黄道吉日，焚香点酒一叩三拜敬窑神，然后开始将阴干的砖坯、晒好的瓦片装进瓦窑，点火、烧窑、闷青，劈柴添火，快烧慢烧，红旺旺的窑火，往来忙碌的人影，伴了远处星星点点的渔火,隐隐约约的橹歌,间或春来女子采采芣苢,男人垒墙稼穑,秋至苇秆高擎,芦花飘飘,一幅良田美池、溱溱自怡的景象。

去窑头,显然适合走水路。沅江的水色很好,青蓝,瓦蓝,碧蓝,可以浮出许多薄薄的景致。几只灰灰的鸟,悠在河面,细尖的喙轻轻一啄,微漾的涟漪,便泛出几朵若有若无的水花。灰灰的渡船,沉静在水波里,兀自悠闲地或上或下。渡船里的人,坐着,或站着,并不多说话。河风吹过来,又吹过去,几名老者灰白的头发,在脸颊的皱纹间此起彼伏，显而易见的衰老，打坐在一条河流的中间,沉静,从容,恬淡,仿佛什么都在,只有时光不在。船到码头,人们挑担背篼,扶老携幼,上船,下船,每个人,都有着自己的来路,也有着自己的去处。

验匠湾,距窑头并不远。细窄澄明的穿衣溪,弯过许多晴翠的山峦,轻倩地潺入沅江,如裙带,既风姿绰约,又曼妙款款。验匠湾,顾名思义,自然是营造宫殿、房屋、船只的匠人们聚居的地方。相传,这里出过很多能工巧匠,墨斗线只一弹,便可弹落南飞的雁行。验匠湾有一片很大的滩涂,枯竭的苍耳子、马绊草,蓑草连天似的,占据了最为肥沃的土层,只待猪狗牛羊一过,毛茸茸、刺突突的草籽便会争先恐后地沾满了一身，在田野阡陌，寻觅未知的远方,恰到好处的归宿。当然,还有许多无名的杂草灌木,带着无法完全溃败的光芒,相续、成全着季节的尺寸。搁浅的渔船,像一尾尾被扔到岸上的鱼,泛着腥白,被连日的阳光一晒,枯悬着头,卷翘着尾，隐隐约约沉默出某些遥远的忧戚。滩涂的水洼总是最为明亮深邃，似是天空的眼，满蕴不知今夕何夕的骊歌与冥想，以及一些不可言说的消逝，一些无可厚非地找回。

从验匠湾弃船登岸，复经牧马岭，我四野逡巡，却一直没有看到我想看到的芦花，心里隐隐有些失落。蒹葭苍苍，一个远古的名字，如今，又会苍在何处？难道这芦花也会隐了自己的身形？隐了自己诗经里的前世，也隐了即将通往未来的今生？我并不甘心，一路小心翼翼地继续沿着河畔蹀躞踽行，直到窑头古渡。

古渡，砌石零落，河水一遍又一遍不厌其烦地舔舐着河岸砂砾，发出窸窣的回响。横七竖八的古旧麻石，许多本来的面目早已往而不再。麻石大多覆了青苔，一半在水里，一半在岸上，裸在岸上的青苔，早在它的有生之年，死掉了，浸在水里的，倒有点参差荇菜，仿佛从千年之前，寤寐思服到了现在。渡口，并没有渡船，或许，因为，早已没有了要渡的人，只余要渡的事儿。要渡的事儿，离开摆渡的船很容易。渡口对面，是蓝溪口，我曾不止一次地站在蓝溪口的兴隆庵上，眺望窑头。桀骜不驯的沅江，在这儿温柔地拐了一个大弯。整个窑头像一枚上天赠予的楔形印章，牢牢地盖在沅江的腰身，庄重虔诚。山环水绕，我不知道到底是山囚禁了水，还是水拽住了山，山与水，只是在躲不开的风雨中，不断挑战彼此的边界，只有目的，没有路途，最后，毫无例外，各自成了各自的边界，既生生不息，又始终如一。高天长风，铁马号角，一些倾国倾城的记忆，一些时光里的信物，就此，在这里俯仰沉浮。

名不见经传的窑头，其实很有来头。沅陵因为地处湘西北，上扼川黔，下蔽湖湘，素有“西南要塞”之称，自古即有“天下积储在楚,楚之咽喉在辰,辰安则楚安,楚安则天下安”之说,历史上曾一次封侯,两次封王。远在虞夏商周时期,这里地属荆楚。春秋战国时,随着楚国势力越长江南下,窑头的战略地位日渐突出,成为楚秦黔中郡郡治。《史记·苏秦传》载:“楚黔中郡,其故城在辰州西二十里,皆盘瓠之后也。”《元和郡县志·江南道六》说:“秦黔中郡故郡城在县(沅陵)西二十里。”秦始皇二十四年(前223年),秦灭楚后,复置黔中郡,为三十六郡之一。汉高祖五年(前202年),改黔中郡为武陵郡。考古专家们曾在这里试探性发掘,相继出土了大量的秦砖汉瓦和鬲、钵、豆、罐壶及铜戈、铜剑、铜箭镟等兵器,并探明黔中郡故城遗址东南面山顶聚集有四十余座巨型战国至汉代大墓,每一座墓就是一座山,其半数以上超过长沙马王堆汉墓。此外,四周还有大大小小战国、汉代平民墓一千多座。

一些无法经眼睛解码并判断其价值的事物,正被一锄一镐的事实与逻辑所证实,这不得不让人瞠目,令人唏嘘。一块与世无争的土地,一畦无欲无求的庄稼,一湾寂静生长,默默白头的芦花,一群山涧水边讨生活的男男女女,不知何时,因为遥不可及的目光,无法诠释的方向,良莠不齐的表情与姿态,在某个春天的傍晚,生根发芽。或许风太柔,雨太润,水太软,或许是窑工太稠,巧匠太多,一座雄伟的城池在这里井井有条地崛起,一个个散漫的注脚在这里泅渡安生。有晴川历历,芳草萋萋;有自在娇莺,恰恰相啼;有烟笼嫩寒,隔江唱晚;也有生灵涂炭,满目疮痍。望不见的尽头,看不到的存在,诸多的人与事,来的尽管来,去的尽管去,结束该结束的,开始即将开始的,一切,都在日升月沉之中轮回,可以悲观，可以欣喜，也可以长久木讷，既然退无后言，那就只好沉默以对。

难怪，寂落荒野的窑头，处处弥漫了一股兀傲之气，每一块石头，每一处残垣，似乎都显露出清冷、高贵、古雅、雍容，不容小觑。我从古渡头缓步拾级而上，有石板小径直通村落。一些田地已经荒芜，一些荆条牵惹着衣襟。深秋的田埂上，依然有细碎的牵牛花、马兰花、一年蓬等各色草花，蕊黄瓣白，浅浅的蓝，粉粉的白，郑重其事地绽放。我谨小慎微地与它们擦肩而过，怀揣隐秘的期待，忽然想起朱熹的话“不要放肆，不要戏慢，整齐严肃，便是主一，便是敬”，我走着，将脚步放得很轻，很轻，生怕一不小心，就会踩疼某些沉寂千年，每一个眉眼里都值得崇敬的东西。

窑头的人户并不多，大大小小的山头下，稀稀落落地缀着三三两两的人家，并不连成片，没有传统意义上聚族而居的村落感，倒像极了大墓的守灵人。他们世世代代散居在这里，似在守护着什么，又似乎什么都与他们无关。或许，这座被岁月遗弃埋没的城池，这些沉睡千年的先祖，并不需要他们。可他们却一直不管不顾地在此繁衍生存，了无止息，加持着某种执念，像是为逝去的过往招魂，细批流年，既有所谓，又无所谓。无法轻薄的暧村墟烟中，小青瓦或是琉璃红瓦覆顶的屋舍，多掩映在大片的橘柚林中，橘树墨绿深沉，蜜柚正在挂果，青的青，黄的黄，透出一种朴素的灿烂。近人家，三两只狗突然“汪汪”吠起来，一群鸡扑棱扑棱飞到庭前的梨树、杏树上，并不需要过多考证或阐释的日子，一下子显得平和庄重而又声情并茂起来。

路旁，有妇人正猫腰整地，细碎的土块成垄成行，已经长出的萝卜、白菜、芫荽、葱蒜，在萧索中透出诱人的绿意，旁边轿椅里的小孩胖嘟嘟的，腮红着脸，有滋有味地吮着自己的大拇指。我一边夸赞着小孩的可爱，一边向她打听窑头故城的遗址。妇人伸腰将手指一甩，说，就那儿，不远，有围墙的地方就是，不过，没什么看头，也看不到什么，茅草杂树都比围墙高了。我试图问问有关窑头的掌故传说，妇人一脸的茫然，连声说，不晓得，不晓得。我有些莫名惊诧，不过，一想到在那烂陀，那个佛祖的故乡，人们早已忘记了佛祖，很快又有了一份释然。

在故城遗址，确实，除了一堵围墙，什么也没有。叠嵌的杂草丛树，远远高过我的头颅，裹挟住一片敦厚硬朗的天空。我从一处围墙的豁口穿进去，在一个略略隆起的甬道旁坐下来，坐在千年前隐逸的繁华中，有着一种深不见底的熟悉与陌生。微风吹过，四周的落叶也随之纷纷落座，我突然觉得，一些曹衣带水的死亡正在试图接近山的高度，而一些吴带当风的新生，却匍匐在低处，正在召唤葳蕤明亮的前程。一些死亡，因为恰如其分，会新鲜迷人；一些活着，因为虚无，倒显得腐朽多余。点燃一支烟，深深吸了一口，我抬头望一望天，天也看一看我，天地之间，似乎有了某种无法割舍的混沌与默契。其实，我喜欢在这样的一种处所，貌似杂乱无章中，与它们影影绰绰地絮语，心照不宣地休戚，毫无疏离地融浸。它们安静、沉默，不浮华，不批评，不抱怨，它们倾听风，倾听雨，不抵御，不抗拒，不狂妄，自然而然的，将一座城池的遗韵，长成自己的风骨，这没有什么不好。一朵花，之所以美丽，全在于它曾经的凋谢。一座城池，一段历史，又何曾不是如此呢？许多事物，若是太苦太痛，我会感觉自己无法从中幸存，我宁愿在一派静界中，闭目凝思生命万物中那些轻忽幻美的东西，这样，既尊重、放过了自己，也不致冒犯、损伤了他人。

春荣秋枯，绿黄有时，阳光下，我眯眼四望，周围大大小小的山头，蘸了河流华滋的光和暖，似乎都在投奔某种仪式。曾经鼙鼓震天的战场，鹿鼎频争的烽烟，都化作雪泥鸿爪，翩翩远去。山是一座墓，墓是一座山，山是它的墓碑，水是它的铭文，如此宏大，如此玄秘，如此静穆，又如此苍劲。当峨冠博带早已零落成泥，当长剑高歌化作漫漶烟尘，我想，这些温暖的荒冢，可以葬其所以，逝其所以，忘其所以，无事一念不生，有事一心不乱，他们曾经灿烂华美的人生，一经埋葬，诡谲也好，僭越也罢，留下无尽的悬念，可以猜想，却不可以枉断。相比于金字塔中法老的干尸，以及长眠地下的亚述、巴比伦、苏美尔和赫梯等古王国那些美丽的残骸，一个个被搬到太阳之下，再也无法拥有威穆与安宁。而他们，依然可以文质彬彬地酣睡，可以毫无掩饰地在光阴深处威武睥睨，他们依然可以做自己骄横跋扈的王，一觉千年中，更有苍茫，更有辽阔，更有风云，更有疆场。

春去苇叶青，秋来芦花白。我突然想起，其实，来窑头，更多的是想看看窑头的芦花白，细绒绒、白花花的，虽然简素寡淡，却又引人“私绪”绵绵。疾风中，每一株苇秆的头上飘动着盔缨，身披枯黄的铠甲，每一束，迎着风的方向，旌旗猎猎，威武浩远，如钺，如斧，互不牵扯，互不依恋，却又成簇，成片，成野，生生死死，是是非非，来来回回，从从容容。

深秋的落日，洇红了大半边天，熔尽了远山的轮廓。越过几近坍塌的围墙，突然，临近河滩的一大片芦苇扑入眼帘，一簇簇银灰色的芦花，在光中柔软地摇曳，毛茸茸，蓬松松，又细又白的花絮，随风而舞，蘸着光，氤着色，时而涌动成一片血色的刀光剑影，时而化作一簇迷离燃烧的熊熊火焰，散发出苍凉沉郁的韵致，悠长，苍古，醇厚，似乎携着某种隐喻，某种暗示。

该是告别的时候了，一只苍鹭，猛地从橘树的墨绿中，箭一般掠起，哧一声，没入远处的芦苇丛中。芦花，映着水色，缎光四射，然后是一片岑寂。时光，一寸寸柔软在掌心，河水萦带，群山纠纷。我，内心潮润，一时有些恍惚。

后记　坐忘于水

生活在水边，坐忘于水是经常的事儿。生活中，或壮怀激烈，或颓然而废，往往都起起伏伏，存乎一心，倒是窗外的河流，日日夜夜从遥远处而来，又往遥远处去，没有一滴水是多余的，就像树上的叶子没有一片不是空前绝后的一样。

河流，繁衍生命，润泽万物，催生城市和村庄。千百年来，一条条河流，衍生一段段历史，润泽一个个族群。每一滴水都有着自己的来历，每一朵浪花都有着自己的思想。亲近它的涟漪，亲近它的光芒，亲近它的波涛，亲近它的歌响，一条河流的流向，必然是所有生命、城市与村庄的方向。

寥寥春光，杳杳夜色，气收禾黍熟，风静草虫吟，固守的韵味，诸多的美好，都在人间的河流两岸，在蓬勃明媚的沉淀中产生。滃滃翳翳中，我开始以自己所熟悉的千里沅江与八百里酉水作为底色与基点，大处着眼，小处落笔，聚焦河流两岸的山水村城、风物人事，用一支笨拙得微不足道的笔，试图呈现一些大地伦理、生态正义与自然美学，寻幽探微人与自然如何和谐相处、共生共荣，如何解构人类中心主义，人类活动又该有着怎样的生态立场、价值判断与思维纵深，如何用艺术的表达辐射到更深广意义的文明承续、重负苍生、家园守护与生命相依等方面，如何找寻到人类的精神归宿，并保存时间所有的传说。

在莫可名状的深渊里，大小毕浮，静而远，深而邃，于是有了这些关乎河流的文字。

大荒小城，深濡其中。只是，绠短汲深，战战栗栗，汗不敢出。

特别感谢百花文艺出版社，感谢编辑老师的倾情付出！感谢所有给予过我帮助的人！

张远文

2023 年 3 月于湖南沅陵